Jodie Chapr
Eine ganze Lie

JODIE CHAPMAN

Eine ganze Liebe lang

ROMAN

AUS DEM ENGLISCHEN VON
LEENA FLEGLER

blanvalet

Die Originalausgabe erschien 2021 unter dem Titel
»Another Life« bei Michael Joseph, London.

Liebe Leser*innen, dieses Buch enthält potenziell triggernde Inhalte.
Deshalb findet sich auf S. 480 eine Triggerwarnung.
Achtung: Diese enthält Spoiler für das gesamte Buch.
Wir wünschen allen das bestmögliche Leseerlebnis.

FSC www.fsc.org MIX Papier aus verantwortungsvollen Quellen FSC® C083411

Klimaneutral* Druckprodukt ClimatePartner.com/14044-1912-1001

Penguin Random House Verlagsgruppe FSC® N001967

1. Auflage

Redaktion: Susann Rehlein
Umschlaggestaltung und -motiv: www.buerosued.de
KW Herstellung: sam
Satz: Vornehm Mediengestaltung GmbH, München
Druck und Bindung: CPI books, Leck
Printed in Germany
ISBN 978-3-7645-0779-4

www.blanvalet.de

Für Greg
und für
Roman, Remy und Val

Has it ever struck you that life is all memory,
except for the one present moment
that goes by you so quick you hardly catch it going?

TENNESSEE WILLIAMS

TEIL EINS

2018

Beim ersten Mal klappte es nicht.

Mein kleiner Bruder war an Heiligabend vormittags aus dem Fenster seiner Wohnung in Manhattan gesprungen. Er fiel sieben Stockwerke tief und landete in einem Container. Ein guter Meter frisch gefallenen Schnees rettete ihn, federte den Aufprall ab. Der Schnee war die ganze Nacht herabgerieselt und hatte noch nicht aushärten können. Dass er so weich war, führte wiederum dazu, dass mein Bruder erst drei Stunden später gefunden wurde, als seine Putzhilfe die verwaiste Wohnung betrat und das sperrangelweit offene Fenster entdeckte. Sieben Stockwerke, ein guter Meter Schnee und drei Stunden, die er in den Himmel starrte. So weit die schicksalhaften Fakten.

Der Anruf kam zu Beginn der Londoner Rushhour, nach einem Arbeitstag voller Besprechungen in stickigen, fensterlosen Büros. Ich hatte wenig Hoffnung, vor acht eine Bahn zu erwischen, und machte mich schon auf die Standpauke gefasst, sobald ich durch die Tür käme. Stattdessen klopfte es an der Glastrennwand zwischen den Büros, und Jackie winkte mir hektisch zu. »Nick, es ist etwas passiert!«

Zwölf Stunden später betrat ich das Krankenhauszimmer, in dem er an zig Geräten hing, und unwillkürlich stand mir ein Bild von uns beiden als kleinen Jungs vor Augen: Arzt und Patient, meterweise rote Wolle aus Mums Wollkorb zwischen Handgelenk und Pappkarton. Wir hatten sogar die Geräusche imitiert – ein lang gezogenes, leises Piepsen, die düstere Diagnose, eine schluchzende Ehefrau. Fast dreißig Jahre danach spielten wir wieder. Nur dass diesmal das Piepsen echt war und niemand schluchzte.

»Du siehst scheiße aus.«

Ich nickte. »Wo ist Tilly?«

Er drehte sich weg und sah aus dem Fenster. »Wir haben uns getrennt.«

Nach Aussage des Arztes hatte er sich die untere Hälfte der Wirbelsäule zertrümmert. Er sei von der Taille abwärts gelähmt und könne von Glück sagen, dass er noch lebe. Gehen werde er nie wieder.

Als er schließlich entlassen werden konnte, brachte ich ihn zurück in seine Wohnung und baute sein neues Bett im Wohnzimmer auf. Von dort hatte man die beste Aussicht, sprich: nicht auf eine Klinkermauer und in die winzigen Fenster, hinter denen sich das Leben anderer Leute abspielte, sondern zwischen zwei Hochhäusern hindurch auf ein Stück Blau.

Ich blieb fast vier Monate bei ihm. Manchmal sahen wir fern oder spielten Karten; manchmal saßen wir nur stumm zusammen, als würden wir damit rechnen, dass gleich etwas passierte. Anfangs hatte ich noch darüber nachgedacht, ihr zu kündigen, aber Gloria entpuppte sich schon bald als meine Rettungsleine – die Möglichkeit, mal an die frische Luft zu kommen und etwas anderes zu sehen als meinen zusehends verkümmernden Bruder.

Ich versah sämtliche Fenster mit Schlössern und machte nur dann eins auf, wenn ich danebenstand. Die Wahrscheinlichkeit, bei lebendigem Leib zu verbrennen, war geringer als die eines neuerlichen Selbstmordversuchs. Ich warf meinen Rasierer weg und ließ mir erstmals seit fast zehn Jahren einen Bart wachsen. Gürtel wurden konfisziert, Messer weggeräumt, Kopfschmerzen ausgesessen. Ich wollte kein Risiko eingehen.

Auch das Telefon nahm ich ihm weg, legte es außer Reichweite oder in die Küche. Er fragte nur selten danach, trotzdem lud ich es regelmäßig auf.

Mindestens einmal am Tag rief Tilly an. Er wollte sie nicht sprechen, und nach ein paar Wochen stellte ich es auf stumm. Nun tauchte nur noch ihr Bild auf dem Display auf. Über die kokett entblößte Schulter warf sie mir Blicke zu wie eine spindeldürre *ingénue,* und ich starrte auf das Handy und hasste es und dachte darüber nach, es gegen die Wand zu schmettern. Trotzdem ließ ich es vibrieren.

Eines Abends, nach einem besonders schwierigen Tag, an dem er kein Wort herausgebracht hatte, schnappte ich mir das bebende Telefon vom Küchentisch, drehte mich von der Wohnzimmertür weg und ging ran.

»Was?«

»*Mon amour!* Oh, mein armer süßer Salvatore!« Ihr Akzent drillte sich tief in die Stille des vergangenen Monats.

»Hier ist sein Bruder.«

»Oh.« Pause. »Ist Salvatore zu sprechen?«

»Er will nicht mit dir reden, Mathilde.« Ich wusste, dass sie ihren Namen hasste.

»Sag ihm, dass er mir fehlt.«

Ich überlegte kurz, das Handy aus dem Fenster zu werfen. Damit der Schnee sie zum Schweigen brachte. »Sonst noch was?«

»Sag ihm … Sag ihm, dass ich verloren bin ohne ihn …«

Ich hörte, wie die Perlchen ihres Rosenkranzes gegen ihr Handy klapperten, und sah sie vor mir, wie sie im Spiegel ihr Haar zurechtzupfte. »Sag ihm, ich hab mich von Chet getrennt, weil ich nie einen anderen lieben könnte, wie ich meinen Salvatore liebe. Könntest du ihm das ausrichten, Schätzchen?«

»Mathilde?«

»Hm?«

»Bitte ruf nicht mehr an.« Fluchend warf ich das Handy beiseite und erwartete schon, im nächsten Moment meinen Namen zu hören. Aber es kam nur Schweigen.

Sobald sich die Kälte allmählich verzog, kehrte eine gewisse Sanftmut in die Stadt zurück. Die Bäume entlang der asphaltierten Avenuen trieben aus, und die Menschen auf den Straßen streiften ihre Mäntel ab. Mit dem bevorstehenden Frühling schien sich draußen jeder zu entspannen. Drinnen blieben Gloria und ich auf der Hut.

Irgendwann Anfang April veränderte sich etwas zwischen uns. Es war mein Fehler, mein bescheuertes Bedürfnis, Gemeinsamkeit zu erzeugen. In der antiquarischen Abteilung einer Buchhandlung an der Ecke 12th und Broadway hatte ich einen kleinen Longfellow-Gedichtband aufgestöbert und konnte gar nicht schnell genug daheim sein.

»Weißt du noch?« Ich drückte ihm das Büchlein in die Hand und tippte auf die Überschrift auf einer Seite. *Die Stunde der Kinder.* »Wie Dad uns das immer fast vorgespielt hat? Danach konnte keiner von uns mehr schlafen.«

Sal starrte die Seite an und sagte nichts.

»Na?« Meine Aufregung war das einzige Licht im Zimmer.

»Warum willst du dich immer an Sachen erinnern?«

Zum Abendessen machte ich Bohnen auf Toast. Den Winter über war ich beim Kochen ziemlich gut geworden und hatte die Zeit genutzt, um mit Zutaten zu experimentieren und jene endlosen Tage mit ein bisschen Wagnis zu würzen. Ich hatte die fortgeschrittene Version einer Ratatouille zubereitet – das Gemüse hatte ich aus naheliegenden Gründen zuvor klein geschnitten – und sogar die Kunst des Soufflés gemeistert. Doch an diesem Abend gab ich mir so wenig Mühe wie er. Ich konnte meine Wut nicht in Worte fassen, also setzte ich sie ihm stattdessen vor, indem ich den Teller mit Wucht auf sein Betttablett donnerte.

Verblüfft sah er zu mir hoch, und ich schämte mich.

Später in der Nacht wachte ich auf und hörte ihn schluchzen. Ich taumelte verschlafen ins Wohnzimmer, und da lag er – auf seine Ellbogen hochgestemmt, den starren Blick auf seine toten Beine gerichtet und weinend wie ein Baby. Seine Haut fühlte sich in meinen Armen kalt und klamm an, und sein T-Shirt war nass geschwitzt.

»Ich kann sie nicht ...« Seine Stimme überschlug sich wie die eines Kindes. »Ich kann sie nicht mehr sehen ... Sie ist in meinem Kopf, wenn ich die Augen zumache. Aber sie spricht nie mit mir, und ich wünschte mir einfach nur, sie würde irgendwas sagen, damit ich noch mal ihre Stimme höre. Wo ist sie?«

Mir war klar, dass er nicht von Tilly sprach.

»Ich weiß es nicht, Sal.«

»Sehen wir sie je wieder?«

Ich zuckte mit den Schultern. »Vielleicht. Vielleicht auch nicht. Keine Ahnung.«

Sal hatte immer schon Antworten gewollt. Als wir Teenager waren, hatte Tante Stella uns bei ihr in der Firma Praktikumsplätze organisiert. Dort verkauften sie Versicherungen, und unsere erste Aufgabe war, Neukunden in die Datenbank einzugeben.

Mandy, unsere Praktikumsbetreuerin, hatte eine Stimme, die man wohl am treffendsten als Klagegesang beschrieb, eine hohe Dauerwellenfrisur und Brillengläser wie Flaschenböden, und wenn sie mit dem Wasser aus dem Tank an der Wand Kaffee kochte, bildete sich darauf immer flockiger Schaum. Als sie uns an unserem ersten Praktikumstag Kaffee anbot, entschlüpfte Sal ein Würgelaut. »Den Tank sollten Sie mal sauber machen lassen«, sagte er und verzog das Gesicht. »Ach was, ich mag das so«, entgegnete sie mit einem kleinen Schmatzen. »Ist wie Cappuccino.«

Schlürfend setzte Mandy sich zu uns und wies uns in die Dateneingabe ein. Rückblickend dürfte sie kaum älter als vierzig gewesen sein, aber damals kam sie uns uralt vor. Sie hatte den Posten seit Jahrzehnten und schien damit eindeutig zufrieden zu sein. Ihre Hamsterbacken bebten vor Glück, weil sie dieses Quäntchen Macht über uns hatte. »Hier den Namen eingeben, als Nächstes das Merkmal aus dem Drop-down-Menü, dann Enter. Hier die Adresse – die Postleitzahl ins Feld Postleitzahl –, dann dieses Kästchen anklicken und wieder Enter. Dann …«

»Aber warum?«, ging Sal dazwischen.

»Warum was?«

»Das Kästchen. Warum muss das angeklickt werden?«

Mandy runzelte die Stirn. Wir konnten die Rädchen regelrecht rattern hören. »Mach's einfach.«

»Passiert da was im Hintergrund?«, fragte er und trommelte mit den Fingern. »Ich meine, *warum* klicken wir es an? Was, wenn wir es nicht anklicken?«

Sie rutschte auf ihrem Stuhl herum und fühlte sich sichtlich unwohl, weil er sie aus dem Konzept gebracht hatte.

»Ich … Warum … spielt doch wohl keine Rolle. Ich weiß nur, dass es so funktioniert. Wir haben das Kästchen nie nicht angeklickt.«

Sal seufzte und drehte seinen Stuhl wieder in Richtung Bildschirm. »Okay, meinetwegen. Ich finde nur, wir sollten wissen, warum das wichtig ist.«

Dieses Praktikum war und blieb Sals einziger Bürojob. Aber die Frage nach dem Warum stellte er weiter.

»Erzähl mir von ihr«, sagte er jetzt und krallte sich ins Laken. »Ich fange an, Einzelheiten zu vergessen, und das darf ich nicht. Erzähl mir, woran du dich noch erinnerst.«

Ich wich leicht zurück. »Ich weiß nicht, was du jetzt von mir willst.«

»Die Wahrheit. Ich will die Wahrheit. Bitte.«

Ich schluckte trocken. »Ich hab vorhin versucht, über Dad zu reden …«

»Über ihn will ich nicht reden. Und du ebenso wenig. Warum kannst du nie über das reden, was wichtig ist?«

Durchs Fenster war gelbes Scheinwerferlicht zu sehen. In der Dämmerung flackerten Neonlichter. Jenseits geschlossener Fenster drehte sich die Welt weiter.

Sal rieb sich mit den Handrücken über die Augen. »Ich muss sie wiedersehen. Ich hab es so satt zu warten.« Er gestikulierte in Richtung seiner Beine unter der Decke. »Was hab ich denn noch zu erwarten?«

»Du weißt, dass sie dich geliebt hat«, sagte ich nach einer Weile. »Und du weißt, dass es nicht deine Schuld war. So was passiert.«

Sal sah mich an, als wäre ich minderbemittelt.

»Nach all der Zeit kapierst du es immer noch nicht, was? Es *war* meine Schuld. Ich bin der Grund.«

Wenn ich geahnt hätte, dass dies das letzte Mal wäre,

hätte ich ihn an mich gezogen und seine kaputten Beine und sein schlagendes Herz umarmt. Ich hätte ihn davon überzeugt, dass er noch unendlich viel zu erwarten hätte, dass es irgendwann leichter würde, und hätte vor jede Schranktür Schlösser gehängt.

Stattdessen passierte Folgendes.

Zusammengekauert schlief ich am Fußende seines Bettes ein, und als am folgenden Morgen wie immer Gloria kam, ging ich unter die Dusche und beschloss, fünfzehn Blocks entfernt an der Spring Street in einer Bäckerei diese kleinen Törtchen zu kaufen, die Sal so gern mochte. Als ich am Wohnzimmer vorbeiging, lag er im Bett und schlief.

Draußen heizte New York sich allmählich auf. Ich überquerte die Straße, um in den Schatten zu kommen, und kam an zwei vielleicht neunzehnjährigen Mädchen vorbei, von denen eins über etwas lachte, was das andere gesagt hatte. Sie trugen Sommerkleider, die Schultern waren unbedeckt, und als ich mich nach ihnen umdrehte, schoss mir durch den Kopf, dass das Leben eine Mischung aus Trauer und Schönheit war und man rein gar nichts dagegen tun konnte.

Der Anruf kam, kaum dass ich die Bäckerei verlassen hatte. Es war kurz nach acht.

Ein Kurierfahrer hatte geklingelt. Gloria hatte noch schnell die Fenster überprüft und war ihm entgegengelaufen. Sie sei keine sechs Minuten weg gewesen, um die Sendung entgegenzunehmen und zu quittieren, sagte sie.

In diesen sechs Minuten hatte mein kleiner Bruder sich aus dem Bett gewälzt, seine kaputten Beine quer über den Teppichboden in die Küchenecke geschleift, den Unterschrank aufgemacht, die Flasche aufgeschraubt und den Rest Bleiche in sich hineingekippt.

Ich muss oft an unseren letzten gemeinsamen Tag denken. An meine idiotische Freude über den Gedichtband und an unsere Kindheitserinnerung, an sein Gesicht, als ich ihm den Teller hindonnerte, und dann denke ich immer daran, dass ich ihm als Henkersmahlzeit beschissene Bohnen mit Toast hingestellt habe.

Ich weiß, die Leute lieben New York.

Irgendwie lebt es in allem und jedem – in Weihnachtsfilmen aus der Kindheit, in Bob Dylan und den toten Dichtern der Beatgeneration, in Sal, der mit einem Touristenvisum ein- und nie wieder ausreiste, und in anderen, die immer davon sprechen, dorthin zurückzukehren. Selbst Leute, die nie dort waren, haben das Gefühl, die Stadt zu kennen. Ich muss zugeben, dass auch ich immer darüber nachgedacht habe, mal hinzureisen, die City Hall zu sehen und die Stadt zu lieben, weil *sie* sie liebte. Wann immer ich mich selbst in New York sah, sah ich mich dort mit ihr und als hätte ich irgendwie gewonnen.

Doch mein erster Besuch war eine Rettungsaktion, und als ich abreiste, hatte ich meinen Bruder in einer Kiste dabei. Ich hatte versagt, und es fühlte sich an, als hätte die Stadt auch versagt.

Ich weiß, die Leute lieben New York.

Ich hasse es.

Anna

2003

Wir lernten uns Anfang des Sommers kennen. Sie trug ein Kleid mit schmalen Trägern, die ihr in die Schultern schnitten, und ich starrte ihren Körper an, wann immer sie es nicht bemerkte. Es war ein Spiel, das ich im Kopf mit mir selbst spielte: *Starr nicht ihre Brüste an, starr nicht ihre Brüste an*, wiederholte ich unablässig und starrte stattdessen ihre Lippen an. Auf die Weise kam ich mir weniger abstoßend vor. Aber ihr Körper … und wie ihr Kleid ihre Silhouette umspielte …

Ich weiß, ich sollte sagen, es sei das allgegenwärtige Blühen gewesen. Dass ich mich nur deshalb an die Jahreszeit erinnern kann, weil überall noch die letzten Blüten des Frühlings am Boden lagen. Aber wem will ich was vormachen. Es war das Kleid und ihr Körper in diesem Kleid.

Scheiß auf Keats. Männer sind alle gleich. An irgendwelche Blüten erinnern wir uns nicht.

Späte Achtziger

Zeit heilt alle Wunden, heißt es immer.

Es passiert etwas, und dein Gehirn speichert sämtliche Einzelheiten ab, aber mit der Zeit verblasst das Bild, bis nur noch vage Konturen bleiben. Mit Mum war es genau umgekehrt. Als sie gerade erst gegangen war, war sie auch weg aus meinem Kopf. Ich nehme an, ich habe die Erinnerungen verdrängt – aus Selbstschutz wahrscheinlich –, doch als ich älter wurde, gab es immer wieder Momente, in denen sie mich heimgesucht haben. Als wären sie zuvor sicher verstaut gewesen, bis ich alt genug wäre, um mit dem Schmerz klarzukommen.

Einige Erinnerungen waren direkt mit meinen Sinnen verdrahtet. Ich hörte einen Song oder ging eine bestimmte Straße entlang, und da war es wieder. Dann hielt ich inne und kostete die Erinnerung bis zuletzt aus.

Ich weiß noch genau, wie sich die Haut an ihren Fingern anfühlte, dass sie rau wie ein Wundverband war, wenn man sie berührte. Ihre Hände waren vom Wasser und Spülmittel ausgetrocknet, weil sie unseretwegen so oft Geschirr spülen musste, und um die Fingernägel lag das Fleisch bloß, weil sie daran herumknabberte. Manchmal legte sie beide Hände um mein Gesicht, und ihre Haut auf meiner machte ein Kratzgeräusch.

Sal hat mir mal erzählt, dass er sich am deutlichsten daran erinnern konnte, wie er mit ihrem Haar spielte.

Sie saß dann immer in dem hellgrünen, mit Vögeln und Blumen gemusterten Sessel, den sie und Dad von ihrem Hochzeitsgeld bei Harrods gekauft hatten, und löste ihr goldblondes Haar. Sal und ich taten so, als wären wir Friseure, und abwechselnd bürsteten wir sie und steckten ihr die Locken mit Klammern hoch. »Macht mich schön, Jungs«, sagte sie immer, sobald sie sich hingesetzt hatte. »Ich will heute Abend hübsch aussehen.« Ihr Haar war dick und geschmeidig, und ich wünschte mir, ich hätte ihr irgendwann eine Locke abgeschnitten und in einen Briefumschlag gesteckt, wie manche Eltern es tun, wenn sie ihrem Kind das erste Mal die Haare schneiden.

Und Geräusche.

Einmal saß sie auf einer Bank und sah zu, wie wir an einem Klettergerüst herumtollten. Die Betonplatten schimmerten noch vom Regen, der am Morgen gefallen war. Ich hing an einer Kletterstange, und auch die muss nass gewesen sein, weil ich abrutschte und mir den Knöchel verknackste. Kaum dass ich dalag und mir den Fuß hielt, stürzte sie auf mich zu. Es ist schwer zu beschreiben, dieses spezielle Geräusch, das ihre Ledersohlen auf dem feuchten Boden machten – wie ein nasses, blank gewienertes Pochen. Vielleicht fünf Jahre später war ich auf dem Heimweg von der Schule, und ein Mädchen rannte an mir vorbei. Sie muss dieselbe Art Schuhe getragen und es musste zuvor geregnet haben, weil ihre Schritte sich genau gleich anhörten.

Ich weiß noch, wie ich mir auf die Faust biss und den Geschmack von Blut auf der Zunge hatte.

Und dann Dad.

Dad packte uns jedes Jahr an Weihnachten ins Auto und fuhr mit uns durch unser Viertel, damit wir uns die Weihnachtsdeko der Nachbarn ansehen konnten. Mum hatte eine Thermosflasche mit warmem Kakao gemacht, und langsam rollten wir durch die Straßen – jeder mit einem Emaillebecher in der Hand –, drehten die Köpfe und waren von dem Anblick draußen verzückt. Damals blieb bei uns nie viel Geld übrig, und Dad sah nicht ein, warum er auf einen Samstag auf dem Golfplatz oder auf ein Fußballspiel verzichten sollte, um meterweise Lichterketten zu entwirren. »Man sieht sie sowieso besser von der Straße aus«, sagte er. »Warum Zeit und Geld verschwenden, nur damit die Nachbarn einen schönen Ausblick haben? Dabei kriegen wir ihre Deko gratis zu sehen.«

Sozialsiedlungen waren für Kitsch immer die erste Adresse. Dort übertrafen sie sich gegenseitig. »Weiß nicht, wo die das Geld hernehmen«, schnaubte Dad und rief dann in Richtung eines riesigen aufblasbaren Weihnachtsmanns: »Schaut euch das an, Jungs!«

Die Sackgasse hoben wir uns immer bis zuletzt auf. Am hinteren Ende einer lang gezogenen, schnurgeraden Sechzigerjahre-Wohnanlage standen zu beiden Seiten kastenförmige Reihenhäuser und an der Stirnseite ein großer Bungalow, den man schon von Weitem sah, sobald man in die Straße abbog. Der Bungalow war jedes Jahr wieder die Nummer eins. Angeblich lebte dort ein kinderloses älteres Ehepaar, und im Dezember dekorierten die zwei ihr Haus, damit die Nachbarskinder zu ihnen pilgerten. Sie wollten, dass sich jemand an sie erinnerte, und wenn es nur die Kinder anderer Leute waren.

»Bereit, Sal?«, fragte Dad immer, sobald er den Blinker setzte. Sal war jedes Mal ganz aus dem Häuschen. Keine Ahnung, ob es daran lag, weil wir uns dem Bungalow näherten oder weil Dad nur ihn angesprochen hatte.

Ein riesiger Tannenbaum war über und über mit blinkenden Lichterketten umwickelt. Im Vorgarten stand eine Krippe, rundherum grün und rot gekleidete Elfen mit Schnabelschuhen. Auf dem Garagendach thronte ein gigantischer Weihnachtsmann auf seinem Schlitten – samt Glöckchen und Geschenken und dem galoppierenden Rudolph. Zuckerstangen säumten den Gartenweg, ein Schneemann hielt vor der Haustür Wache, und in jedem einzelnen Fenster glänzten Lichter in sämtlichen Formen und Farben. Entlang der Kanten des Hauses, rund um Fenster und Türen hingen weiße Lichterketten, und wenn man nur lange genug hinstarrte und dann die Augen zukniff, sah man das Haus trotzdem weiter vor sich. Wann immer Sal und ich Häuser zeichneten, hatten sie die Form des Bungalows am Ende der Sackgasse. Ich frage mich, ob er ihn je vergessen konnte, ich jedenfalls nicht.

Eine andere Erinnerung ist Mum ganz nah neben Dad, er hat den Arm um sie gelegt und hält mit der freien Hand das Lenkrad. Sie sitzen auf einer Ledersitzbank, wie sie in Fünfzigerjahre-Oldtimern typisch waren, und Mum hat den Kopf auf Dads Schulter gelegt. Er hat den Kragen hochgeschlagen und nickt zum Takt eines Weihnachtslieds aus dem Radio. Ihre Gesichter sehen jung aus.

Nur dass wir nie einen Oldtimer hatten. Als ich ihn Jahre später danach fragte, meinte Dad, dass er auch nie einen Wagen mit Sitzbank hatte. Womöglich stammt die Erinnerung von einem LP-Cover oder aus einem alten Film oder einem Traum. Trotzdem hat die Szene sich mir ins Gedächtnis eingebrannt, und ich könnte auf irgendeine heilige Schrift schwören, dass es genau so war – genau wie ich mich noch an das Knirschen der Reifen auf dem Schnee erinnern kann und an den Geruch, der aus der

Quality-Street-Dose aufstieg, die wir am Weihnachtsmorgen öffneten.

Ich werde für alle Zeit hoffen, dass es so war wie in meiner Erinnerung.

2003

Anna hatte einen Freund, als wir uns kennenlernten. Zumindest am Anfang. Er war wohl die Sommerferien über in Australien, aber niemand wusste Genaueres, und ich habe nicht gefragt. Irgendwann unterhielten sich ein paar Mädchen im Pausenraum darüber, dass sie die beiden nie zusammen gesehen hätten. Eine bezweifelte, dass es ihn überhaupt gab. Ihre Freundin Lisa setzte dem Ganzen ein Ende. »Sie haben gerade Beziehungspause«, sagte sie, wollte jedoch keinen Grund nennen. »Aber natürlich gibt es ihn.«

Sie war niemand, der sich darüber Gedanken machte, was andere von ihr hielten. Das war mit das Erste, was mir an Anna auffiel. Und die Art und Weise, wie sie sich mir bei meiner ersten Schicht vorstellte. Nicht einmal im unvorteilhaften Kinokittel konnte man sie übersehen. Die anderen Mädchen fanden sie verwachsen, und ja, ihr Gesicht hatte etwas Fremdartiges – ihr Schädel sah nach Kühnheit und Stärke aus. Nichts daran wirkte zart. Ich hatte noch nie ein Gesicht wie ihres gesehen, und wann immer sie den Pausenraum verließ, brachen sofort heftige Diskussionen über ihr Äußeres los. Ich beteiligte mich nicht daran. Für mich sah sie völlig in Ordnung aus.

Wir schoben nach einer ausverkauften Vorstellung zusammen die Flügeltüren auf. Welcher Film es war, habe ich vergessen. Sobald der Abspann anlief, bezogen wir Posten an der Tür, und die Kinobesucher strömten an uns vorbei nach draußen. »Hi, ich bin Anna«, sagte sie und hielt mir die Hand hin. »Du bist neu, oder?«

Ich muss irgendetwas gemurmelt haben, als ich ihr die Hand gab. Mit neunzehn ist man es nicht gewöhnt, jemandem die Hand zu geben oder sich förmlich vorzustellen, aber wie schon gesagt, sie war anders. Ich weiß nicht mehr, wie ich an ihre Telefonnummer kam, aber das Leben besteht aus lauter kleinen Siegen, an die man sich später nicht mehr erinnert.

Während der nächsten Schicht waren wir zusammen im Pausenraum. Als ich das fensterlose Zimmer betrat, saß sie am Tisch, hatte ein Wasser vor sich und ein Buch. Sie lächelte mir flüchtig zu und las weiter. Ein Typ namens Dave kam rein, fing an, ein Mädchen zu beschreiben, das er gerade bedient hatte, und zählte auf, was er gern mit ihr machen würde. Als Anna nicht einmal aufblickte, versuchte er es anders und tönte laut, im Zeitalter des Internets seien Bücher ja wohl reine Zeitverschwendung. Anna ignorierte ihn immer noch. »Was magst du an Mädels?«, fragte er mich und leierte eine Liste mit Attributen herunter, die er anziehend fand: ordentlich Titten, rote Haare, versaut, aber nicht nuttig. Achselzuckend antwortete ich, dass ich kein festes Beuteschema hätte, aber grundsätzlich auf Mädchen mit Köpfchen stünde. »Ah, klar, die Sexy-Bibliothekarinnen-Nummer«, sagte Dave und lehnte sich auf seinem Stuhl zurück, »und sie dann auf einem Bücherstapel so hart rannehmen, dass ihr die Brille runterrutscht.« Er kicherte in sich hinein. »Na, so auch wieder nicht«, entgegnete ich. »Eher eine, die selber liest.« In diesem Moment sah Anna mich an.

»Du weißt schon, dass sie dich nicht vögeln wird, oder?«, sagten die anderen. »Wir haben's alle probiert. Eiserne Jungfrau und so.«

Anna gehörte einer dieser Religionsgemeinschaften an, die auf alles Normale herabschauen. Weihnachten, Geburtstage, Besäufnisse, Sex vor der Ehe – alles verboten. Ihr Freund war im selben Verein. Wahrscheinlich hätte manch einer es als Sekte bezeichnet, aber so weit will ich gar nicht gehen. Soll doch jeder machen, was er will. Hin und wieder landet einer ihrer Flyer in meinem Briefschlitz. Erst letzte Woche habe ich einen von meiner Fußmatte geklaubt, direkt zusammengeknüllt und in den Müll geworfen.

Anfangs redeten wir nicht viel. Wir waren beide für den Kinosaal eingeteilt, gingen nach Filmende durch die Reihen und sammelten Popcorntüten und Pappbecher ein. Der Abspann lief noch, wenn wir bereits im Dunkeln sauber machten. Bei gut besuchten Vorstellungen waren wir mehr Leute, die die Hinterlassenschaften der Besucher beseitigten, ehe die nächsten kamen. Einige Jungs trällerten beim Abspann mit oder spielten Baseball mit ihrem Besen und einem leeren Getränkebecher – normalerweise immer dann, wenn ein Mädchen anwesend war. Gelegentlich bedachte Anna sie mit einem Lächeln, aber sie blieb für sich.

Bis sich am ersten heißen Wochenende zu Beginn des Sommers schlagartig alles veränderte.

Ein paar von uns wollten den Nachmittag bei der alten Kirche in Eastwell verbringen, abhängen und baden gehen. Anna wolle zusammen mit Lisa kommen, hatte Dave erwähnt – und vielleicht auch ein paar andere Mädels. Er fragte, ob ich mitkäme. Mal sehen, sagte ich.

Eastwell war nicht weit weg, sodass ich am Sonntagnachmittag die Biere einpackte, die ich nach meiner vorigen Schicht gekauft und kalt gestellt hatte, und über die Felder zur Kirche schlenderte. Normalerweise brauchte man bis dort etwa fünfzehn Minuten, doch an jenem Tag klebte einem die schwüle Hitze schier auf der Haut. Ich ging es langsam an. Ein Auto überholte mich – Ellbogen in allen Fenstern, irgendein Charthit dröhnte aus den Lautsprechern. Ich erkannte Lisas Auto wieder und fragte mich, ob einer der Ellbogen zu Anna gehört hatte.

Die Kirche war eine Ruine aus dem fünfzehnten Jahrhundert inmitten von Grabsteinen, die längst zu verfallen waren, als dass man die Inschriften noch hätte lesen können. Angeblich spukte es dort. Ich war als Kind einmal dort gewesen, Sal und ich waren von Grab zu Grab gesprungen und hatten uns zu den Toten Geschichten ausgedacht.

Noch bevor ich sie sehen konnte, konnte ich sie hören.

Zwei Autos parkten unter einem Baum, und sie alle lagen in Badesachen im Gras und lachten über irgendeinen Witz. Die Sonne stand hoch am wolkenlosen Himmel, und das Wasser schimmerte wie Glas.

Einer von ihnen hatte mich kommen sehen und winkte mir zu, woraufhin sich die anderen ebenfalls umdrehten. Ich rieb mir den Kopf und antwortete mit einem vagen Nicken. Sie war nicht dabei.

Lisa keifte Dave an. Sie hatte eine offene Tube Sonnencreme in der Hand und auf dem Arm weiße Streifen, die sie noch verreiben musste, nur dass er eine Handvoll Gras nach ihr geworfen hatte, das jetzt auf ihrer Haut klebte. Während sie ihn beschimpfte, nippte er an einem Red Bull und lachte. Alle lachten. Sie war nicht dabei.

Ich nahm eine Dose aus der Plastiktüte und bot sie reihum an. Eins der Mädchen streckte sich danach und streifte mich mit den Fingern. Sie lächelte, schob die Brust raus, schlug kurz die Beine übereinander. Ich nahm mir ein frisches Bier und schlenderte runter ans Wasser.

Ich versuchte, nicht darüber nachzudenken, warum sie nicht gekommen war.

Entlang des Seeufers standen Bäume, und es gab eine kleine Brücke. Tiefer hinein sah das Wasser dunkel und veralgt aus. In Ufernähe war es heller, auch wenn man, ohne hineinzuwaten, unmöglich einschätzen konnte, wie tief es da war. Die Wasseroberfläche kräuselte sich, und mein Spiegelbild war leicht verzerrt.

»Komm rein«, rief jemand.

Erst als ich mich umdrehte, entdeckte ich sie. Anna. Sie lehnte an ein paar Steinbrocken. Ihre untere Körperhälfte war im Seewasser nicht zu erkennen.

Lächelnd hob ich die Bierdose. »Ich würde ja, aber …«

»Ich hab Zeit«, erwiderte sie. »Aber durstig wäre ich auch.«

Sie stieß sich von den Steinen ab, glitt auf mich zu, und ich beugte mich vor und reichte ihr die Dose. Sie nahm einen großen Schluck. Ihr nasses Haar war pechschwarz.

»Danke.« Sie gab mir die Dose zurück. »Dann trink jetzt aus.«

Ich nickte zum Wasser. »Ist das tief?«

Sie grinste, und ihre Augenbrauen zuckten. »Spring rein und find's raus«, sagte sie, drehte ab und schwamm davon.

Eine Weile blieb ich stehen und blickte über den See. Ich versuchte, über sie hinwegzusehen, während sie dort auf dem Rücken trieb, und hielt den Blick in die Ferne gerichtet, aber ständig fing sich die Sonne auf ihrer Haut. Sie trug einen rot-weiß gestreiften Bikini und hatte die Augen geschlossen.

Sobald ich mein Bier ausgetrunken hatte, ließ ich die

Dose ins Gras fallen und zog T-Shirt und Schuhe aus. Anna beobachtete mich, als ich erst einen, dann den anderen Fuß ins Wasser setzte.

»Interessante Art reinzuspringen«, rief sie herüber.

Mein Grinsen wich einer Grimasse, als das kalte Wasser an mir hochschwappte. Den instinktiven Aufschrei unterdrückte ich, indem ich eilig unter die Oberfläche tauchte. Es war nicht tief, vielleicht einen Meter zwanzig, aber durch das trübe Wasser und den Dschungel aus Algen war der Grund wie verschluckt.

Ich schwamm in ihre Richtung, bis ich nah genug bei ihr war, um wieder aufzutauchen. Mit einem merkwürdigen Lächeln im Gesicht schwamm sie auf der Stelle; ihr Kinn hüpfte über der Wasseroberfläche auf und ab.

»Weißt du, was mit der Kirche passiert ist? Warum sie so aussieht?« Sie nickte in Richtung der verfallenen Mauern, die zwischen den Bäumen aufragten.

Ich drehte mich um, obwohl ich genau wusste, wie die Kirche aussah. Mit purer Willenskraft verhinderte ich ein Erröten. »Die ist irgendwann abgefackelt«, sagte ich nach einer Weile.

Ich wischte mir das Wasser aus dem Gesicht und fuhr mir mit der flachen Hand über den rasierten Schädel. Anna war gerade so außer Reichweite.

»Du redest nicht viel«, stellte sie fest und sah mich an.

Ein spitzer Schrei hallte über den See und scheuchte drei Gänse auf, die vom Ufer aufflatterten und über unsere Köpfe hinwegflogen. Sie verschwanden hinter den Bäumen am gegenüberliegenden Ufer.

Ich zog die Augenbrauen hoch. »Warum reden, solange man Stille damit nicht besser macht?«

»Ich hab nicht gesagt, dass ich das doof finde«, sagte

sie, schwamm ein Stück weg und ließ sich wieder auf dem Rücken treiben.

»Aaaaaanna!« Eine Männerstimme dröhnte über den See.

Sie winkte in Richtung Ufer.

»Du wirst hier gebraucht«, rief die Stimme, und sie reckte zur Antwort den Daumen.

»Bin gleich wieder da«, sagte sie, schwamm an mir vorbei und streifte in der undurchsichtigen Unterwasserwelt mein Bein mit ihrem Fuß.

Am nächsten Montag gingen wir nach der Schicht alle gemeinsam in den Club. Damals gingen fast alle an fast jedem Abend aus. Freitag, Samstag und Montag waren die Drinks billiger, und Karaoke verpestete die Luft. Keine Ahnung, wo wir die Energie hernahmen, den ganzen Tag zu arbeiten und anschließend noch zu feiern.

Wir saßen auf der weißen Plastikbank, sie angelehnt, ich nach vorn gebeugt, und die anderen tanzten. An die Musik kann ich mich noch erinnern – irgendein grässlicher Garagenrockmix – und auch an die über der Tanzfläche zuckenden Lichter und daran, dass ich in der Dunkelheit ihre Hand nahm. Drei Minuten lang sahen wir einander an, und bevor der Song zu Ende war, spazierten wir bereits den Hügel hinunter in Richtung Innenstadt.

Am verwaisten Blockbuster's-Parkplatz blieb sie stehen und sagte: »Ich mache keinen Schritt mehr, wenn du nicht den ersten Schritt machst.« Irgendwann Jahre später haben wir uns darüber gestritten, wer es letzten Endes war. Sie beharrte darauf, dass »*du mich* geküsst hast«. Ich kann mich noch genau an das Gegenteil erinnern.

Wir erinnern uns an die Dinge so, wie wir uns an sie erinnern wollen.

Frühe Neunziger

Danach packten sie Mums Sachen zusammen. Gerade noch war alles da gewesen, dann war es weg. Genau wie sie selbst.

Als wir klein waren, hatten Sal und ich gern Verstecken in unserem Haus gespielt. Ich stand am Fuß der Treppe, hielt mir die Augen zu und zählte bis zwanzig. Das Haus, in dem wir wohnten, war riesig und steinalt – viktorianisch, mit hohen Decken und dunklen Nischen. Es war früher ein Pfarrhaus gewesen und dann über viele Jahre verfallen. Dad arbeitete für den Besitzer und erledigte Kleinkram auf dessen Anwesen, deshalb wohnten wir zu ermäßigter Miete. Für uns fühlte es sich nach Herrenhaus an.

Ich zählte immer ganz langsam, damit Sal Zeit genug hatte, sich zu verstecken. Dann lief ich die Treppe hoch. Er saß jedes Mal im selben Versteck, trotzdem machte ich eine große Sache daraus, hob die schweren Vorhänge hoch, die vor den Fenstern hingen, und zog jede Schranktür auf. Ich suchte das komplette Obergeschoss ab, ehe ich zu guter Letzt vor Mums und Dads Schlafzimmer stand. Ich schob die Tür auf und nahm mir alle Zeit der Welt, den Raum abzusuchen und sämtliche Oberflächen zu kontrollieren, um zu sehen, ob sich seit dem Vortag etwas verändert hatte. Nähzeug auf ihrem Tisch, ein neues Buch, das aufgeschlagen auf dem Nachttisch lag, ein vergessenes Wasserglas.

Ich war von den Flakons auf ihrem Schminktisch fasziniert – wie die Sonne zwischen den Vorhängen hindurchfiel und die Fläschchen beleuchtete wie einen Altar.

Sobald ich mit meinem Rundgang fertig war, trat ich an den schweren braunen Kleiderschrank und wuchtete die Tür auf. Dort hinter Röcken und Kleidern kauerte Sal sich ganz klein zusammen und versuchte, sich unsichtbar zu machen. Ich kletterte zu ihm, zog die Schranktür zu, und dann lagen wir auf dem Schrankboden, und Sal fuhr mit der Hand über die Stoffe, während ich den Geruch einatmete.

Sie war schon ein paar Wochen weg, als ich Sal vorschlug, wieder Verstecken zu spielen. Eigentlich war ich schon zu alt dafür, aber die Tage zogen sich endlos, und wir mussten irgendwas tun, um die Zeit totzuschlagen.

Ich zählte, lief die Treppe hoch, doch als ich die Schlafzimmertür aufmachte, stand Sal mit hängenden Schultern vor dem Kleiderschrank. Ich ging auf ihn zu und sah ebenfalls hinein: dunkle Leere. Erst in diesem Moment wurde mir vollends klar, dass nichts mehr da war. Die Flakons, die Bücher, das Nähzeug – alles weg.

Wir krochen in den Schrank und zogen die Tür hinter uns zu.

2003

Anna und ich verbrachten in jenem Juli buchstäblich jeden Tag miteinander. Ich weiß noch, dass es heiß war – unfassbar heiß – und sie den Motor laufen ließ, damit wir es einigermaßen kühl hatten. So verheizten wir tankweise Sprit, von schichtweise Haut auf unseren Lippen ganz zu schweigen.

»Du weißt, dass er in einem Monat zurückkommt«, sagte sie einmal. »Er hat gesagt, er kommt zurück.«

Ich nickte und küsste sie wieder.

Ab da war das mit uns klar. Wir trafen uns vor der Arbeit, und wenn einer von uns mit der Schicht fertig war, machte der jeweils andere Pause, und wir stahlen uns durch die Hintertür, zur Mauer bei den Müllcontainern. Ich kann mich noch gut an die Mischung erinnern: ihr Parfüm – laut Etikett irgendwas mit Jasmin – und der schale Hauch verrottender Pommes. Im Nachhinein frage ich mich, warum wir nicht woanders hingingen, aber wir waren heiß aufeinander, hungrig und jung. Die Container waren in der Nähe – irgendwo anders hinzugehen wäre Zeitverschwendung gewesen –, und dort waren wir ungestört.

Laura und ich küssen uns nie so. Vielleicht anfangs noch, inzwischen definitiv nicht mehr, aber das erwarte ich auch nicht. Wenn man jung ist, giert man nach jeder neuen Erfahrung. Küssen ist eine neue Erfahrung, und es kostet nichts.

Ganz Europa ächzte damals unter der Hitzewelle – angeblich die heftigste seit fünfhundert Jahren. Die Donau führte so wenig Wasser, dass Bomben und Panzer aus dem Zweiten Weltkrieg im Flussbett auftauchten. Sie waren die ganze Zeit dort gewesen, tief unter der Oberfläche, waren nie explodiert und immer noch tödlich, hatten nur darauf gewartet, entdeckt zu werden. Hier bei uns schmolzen Teile der Autobahn.

Bei Hitze muss ich jedes Mal daran denken.

Anfangs nutzten wir jede Ausrede, einander zu berühren. Anna beugte sich zum Handschuhfach und stützte sich auf mein Knie, um nach einer bestimmten CD zu suchen. Ich strich ihr eine Haarsträhne aus dem Gesicht. Oder wir lagen im Park, sie steckte mir einen Kopfhörer ins Ohr und startete ihren iPod.

Zwei Nächte haben wir miteinander verbracht. Ich wusste natürlich, dass sie das nicht durfte, sie muss es im Vorfeld geplant und zu Hause erzählt haben, sie übernachte bei einer Freundin. Wahrscheinlich waren auch wir nur Freunde. Darüber habe ich jahrelang nachgedacht.

Wir lagen auf meinem Bett, und auf dem Schwarz-Weiß-Fernseher in meinem Zimmer lief leicht unscharf, weil die Antenne mit Tesa geflickt war, *Fawlty Towers*. Sie konnte jeden Wortwechsel mitsprechen, und ich packte mir das Kissen hinter den Kopf und sah zu, wie sie lachte.

Daran kann ich mich noch erinnern. Sie muss bemerkt haben, dass ich sie ansah, weil sie übers Bett krabbelte und mich küsste.

»Was wünschst du dir vom Leben?«, fragte sie mich.

Ich strich ihr das Haar aus dem Gesicht. »Das hat mich noch nie jemand gefragt.«

»Ist nicht dein Ernst.«

»Meine Mum vielleicht.« Ich hielt inne. »Ich habe als Kind Geschichten geschrieben. Sie mochte es, wenn ich sie ihr dann laut vorgelesen habe, und wenn ich fertig war, klatschte sie und sagte, ich hätte Talent. Aber da sind Mütter natürlich voreingenommen.«

Anna lächelte. »Ich wette, du wärst ein fantastischer Schriftsteller.«

Dieses Zutrauen verblüffte mich. Ich hatte nie jemandem erzählt, dass ich schrieb, besonders nicht Daz und den Jungs, die sich bloß darüber lustig gemacht hätten. »Und du?«, fragte ich. »Was wünschst du dir?«

Sie legte den Kopf an meine Brust. »Ich male für mein Leben gern«, sagte sie. »Und eines Tages will ich nach New York zurück. Letztes Jahr war ich drei Monate als Austauschschülerin dort, und die Stadt ist einfach unfassbar. Komm, wir ziehen ins East Village und machen auf Künstlerpärchen!« Sie gab mir einen Kuss.

Ich lief nach unten, weil ich draußen eine rauchen wollte. »Lässt du mich wirklich hier in deinem Zimmer allein?«, hatte sie gefragt und verschwörerisch die Augen aufgerissen. Ja. Ich ließ sie dort allein, auf meinem Bett, obwohl mir klar war, dass der Nikotinkick nur wenig gegen das Flattern ausrichten würde. Aber mir gefiel die Vorstellung, dass sie mit all meinen Sachen allein war. Als ich nach ein paar Zügen nach oben sah, stand sie am Fenster und blickte zu mir nach unten. So wie sie sich aufstützte – Hände unter dem Kinn, die Ellbogen weit gespreizt –, ahnte ich, dass sie mit den nackten Knien auf meinem Kissen kauerte, und die Vorstellung bescherte mir eine merkwürdige Art von Kitzel. Ich lächelte, sie winkte und zog sich vom Fenster zurück. Ich stellte mir vor, wie sie meine Sachen betrachtete und sich ein Bild von mir machte. Als ich zurückkam, saß sie genau dort, wo ich sie zurückgelassen hatte.

In jener ersten Nacht, die sie bei mir blieb, in meinem Zimmer, in meinem Bett, passierte gar nichts. Wir küssten uns, redeten und schliefen irgendwann ein. Sie hatte mein Lieblings-T-Shirt an.

»Wie viele Mädchen haben schon in diesem Bett geschlafen?«, fragte sie, nachdem uns die Sonne viel zu früh geweckt hatte.

Ich zuckte mit den Schultern. »Ist das wichtig?«

Stattdessen erzählte ich ihr davon, wie im vorigen Sommer an der Uni mal ein Mädchen angeklopft und nach meinem Mitbewohner gefragt hatte. Er war unterwegs, sollte aber bald wieder da sein – sie könne gern auf ihn warten. Zehn Minuten später hatte sie in meinem Bett gelegen. Die Jungs in der Kneipe hatten laut gelacht, als ich davon erzählte, sie hatten mir auf die Schulter geklopft und mir einen ausgegeben.

Sie schüttelte bloß den Kopf und drehte sich zur Wand.

Diese Geschichte hätte ich ihr nicht erzählen sollen.

An die zweite Nacht erinnere ich mich viel deutlicher. Ich habe sie mir oft ins Gedächtnis gerufen.

»Wo ist eigentlich dein Vater?«, hatte Anna gefragt, als wir die Treppe hinaufgingen. »Den habe ich noch gar nicht kennengelernt.«

»Unterwegs«, antwortete ich. »Er ist immer unterwegs.«

Wir lagen auf meinem Bett, hatten die Decke beiseitegeworfen. Das Fenster stand offen, doch in der Luft hing nur schwüler Juli.

»Ich glaube, ich will mir die Haare abschneiden«, sagte sie.

»Warum?«

»Und sie mir blondieren lassen. Wie eine Frau in einem Hitchcock-Film.«

»Du bist ja verrückt.« Ich streichelte ihr Bein.

»Willst du mich dann nicht mehr?«

»Du hast so schöne Haare, warum solltest du das machen?«

Sie legte ihre Handfläche auf meine. »Wächst doch wieder. Haar ist sowieso tot.«

Ich kann mich nicht daran erinnern, sie ausgezogen zu haben, aber ich weiß noch, wie sie aussah und dass sie kein bisschen scheu war. Sie war nicht rasiert, wie die meisten anderen Mädchen, und das faszinierte mich. Selbst jetzt kann ich sie, wenn ich die Augen zumache, klar und deutlich vor mir sehen. Erinnerung ist ein gefährliches Spiel.

Manchmal sehe ich sie und mich selbst und zwischen uns nichts mehr, was uns trennt.

Kurz bevor es ernst wurde, sah ich sie an. »Bist du dir sicher?«

Sie schloss die Augen und nickte, aber ich wusste Bescheid und hörte auf.

»Dir ist aber schon klar, dass sie nicht schwarz sind?«, fragte sie später. Sie lag quer auf mir drauf. »Meine Haare, meine ich.«

Es muss etwa zwei Uhr nachts gewesen sein. Gefühlt war nur eine halbe Stunde vergangen, in der wir einander berührt hatten, in Wahrheit waren es volle drei Stunden gewesen. Und wir konnten immer noch nicht voneinander lassen. Ich strich ihr mit den Fingern über den Rücken und zog Kreise auf ihrer Haut.

»Sie sehen schwarz aus«, sagte ich. In der Dunkelheit hoben sie sich von den Schatten nicht ab.

»Sieh sie dir in der Sonne an, da sind sie dunkelbraun.«

Ich zog sie ein Stück höher, sodass ich sie in die Arme schließen konnte. »Ich liebe sie, ganz egal, wie du die Farbe nennst.«

»Hast du dich immer schon kahl geschoren?« Sie kuschelte sich an meine Brust. Ich stellte mir vor, wie sie mein Herz rasen hörte.

Ich fuhr mir über den Schädel. »Ich lasse es mir abrasieren, wenn ich unruhig bin. Irgendwie fühle ich mich dann besser. Mit kahlem Kopf.«

Zur Antwort strichen ihre Hände über meine Schulterblätter, und ihre Finger schmiegten sich umso fester an meine Haut.

Ich küsste ihre warmen, feuchten Lippen.

Noch gefühlt Monate später fand ich einzelne lange schwarze Haare in meinem Bett.

Städtchen wie Ashford gibt es in jedem Land, da bin ich mir sicher. Ein Verkehrskreisel nach dem anderen. Eine zubetonierte Innenstadt, wo die Einkaufsmeile irgendwann hügelabwärts auf Straßenverkehr trifft, irgendein neuer Ein-Pfund-Shop, der ins frühere Woolworth-Gebäude gezogen ist, eine kleine Einkaufspassage mit Glasüberdachung, die bei der Eröffnung Ende der Achtziger als zukunftsweisend galt.

In der Theorie ist es ein attraktiver Wohnort: mehrere Gymnasien, ein John-Lewis-Kaufhaus, zwei Kinos, eine Brauerei, ein Designer-Outlet und Dörfer wie Wye im Speckgürtel, wo die Immobilienpreise durch Kohorten von Offroadern und Yoga im Park hoch gehalten werden. Es gibt sogar einen Fernbahnhof, von dem man aufs europäische Festland kommt – du steigst in den Zug, und der nächste Halt ist Paris.

Ich glaube, dass die Leute erst begeistert herziehen und sich dann ratlos am Kopf kratzen. Drei McDonald's-Filialen und ein Champneys-Wellnesstempel lassen darauf schließen, dass diese Stadt immer noch auf der Suche nach ihrer Bestimmung ist; die neueren Wohnviertel erstarken, während die Sechziger-Wohnblocks peu à peu in Vergessenheit geraten, sogar bei den Städteplanern mit ihren Abrissbirnen. Das Designer-Outlet zieht Massen an, natürlich zuungunsten der Einkaufspassage, die eine halbe Meile entfernt jenseits der vierspurigen Umgehungsstraße liegt.

An dieser Straße liegt wiederum ein kleiner Friedhof – ein Fleckchen Wiese neben einem Parkplatz. Nur dass es nicht wirklich ein Friedhof ist. Vor ein paar Jahren habe ich mal gelesen, dass die Grabsteine vom Town Centre Burial Ground nebenan hergebracht worden seien, als der in eine Naherholungsfläche umgewidmet und mit Bänken und

Beeten versehen werden sollte. Jetzt stehen die Grabsteine hier dicht an dicht vor der Neunzigerjahre-Fassade des Bowlingcenters.

Und apropos Friedhof. Anna nahm mich einmal mit zum Bybrook Cemetery, um sich das Grab einer toten Philosophin namens Simone Weil anzusehen. Bis wir die schlichte Granitplatte mit dem eingravierten Namen und den Daten gefunden hatten, war unsere Mittagspause so gut wie vorbei. Wir standen eine Weile schweigend davor, und einen Steinwurf entfernt hinter dem Zaun ragte das Multiplex auf, wo wir beide arbeiteten. »Sie war sich nicht sicher, ob sie an Gott glauben sollte«, erklärte Anna und starrte auf das Grab. »Sie meinte, man kann so oder so nichts sicher wissen.« Ich nickte nur. Ich erwähnte nicht mal, dass ich den Namen nur gekannt hatte, weil die vierspurige Schnellstraße, die zu Sainsbury's führte, nach ihr benannt war.

Als Kinder hatten wir in einem Dorf kurz hinter dem Stadtrand gewohnt. Dort war es ruhig und ländlich, an den Straßen standen Bäume, und es gab einen Park, in dem wir an den Wochenenden Cricket spielten. Wer nicht selbst von dort stammt, kennt den Ort nicht, deshalb sagte ich immer nur Ashford, wenn mich jemand fragte, wo ich wohnte.

Zum Studium zog ich weg, in den Norden, wo ich angeblich keinen Tee machen konnte und der Softie aus dem Süden war. *Du weißt aber schon, dass man Bath ohne R schreibt?* Wahrscheinlich hatten sie sogar recht. Mein Tee schmeckt wirklich nicht.

Ich dachte darüber nach, nicht mehr zurückzugehen. Manchester war billig, dort schien man andere Lebensentwürfe eher zu akzeptieren, und ich überlegte, mir einen Hilfsjob bei einer Zeitung zu suchen und mich dann hochzuarbeiten. Andererseits war Sal immer noch in Ashford, und selbst nach drei Jahren war ich mit Manchester nicht richtig warm geworden. Außerdem setzte mir das schlechte Wetter zu.

Das ist das Komische an Ashford. Die Leute schimpfen darauf, und einige ziehen auch wirklich weg und fangen woanders neu an, aber für diejenigen, die bleiben, haben die bekannten Straßennamen und Abkürzungen und Gesichter im Pub etwas Tröstliches.

Es gibt Leute, die für einen Neuanfang nicht gemacht sind.

Es ging ganz unspektakulär los.

Ich sage »es«, als wäre unsere Familie ein Objekt, etwas absichtsvoll Erschaffenes. Was mit Samthandschuhen angefasst werden muss. Aber so sind Familien doch nicht wirklich. Sie wachsen nach und nach, und zwar nicht immer geplant. Man fängt was mit jemandem an, ein Kondom platzt, und das Leben lacht sich ins Fäustchen. Oder vielleicht nimmt es dich am Schlafittchen und schleift dich mit, sosehr du um dich trittst und dich wehrst, denn nur wenige haben die Kraft, ihr Schicksal zu lenken.

Trotzdem neigen Familien, wie ich sehr gut weiß, dazu kaputtzugehen. Wenn wir uns vielleicht mit diesem Postklebeband einwickelten, das sonst auf Kisten klebt – transparent mit rotem »VORSICHT, ZERBRECHLICH!«-Aufdruck –, hätten die Leute keine Entschuldigung mehr zu sagen: *Das nimmst du dir zu sehr zu Herzen* oder: *Mir war nicht klar, dass es dir so und so ging.* Sie hätten keine Entschuldigung mehr, weil es einem buchstäblich ins Gesicht geschrieben stünde.

Sprich nicht in Rätseln, sagt Dad in meinem Kopf. Red Klartext.

Späte Achtziger

Alle zwei Wochen, wenn Arsenal zu Hause spielte, fuhr Dad in seiner jeweils aktuellen Schrottkarre mit uns nach London. Sal und ich saßen mit unseren Walkmankopfhörern auf der Rückbank und drehten die Lautstärke hoch oder runter, damit die Musik nicht lauter war als der Radiomoderator. »Ihr wisst, dass euer Vater Kopfschmerzen kriegt, wenn er euren Bass hören kann«, sagte Mum jedes Mal, bevor Dad einstieg. »Dreht eure Musik leise, und wir kommen uns nicht in die Quere.« Offene Autofenster und das Wummern von Bässen konnten ihn zur Weißglut treiben. *Dieses Dröhnen!*

Nana und Grandpa wohnten in einem Sozialbau in Stoke Newington, in einem Gebäudekomplex aus den Sechzigern zwischen ähnlichen Gebäudekomplexen mit zubetonierten Vorgärten und Gittern vor den Fenstern im Erdgeschoss. Grandpa war auf dem Heimweg von der Spielbank dort schon zigmal ausgeraubt worden – er hatte sich nie zur Wehr gesetzt, und wenn, hätte er ohnehin nur geredet. Irgendwie hatte er nie gelernt, eine dezentere Armbanduhr anzulegen oder auch sonst so wenig Schmuck wie nur möglich zu tragen. »Der ist doch dazu da, dass man seine Freude daran hat«, sagte er immer und lachte dann laut. »Jetzt lass halt die ihre Freude daran haben.«

Die Samstage liefen immer gleich ab. Wenn wir am späten Vormittag ankamen, roch es aus Nanas Küche nach Braten. Mum schnappte sich eine Schürze und fing an, in einem Topf zu rühren, während Dad Nana ein Küsschen gab und sich dann mit der Zeitung ins Wohnzimmer setzte. Sal und ich saßen am Küchentisch, blätterten den Argos-Katalog durch und erstellten im Kopf Listen mit Dingen, die wir uns zu den nächsten fünf Geburtstagen wünschten. Sal wollte eine Scalextric-Rennbahn; jedes Mal starrte er das Bild des Jungen an, der mit der Deluxeversion spielte, die in einer Acht über den Boden sauste. Manchmal fragte ich mich, ob er die Autos und die Rennbahn anstarrte oder das Gesicht des Jungen und sich ausmalte, wie es wohl wäre, sich als Kind etwas zu wünschen und es tatsächlich zu bekommen.

Manchmal, wenn keiner hersah, blätterten wir zu den Seiten mit den BHs.

Gegen Mittag kam Grandpa in einer Wolke aus Zigarrenrauch von seiner Kartenrunde im Club nach Hause. Noch ehe er seine Lammfelljacke und den Fedora ablegte, beugte er sich herab, nahm Sal und mich überschwänglich in die Arme und drückte uns feuchte Küsse auf die Wangen. Sein kratziger weißer Schnurrbart hinterließ jedes Mal rote Flecken auf unserer Haut, doch wenn sie verblassten, vermisste ich, wie sie sich angefühlt hatten.

»Saat der McCoy«, sagte er immer mit triumphalem Gestus. Ich nahm an, er meinte damit, dass er stolz war auf seine Enkel.

An diesen Tagen kamen oft auch Stella und Bill vorbei. Unser Onkel – kein Mann vieler Worte – hatte dann stets eine kleine, halbmondförmige Brille auf der Nasenspitze. Er redete kaum und hatte die merkwürdige Angewohnheit, ein Zimmer immer nur rückwärts zu verlassen und sich dabei ganz leicht vorzubeugen wie ein Butler. Irgendwie passte er nicht zu unserer glamourösen Tante Stel, die in ihrem Leopardenmantel und mit hoch aufgetürmtem, rot gefärbtem Haar hereinrauschte. Es klingt fürchterlich, aber als Bill ein paar Jahre später an Krebs starb, bemerkten wir kaum, dass er nicht mehr da war.

Nach dem Essen machten die Männer sich fertig fürs Highbury. Sie standen in der Küche und zogen Schicht um Schicht an, nur Grandpa mit seiner dicken Lammfelljacke, dem Winterhut mit Feder und der Zigarre im Mundwinkel war schon bereit. Dad trug seine flache Mütze und die Lederjacke und als einziges Zugeständnis an Arsenal den rot-weiß gestreiften Schal. Aber Onkel Bill, der gab alles. Der trug sein Langarmtrikot von 71, als sie das Double geholt hatten, eine rote Beanie, einen Ringelschal und einen roten gefütterten Mantel mit Vereinswappen auf der Tasche. Er hatte sogar die Arsenal-Bauchtasche. Bei den seltenen Gelegenheiten, da Dad mich zu einem Spiel mitnahm und ich bei jedem gegnerischen Foul an Arsenal wie erstarrt dastand, verwandelte sich mein schüchterner Onkel in einen Wahnsinnigen, der den Schiedsrichter beschimpfte und neunzig Minuten lang die Fäuste geballt hatte.

Sobald die Männer im Stadion waren, setzten Mum, Nana und Stella sich an den Küchentisch und bereiteten das Abendessen vor. Sie tranken koffeinfreie Cola, und Mum und Stella wechselten sich an der Dunstabzugshaube mit dem Rauchen ab. Immer wenn ich an die drei Frauen denke, sitzen sie in einer Küche. Selbst nach all diesen Jahren kann ich die Augen schließen, und da sind sie, schälen Kartoffeln und lachen über einen unanständigen Witz.

»Na, Sal, was macht die Kunst?«, rief Stella einmal aus der Küche.

»Alles gut, Tante Stel«, rief er vom Sofa zurück, wo er ausgestreckt dalag und sich *Indiana Jones* ansah. Mit am besten an Grandpa und Nana war ihre Satellitenschüssel.

»Ich hab's dir doch schon mal gesagt: Lass die Tante weg. Dafür bin ich zu jung. Stella heiß ich, das gilt auch für euch Jungs.«

»Stel, das wird Paul dir nicht durchgehen lassen«, wandte Mum ein.

»Du kannst meinem Bruder ausrichten, dass er mich mal am …«

»Stella«, ging Nana scharf dazwischen.

Ich stemmte mich vom Sofa hoch und ging in die Küche, um mir etwas zu trinken zu holen.

»Meinetwegen«, sagte Stella, die auf der Arbeitsplatte saß. Sie kratzte sich am Bein und inspizierte die Laufmasche in ihrer Strumpfhose, die vom Knöchel bis hoch zum Knie reichte. »Dann mach ich's eben so, wie mein großer Bruder es will – wie immer. Aber mal ehrlich, Mum, ich finde schon, ich sollte mir verdammt noch mal selbst aussuchen dürfen, wie ich genannt werde.« Sie stopfte ihre Kippe in den Aschenbecher und sprang von der Arbeitsplatte. »Und, wie läuft's bei dir, Nicko? Schon ein Mädchen geschwängert?«

»Stella!« – diesmal von Mum.

Ich lief rot an, grinste und antwortete leise: »Nein.«

Sie lachte. »Da fühlt sich aber jemand ertappt! Hör gut zu, Lou, der hier wird vor dir Geheimnisse haben. Da stehen die Frauen schon in den Startlöchern.«

»Klar«, rief Sal aus dem Wohnzimmer. »Weil sie schnellstmöglich wegwollen.«

»Jetzt ist aber gut«, sagte Mum. »Wir wechseln das Thema, bevor das hier ausartet.«

»Ich bin nicht mal zehn, Tante Stel«, sagte ich. »Die Mädchen wissen gar nicht, dass es mich gibt.«

»Warte nur«, sagte sie mit einem Verschwörerzwinkern. »Noch ein paar Jährchen, und du verliebst dich Hals über Kopf, und es wird die Hölle. Wenn verlieben, dann unbedingt so.«

»Ist Liebe nicht eigentlich was Gutes?«, fragte ich.

»Manchmal. Aber erst wenn sie dir an die Nieren geht, weißt du, dass sie echt ist. Wenn dir schwindlig ist und du Hunger hast und trotzdem keinen Bissen runterkriegst.«

Mum schnaubte belustigt. »Den Effekt hat Bill auf dich anscheinend nicht.«

»Wer sagt, dass ich von Bill rede?« Jetzt kreischten Mum und Stella vor Lachen. Dann drehte Stella sich zu mir um. »Wie deine Mum und dein Dad. Ich hab die beiden zusammengebracht, wusstest du das? Deine Mum und ich waren in einer Disco unten in der Stadt. Wir haben uns bei ihr daheim aufgehübscht, weißt du noch, Lou? Das silberne Flamencokleid, für das du einen ganzen Monat sparen musstest?«

Mum strahlte übers ganze Gesicht. »Ich hab dieses Kleid geliebt! Und an dem Abend hatte ich eine Farrah-Fawcett-Frisur.« Sal kam zu uns in die Küche, sie legte den Arm um ihn und zog ihn an sich.

»Und dann waren keine Männer da. Also keine, die den Aufwand wert gewesen wären. Ein paar Mollys vielleicht, aber die waren an uns ja wohl kaum interessiert.«

»Mollys?«, fragte ich.

»Mollys halt, du weißt schon, Schwule«, erklärte Stella. »Mit denen haben wir gern getanzt, die konnten sich gut bewegen, aber geschraubt wurde auf einer anderen Baustelle.«

Mum schlug beide Hände vors Gesicht. »Bleib bei der Sache, Stella.«

»Ich wusste, deine Mum wäre genau die Richtige für deinen Dad. Also sind wir weitergezogen und noch ins Red Lion gegangen, wo er immer abhing. Ich hab ihn rübergewinkt, deine Ma hat ein bisschen mit den blauen Lidern geklimpert, und mir war sofort klar, dass die zwei füreinander bestimmt waren. Er hat sich nicht mal daran gestört, dass sie sich einen Cinzano mit Limo hat mitbringen lassen – der war völlig weggetreten, dein Dad. Nur gut, dass der Barkeeper ihn sowieso für einen Idioten gehalten hat.«

Ich liebte diese Geschichten. Stella konnte machen, dass es immer so klang, als würde sie alles zum ersten Mal erzählen, und auch wenn wir diese Geschichte schon gehört hatten, lauerten Sal und ich insgeheim auf neue Einzelheiten. Auf irgendwas, worüber wir auf der langen Heimfahrt nachgrübeln konnten.

»Erzähl ihnen das von Paul und der Jukebox«, sagte Mum. Ich konnte ihr ansehen, dass auch sie es genoss.

Sal und ich spitzten die Ohren.

»Du meinst, das an Silvester?« Stella zündete sich eine neue Zigarette an. »Du lieber Himmel, weißt du noch …«

Im selben Moment hörten wir den Schlüssel im Schloss. Die Männer waren wieder da.

Ich war kürzlich wieder in Stoke Newington und bin den Arundel Grove entlanggegangen. Die Blocks stehen noch, mitsamt Schüsseln auf den Flachdächern, Gardinen und Mülltonnen. Allerdings haben sie die Gitter vor den Fenstern abgenommen, und als ich zur Bushaltestelle ging, kam ich an etlichen Cafés mit schicker Außenbestuhlung vorbei.

Vor einem saß ein Typ mit einem winzigen Kaffeetässchen und hämmerte auf seinen Laptop ein, ohne im Geringsten besorgt zu sein, dass irgendwer ihn klauen könnte.

Nana und Grandpa und jenes Leben gibt es nicht mehr. Aber die Erinnerungen kehren immer wieder.

Juli 2003

»Guck dir das an!«

Ich war schon halb oben, hatte den Schlüssel in der Hand und hoffte, dass Dad immer noch bei der Arbeit war oder im Pub haltgemacht hatte. Als Anna vorgeschlagen hatte, zu mir zu gehen, hatte ich das erst für einen Witz gehalten, doch dann hatte sie mein nervöses Gekicher mit einem Blick zum Verstummen gebracht. Jetzt war sie am Tor stehen geblieben. Bestimmt hatte sie kapiert, dass es ein Fehler gewesen war.

»Du kannst gehen, wenn du willst«, sagte ich und betrachtete den Schlüssel in meiner Hand.

»Hä?«

»Musst du noch woandershin? Wenn ja, ist schon okay.«

Sie sah stirnrunzelnd zu mir hoch, und ich konnte die Ungeduld spüren, die bei ihr jedes Mal aufflammte, sobald sie mich nicht verstand.

»Wovon redest du?«, fragte sie. »Wo muss ich hin?«

»Ich dachte nur …«

»Ich bin deswegen stehen geblieben.« Sie zeigte auf die drei Sonnenblumen am Rand der Auffahrt. Sie schwankten leicht in der Brise – die kompletten eins fünfzig, als wüssten sie, dass sie bewundert wurden.

Als hätte ich nie etwas anderes gemeint, nickte ich und trat neben sie. »Ja, die hat meine Tante Stella gepflanzt, im ersten Sommer … als Mum … weg war.« Am Schluss des Satzes war ich ins Stocken geraten. »Sie fand«, fuhr ich eilig fort, »wir bräuchten etwas, was nach der Schule hier auf uns wartet, irgendwas Leuchtendes. Entweder Blumen, oder wir müssten die Tür quietschgelb streichen, und ich glaube nicht, dass mein Dad das mitgemacht hätte.«

»Sie sind wunderschön«, sagte Anna und sah erst mich, dann wieder die Blumen an. »Und funktionieren sie?«

»Funktionieren?«

»Freust du dich, wenn du sie siehst?«

Ich starrte die Rückseiten der Blütenkörbe an. In diesem Jahr waren sie wirklich kräftig, standen in voller Blüte, mit geraden, stolzen Stängeln, die großen Blätter wuchsen fast ineinander. Es war das erste Mal in diesem Sommer, dass ich sie überhaupt zur Kenntnis nahm.

»Vielleicht. Stella pflanzt sie jedes Jahr neu. Das hat mittlerweile Tradition.« Ich ging zu Anna und berührte einen der dunklen Blütenkörbe. »Hier, schau – wenn die Blume im Spätsommer welk wird, kommen hier Samen. Stella sammelt ein paar ein und sät sie im Frühjahr neu aus.«

»Dann sind diese hier Abkömmlinge der Ersten, die sie eingepflanzt hat … Ich hab Sonnenblumen nie richtig gemocht.« Anna streckte die Hand aus, um die Blütenblätter zu streicheln. »Ich kenne sie aber auch nur in der Vase – oder aus dem Supermarkt in Zellophan. Da haben sie immer was Gruseliges. Aber die hier sehen anders aus. Die sehen *richtig* aus.«

»Irgendwie wachsen immer nur drei.«

»*Nur* drei?«

»Sie pflanzt immer vier, aber nur drei davon kommen. Wir haben früher Wetten abgeschlossen, welche es nicht schafft.«

Ich spürte Annas Blick auf mir.

»Ich glaube, ich mag deine Tante Stella«, sagte sie und schubste mich sanft in Richtung Haustür.

»Und du?«, fragte ich. »Wie viele Jungs haben in deinem Bett gelegen?«

Es war nach der ersten Nacht. Ich war irgendwann am Morgen aufgewacht, als die Außenwelt sich langsam auf den Weg zur Arbeit machte, und war über sie drübergekletttert, um unten ein Bacon-Sandwich zu machen, während sie noch schlief. Als ich mit dem Teller und einem Becher Tee zurückkam und die Tür aufschob, sah ich sie dort liegen. Die Decke hatte sie sich um ein nacktes Bein geschlungen. Sie war aufgewacht, ihr schwarzes Haar war auf meinem Kissen ausgebreitet, und sie betrachtete mein Zimmer. All diese Jahre später weiß ich noch exakt, wie mein Zimmer aussah, weil sich mir genau dieses Bild von ihr ins Gedächtnis eingebrannt hat.

Anna antwortete nicht sofort, hielt mir nur irgendwann den leeren Teller hin und nahm einen Schluck trüben Tee. Ich saß auf der Bettkante und sah sie an, wie sie sich, immer noch in meine Decke gehüllt, auf einen Ellbogen stützte.

»Du weißt genau, dass nie jemand in meinem Bett gelegen hat«, sagte sie und leckte sich einen Spritzer Ketchup vom Handgelenk. »Du kennst meine Situation.«

Ich nickte. Ich tat so, als wüsste ich Bescheid.

»Und über die gebrochenen Herzen will ich nicht reden.« Sie nestelte am Saum meines Tupac-Shirts, das sie irgendwann übergestreift hatte, bevor wir uns schlafen gelegt hatten. Ich hatte die Konturen ihres Schattens an meiner Zimmerwand nicht aus den Augen gelassen. »Können wir uns auf das Hier und Jetzt konzentrieren?«

»Darf ich dich was fragen?«

Sie zog eine Augenbraue hoch.

»Was, wenn sie dich in meinem Bett erwischen würden?«

Sie starrte auf ihre Hände. »Das darf nicht passieren.«

»Auch wenn gar nichts war?«

Anna setzte sich auf. »Für dich war vielleicht nichts. In meiner Welt wäre das hier« – sie nickte zur zerwühlten Decke –, »eine Katastrophe.«

Mein zweiundzwanzigjähriges Ich begriff nicht, was das bedeutete. Dass sie mir ihre Gefühle offenbarte, indem sie für mich dieses Risiko einging. Wenn ich die Zeit zurückdrehen und jenem Ich klarmachen könnte, dass es hinhören sollte, wäre vielleicht keins der vielen Jahre vergeudet gewesen. Es heißt immer, Taten sagen mehr als Worte, aber heißt es nicht auch, dass die Jugend an Jugendliche verschwendet sei? Diese beknackten Kalendersprüche stammen doch alle von jemandem, der irgendwas bereut hat.

Frühe Neunziger

Meine drei Besuche bei Arsenal als kleiner Junge haben sich mir tief eingeprägt. Mir ist klar, dass ich nur deshalb mitdurfte, weil irgendwer keine Zeit hatte und es zu spät gewesen wäre, die Eintrittskarte noch zu verkaufen, außerdem war es immer gegen irgendeine Krücke wie Norwich oder Sheffield Wednesday. Aber sobald wir uns dem Stadion näherten, nahm Dad meine Hand und zog mich hinter sich her.

Unterwegs kaufte er uns ein Gooner-Fanzine, und das schmökerte ich dann von vorn bis hinten durch, sobald Dad in der Halbzeitpause mit den anderen Männern auf ein Pint an den Tresen ging. Auf dem Heimweg teilten wir uns eine Portion Pommes, und ich drosch Phrasen wie: *Wright ist auf dem absteigenden Ast,* oder: *Campbell ist doch auch nur einer von Grahams Schützlingen, dabei ist er zu nichts zu gebrauchen.* Solche Sachen eben. Keine Ahnung, ob es je stimmte, aber manchmal zuckte Dad mit den Schultern oder lächelte mich an.

Immer wenn wir dann am Arundel Grove um die Ecke kamen, drückte sich Sal schon die Nase am Fenster platt. Bis wir vor dem Haus standen, war er verschwunden, und ich ging rein und stimmte in das Lachen der Männer ein. Ich zerzauste ihm das Haar, woraufhin er »Verpiss dich!« zischte. Ich erzählte die vergangenen drei Stunden in Echtzeit nach. Es fühlte sich an, als würde ich alles noch mal neu erleben.

Sal ließ nie durchblicken, wie gern er auch mal hätte mitgehen wollen. Und Dad bot nie an, ihn mitzunehmen.

Sommer 2003

Wir waren grundverschieden. Was genau uns aneinander anzog, kann ich nicht sagen. Sie hasste meine Musik, und ich konnte dem Underground-Gitarrenschrammeln, auf das sie abfuhr, nicht allzu viel abgewinnen: abgehalfterte Typen, die durchgelatschte Converse trugen und sich Schnürsenkel um die Handgelenke wickelten. Wir mochten auch eindeutig verschiedene Filme, und weil wir im Kino jobbten, war das häufig Thema.

In jenem Sommer war ich viel im Vorführraum, montierte die Filme und warf sie an. Die Arbeit war nicht sonderlich begehrt – dort oben war es laut und dunkel, und viele von uns waren Teenager, für die der Job auch ein soziales Ereignis war. Rumalbern, wie man es am Getränkestand tun konnte oder während man die Leinwand abstaubte, war dort nicht möglich. Der Job erforderte Genauigkeit und einen Blick fürs Detail.

»Ich war auch eine Zeit lang oben«, hatte Anna gesagt, nachdem ich ihr erzählt hatte, dass ich darüber nachdachte, dort auszuhelfen. »Ich hab *Ernst sein ist alles* falsch zusammengeklebt, und es hat fast eine Woche gedauert, bis irgendwer es bemerkt hat. Sie haben mich rausgeschmissen, war mir aber egal. Ich hatte mich sowieso wie ein Vampir gefühlt – acht Stunden in der Dunkelheit!«

Ich liebte diese Dunkelheit. Die Fensterchen, durch die

ich die Hinterköpfe der Leute sah, die Popcorn in sich hineinstopften und sich völlig aus der Welt ausklinkten. Sie verschwendeten keinen Gedanken an mich, dabei hing ihr Vergnügen weitgehend von mir ab. In der Unsichtbarkeit liegt eine gewisse Macht.

Bevor die zahlenden Besucher einen Film zu sehen bekamen, musste er erst einmal komplett durchgesehen werden, und wann immer es beim Übergang von einer Rolle zur nächsten kurz aufflammte, wurde auf einem Klemmbrett ein Kästchen angekreuzt. Diese Vorabvorführungen fanden spätabends statt, und weil Teenager eher nachtaktiv sind, saßen vor der Leinwand hauptsächlich wir Aushilfen nach der letzten Schicht.

Anna saß auch oft im Publikum. Wenn es ein bekannter Film war, war der Saal voll, während wir bei Arthouse-Filmen unter uns waren.

Ein Film – *Dem Himmel so fern* – spielte in den Fünfzigern in der amerikanischen Vorstadt und handelte von einer Ehefrau und ihrem verkappt schwulen Ehemann. Unterdrückte Gefühle, verbotene Liebe – für meinen Geschmack zu melodramatisch, und als das Licht wieder anging, schnaubte ich bloß und sagte: »Tja, zwei Stunden Lebenszeit …« Anna wandte sich mir zu und sah mich gequält an. »Das ist nicht dein Ernst. Der Film war toll!«

Wie gesagt, wir waren grundverschieden. Die meiste Zeit zickten wir einander an wie ein altes Ehepaar. Sie konnte provokant sein, ich konterte, es ging hin und her, bis wir anfingen zu knutschen. Mir war egal, dass wir nicht viel gemeinsam hatten. So fühlte sich unsere wechselseitige Anziehungskraft viel instinktiver an. Da lag einfach irgendwas in der Luft – ein Gefühl, eine Gewissheit. Eine seltene Himmelskonstellation.

Eines Tages sollte am Klassiker-Mittwoch *Cinema Paradiso* gezeigt werden, und Anna tauschte ihre Schicht, damit sie sich die Vorabvorführung mit mir ansehen konnte. Wie erwartet waren wir die Einzigen im Saal.

In dem Film arbeitet ein alter Filmvorführer in einem italienischen Kino, und ein kleiner Junge aus dem Dorf hilft bei ihm aus. Der katholische Priester verlangt, dass sämtliche Nacktszenen und sogar Küsse vor der öffentlichen Vorführung aus den Filmen geschnitten werden, und hinterher ergeben diese dann oft keinen Sinn. Am Ende, als der Filmvorführer gestorben ist, kehrt der kleine Junge – der inzwischen erwachsen ist – in das Dorf zurück und findet dort eine Filmrolle vor, die ihm der Vorführer hinterlassen hat. Er sieht sie sich an, und ihm kommen die Tränen: Es sind die aneinandergereihten zensierten Liebesszenen.

Während dieser Szene streckte Anna sich über den leeren Sitz zwischen uns und nahm meine Hand. Ich sah sie an, und im flackernden Licht sah ich ihre feuchten Wangen.

Es war ein großartiger Film. Der kleine Junge hieß Salvatore. Ich fand das wunderbar.

Am Tag nachdem *Cinema Paradiso* öffentlich gelaufen war, nahm ich den Film wieder auseinander und packte die einzelnen Filmrollen in die Dosen zurück. Zuvor aber legte ich die Liebesszene auf die Klebepresse und schnitt ein paar Einzelbilder heraus. Eigentlich wollte ich ein Bild von jedem Kuss, aber weil mir klar war, dass das auffallen würde, begnügte ich mich mit zweien. Die schnitt ich sorgfältig heraus, klebte den Film wieder zusammen und schob die gestohlenen Küsse in meine Tasche.

Nach der Schicht fuhr sie mich heim, und wir verbrachten noch eine Weile zusammengekuschelt auf dem Rücksitz.

Bevor ich gehen musste, griff ich in meine Tasche und zog die Filmbilder heraus, und als ich sie ihr in die offene Hand legte, schoss ich ein Gedächtnisbild von ihrem Gesicht und marschierte eilig an den Sonnenblumen vorbei zur Tür.

Ein paar Wochen später stellte ich sie meinen Kumpels vor. Es war ein typischer Sonntagnachmittag in unserer Stammkneipe mitsamt Stammpublikum, und die Hitze hatte alle raus in den Biergarten getrieben.

Ein Teil von mir fürchtete sich vor diesem Moment. Ich war ihn vorab im Kopf durchgegangen, hatte mir ausgemalt, wie das Gespräch laufen würde; wie sie Blicke wechseln würden; wie die Jungs sie wahrnehmen würden und umgekehrt; wie sie mich wahrnehmen würde. Vielleicht kommt es gar nicht dazu, redete ich mir ein. Vielleicht schaffe ich es ja irgendwie bis ans Lebensende, ohne dass es je so weit kommen muss.

Doch eines Abends, als sie mich nach der gemeinsamen Schicht nach Hause gefahren hatte und ich ausstieg, nachdem wir noch zwanzig Minuten lang geknutscht hatten, sah sie vom Fahrersitz zu mir hoch. »Ich würde gern deine Freunde kennenlernen. Organisier mal was.« Dann fuhr sie los.

Zwei Tage später war es so weit.

Wir betraten den Pub, wie wir es immer taten: sie zuerst, ich zehn Sekunden später. »Es könnte gerade jemand vorbeigehen«, sagte sie immer, »ich will mich für alle Fälle erst kurz umgucken.« Dann nickte sie mir durchs Fenster zu, und ich konnte zu ihr.

Wir holten uns Drinks, und sie folgte mir durch die Doppeltür raus in den Biergarten. Dort waren sie, lachten und rauchten, ihre Gesichter allesamt schon pink. Sobald wir hinaus ins Freie traten, hoben ein paar von ihnen zum Gruß ihre Gläser.

»Alle miteinander: Das ist Anna«, sagte ich und nahm am Ende der Tischreihe Platz. »Anna, das sind alle miteinander.«

Sie lächelte schüchtern in die Runde, setzte sich neben mich und manövrierte die Beine unterm Tisch sittsam neben meine.

»Das ist also die berühmte Anna«, sagte eine Stimme hinter mir, und dann schob sich eine Hand zwischen uns hindurch. »Freut mich, dich kennenzulernen. Daz.«

Mit einer hochgezogenen Augenbraue gab Anna ihm die Hand. »Oh, von dir hab ich schon allerhand gehört. Freut mich.« Ihr Blick blieb an seinem Tattoo hängen – auf die Fingerknöchel hatte er Buchstabe für Buchstabe IBIZA tätowiert. »War wohl eine heftige Reise.«

»Wird es hoffentlich«, sagte er. »Wir fliegen erst im November.«

Sie machte große Augen. »Du warst noch gar nicht dort und hast dich schon tätowieren lassen? Was, wenn's scheiße wird?«

Er zuckte die Achseln. »Lassen wir einfach nicht zu, oder, Jungs?« Er hob sein Bier, und die anderen prosteten ihm zu.

»Daz hat sich an Silvester volllaufen lassen«, erklärte ich ihr, »und in einem Moment besoffener Selbstbetrachtung fand er, mit einem Tattoo der nächstbesten Reise auf der Hand würde er das neue Jahrtausend im richtigen Spirit angehen. Carpe diem, du weißt schon.«

»Klassiker«, sagte Anna und stieß mit ihm an.

»Nur dass Daz sich eine Woche vor Abflug das Bein gebrochen hat und die anderen ohne ihn fahren mussten.« Ich zwinkerte Daz zu. »Jetzt fahren sie alle noch mal, damit das Tattoo wieder passt.«

Anna lachte, sah ihn dann aber verschämt an. »Sorry, ich sollte das wahrscheinlich nicht lustig finden.«

»Schon okay«, sagte ich und zündete mir eine Zigarette an. »Wir haben ihn alle damit aufgezogen. Aber keine Sorge, Daz. Ich bin mir sicher, du sorgst dafür, dass es eine fantastische Reise wird.«

»Fährst du gar nicht mit?«, wollte Anna wissen.

Daz stellte sein Glas ab und quetschte mir die Schultern. »Unser armer Nick hat ein bisschen Flugangst, stimmt doch, Kumpel? Macht sich ins Höschen, wenn er einen Flieger besteigen muss.«

Im nächsten Moment tat sie etwas, was ich nie mehr vergessen würde. Sie griff auf dem Tisch nach meiner Hand. Wir hatten zuvor in der Privatheit ihres Autos, sichtgeschützt auf dunklen Parkplätzen oder in dunklen Ecken geknutscht, doch dies war das erste Mal, dass sie mich in der Öffentlichkeit auch nur berührte. Und genau so fühlte es sich auch an: öffentlich. Jeder sollte es sehen.

»Vorsicht, Nicolai«, sagte Daz und stocherte mit seiner Zigarette in unsere Richtung. »Von nun an geht's bergab.«

»Du hast keine Freundin, nehme ich an?«

Irgendwas an der Art, wie sie »Freundin« sagte, sorgte dafür, dass ich ihre Hand fester umklammerte.

»Ich?« Daz schnaubte. »Männer sind wie Bienen. Warum sich auf eine Blüte beschränken, wenn es einen ganzen Garten gibt? Das Ziel ist ja wohl, Honig zu machen. Man macht keinen Honig mit einer Blüte.«

»Mücken wären da wohl der bessere Vergleich«, sagte Anna.

»Hä?«

Unvermittelt klatschte sie in die Hände und wischte ein totes Insekt an die Tischkante.

»Sorry«, sagte sie, »red weiter.«

Asche von seiner Zigarette fiel in Daz' Bier, doch er bemerkte es nicht mal, weil er Anna mit offenem Mund anstarrte. Sie lächelte zu ihm hoch.

»Besser du als ich, Kumpel«, sagte Daz, tätschelte mir den Rücken und verschwand nach drinnen zum Spielautomaten.

Mir war klar, dass die Jungs sie nicht recht fassen konnten. Sie konnte fluchen wie ein Bierkutscher, trotzdem hielt sie sich oft zurück, was ihr schnell als Überheblichkeit ausgelegt wurde. An manchen Tagen schwang sie große Reden, gab das Thema vor und war in der Unterhaltung völlig ungezwungen; an anderen Tagen hörte sie lediglich zu und lächelte scheu. Sie war das Mädchen, das an einem Abend auf den Tischen tanzte und sich am nächsten in die Ecke verdrückte. Immer wenn ich das Gefühl hatte, jetzt hätte ich sie verstanden, entglitt sie mir und verwandelte sich in eine andere, und ich musste wieder von vorn anfangen.

So war das mit Anna.

Mit der Zeit habe ich mir von Stella die Details erzählen lassen, die ich noch nicht kannte.

Nachdem es passiert war, führte sie Mums Tradition fort und lud uns an Geburtstagen zu McDonald's auf Happy Meals ein. Irgendwann waren wir dafür natürlich zu alt, aber Stella bestand weiter darauf, also saßen Sal und ich in einer der rosa-beigefarbenen Nischen, bis sie mit dem überladenen Tablett kam, und während sie ihre Geschichten erzählte, mümmelten wir alles in uns hinein.

Eine Geschichte, die ich besonders gern mochte, war die von Mum, wie sie an einem Ü21-Abend nicht in eine Bar im East End reingelassen worden war. Eine Woche nachdem sie sich kennengelernt hatten, war sie mit Dad dort verabredet und mit der ebenfalls neunzehnjährigen Stella hingefahren, nur um vom Türsteher abgewiesen zu werden. Erst hatte Stella noch versucht, sich an der Samtkordel vorbeizuflirten, doch als das nicht klappte, flippte sie aus. Mum zog die stinkwütende Stella um die nächste Ecke. Als Stella sich wieder halbwegs beruhigt hatte, zeigte Mum seelenruhig auf ein Loch im Maschendrahtzaun. Anfangs weigerte Stella sich noch, irgendeinen anderen Weg als die Vordertür zu nehmen, doch Mum raffte bloß ihren Rock und kroch durch das Loch. Anschließend gab es laut Stella kein Halten mehr.

Dass sie es hingekriegt hatte, fand ich fantastisch. Dass sie gegen Regeln verstieß, um zu bekommen, was sie wollte. Ich wünschte mir, ich hätte ein bisschen davon geerbt.

Sommer 2003

»Dein Freund Daz ist echt eine Nummer.«

Wir lagen auf meinem Bett. Nach unserem Besuch im Pub wollten wir uns noch eine alte Folge von *Only Fools and Horses* ansehen. Sie hatte den Kopf auf meinen Schoß gelegt, und ich lehnte an der Wand und tat so, als wären wir zwei in meinem Bett die normalste Sache der Welt.

»Er meint es nicht so.«

»Nein, das ist es ja gerade«, sagte sie. »Keiner von euch wird als Arschloch geboren. Es ist der natürliche Lauf der Dinge.«

»Sei nett zu ihnen.«

»Und was, wenn nicht?« Sie strich über die Härchen an meinem Bein.

»Ich weiß, es sah nicht danach aus, aber er ist einer von den Guten. Er schaltet nur in den Deppenmodus, wenn eine Frau in der Nähe ist.«

Sie lachte. »Vielleicht liegt es ja daran, dass er sich nur von Teigwaren und Bier ernährt. Der Typ sieht aus, als hätte er in seinem Leben noch nie Gemüse gegessen.«

Darüber dachte ich kurz nach. »Ich bin mir wirklich nicht sicher … Es sei denn, Tomatensoße zählt als Gemüse. Und weißt du, genau deshalb braucht er eine Frau.«

»Bitte?«

»Die sich um ihn kümmert und ihn wieder auf Spur bringt.«

Sie setzte sich auf. »Weil das die Aufgabe einer Frau ist? Sich um jemanden zu kümmern, der sich nicht um sich selbst kümmern kann?«

»Das hab ich nicht gemeint.« Das hier lief in die verkehrte Richtung. »Er braucht einfach nur die Liebe einer guten Frau.« Ich klang wie ein Motown-Song, das merkte ich selbst.

»Was du eigentlich meinst, ist doch: Er braucht eine Mutter.«

»Nein, auch das hab ich nicht gemeint.«

»›Männlich, zweiundzwanzig‹« – sie imitierte einen Fahndungsaufruf – »›ernährt sich scheiße, trinkt nur Scheiße, redet nur Scheiße, sucht heiße Braut, die ihm alle Wünsche erfüllt, sei es ein leckeres Abendessen oder täglich Blowjobs.‹ Oh ja, darauf melde ich mich!«

Ich sagte lieber nichts mehr.

»Vielleicht haben Frauen ja keine Lust, ihr Leben damit zu verbringen, sich um Männer zu kümmern«, fuhr sie fort. »Vielleicht wollen sie ja jemanden kennenlernen, der sein Leben im Griff hat. Wäre das zu viel verlangt? Jemand, der nicht mit einem Schild herumläuft, auf dem steht: ›Mach mich wieder heile. Ich bin ein Idiot. Und ich bin nur deshalb ein Idiot, weil ich keine Frau habe. Und dass ich keine Frau habe, hat auch rein gar nichts damit zu tun, dass ich ein Idiot bin.‹«

»Das wäre aber ein langes Schild. Die Message musst du noch ein bisschen eindampfen, damit sie rüberkommt.«

»Du machst dich über mich lustig.«

»Nein, mache ich nicht. Ich versuche bloß, diese bescheuerte Situation zu entschärfen.«

Sie stand auf. »Indem du dich über mich lustig machst.«

Ich hob beide Hände. »Hör mal, ich finde, diese Unterhaltung hat eine schräge Richtung eingeschlagen. Können wir wieder über etwas Sinnvolles reden?«

Sie schnappte sich ihre Handtasche, die sie eine halbe Stunde zuvor, als wir übereinander hergefallen waren, auf den Boden geworfen hatte.

»Du bist doch kein bisschen anders! Du suchst doch auch nur nach einer zweiten Mutter! Ist dir eine nicht genug?« Ihr Gesicht glühte. Ich sagte nichts. Ließ ihre Worte sacken.

»Doch«, sagte ich dann, »eine ist genug.«

Sie wühlte in ihrer Tasche nach dem Autoschlüssel. »Ich fühl mich nicht gut. Ich hätte nicht noch mit zu dir kommen sollen.«

»Ich bring dich zur Tür.«

»Mach dir nicht die Mühe.« Sie konnte gar nicht schnell genug wegkommen.

Keine zwei Minuten später hörte ich die Wagentür zuschlagen, dann eine kurze Pause, und sie ließ den Motor an und fuhr los.

Zwei Tage später waren wir zur selben Schicht eingeteilt. Wir hatten seither nicht mehr miteinander gesprochen, und ich betrat das Gebäude mit gesenktem Blick und Kopfhörern auf den Ohren. Aus dem Schichtplan wusste ich, dass sie an der Kasse arbeiten würde, und als ich den Eingangsbereich durchquerte, spürte ich, wie sie mir nachsah.

Sobald ich den Personalraum mit den Spinden verließ, schnellte ein Arm auf mich zu und zog mich in den angrenzenden Lagerraum. Sie machte die Tür zu, drückte mich an die Wand und presste sich an mich.

»Es tut mir leid«, sagte sie und gab mir einen Kuss auf den Mund. »Mir tut leid, was ich gesagt habe. Du weißt schon.«

Ich wusste schon.

»Du bist immer so verdammt ruhig«, fuhr sie fort. »Sogar wenn ich ätzend bin, bleibst du immer so verdammt ruhig und passiv. Das macht mich rasend!«

Ich spürte die Wärme ihres Körpers, und in mir zerplatzte etwas. Ich schob sie rücklings gegen die Säcke mit ungepopptem Popcorn, und ihr Körper gab unter meinem Gewicht nach. Es war so gut. Ihre Zähne rissen an meiner Zunge, und ich schmeckte Blut, als ich an ihrem Oberteil zerrte und mich über ihre Haut vorantastete.

»Warte«, keuchte sie in mein Ohr, und meine Hände hielten inne. Ich ließ mich auf sie draufsacken, kam wieder zu Atem und ließ den Wahnsinn in mir verebben.

Als ich mich aufrichtete und die Hand ausstreckte, griff sie fest danach. Einen Moment lang standen wir einander gegenüber und sahen uns dabei zu, wie wir unsere Atmung beruhigten. Dann schoben wir unsere Klamotten zurecht, sie strich sich die Haare glatt und befühlte mit dem Handrücken ihre Wangen.

»Schau dir an, was du mit mir machst«, sagte sie halb zu sich selbst. »Ich erkenne mich nicht wieder, wenn ich mit dir zusammen bin.«

Und du bringst mich noch um, erwiderte ich im Stillen.

Späte Achtziger

Ich habe Mum und Dad nur zweimal streiten hören.

Beim ersten Mal hatte Dad sich einen Bart wachsen lassen. Mein Leben lang war er glatt rasiert gewesen, hatte immer mit einem weichen Pinsel mit Holzgriff vor dem Spiegel Rasierschaum aufgetragen. Manchmal spähte ich um die Badezimmertür und sah zu, wie er sich in einen Weihnachtsmann verwandelte, bevor er mit fachmännischer Präzision die mörderisch scharfe Klinge über die Wangen zog. Er erklärte mir Schritt für Schritt, was er tat, und streute Zwischenfragen ein, um sicherzustellen, dass ich ihm zuhörte.

Dann eines Tages bemerkte ich, dass die Haut allmählich aus seinem Gesicht verschwand. Ich ging ins Bad. Der Pinsel war trocken. Von da an ging ich allmorgendlich nachsehen, ob der Pinsel benutzt worden war. Er stand jedes Mal an derselben Stelle, und ich malte mir aus, wie Dads Gesicht an diesem Tag aussehen und wie lange es dauern würde, bis der Bart schulterlang wäre. Beim Abendessen musterte ich ihn zwischen den Bissen. Es ist schon komisch, wie ein Gesicht, das man kennt, sich in ein komplett anderes verwandeln kann, wenn man es nur lange genug anstarrt.

Mum fing an, in ihrer typisch unbeschwerten Art beiläufige Kommentare zu machen. *Stimmt etwas nicht mit deinem Rasierer?* Oder: *Vielleicht muss ich dir deinen Tee früher machen, damit du noch Zeit hast, dich zu rasieren.* Dad grunzte immer nur.

Nach ein paar Wochen versuchte sie es mit einer anderen Taktik. Statt seine Jacke aufzuhängen, ließ sie sie auf dem Stuhl an der Eingangstür liegen, wo er sie zuvor fallen gelassen hatte. Die Dose mit Schuhcreme stand neben seinen Schuhen, damit er sie selbst putzte. Essen landete mit einem beherzten Klatscher auf seinem Teller. Sein Bier musste er sich selber holen.

Und schließlich platzte ihr der Kragen. Sal und ich waren gerade aus dem Schulbus gestiegen und zur Tür reingekommen. Sie brüllten einander an, und unsere Mutter schmetterte Teller an die Wand. Wir standen auf der Fußmatte und sahen vom einen zum anderen.

Als sie uns entdeckte, schlug Mum die Hände vors Gesicht und rannte die Treppe hoch. Dad verdrehte die Augen und verschwand mit der Zeitung im Wohnzimmer. Ich ließ meine Schultasche fallen und ging langsam nach oben. Sal ließ ich unten zwischen den Scherben des Sonntagsgeschirrs stehen.

Vor ihrem Zimmer presste ich das Ohr an die Tür und hörte sie weinen. Es waren nicht die abgehackten Staccatoschluchzer, die Sal und ich von uns gaben, wenn wir vom Fahrrad fielen. Es war ein lang gezogenes, gutturales Klagen.

Wenn ich jetzt einen Schritt zurück machte, würden die Dielen knarzen, und sie würde glauben, ich hätte gelauscht und mich wieder verzogen. Also machte ich die Tür auf und ging rein.

Sie saß mit dem Rücken zur Tür auf der Bettkante. Ich konnte ihr Gesicht im Schminkspiegel sehen. Als sie mich darin erblickte, presste sie sich die Hand auf den Mund, als wollte sie die Laute aus ihrem Innern ersticken.

Ich ging um das Bett herum. Ihre Augen waren gerötet und sahen aus, als würden sie wehtun. Sie wich meinem Blick aus. Ich konnte ihr ansehen, dass sie verzweifelt aufhören wollte zu weinen, und mir schnürte sich die Kehle zu. Ich streckte die Arme aus, um sie zu berühren, beugte mich zu ihr und drückte meine Lippen auf ihren Scheitel.

Im selben Moment griff sie nach meinem Arm, zog mich an sich und schluchzte tonlos in die billige Polyester-Schuluniform, die sie mir ein paar Monate zuvor gekauft hatte. Das Sakko war eine Nummer zu groß, aber sie hatte damals gemeint, ich wäre ohnehin im Nu erwachsen.

Unten hatte Sal die Scherben aufgeklaubt und sie in einen Pappkarton gelegt. Dann nahm er einen schwarzen Filzer aus seinem Mäppchen, schrieb VORSICHT auf den Deckel und stellte den Karton neben die Fußmatte, damit Mum entscheiden konnte, was sie damit machen wollte.

Den zweiten Streit hatten sie, als Dad Nigel einlud, um gemeinsam das Spiel zu gucken.

Nigel fuhr manchmal mit uns nach London. Dann saß er an Nanas Tisch, aß Bratkartoffeln, sprach Nana mit dem Vornamen an und tat so, als wäre er Teil der Familie. »Das sieht fantastisch aus, Rose«, sagte er, wenn sie ihm den Nachtisch vorsetzte. »Du hast nicht zufällig auch noch Vanillesoße zum Pudding da?«

Sein Kopf war blank wie ein Ei, und das schien er durch den längsten Fu-Manchu-Bart kompensieren zu wollen. Tomatensuppe war da besonders lustig. Wenn er den Teller an die Lippen hob, um die letzten Tropfen zu schlürfen, saugten sich die Bartspitzen voll. Sal und ich stießen einander unter dem Tisch an und kicherten in unsere Armbeugen.

Nigel war ein Schmarotzer. Er war immer nur dann an Dad interessiert, wenn ein Spiel anstand, wenn er eine Eintrittskarte abstauben oder Auswärtsspiele auf unserem Sofa sehen konnte. Damals hatten noch nicht viele einen Sportsender.

Dads Menschenkenntnis war grauenhaft. Grundsätzlich begegnete er fast jedem mit Misstrauen, aber kaum dass ihm jemand ein Kompliment machte, wurde er zum Hündchen. Und Nigel hatte in der Kunst der Schmeichelei großes Talent. Wann immer es um Transfers und Neuverpflichtungen ging, spielte er den Ahnungslosen, damit Dad ihm stolz die Welt erklären konnte.

Manchmal bezog er auch mich in seine Scharaden ein, kniff mir in die Wange und sagte Sachen wie: »Was bist du für ein Glückspilz, Nick. Wer hätte nicht gern einen Dad wie Paul Mendoza, der für den Fußball leibt und lebt? Wenn man ihn anschneiden würde, käme Arsenal aus ihm herausgeströmt, stimmt's oder hab ich recht, Paul?« Dad strahlte dann immer verzückt vor sich hin.

Mum hatte ihn natürlich durchschaut.

»Ich mag den Mann nicht«, sagte sie mal zu Dad. »Mir gefällt nicht, wie du in seiner Gesellschaft bist.«

»Du musst ihn nicht mögen«, entgegnete Dad. »Jeder, wie er will.«

Damit war das Thema beendet.

Doch eines Tages stand Nigel vor der Tür, und Dad hatte das nicht mit Mum abgesprochen. Sie winkte ihn wortlos ins Wohnzimmer und donnerte die Tür zu.

Sal und ich lehnten überm Treppengeländer und hörten jedes Wort mit an, das in der Küche fiel.

»Als wäre ich nicht existent.« Sie schmetterte die abgespülten Töpfe aufs Abtropfblech. »Frauchen ist ja nur zum Bedienen da.«

»Jetzt komm wieder runter«, sagte er. »Mach dich nicht lächerlich.«

»Ich hab wohl gar nichts zu melden, mit wem ich hier meinen Abend verbringen will? Mich erst zu fragen ist anscheinend zu viel verlangt?«

»Beim nächsten Mal warn ich dich vor, damit du dich zusammenreißt.«

»Beim nächsten Mal? Vielleicht gibt's kein nächstes Mal. Vielleicht kommst du nach Hause, und ich bin nicht mehr da. Such mir ein besseres Leben.« Beim letzten Wort zitterte ihre Stimme.

»In einer Absteige in der Stadt? Na dann viel Spaß. Ich komm schon klar.«

Diesmal donnerte er die Tür hinter sich zu. Von oben sahen wir ihn durch den Flur stapfen. Er hatte ein Sixpack unter dem Arm.

Sal verstand nicht, warum sie sich nicht wehrte. »Weshalb sagt sie ihm nicht, dass er sich verpissen soll?«

Ich zuckte mit den Schultern. »Vielleicht weiß sie nicht, wie. Oder vielleicht liebt sie ihn.«

»Den? Er ist ein Arschloch! Und wenn *das* Liebe sein soll, dann nein danke.«

»Glaubst du, so ist es bei allen?«, fragte ich ihn.

»Keine Ahnung. Aber wenn ja, dann scheiß auf Hochzeit und Kinder.«

Ich nickte.

Dad stand manchmal wortlos vom Esstisch auf. Er wischte sich den Mund mit der Serviette ab, schob den Stuhl zurück und ging raus, während wir anderen noch aßen. Für gewöhnlich hatte Arsenal da gerade verloren.

Mum blieb dann immer sitzen und sagte kein Wort. Ich

tat so, als hätte ich nichts bemerkt. Sal jedoch lehnte sich zurück und rief ihm nach: »Bitte sehr.« Eine Antwort kam nie. Dad stapfte bloß den Flur entlang.

»Wie kannst du zulassen, dass er dich so behandelt?«, fragte Sal, doch Mum kratzte nur schulterzuckend Essensreste in den Müll.

Einmal, als sie einkaufen war, machten Sal und ich am Küchentisch Hausaufgaben, als Dad hereinkam.

»Hallo, Jungs.«

Arsenal hatte gewonnen.

»Brauchst du was?«, fragte ich ihn.

»Ist eure Mutter noch nicht wieder da?«

»Noch nicht«, antwortete Sal. »Soll ich dir helfen, den Wasserkocher zu bedienen?«

Dads Blick blieb am Geschirrstapel in der Spüle hängen. Es hatte Suppe zum Mittagessen gegeben.

»Mum meint, sie kümmert sich darum, wenn sie wieder da ist«, sagte ich eilig.

Dad krempelte seine Ärmel hoch, als würde er gleich in den Ring steigen. »Muss sie nicht«, sagte er.

Sal und ich sahen einander an.

»Wisst ihr, Jungs, als ich gedient hab, mussten wir unsere Stiefel so blank polieren, dass der Captain sich darin spiegeln konnte. Meine Stiefel sind mir immer geklaut worden, weil sie besser in Schuss waren als alle anderen.«

Sal hielt sich die Ohren zu.

»Und wisst ihr, worin ich noch spitze war?« Er zeigte mit großer Geste zur Spüle. »Ich konnte das Frühstücksgeschirr des gesamten Zugs in sechs Minuten abspülen. Hier!« Er drückte mir seine Uhr in die Hand und drehte den Wasserhahn auf. »Wenn ich JETZT sage, drück die Stoppuhr.«

Als das Wasser die richtige Temperatur hatte, drehte er den Hahn zu. »Jetzt!«

Nie zuvor hatte ich meinen Vater abspülen sehen. Es war immer Mums Rücken, der uns zugedreht war, Mums Hände in Spülhandschuhen, Mum, die nach Spülmittel roch. Und auf einmal stand da Paul Mendoza, unser Dad, der nicht mal wusste, wo die Besteckschublade war – ein komplett anderer Mensch.

»Stopp!« Er knallte den Topf auf die Seite.

»Eine Minute dreiundvierzig.«

Er verbeugte sich. »Und das waren bloß ein paar Teller und ein Suppentopf. Stellt euch die halbe Kompanie vor!«

»Fabelhaft.« Sal rutschte von seinem Stuhl und wandte sich zur Tür. »Dann hast du ja keine Ausrede mehr, dich ab sofort täglich darum zu kümmern.«

Mums Schlüssel drehte sich im Schloss, und einen Augenblick später stand sie mit Taschen beladen im Türrahmen.

»Alles in Ordnung, Liebling?« Dad machte einen Schritt nach hinten, um sie durchzulassen. »Du warst lange weg.«

»War viel los.« Mum hievte die Einkäufe auf die Anrichte. »Ich hab an der Kasse bestimmt eine halbe Stunde Schlange gestanden.«

»Was würde ich jetzt für einen Tee geben …«

»Was?« Sie riss die Augen auf. »Oh, klar. Ja.«

»Keine Eile«, sagte er, zog seine Zeitung aus einer der Einkaufstaschen und wandte sich zur Tür. »Das hat Zeit, bis du alles verstaut hast.«

Auf dem Flur pfiff er ein Liedchen vor sich hin.

2003

Wir saßen in einem schattigen Eckchen im Gedenkpark, knutschten und redeten dummes Zeug. Die Sonne brannte. Anna liebte die Hitze, blieb aber, um nicht gesehen zu werden, lieber im Schatten. Jetzt am späten Vormittag war einiges los: Teenager, Rentner auf Bänken, eng umschlungene Liebespaare.

In unserer Ecke waren nur wir und um uns herum üppig exotische Pflanzen. Als wir uns hinlegten und die Palmwedel vor dem blauen Himmel betrachteten, wärmte die Erde uns den Rücken, und wir fühlten uns wie auf einer einsamen Insel. Das monotone Dröhnen von der Umgehungsstraße klang wie Wellenrauschen.

»Wenn du überall hinkönntest, wo würdest du hinwollen?«

»Italien«, antwortete ich, ohne zu zögern.

»Ich auch!« Sie stemmte sich auf den Ellbogen hoch und sah mich an. »Dort hättest du so viel, was dich zum Schreiben inspiriert. Wohin genau?«

Ich zuckte mit den Schultern. »Bestimmt sind dort sogar die ärmeren Regionen schön. Aber … vielleicht Venedig?« Ich drehte mich zu ihr herum. »Moment. Du warst bestimmt schon mal in Italien.«

Anna errötete. »Aber nie in Venedig.«

»Ich hab schon gedacht, du würdest gleich sagen: Venedig ist das reine Klischee.«

Sie verzog das Gesicht. »Aber wie willst du Klischees vermeiden? Auszubrechen und jedes Klischee hinter sich zu lassen, ist doch ein Klischee an sich. Wir sind so oder so am Arsch.«

»Du benutzt echt mehr Schimpfwörter als jeder andere.«

Sie lachte und zupfte an ein paar Grashalmen. »Ein Mädchen rebelliert gegen ihre religiöse Erziehung, indem sie auf Schritt und Tritt flucht. Klassisches Klischee. Wäre es dir lieber, wenn ich es nicht täte?«

Ich schüttelte den Kopf. »Du bist völlig okay so, wie du bist.«

»Gut«, sagte sie und legte sich wieder auf den Rücken. »Weil mir alles andere nämlich scheißegal wäre.«

Ich brauchte neue Schuhe, und wir spazierten in die Innenstadt, Anna vorneweg. Wenn wir einen Laden betraten, suchte sie erst sämtliche Gesichter ab.

»Fühlt sich an, als wärst du mein Bodyguard«, flüsterte ich ihr ins Ohr, und sie sah mich grinsend an.

»Ach, bist du derjenige, der hier Schutz braucht?« Sie durchwühlte einen Klamottenständer und zog ein dunkelblaues T-Shirt heraus. »Das würde dir stehen. Ich mag Typen in Marineblau.« Dann schien sie es sich anders zu überlegen. »Schuhe, okay?«

Ich fand ein Paar Segeltuchschuhe und ging zur Kasse, während sie in den hinteren Teil des Ladens schlenderte. Als ich an dem Kleiderständer vorbeikam, warf ich einen flüchtigen Blick über die Schulter, um zu sehen, wo sie war, fand das marineblaue T-Shirt in meiner Größe und legte es mit auf den Kassentresen.

Als wir später zu ihrem Auto zurückliefen, konnte ich die Hitze unter meinen Sohlen spüren. Die Luft roch nach heißem Asphalt.

»Warte«, sagte sie und zog mich am Arm zurück. »Und wenn wir es einfach machen? Wenn wir nach Italien fahren?«

Ich blieb stehen. »Zusammen?«

»Klar.« Sie verstärkte ihren Griff. »Komm, das machen wir!«

»Und wann?«

»Ich hab gehört, Venedig im Winter soll wunderschön sein. Ruhiger.« Sie lächelte. »Weniger klischeehaft.«

Ich wusste nicht, was ich sagen sollte. Wie hätte ich Ja sagen können, ohne zu wissen, ob sie es ernst meinte und die Details im Blick hatte, ihre Eltern, die Ausreden, die nötig wären? Wie würden wir damit durchkommen? Ich wusste nicht, was ich sagen sollte, also sagte ich nichts.

»Komm«, sagte sie und zog mich zurück in Richtung Stadtzentrum. »Wovor hast du solche Angst?«

Wir betraten ein Reisebüro und kamen mit einem Stapel Broschüren wieder heraus: mit Hochglanzbildern von Gondeln und Cafétischen und Städteansichten bei Sonnenuntergang. »Alles, was für Italien steht«, sagte Anna und scherte sich nicht um die üblichen drei Schritte Abstand. Es schien ihr egal zu sein, wer uns sah.

»Oh.« Ich blieb abrupt stehen. Die altbekannte Enttäuschung. »Ich hab keinen Reisepass.«

Sie sah mich an, als hätte ich gerade das Dümmste gesagt, was sie je gehört hatte.

»Ich war seit über zehn Jahren nicht mehr im Ausland.« Meine Finger schlossen sich um das Feuerzeug in meiner Tasche.

Kurz schien sie darüber nachzudenken, machte kehrt und marschierte zurück, wohl um die Broschüren zurückzubringen.

»Wo willst du denn hin?«

»Aufs Amt«, antwortete sie über die Schulter. »Damit du endlich aufhörst, dich herauszureden.«

Am Schalter bekamen wir ein Formular und steuerten den Fotoautomaten an. Ich betrachtete mich in dem schmalen Spiegel und fuhr mir mit der flachen Hand über den Schädel.

Sie schob mich auf den Hocker. »Und nicht vergessen: Nicht lächeln!« Dann steckte sie Münzen in den Schlitz.

»Halt«, sagte ich, als sie einen Schritt zurück machte und den Vorhang zuzog. »Ich hab auch Münzen …« Noch während ich es sagte, ging der Blitz.

»Das war verschwendet«, sagte sie von draußen. »Drei Versuche hast du noch.«

Trotz der Turbulenzen in meinem Innern machte ich ein unbeteiligtes Gesicht und hielt still. Aus dem Augenwinkel konnte ich unter dem Vorhang ihre gebräunten Beine sehen. Die rot lackierten Zehennägel. Ich versuchte, nicht zu lächeln, und es blitzte erneut.

An den Tag kann ich mich nur noch teilweise erinnern. Im Gedenkpark im Gras liegen, zu ihrem Auto laufen, dann aufs Amt, dann zurück zu mir, wo wir auf meinem Bett die Kataloge durchsahen und beratschlagten, wo es hingehen sollte. In meinem Kopf sind bloß einzelne Szenen. Sie fügen sich nicht zu einem Ganzen zusammen, sind leicht klischeehaft, ein Best-of. Die Details mögen falsch sein, aber das Grundgefühl stimmt. Was bleibt uns von Begegnungen auch anderes als ein Gefühl? Ein Tintenfleck am

Ende eines Satzes. Der blinde Spiegel, durch den wir uns selbst erkennen und verstehen wollen.

Die beiden brauchbaren Fotos packte ich zu dem Formular, das dritte – unbrauchbare – riss sie ab und schob es in ihren Geldbeutel. Das vierte behielt ich. Darauf beugt sie sich am Vorhang vorbei und ist im Profil zu sehen, wie sie mir ihre Zunge ins Ohr steckt. Und ich lache – vor Überraschung, vor Schreck, vor Entsetzen. Die Augen habe ich zugekniffen, und ich bin feuerrot im Gesicht, als könnte ich es nicht recht glauben, als wäre ich glücklich.

Frühe Neunziger

Wenn einem Kind etwas Traumatisches widerfährt, spalten sich Erinnerungen in zwei Kategorien: in das Vorher und das Nachher. Wenn die Kindheit ein Kuchen ist, dann ist die traumatische Erfahrung das Messer, das den Kuchen in der Mitte durchschneidet. So ein junges Gehirn kann das Schreckliche gar nicht erfassen. Es ist nur erträglich in Gestalt von Metaphern.

Eine meiner Erinnerungen gehört in beide Kategorien, in das Vorher und das Nachher.

Als Kind war ich vom Zirkus besessen, seit ich gleich mehrmals *Bronco Billy* gesehen hatte, in dem Clint Eastwood den Messerwerfer spielt und seine Freundin auf ein sich drehendes Rad gefesselt ist. Zum neunten Geburtstag hatte ich mir den Playmobil-Zirkus gewünscht, eine Affennummer, und ich konnte Stunden damit verbringen, die Affen auf ihrer kleinen Bank und an der Schaukel aufzureihen, ihre Hände an das Trapez zu klemmen und sie dann immer und immer wieder herumzudrehen. Was genau ich am Zirkus so toll fand? Keine Ahnung. Es war einfach so.

Ich stellte mir vor, wie wir gemeinsam hingehen würden. Nur dass wir nicht die Art Familie waren, die Ausflüge machte, die eine Jahreskarte für den Thorpe Park oder für Legoland hatte und sich mit anderen Familien dort verabredete oder die dort im Restaurant essen ging, und jeder suchte sich von der laminierten Speisekarte aus, was immer er wollte. Solche Familien fahren in teure Vergnügungsparks, um Spaß zu haben, sie pilgern in Disney-Filme, essen Sonntagsbraten im Pub oder bolzen im Stadtpark. So eine Familie waren wir nicht.

Einmal fuhr Dad runter nach Devon, um einen Golfschläger abzuholen, den er bei einem Händler gekauft hatte. Anscheinend handelte es sich um eine Rarität, der Preis war entsprechend, und entweder traute er dem Händler nicht oder der Post und fuhr lieber die zweihundert Meilen, um den Schläger persönlich abzuholen. Irgendwie hatte Mum ihn überreden können, mich mitzunehmen, und so verbrachten wir acht Stunden zusammen im Auto. Ich saß auf dem Beifahrersitz, und irgendwann auf dem Heimweg ließ er mich sogar eine meiner Kassetten in den Rekorder schieben. Ich erzählte ihm etwas über die Band und was ich über die Entstehungsgeschichte des Songs gelesen hatte, und er schien mir tatsächlich zuzuhören. Der Golfschläger lag auf der Rückbank – anscheinend war er wirklich sehr, sehr gut –, und Dad lächelte und war in genau der Laune, in der er mir immer das Haar zerzauste.

An einer Ampel entdeckte ich durchs Fenster ein Plakat auf einem hölzernen Aufsteller. Ich weiß nicht, wo ich den Mut hernahm, aber ich fragte: »Gehst du mal mit mir in den Zirkus, Dad?«

»Hä?«

Ich zeigte auf das Plakat, auf den Löwen mit dem weit aufgerissenen Maul, auf den Zirkusdirektor mit dem überdimensionierten gezwirbelten Bart. Mit ausgebreiteten Armen lud er zum Zirkusbesuch ein. »Gehst du mal mit mir da rein?«

Bestimmt eine Minute lang sagte Dad gar nichts. Er zog nur die Grimasse, die er immer zieht, wenn er nicht weiß, was er sagen soll, und auf Zeit spielt. »Da würdest du gern hin? In den Zirkus?«

Ich nickte. »Wollte ich immer schon.«

»Wirklich?« Er rieb sich übers Kinn. »Okay, ich sag dir was. Wenn das nächste Mal ein Zirkus in die Stadt kommt, gehen wir hin.«

Ich war so glücklich, dass ich nicht einmal Danke sagen konnte.

Sechs Monate später passierte das mit Mum.

Wieder neun Monate später rannte ich eines Tages von der Schule nach Hause und schleuderte meine Schultasche beiseite.

»Dad!«

Er war im Wohnzimmer, hatte die Füße auf den Polsterhocker gelegt und die Nase im Sportteil der Zeitung.

»Er kommt nächsten Monat, Dad«, keuchte ich wie kurz vor dem Ersticken.

»Was?«

»Der Zirkus! Weißt du noch? Nächsten Monat kommt einer!«

Verwirrt ließ er die Zeitung sinken. »Hilf mir auf die Sprünge.«

»Weißt du nicht mehr, als wir letztes Jahr nach Devon gefahren sind, um deinen Golfschläger zu holen? Und wir das Plakat gesehen haben? Du hast versprochen, dass wir hingehen.«

Irgendwas tat sich in seinem Gesicht. Sal stand mit der Hand an der Tür halb im Zimmer und sah mich mitleidig an, weil ich mich derart überschlug; er hatte immer schon besser Bescheid gewusst.

»Aber er hat mir versprochen, dass wir hingehen«, würde ich später im Auto sagen. »Er behauptet doch immer, dass er sein Wort hält. Stimmt doch, Tante Stel?«

Sie hielt das Lenkrad fest umklammert und sah stur geradeaus.

Ich wartete nur darauf, dass Dad bestätigte, was mir inzwischen klar geworden war: dass er es schlicht vergessen hatte. Nach einer Weile kratzte er sich am Kinn. »Klar weiß ich das noch. Ich kümmere mich darum. Ich rede mit Stella und organisiere Eintrittskarten.« Dann verschwand er wieder hinter der Zeitung.

Ich warf Sal einen triumphierenden Blick zu. *Da siehst du es. Hab ich's doch gesagt.*

Er verdrehte bloß die Augen und verschwand nach draußen.

In der darauffolgenden Woche durchwühlte ich jeden Tag, sobald ich nach Hause kam, den Stapel mit Post und Unterlagen auf dem Tisch und hoffte auf den Beweis. Und eines Nachmittags entdeckte ich in einem Stapel mit Rechnungen drei Eintrittskarten, die aus einem weißen Umschlag hervorschauten. Die Samstagnachmittagsvorstellung. Billige Plätze, aber war doch egal. Der leuchtend rot-goldene Foliendruck entlang der Kanten sah in meinen Augen nach Jackpot aus.

Dann war Samstag. Sal und ich standen eine Stunde früher auf, zogen uns an und liefen in die Küche, wo Stella am Herd stand und den Porridge umrührte.

»Hallo, Tante Stel.« Ich setzte mich hin und griff mir einen Löffel. »Was machst du denn am Wochenende hier?«

Langsam drehte sie sich zu uns um und sah uns in die

verdatterten Gesichter. Dann fluchte sie in sich hinein. »Er hat's euch nicht gesagt. War ja klar.«

»Was denn?«, fragte Sal, und Dad kam mit einem Golfschläger im Arm herein.

»Also dann, Stel«, sagte er. »Bis später.«

Mir dämmerte es.

»Du hast Nerven, Paul.« Sie nahm die Schürze ab und wedelte damit in meine Richtung. »Sieh ihn dir an.«

»Aber Dad, wir wollten doch zusammen hingehen.«

Er verzog das Gesicht. »Ich hab ein Turnier. Steht seit Monaten fest. Ich hab alles organisieren sollen, und ich halte mein Wort. Das macht dir doch nichts aus, oder? Ist mit Tante Stella doch sowieso viel lustiger.« Er zerzauste mir das Haar.

Ich konnte ihn nicht ansehen. Ich konnte Stella und Sal nicht ansehen. Mein Gesicht glühte, und ich wischte mir mit dem Ärmel über die Augen. Mein Stuhl quietschte übers Linoleum.

»Nick«, sagte Stella noch, aber ich duckte mich unter ihrem Arm hindurch und rannte in mein Zimmer.

Zwischen Sal und mir liegen keine zwei Jahre, und schon in meiner frühesten Erinnerung bilden wir ein Trio mit Mum. Allerdings weiß ich noch, dass mal nur wir zwei unterwegs waren – nur Mum und ich. Da war ich acht oder so. Manchmal machte sie das: Sie forderte einen von uns auf – den »Auserwählten«, wie wir dazu sagten –, die Zunge herauszustrecken, und dann sagte sie stirnrunzelnd: *Hm, sieht irgendwie nicht gut aus. Ich glaube, du bist zu krank für die Schule. Na, wie klingt das?* Und dann lungerten wir den ganzen Tag zu Hause herum, sahen uns ein Video an oder aßen Pommes im Park oder fuhren nach Whitstable und warfen Steine ins Meer. Keine Ahnung, warum sie das machte. Wahrscheinlich vermisste sie uns, wenn wir nicht zu Hause waren.

An dem betreffenden Tag setzten wir Sal an der Schule ab und fuhren weiter ins Kino. Es lief *Zurück in die Zukunft II*. Sie hatte Erdnussbutter-Gurken-Sandwiches gemacht und in Viertel geschnitten, und ich fummelte die Folie ab, während sie Schlucke aus einem Flachmann nahm, den sie mit reingeschmuggelt hatte. Die Sandwiches schmeckten super, wir grinsten einander im Dunkeln an, und dann sahen wir, wie Marty McFly versuchte zu verhindern, dass alles in die Binsen ging, und seine Mutter gegen Biff verteidigte und durch die Zeit reiste, um seine Familie zu retten und sein vorherbestimmtes Schicksal abzuwenden.

Fuck. Ich wollte, ich hätte eine Zeitmaschine.

Sommer 2003

»Ist das ein Raumschiff?« Annas Augen leuchteten.

Wir standen in einer Ecke draußen im Garten, vor uns die silberfarbene Kuppel, eine Art riesige halbe Weihnachtsbaumkugel, die auf einem Klinkersockel saß. Eine schmale, niedrige Tür führte hinein. In unserem Garten sah sie tatsächlich aus wie gerade gelandet.

»Das ist eine Sternwarte«, sagte ich. »Da drin kann man Sterne gucken. Hier hat mal ein Wissenschaftler gewohnt, der dort nachts mit seinem Teleskop saß. Das Dach fährt auf und dreht sich. Ich war nicht mehr drin, seit ich klein war.«

»Zeigst du es mir?«

»Es ist wahrscheinlich voller Spinnweben.«

Sie zwirbelte sich die Haare auf dem Kopf zusammen und befestigte sie mit dem Gummi, das sie ums Handgelenk getragen hatte. »Bin bereit.«

Ich schubste die Tür vorsichtig auf, und die Scharniere knarrten, als das morsche Holz aufschwang. Ich zog den Kopf ein und spähte in die Dunkelheit.

»Das ist ein Tor in eine andere Dimension«, sagte Anna und kauerte sich neben mich. Ihr nackter Arm streifte meinen, und ich sah den Abdruck an ihrem Handgelenk, den das Haargummi dort hinterlassen hatte.

»Warte.« Ich lief durch den Garten zur rückwärtigen Terrasse, riss den Deckel einer verschlissenen Holzkiste auf und nahm die Sitzkissen heraus. Die zig Jahre Staub klopfte ich an der Kiste ab.

Anna war unterdessen hineingekrochen. Ich warf die Kissen durch die Tür und kroch auf Knien hinterher.

Dann stellte ich mich neben sie. In dem Lichtstreifen, der durch den Türspalt hereinfiel, sah ihr Gesicht gespenstisch hell aus.

»Daraus willst du hoffentlich keine Matratze bauen, Nicolas«, sagte sie mit Blick auf die Kissen.

In dem beengten Observatorium konnte man zu zweit gerade so aufrecht stehen. Irgendwas an der Dunkelheit verlieh mir Mut, und ich beugte mich ein paar Zentimeter vor und gab ihr einen Kuss.

Als sie sich wieder gerade hinstellte, berührten sich unsere Nasen. »Ich mag das, wenn du mit den Zähnen meine Zunge festhältst.«

Ich zog sie an mich.

»Halt«, sagte sie und schob mich von sich weg. »Das Dach. Schon vergessen?«

Ich angelte mein Feuerzeug aus der Tasche. Die Flamme tauchte alles in einen orangefarbenen Schein. Ich ließ die Flamme hin- und herschweifen, bis ich den Hebel fand, stemmte mich mit aller Kraft dagegen, und Licht strömte herein.

»Habt ihr noch Platz für mich in der Zeitmaschine?«

Vor der Tür waren ein Paar dürrer Beine und Flipflops aufgetaucht. Anna drehte sich um.

»Mein Bruder«, murmelte ich.

Sal duckte sich bereits durch die Tür, und Anna presste sich an mich, damit er Platz hatte.

»Du musst Sal sein«, sagte sie und gab ihm die Hand. »Ich bin Anna.«

Sal strahlte übers ganze Gesicht. »Oh, ich weiß, wer du bist.«

Sie sah mich an, und ich sah ihn an. Drohend genug, hoffte ich.

»Anna«, sagte Sal und ließ sich auf einem Sitzkissen an der Wand nieder. »Ich hab gerade fantastisches Gras von einem Freund geschossen, und es wäre mir eine große Freude, es mit dir zu teilen.«

Sie setzte sich mir gegenüber und streckte die Beine durch, sodass ihre Füße auf meinem Schoß lagen. Ich zündete mir eine Zigarette an.

»Für mich nicht, danke, aber tu dir keinen Zwang an.«

»Du verpasst was«, sagte Sal. »Das ist Spitzenzeug. Pur.«

»Anna raucht nicht«, sagte ich und zog an meiner Zigarette.

»Das ist aber doch was anderes.« Sal zückte seine Rizlas und ein Tütchen mit grünem Inhalt. »Der Dreck« – er nickte in Richtung meiner Hand – »bringt dich um. Das hier ist, wie sich nach Feierabend ein Bierchen aufzumachen.«

»Sal ist die wandelnde Widersprüchlichkeit«, erklärte ich ihr. »Er ist militanter Nichtraucher, rührt kein Fertiggericht an und geht zweimal die Woche zum Fußball, nimmt aber jede Droge, an die er rankommt, und findet das null problematisch.«

»Aber Heroin doch wohl nicht?«, fragte Anna.

Kopfschüttelnd befeuchtete Sal den Rand des Papers. »Für Nadeln hab ich nicht den Mumm.«

»Wie ist das?«, wollte Anna wissen. »Ich meine, wenn man das raucht. Was passiert dann?«

Er zündete den Joint an und nahm einen tiefen Zug. Das Ende flammte hell auf.

»Da wird die Welt schön.«

Er blies den Rauch himmelwärts, und wir sahen ihn durch das offene Dach emporsteigen.

»Gib her«, sagte sie und streckte die Hand aus.

Ich zog die Augenbrauen hoch, als Sal ihr den Joint gab und sie ihn an die Lippen führte. Hustend und lachend reichte sie ihn zurück.

»Da schau einer an«, sagte ich.

Sie lächelte. »Hab ich dich geschockt, alter Mann?«

»Wenn ich mit dir zusammen bin, weiß ich nie, welche Anna zum Vorschein kommt.«

»Weiß ich selbst auch nie.«

Sie gab Sal ein Zeichen und lehnte sich vor, um noch einen Zug zu nehmen, diesmal einen tieferen. Es muss gutes Zeug gewesen sein, weil es schlagartig zu wirken schien. Sie kickte sich die Sandalen von den Füßen und stupste mich mit den Zehen an.

»Ich weiß ja nicht, wie du hergekommen bist«, sagte Sal, »aber du wirst danach nicht mehr fahren können.«

Achselzuckend schloss sie die Augen. »Dann muss ich wohl über Nacht bleiben.«

Sal zwinkerte mir zu. »Gern geschehen.«

Aus der Ferne war ein leises, lang gezogenes Rumpeln zu hören, und wir sahen erst einander an, dann durchs Dach nach draußen. Der Himmel war blassblau, aber das Geräusch war unverkennbar.

»Es war Regen vorhergesagt«, sagte Sal.

Wir lauschten kurz, und ein paar Sekunden darauf kam das Rumpeln wieder. »Ist aber noch ein paar Meilen weg«, sagte ich.

Und Anna, die immer noch gen Himmel blickte: »›Du wirst Donner hören und dich an mich erinnern und denken: Sie wollte Gewitter.‹«

»Hast du dir das gerade ausgedacht?«, fragte Sal. Die Hand mit dem Joint war in der Luft erstarrt.

»Gott, nein«, antwortete sie. »Das ist von einer russischen Dichterin, Anna Achmatowa. Das hab ich schon immer gemocht.«

Sal blies den Rauch in Richtung Himmel. »Ich war ja immer eher der Mathetyp.«

Anna verzog das Gesicht. »Worte sind so viel flexibler. Da ist jede Antwort richtig, solange man nur gut genug argumentiert. Zahlen sind so kühl und genau. Ihre Wahrheit lässt sich nicht beugen.«

»Genau deshalb sind sie schön«, sagte ich. »Sie sind unveränderlich.«

»Dann habt ihr ja doch etwas gemeinsam«, stellte Anna fest und kroch auf mich zu. »Ich habe noch nie zwei Brüder kennengelernt, die so unterschiedlich waren. Seid ihr wirklich verwandt?«

»Was soll das denn heißen?«, fragte ich.

Sie griff nach meinem Arm und zog ihn um sich. »Schaut euch beide doch an. Sogar eure Namen sind wie Tag und Nacht.«

»Meinen hat unser Vater ausgesucht«, sagte ich und hörte mein Herz pochen. »Er wollte, dass wir beide typisch britische Namen hätten, aber Mum hat auf Sal bestanden. Wegen Dads italienischer Familie. Ich glaube, ursprünglich hatten sie einen anderen Namen vorgesehen, aber dann ist Mum allein aufs Standesamt und hat sich spontan für Salvatore entschieden. Ziemlich mutig von ihr.«

»Womöglich ist es ihm nicht mal aufgefallen«, murmelte Sal.

»Schöner Name«, erwiderte Anna, »Salvatore – der Retter.«

»Was für eine Ironie.« Sal drückte den Joint aus und steckte den Stummel zurück in das Plastiktütchen. »Gut, dann lass ich euch zwei mal allein.«

Anna schob die Hand in meine Hosentasche, und die Härchen auf meinem Arm standen zu Berge.

»Anna«, sagte Sal noch und hielt ihr die Faust hin, damit sie dagegenboxen konnte. »War mir ein Fest.«

»Ich mag Salvatore«, sagte sie, als er gegangen war.

»Er ist spitze.«

»Warum macht er das alles?« Sie strich über die Unterseite meines Arms. »Die Drogen.«

»Macht er seit Jahren.« Ich trommelte auf mein Bein, um mich von dem Aufruhr in meinem Innern abzulenken. »Ich glaube, er hat damit angefangen, weil er sich selbst nicht ertragen konnte, weil er nicht mehr mit seinen Gedanken allein sein wollte. So sind manche Leute gestrickt, nehme ich an. Sie müssen den Lärm im Kopf dimmen. Inzwischen ist es die reine Gewohnheit.«

»Sollte ich vielleicht auch machen.«

»Untersteh dich.«

Anna wandte sich mir zu, setzte sich auf meinen Schoß und zog sich das Oberteil über den Kopf. Ich zog ihr das Haargummi aus den Haaren, sodass sie ihr über die Schultern fielen und meine Wange streiften, während sie mein Gesicht mit beiden Händen umfasste und mich zu Boden drückte. Meine Hand wanderte ihr nacktes Bein hinauf, und ich presste mich durch die Shorts hart gegen sie. Sie erzitterte.

»Weißt du eigentlich, wie sehr ich dich will«, flüsterte sie mir ins Ohr. Es klang auswendig gelernt, künstlich. Ich packte ihre Handgelenke und sagte: »Nein.«

»Ich bin total feucht«, flüsterte sie.

»Nicht, Anna. Hör auf.«

»Wieso denn?« Das High stand ihr ins Gesicht geschrieben.

Ich streichelte ihre Wange. »So will ich dich nicht.«

»Oh. Verstehe.« Sie kletterte wieder von mir runter und ging auf alle viere. Dann sah sie mich über die Schulter an. »Lieber so?«

Ich griff nach ihrer Hosentasche und zog sie zurück auf meinen Schoß. »Küss mich einfach.«

Sie entwand sich mir. »Bist du schwul oder so?«

»Was? Nein. Ich glaub, das war gerade ziemlich klar, als du auf mir gesessen hast.«

»Was ist dann dein Problem?«

Ich seufzte. »Du bist bekifft.«

»Komm mir jetzt nicht blöd.«

»Ich will dich nicht bevormunden«, sagte ich. »Ich will bloß nicht, dass du so bist, wenn wir es tun, das ist alles.«

Sie lachte und stemmte sich von meinem Schoß. »Klar«, sagte sie. »Ich hatte schon ganz vergessen, dass du gern solche Spielchen spielst. Natürlich musst du das Heft in der Hand halten. Was *ich* will oder *wann* ich es will, spielt keine Rolle.«

Ich ließ sie los, und sie setzte sich weg. »Das hier ist kein Spielchen«, sagte ich. »Das hier sind nur du und ich.«

Sie lehnte sich an, zog sich ihr Oberteil über, dann schlug sie die Hände vors Gesicht und gab irgendwas zwischen Lachen und Stöhnen von sich. »Gott, was für ein Idiot.«

»Hör mal – es tut mir leid!« Ich streckte die Hand aus, um sie zu berühren. »Das hat mit dir nichts zu tun. Oder doch – es hat alles mit dir zu tun.«

Sie lachte erneut.

»Glaubst du ernsthaft, ich will dich nicht?«, fragte ich und schluckte trocken. »Ich bin ein Kerl, oder nicht? Trotzdem ist es mir wichtig, dass du richtig anwesend bist – hier bei mir. Sogar wenn du bekifft bist, bist du echt heiß. Aber ich will, dass du anwesend bist, wenn ich dich berühre. Ich will, dass du weißt, was gerade passiert. Und nicht, dass du komplett weggetreten bist.«

Sie biss sich auf die Lippe. »Wie machst du das immer?«

»Wie mache ich was?«

»Mich zurechtzustutzen, ganz ohne dabei auszurasten.«

Ich zündete mir die nächste Zigarette an. »Ich brülle dich innerlich an.«

Eine Zeit lang blieben wir schweigend sitzen. Die Sonne war inzwischen weg, aber der Regen musste an uns vorbeigezogen sein. Der Himmel hatte jenes satte Blau angenommen, das er zwischen Sonnenuntergang und Dunkelheit hatte. Zwielicht, hatte Mum es mal genannt, als wir oben bei der Kreidekrone in den Wye Downs gesessen und zugesehen hatten, wie unten in den Häusern die Lichter angingen.

»Ich würde dich gern etwas fragen«, sagte Anna. »Wenn ich darf.«

Ich wartete ab.

»Deine Mutter. Wo ist die?«

Ich hörte die Vögel in den Bäumen zwitschern. Einander nach Hause rufen, ins Bett, wo sie sich bis zum nächsten Tag ausruhen konnten. Es ging kein Lüftchen mehr.

Ich zögerte mit meiner Antwort. Erst rauchte ich weiter, spürte, wie der Rauch meine Lunge und mein Gehirn mit tödlichem Frieden flutete. Dann drückte ich die Zigarette aus. Ich lehnte mich im Dunkeln zurück – weg von ihr – und erzählte zum allerersten Mal im Leben jemandem die Geschichte meiner Mutter.

Als ich fertig war, schlug sie die Hände vors Gesicht und weinte.

Frühe Neunziger

Nachdem es passiert war, war Stella oft bei uns zu Hause. Sie fuhr uns zur Schule, wenn Dad arbeiten war oder wir nicht bei einer anderen Mutter mitfahren konnten. Wenn wir eine neue Schuluniform brauchten, ging sie mit uns bei Marks & Spencer Sachen anprobieren, und wenn ein Schulbasar anstand, kaufte Stella dafür den Kuchen.

Nach dem Zirkus fuhren wir zu McDonald's, nahmen uns Happy Meals mit nach Hause, und anschließend gingen Sal und ich nach oben. Ich saß noch eine Weile im Schlafanzug auf dem Treppenabsatz und hörte zu, wie sie spülte. Ich quetschte mein Gesicht zwischen die Geländerpfosten, schloss die Augen und stellte mir vor, sie wäre Mum.

Sie ging ins Wohnzimmer, um sich zu verabschieden, und schlüpfte an der Tür in ihren Mantel.

Mit den Händen in den Hosentaschen kam Dad ihr hinterher. Ich beobachtete sie von der Treppe aus. Weil es bei mir oben dunkel war, konnten sie mich nicht sehen.

»Dann ist es okay gelaufen?«

»Gut«, sagte sie und knöpfte ihren Mantel zu. »Es ist gut gelaufen. Wir haben Zuckerwatte gegessen, und ich hab sie ein paar Spiele am Automaten spielen lassen. Ich glaube, ich habe es geschafft, dass sie für einen Moment vergessen konnten, dass du nicht dabei warst.«

Dad hörte gar nicht hin, sondern nickte nur und klimperte mit den Münzen in seiner Tasche. »Ich hab mich gefragt …« Er kratzte sich am Kopf. »Meinst du, du könntest hier einziehen? Ich könnte das Gästezimmer für dich herrichten. Wäre doch einfacher für dich, wenn du nicht mehr täglich hin- und herfahren müsstest.«

Stella schob die Hände in die Taschen und seufzte. »Nein, Paul.«

Er drückte den Rücken durch. »Sie brauchen dich, Stella.«

Sie lachte – ein trauriges Lachen – und schüttelte den Kopf. »Nein. Sie brauchen ihren Vater.«

»Was soll ich denn machen? Ich muss arbeiten gehen, damit Essen auf den Tisch kommt. Ich kann nicht auch noch ihre Wäsche waschen und die Betten machen.«

Sie atmete scharf ein. »Aber für deinen Workers Club hast du genug Zeit. Und dir ist schon klar, dass ich auch einen Job habe?«

»Im Pub Pints zapfen.« Er schnaubte.

»Ja, und ich finde, für dreißig Kröten am Tag an Rostlauben rumzuschrauben ist nicht viel besser – pass also auf, was du sagst.« Stella nahm ihre Handtasche. »Ich helfe gern aus, Paul, aber ich habe auch noch ein eigenes Leben.«

»Ist ja nun nicht so, als hättest du eine Familie, um die du dich kümmern müsstest.«

Sie bedachte ihn mit einem giftigen Blick. »Wenn ich Kinder gewollt hätte, hätte ich welche.«

»Oh, das hören sie bestimmt gern«, sagte er. »Sie vergöttern dich. Aber wie sich jetzt herausstellt, gehst du lieber zum Bingo und hängst mit irgendwelchen Kerlen ab, als dich um deine Neffen zu kümmern.«

Stella nahm ihre Schlüssel und schüttelte sie leicht. »Ich liebe diese Jungs mehr, als du dir vorstellen kannst, aber sie brauchen nicht *mich*. Glaub ja nicht, dass ich vergessen hätte, wie es früher zwischen dir und Dad war. Willst du, dass sie mit dir das Gleiche durchmachen?«

Dad sah zu Boden.

»Stell eine Haushälterin ein«, sagte Stella in sein Schweigen hinein und machte die Haustür auf. »Ich komme am Montag und bringe einen Auflauf vorbei.«

Sal hatte einen Schlag bei Frauen. Schon in der Schule war er auf Schritt und Tritt umringt – und zwar von den schicken Mädels, die ihr halbes Leben vor dem Spiegel verbrachten, sich die Haare glätteten, die Lippen schürzten und sich hin und her drehten, um sich aus jedem möglichen Winkel zu begutachten. Bei seinen Fußballspielen standen sie kreischend an der Seitenlinie und fielen einander um den Hals, sobald er den Ball versenkte. Einmal bekam ich mit, wie ein paar von ihnen aus einem Auto stiegen und kurz warteten, bis der Fahrer weg war, ehe sie die Röcke am Bund so weit umschlugen, dass sie kaum mehr das Nötigste bedeckten. Sie lockerten ihre Schulkrawatten und knöpften die Kragen auf. Zupften sich gegenseitig in den Haaren herum. Dann hakten sie sich beieinander unter und staksten ins Schulgebäude.

Das waren die Mädels, auf die alle standen. Die genau wussten, was ihr Kapital war, und es schamlos in Szene setzten. Männliche Teenager haben schlichtweg keine Fantasie. Du willst beispielsweise ein Sofa kaufen und hast die Wahl zwischen dem blauen Ausstellungsstück und einer grünen Stoffprobe – und natürlich nimmst du das blaue. Thema erledigt. Und ja, ich weiß, ich sollte Mädchen nicht mit Sofas vergleichen.

Aber Jungs sind nun mal so. Man muss es ihnen leicht machen.

Nur wollte Sal keins dieser Mädchen. Ich hatte den Eindruck, er entschied sich schon aus Prinzip immer für die schwierigere Variante. Aber vielleicht kannte er auch alles andere schon.

Er stand auf unterernährt, dunkel und dramatisch. Die Art Frau, die Theaterwissenschaft studierte und sich die Augen mit schwarzem Kajal umrahmte, sodass sie aussah wie ein verschreckter Waschbär. Außerdem trugen sie immer Schwarz, hatten kurze, zerzauste Haare oder aber eine lange, wilde Mähne, und wenn sie nicht mindestens brünett waren, dann färbten sie sich dunkel. In der Coolness-Hackordnung waren sie alle nicht recht zu verorten, aber das hatte an sich schon eine gewisse Anziehungskraft.

Stacey war die Erste, an die ich mich erinnere. Sie hatte ein Jahr zuvor die Schule verlassen und jobbte in Teilzeit in der Innenstadt bei einem Herrenausstatter. Daz und ich gingen dort nach der Schule vorbei und taten so, als wären wir an den Klamotten interessiert, die von irgendwelchen Labels stammten und für uns mit unserem Zeitungsausträger-Taschengeld unerschwinglich waren. Doch wenn außer uns keiner im Laden war, winkte sie uns in den hinteren Teil. »Ich hab da was für euch, das wäre perfekt.« Dann nötigte sie uns, eine Jacke oder einen Pulli anzuprobieren, stand vor dem Spiegel hinter uns und zupfte einen Ärmel oder irgendwas anderes an unseren erregten Teenagerkörpern zurecht. Daz gab seinen kompletten Halbjahreslohn für einen Boxfresh-Pullover aus, in dem seine Arme muskulös aussähen, wie sie behauptete. Bestimmt bekam sie dafür Provision. Daz redete eine geschlagene Woche nicht mehr mit Sal, nachdem wir ihn gegen Ende des Sommers vor dem Woolworth mit ihr hatten knutschen sehen.

Er knutschte mit einigen. Aber Sals erste feste Freundin war Cleo. Eigentlich hieß sie Chloe, aber das fand sie nicht interessant genug. Er hatte sie in der Videothek kennengelernt, nachdem der Filialleiter ihn gebeten hatte, ein paar Vorstellungsgespräche mit Aushilfen zu übernehmen. Cleo war die Erste und direkt auch die Letzte, die zum Gespräch kam.

Die erste gemeinsame Schicht verbrachten sie mit einem Streit über *Forrest Gump*. »Der war scheiße«, sagte sie. »Bah, war der kitschig. Wie viele Meilensteine der Weltgeschichte kann man bitte in ein einziges Leben packen?« Sal hielt dagegen: »Tja, Millionen Leute waren anderer Meinung.« »Mir doch egal«, entgegnete sie. »Ich fand ihn scheiße, also war er scheiße.« So ging es hin und her bis Ladenschluss und bis Sal die Tür verriegelte und die beiden es hinter dem Kassentresen miteinander trieben.

Zumindest hat er es so erzählt.

Sie waren nicht lange zusammen. Sie habe ein paar merkwürdige Macken gehabt, meinte Sal im Nachhinein. Beispielsweise hatte sie von ihm gewollt, dass er sie beim Sex mit dem Namen ihrer besten Freundin ansprach, und erst hatte er das Spielchen mitgespielt, aber dann bestand sie jedes Mal darauf. Sie hasste es, berührt zu werden, erzählte er, es sei denn, sie tat so, als wäre sie jemand anderes. Sie machten im darauffolgenden Sommer Schluss, als sie wegzog, um Biomechanik zu studieren. Bis dahin hatte sie ihren Namen wieder zurück zu Chloe geändert.

Tess war die Nächste. Ich mochte Tess. Im Vergleich zu Chloe wirkte sie relativ normal. Sie entsprach immer noch dem Dunkel-und-mager-Schema, aber sie war nicht so schwierig wie die anderen. Oder vielleicht kannte ich sie auch nicht gut genug. Allerdings war klar, dass Tess Sal anhimmelte, und manchmal stützte sie das Kinn auf, wenn er redete, und legte den Kopf leicht schief. Das gefiel mir.

»Tess scheint nett zu sein«, sagte ich mal bei einem Pint.

»Hm? Ja, kann sein.« Stirnrunzelnd betrachtete er eine Nachricht auf seinem Handy.

»Besser als die davor. Chloe, meine ich.«

Er legte das Handy weg. »Nein, stimmt schon. Tess ist super. Trotzdem, ganz ehrlich, ich sehe für uns keine Zukunft.«

»Aber ihr scheint doch gut zusammenzupassen? Und sogar glücklich zu sein?«

»Nein, stimmt schon, glücklich sind wir.«

»Und ist das schlecht?«

Er seufzte. »Es gibt bestimmt Leute, die die Vorstellung toll finden, dass jeder Tag wie der andere ist. Dass heute schon klar ist, was morgen passiert.«

»Gibt einem eine gewisse Sicherheit.«

»Ja. So wär's womöglich leichter.« Er kippte sein Pint in sich hinein.

Sal und Tess waren fünf Jahre zusammen. Sie waren eins dieser Paare, die von anderen beneidet wurden. Das Paar, das abendelang auf dem Sofa liegen und sich alte Filme ansehen konnte. Das Paar, das sich in Sachen Wandfarbe einig war, zu denselben Konzerten wollte und sich einen Nachtisch teilen konnte. Wenn sie sich ein Curry bestellten, dippte Sal seine Papadams ins Mango-Zwiebel-Chutney und Tess ihre in Joghurt-Limette.

Sie sprachen davon zu heiraten, Kinder zu kriegen oder zumindest einen Hund. Sal überlegte, von hier wegzuziehen, Round-the-World-Tickets zu kaufen und zu sehen, welches Land ihnen am ehesten gefiele, woraufhin Tess lächelte und meinte, ein Jahr Frankreich sei doch bestimmt drin.

Dann eines Tages kam Tess nach Hause und erwischte Sal mit einer anderen im Bett. Sie fing an, die Wohnung zu demolieren, zerrte Vorhänge von der Stange und riss die Tapete, die sie gemeinsam ausgewählt hatten, in großen Fetzen von der Wand. Sal versuchte, sie zu beruhigen, hielt sie an ihren dürren Handgelenken fest und hinterließ darauf dunkle blaue Flecken. Er habe versucht, sie daran zu hindern, sich wehzutun, sagte er später am Telefon. Er habe seine Kraft nicht richtig einschätzen können.

Sie hätten nicht mal gefickt, erzählte Tess mir später. Ihre Klamotten hätten am Boden gelegen, und das Zimmer habe nach Sex gestunken, aber nicht das hatte sie so fertiggemacht. Es war die Art und Weise, wie die Frau ihn gehalten hatte – sein Kopf an ihrer Brust, die Hände hatte er friedlich unterm Kinn gefaltet. »Ich durfte ihn nie so halten«, sagte sie. »Ich wollte immer, aber er hat sich immer aus meinen Armen gewunden.«

Als Tess das Zimmer betreten hatte, hatte die Frau sich gestreckt und gegähnt, als wäre es das Normalste der Welt. Sie hatte die Decke zurückgeschlagen, nackt dagelegen und lächelnd zugesehen, wie die beiden sich ankeiften.

So fing es mit Mathilde an.

Sommer 2003

»Komm rein.«

Das Haus, in dem Anna wohnte, sah exakt so aus wie fünf weitere an derselben Straße im besseren Wohnviertel der Stadt. Es war eins jener Vorstands-Einfamilienhäuser, die auf Broschüren abgebildet waren oder in einem Artikel auf den Finanzmarkt- und Immobilienseiten. Mit seinen roten Klinkern und den weißen Verschalungsbrettern sagt es: *Du hast es geschafft. Du bist sozial aufgestiegen.*

Sie lehnte barfuß am Pfosten der überdachten Tür. Ich hatte mich zuvor zweimal umgezogen, hatte ewig hergebraucht, und sie sagte: »Komm rein«, als wäre es das Normalste überhaupt. Als wäre ich ihr fester Freund.

Ich schob die Tür ins Schloss und streifte die Schuhe ab, teils aus Gewohnheit, aber auch weil der blanke Marmorboden dazu aufforderte. Die Kälte der Platten fraß sich in meine verschwitzte Haut.

»Hast du gut hergefunden?« Sie hatte die Hände in die Hüften gestemmt.

»Klar, war okay.«

»Hier oben ist man echt weitab vom Schuss. Ich frage mich immer, ob es den Leuten zu weit draußen ist.«

»Ist doch okay.«

»Und es ist heiß heute.« Sie presste sich den Handrücken an die Stirn. »Was zu trinken?«

»Klar.«

Ich folgte ihr durch den Flur auf ein sonniges Fenster an der Stirnseite zu. Glastüren führten zu beiden Seiten in große Zimmer – überall heller Teppichboden und schimmernde Oberflächen. Es sah aus wie ein Bühnenbild des Himmels – alles hell und weiß, nirgends ein potenzielles Versteck.

Ich beobachtete sie, wie sie vor mir herging. Ihr Körper sah in den abgeschnittenen Jeans genauso gut aus wie in meinem Bett.

»Cola?«, fragte sie, als wir die Küche betraten.

Die Frage hallte von den Wänden wider. Hektarweise Arbeitsplatten rund um eine riesige Kücheninsel in der Mitte. Ich klopfte leicht auf die Steinplatte. Eindeutig nicht die Billigvariante.

»Klar.«

Als sie den amerikanischen Kühlschrank aufmachte, sah es kurz aus, als huschte ein Geist an der polierten Silbertür vorbei – irgendwas stimmte nicht in dieser friedvollen Szenerie. Es dauerte einen Moment, ehe ich begriff, dass ich das gewesen war.

Anna drückte mir eine Dose in die Hand, presste sich ihre an die Stirn und schloss die Augen. Ihre Lippen waren ein wenig geöffnet.

»Schön hier«, sagte ich und verlagerte mein Gewicht von einem Bein aufs andere.

»Findest du?« Sie schlug die Augen auf und zuckte gelangweilt mit den Schultern. »Wenn man auf so was steht.«

»Du also nicht?«

Sie öffnete den Dosenverschluss. »Wer braucht schon zwei Spülmaschinen?«

Erst jetzt fiel mir auf, dass alles mehrfach vorhanden war:

zwei Öfen, zwei Spülmaschinen, zwei Spülbecken, zwei separate Weinkühlschränke. Über der Kücheninsel hingen drei identische fuchsiafarbene Hängelampen exakt über drei Barhockern. Im selben Moment dämmerte mir, dass auf den Arbeitsplatten gar nichts herumstand. Wo ist denn der Toaster?, fragte ich mich. Wo sind der Wasserkocher und der Pott mit den Kochlöffeln und der Rechnungsstapel?

Ich sah Anna an, die sich an der Marmorkücheninsel auf die Ellbogen stützte und selbst fehl am Platz wirkte – mit ihren rissigen Fingernägeln und ihrer Wärme. Das Einzige, was zusammenzupassen schien, waren ihre roten Lippen und die Hängelampen. Und da erst sah ich, dass sie Lippenstift trug.

»Hast du Hunger?«

Ich zuckte mit den Schultern. »Du?«

Sie trat an den Kühlschrank. »Ich mache uns ein Sandwich.« Sie nahm die Butter heraus, fein aufgeschnittenen Schinken vom Delikatessenladen und ein Glas Pickles.

Ich sah ihr zu, wie sie Butter auf das Brot strich. Sie tauchte das Messer tief in das Gefäß, schnitzte dicke Keile heraus und verstrich sie großzügig auf den Brotscheiben. Sie kratzte nicht ein einziges Mal überschüssige Butter von einer Scheibe, um die nächste damit zu bestreichen, und teilte die Butterkeile auch nicht auf zwei Scheiben auf oder sogar auf drei wie Dad. Wenn es warmer Toast gewesen wäre, hätten sich darauf Pfützen gebildet, und die Butter wäre uns glänzend übers Kinn gelaufen. Ich bestrich meine Brote immer wie Dad, und ich fragte mich, wie es wäre, wenn Anna und ich je zusammenzögen. Ob einer von uns seine Gewohnheiten ändern würde, um dem anderen ähnlicher zu sein, oder ob wir darüber streiten würden, wie der andere sein Brot butterte.

Das Sandwich schmeckte jedenfalls zum Niederknien. Als wir fertig waren, entschied sie sich für eine Spülmaschine und belud sie mit unserem Geschirr.

»Sightseeingtour?«, fragte sie und schob die Klappe zu.

»Wann sind sie denn zurück?«

»Heute Abend. Der Flieger landet in einer Stunde.«

Sie führte mich durch diverse Zimmer, zeigte hier und da auf Gegenstände und nannte ihre Eltern die ganze Zeit Mutter und Vater. »Da drin sind die Erstausgaben sämtlicher Bond-Bücher«, erklärte sie und tätschelte einen riesigen Safe in der Ecke des Arbeitszimmers. »Vaters ganzer Stolz.« Und im Esszimmer: »Hier sitzt Mutter morgens mit einem Pfefferminztee und liest in der Bibel, bevor sie zum Brunch und zur Maniküre fährt.«

Das einzige Foto, das ich entdecken konnte, war eine große Studioaufnahme aller vier: Mutter und Vater auf Stühlen, umrahmt von den beiden Kindern, die jeweils die Hand eines Elternteils hielten und die andere Hand auf dessen Schulter gelegt hatten. Die pastellfarbene Kleidung hob sich scharf vom dunkel verschwommenen Hintergrund ab, und ihre Gesichter strahlten Mittelschicht-Anständigkeit aus. Nach Annas Kleid zu urteilen – violett mit Puffärmeln – war das Bild etwa fünf Jahre zuvor entstanden. Sie hatte das leicht dämliche Lächeln eines Teenagers im Gesicht. Der Vater war glatzköpfig und trug eine Brille, die Mutter war braun gebrannt und für ihr Alter verdammt attraktiv. Der Bruder sah aus wie die Jungs aus der Schule, die immer lachten, sobald ich das Klassenzimmer betrat. Nike-Schuhe, perfekter Haarschnitt.

»Ekelhaft, oder?«, fragte Anna von hinten.

»Beeindruckend.« Ich schob die Hände tiefer in die Taschen.

»Wir sehen aus wie die Familie eines Serienkillers. Mutter im Twinset mit Perlen. Hat einen kompletten Monat damit zugebracht, unsere Outfits auf dem Bett auszulegen, damit wir am Ende wie die perfekte Familie aussehen.« Sie atmete hörbar durch die Zähne ein. »Guck dir an, wie sie mich verewigt hat! In verdammtem Flieder!«

»Ich finde, du siehst superheiß aus.«

»Da bin ich vierzehn, du Perverser!«

Ich zuckte die Achseln. »Da wär ich siebzehn gewesen. Ist doch okay.«

»Komm.« Sie nahm meine Hand und zog mich zur Tür.

In diesem Haus war jedes einzelne Zimmer mit einem Schlagwort oder Spruch dekoriert. Auf dem Sideboard im Esszimmer stand in Schnörkelbuchstaben EAT, über dem Ofen COOK, und im Wohnzimmer hing ein RELAX in Kreuzstich. Im Bad schwebte über der Tür ein BATHE in sich ergänzenden Blautönen. Auf dem Fensterbrett stand eine Schale mit Kieseln. »Mutter nimmt von jedem Strand einen Stein mit.« Anna drehte einen herum und zeigte mir die schwarze Permanentmarkerschrift. *Barbados 98.*

Ich fragte mich, ob sie einen Pool hatten. Irgendwie schien es mir die Art von Haus zu sein, die über einen eigenen Pool verfügte. Auf dem Weg hierher war ich an einem Kiosk stehen geblieben, um mir ein kaltes Bier zu kaufen, und hatte draußen die Schlagzeile gelesen: *Sonnencreme und Eis für Zootiere!* »Wir brauchen dringend Regen«, hatte die alte Dame an der Kasse gesagt. »Mein Salat ist komplett welk.«

Ich folgte ihr nach oben und strich ihr am Handlauf mit den Fingerspitzen über die Finger. Ihre Haut auf dem kalten Stahl fühlte sich gefährlich an, und kurzerhand legte ich ihr die freie Hand an die nackte Taille. Als sie auf dem Treppenabsatz stehen blieb, zog ich sie an mich und küsste sie in die Halsbeuge, und als sie in meinen Armen ganz anschmiegsam wurde, fühlte ich mich übermächtig. Mir war klar, dass sie mich ebenso sehr wollte wie ich sie.

»Warte noch.« Sie machte sich von mir los. »Sightseeing, schon vergessen?« Sie drückte die nächstbeste Tür auf. »Das Zimmer meines holden Bruders.« Mein Blick streifte ein perfekt gemachtes Bett und eine Reihe allem Anschein nach teurer Gitarren, die gestaffelt an der Wand hingen. Es sah aufgeräumt und unbewohnt aus. »Er ist im Ausland«, erklärte Anna. »Dient dort, wo die Not am größten ist.«

»Was?«

Sie machte die Tür wieder zu. »Vergiss es.«

Vor der nächsten Tür hielt sie inne. »Mein Zimmer.«

Es war fünfmal so groß wie meins. Am Boden der gleiche helle Teppichboden wie im Rest des Hauses, allerdings waren die Wände auf den ersten Blick schockierend scharlachrot. »Mutter hasst die Farbe«, sagte sie zufrieden. Ein Einzelbett ragte ins Zimmer hinein. Rund um den Schminkspiegel hingen Polaroids von Partys: Anna mit Freundinnen, Anna mit hochgereckten Händen auf der Tanzfläche, Anna mit einem Glas Champagner in einer Hand und mit vom Zeigefinger der anderen Hand baumelndem Schlüssel vor ihrem Wagen. Kreuz und quer auf dem Tisch Make-up-Tiegel, Schmuck und ein Stapel Bücher. Neben dem Tisch eine Bürste, in deren Borsten sich lange schwarze Haare verwickelt hatten, wie sie auch in meinem Bett lagen.

Ein Mädchenzimmer hat sich für mich immer wie ein fremdes Land angefühlt. Hier verhalten sie sich anders.

Ich setzte mich auf ihr Bett, in dem noch nie ein Mann gelegen hatte. Sie kam auf mich zu und setzte sich auf meinen Schoß, legte mir die Hände ums Gesicht, und ihre Lippen näherten sich meinen.

Es fühlte sich an, als hätte ich einen Test bestanden, und ich küsste sie ebenso nachdrücklich wie sie mich. Dann hielt sie inne. »Ein Zimmer fehlt noch.«

Sie führte mich über den Flur zu einer Tür ganz am Ende. Dahinter lag das Elternschlafzimmer – ein höhlenartiger Raum mit gewölbter Decke und verspiegelten Schranktüren entlang einer Wand. Eine Tür in der Ecke führte ins angrenzende Bad, nahm ich an, allerdings schien die Sightseeingtour beendet zu sein: Sie zog mich aufs Bett zu – auf einen riesigen Diwan mit pfirsichfarbenem Satinüberzug.

»Was soll das werden?«

Sie kniete sich hin und zog mich zu sich runter. »Leise«, flüsterte sie mir ins Ohr, und ich spürte ihre Zunge. Sie machte sich an meiner Jeans zu schaffen und drückte mich rücklings auf die Matratze.

Schlagartig hatte ich Herzrasen. Lust schoss mir durch sämtliche Adern. Ich hielt den Blick auf das Holzbrett über dem Bett gerichtet – in breiten, klobigen Buchstaben war dort LOVE herausgeschnitzt worden.

Ich wehrte mich nicht.

Ich konnte Mathilde von Anfang an nicht ausstehen.

Sie war genau Sals Typ: dunkles Haar, das Gesicht blass wie Mondlicht. Dass sie schön war, war nicht zu übersehen, aber sie war sich dessen auch durchaus bewusst. Laura fand sie »unfassbar schick«, und sie hatte dieses gewisse Etwas, das manche Französinnen haben.

Mathildes Garderobe bestand aus schwarzen Skinny Jeans, Bikerstiefeln und viel zu großen, plüschigen Pullis mit weitem Rückenausschnitt, den sie beiläufig verrutschen ließ, um eine Schulter zu entblößen. »Bedeck dich besser, sonst verkühlst du dich noch«, sagte ich immer und erhielt zur Antwort jedes Mal bloß eine hochgezogene Augenbraue.

Sie hatte null Sinn für Humor. Alle im Raum konnten brüllen vor Lachen, wenn Sal einen Witz gemacht hatte, aber sie saß bloß da und guckte gelangweilt und überlegen. Es konnte einen schier verrückt machen, wie jemand, der dermaßen leer und oberflächlich war, sich selbst so ernst nehmen konnte.

Wir waren die einzigen Raucher in der Clique. Man hätte meinen sollen, dass uns das zusammengeschweißt hätte: die Gespräche unter vier Augen, wenn wir nach draußen ins Exil mussten. Aber selbst dort fand sie Mittel und Wege, sich über mich zu erheben.

»Ärgh, dieser Gestank!«, sagte sie, immer wenn ich mir eine Zigarette anzündete, und fuchtelte mit beiden Armen, als würde sie angegriffen. »Ihr Engländer mit eurem Fabrikdreck. *Merde.* Ihr bringt den Rest von uns noch um.«

Dann drehte sie sich ihre Zigarette.

»Du weißt schon, dass Selbstgedrehte genauso viel Rauch produzieren, Mathilde?«

»*Oui, oui,* Nicolas«, erwiderte sie gelangweilt.

Wir sprachen einander immer mit vollem Namen an, auch wenn sie meinen französisch aussprach und das S wegließ, sodass es unfertig klang; sie schaffte es immer irgendwie, eine Klasse besser zu sein.

Mathilde trug einen alten Rosenkranz um den Hals, obwohl sie kein bisschen gläubig war. Die Perlen waren unterschiedlich braun schattiert und erinnerten mich an diese alten Autositzüberzüge, wie Grandpa in unserer Kindheit einen im Auto gehabt hatte. Das Kreuz war aus Silber und üppig verziert, und meist saß sie mit einem Ausdruck von Verächtlichkeit herum und streichelte ihren toten Jesus. Später habe ich mal einen Film gesehen, in dem eine Nonne mit ihrem Rosenkranz erdrosselt wurde. Ich musste sofort an Mathilde denken.

»Ich wünschte mir, du würdest dir mit Tilly mehr Mühe geben«, sagte Sal. »Sie mag dich wirklich, und sie versteht nicht, warum du dich in ihrem Beisein so komisch verhältst.«

Mit ihrer Art schaffte sie es, dass Sal immer irgendwie hilflos wirkte. Egal, was er tat – stets war er darauf bedacht, sie zu beschwichtigen und die schier unmöglichen Standards einzuhalten, die sie einforderte. Ich überlegte sogar, ob sie Hypnotiseurin war, und fragte mich manchmal, ob nicht vielleicht doch etwas dran war an schwarzer Magie. Jedenfalls ertappte ich mich dabei, wie ich sie beäugte, als wäre sie drauf und dran, gleich jemanden mit einem Fluch zu belegen. Laura hielt mich für paranoid.

»Was findet er bloß an ihr?«, schimpfte ich. »Mal abgesehen vom Äußeren.«

»Ist das nicht zu neunzig Prozent der Grund, warum Männer auf Frauen stehen?«, gab Laura zurück. »Außerdem macht Sal doch in letzter Zeit einen viel besseren Eindruck.

Hast du gestern seine Pupillen gesehen? Er ist eindeutig von den Pillen weg, insofern muss sie was richtig machen.«

Das stimmte natürlich, Sal ging seltener feiern und nahm weniger Drogen. Mir war klar, dass das gut war. Ich wusste aber auch, dass er sich nur deshalb verändert hatte, weil Mathilde ihn nonstop an ihrer Seite wollte, damit er sie bewunderte und ihr Essen kochte, das sie später im Bad wieder auskotzte. Der gute Nebeneffekt hatte den falschen Grund, und das wollte ich nicht einfach schlucken.

Ich versuchte, mit ihm zu reden.

»Aber ich liebe sie«, sagte Sal und starrte in sein Bier. »Scheiße, ich liebe sie wirklich. Ich hab das noch nie gesagt. Zumindest hab ich's noch nie so gemeint.«

Ich konnte ihm ansehen, dass er schon zu tief drinsteckte.

»Ich hab bloß den Eindruck, dass du dich von ihr dominieren lässt«, sagte ich. »Vielleicht solltest du ihr nicht so deutlich zeigen, was du für sie empfindest.«

Sal sah verwirrt aus. »Wieso denn nicht?«

»Lass einfach nicht komplett die Hosen runter«, sagte ich und nahm einen tiefen Zug von meiner Zigarette. »Ich will nicht, dass du verletzt wirst, das ist alles.«

»Du sagst, wenn ich mit ihr zusammen bin, bin ich anders«, fuhr er fort, »und das stimmt. Für sie will ich ein besserer Mensch sein und all das, was sie sich von mir erhofft. Aber ist das nicht gut so? Dass man versucht, ein besserer Mensch zu werden? Ist es nicht das, was Liebe mit einem machen soll?«

Ich zuckte mit den Schultern. Wir leerten unsere Pints.

In jener Nacht betrachtete ich Laura, die neben mir schlief. Ihr blondes Haar sah auf dem Kissen fast schwarz aus. Sie hatte sich auf die Seite gedreht, und der Umriss ihres Rückens hob und senkte sich vor dem Fenster. Ich kannte all ihre Bewegungen, wie man das Ticken einer alten Uhr kennt. Ich lag da und dachte eine Zeit lang über sie nach. Und über eine andere Frau. Dann machte ich die Augen zu.

Sommer 2003

»Erzähl mir, woran du glaubst«, sagte ich.

»Warum?«

»Ich will wissen, was für dich echt ist.«

Wir saßen im Kies in Dungeness. Der Himmel war vor Feuchtigkeit weiß. Bis zu diesem Tag waren wir so gut wie nonstop zusammen gewesen, als wüssten wir irgendwie, dass es sich dem Ende zuneigte. Trotzdem gingen wir uns bei der Arbeit aus dem Weg. Gerüchte waren wie Buschfeuer, das leiseste Lüftchen trug sie in sämtliche Richtungen – und das hier wollte ich für mich allein. Ein weiterer Vorteil war, was der Sicherheitsabstand aus uns machte. Ihre Haut zu spüren, wenn wir endlich zu zweit waren, sie zu halten, erzeugte ein Fieber, das nie abklingen durfte.

Hier in Dungeness kannte uns niemand.

»Was für mich echt ist?« Sie bohrte ihre Finger in den Kies. »Darüber denke ich seit neunzehn Jahren nach.«

»Was passiert, wenn du stirbst?«

Sie verlagerte das Gewicht. Ich spürte, dass ihr die Frage unangenehm war.

»In der Bibel steht …« Sie holte tief Luft. »Die Bibel nennt es einen tiefen Schlaf. Eines Tages bricht ein gewaltiger Krieg auf Erden los – Harmagedon –, und wer darin sterben muss, darf später ein himmlisches Leben auf Erden führen.«

Ich nickte, als hätte ich es verstanden. »Und wann ist dieses Harmagedon?«

»Die Bibel sagt, wir sind in den letzten Tagen – also jeden Moment.«

»Du meinst, morgen könnte es so weit sein?«

Sie nickte betreten. »Als ich klein war, haben die Erwachsenen immer gesagt, ich würde nicht mal mehr die Schule beenden, weil das Ende so nah wäre. Sie meinten, ich würde nie heiraten oder Kinder kriegen, weil wir da bereits in der neuen Welt wären.«

Ich zog die Augenbrauen hoch. »Wow.«

»Für dich muss das komisch klingen ...«

»Du hast gesagt, jeder, der sterben muss, darf anschließend ein neues Leben führen – aber was dann?«

Anna dachte kurz nach, bevor sie antwortete. »Sie leben dann für immer im Paradies. Im ewigen Leben.«

»Das klingt gut«, sagte ich. »Das hätte ich auch gern. Aber was passiert in diesem Krieg? In diesem ... Harmagedon?«

»Das ist die Schlacht zwischen Gut und Böse«, sagte sie und wich meinem Blick aus. »Diejenigen, die in der Wahrheit sind und als geeignet befunden werden, kommen ins Paradies, und die Schlechten gehen unter.«

Ich rieb mir nachdenklich das Kinn. »Definiere gut und schlecht.«

Sie schlug sich die Hände vor das errötete Gesicht. »Was soll das hier werden? Eine verdammte Bibelstunde?«

»Macht ihr nicht genau das, wenn ihr an die Türen von Leuten klopft?«

»Ja, an die Türen von Fremden. Ich mache meine Runde, und fertig. Ich will das nicht auch noch an meinem freien Tag machen.«

»Ich dachte, das wäre dir wichtig.«

»Ist es auch.« Sie nahm einen Kiesel in die Hand und ballte die Faust darum. »Trotzdem habe ich mein ganzes Leben damit verbracht, anders zu sein als alle anderen. Ich will nicht über diese Sachen nachdenken, wenn ich mit dir zusammen bin.«

Ein Stück den Strand entlang stand ein kleiner Kiosk. Ich schlenderte hin, um uns etwas zu trinken zu holen. Der alte Kioskbetreiber auf seinem Plastikstuhl hatte sich hinter der aufdringlichen Titelseite einer Boulevardzeitung versteckt. Mit dem Fedora, den er sich hoch in die Stirn geschoben hatte, erinnerte er mich an meinen Grandpa.

Ich räusperte mich. Er blickte auf und warf die Zeitung beiseite. Man konnte ihm ansehen, dass er keine Lust auf Small Talk hatte, also ließ ich den Blick übers Wasser schweifen, während er zwei Styroporbecher mit Tee füllte.

Anna sah mir entgegen, als ich über den Strand zu ihr zurückging. Die Sonne hatte eine Lücke zwischen den Wolken aufgetan und beleuchtete das kleine Fleckchen, auf dem Anna saß. Schon komisch, dachte ich, dass sie sich nie so sehen konnte, wie ich sie sah.

Wir nippten an unseren Bechern und blickten aufs ruhige Meer hinaus.

»Weißt du, was du für uns bist?«, fragte sie nach einer Weile.

Ich sah sie an.

»Du bist ein Weltmensch.«

»Ein Weltmensch?«

»*Die Welt vergeht und so auch ihr Verlangen, wer aber nach dem Willen Gottes lebt, bleibt für immer.* Du bist von besagter Welt, und du bringst nichts als Zerstörung.«

Ich nahm den letzten Schluck Tee. »Dann gehe ich mal davon aus, dass ich bei diesem Harmagedon sterbe?«

Das schien sie nicht sonderlich lustig zu finden.

»Wie stelle ich es denn an, dass ich kein Weltmensch mehr bin?«

»Du musst einer von ihnen werden … einer von uns.«

»Dann ist es doch wie bei den Katholiken.« Ich konnte mich an Gottesdienstbesuche aus der Schulzeit erinnern. »Trink das Blut Christi und bereue deine Sünden? Damit kann ich leben.«

»Nein, bloß kein Blut. Keine Transfusionen, schon vergessen? Blut ist heilig. Es steht für das Leben, und außer Gott selbst hat niemand das Recht, es zu geben oder zu nehmen.«

Ich zündete mir eine Zigarette an. »Das klingt alles sehr interessant. Eine andere Welt. Vielleicht könntest du meine Lehrerin sein.«

»Ich?« Anna lachte. »Ich bin noch nicht mal so weit, Schülerin zu sein. Es gibt eine Menge Regeln …«

»Trotzdem hast du auch eine Menge Freiheiten. Zumindest wirst du nicht an der kurzen Leine gehalten.«

»Vergleichst du mich gerade mit einem Hund?«

»Nein.« Ich lachte. »Ich meine – du bist mit mir hier. Du arbeitest mit jeder Menge von uns … Wie hast du es genannt? Mit uns Weltmenschen.«

»Aber ich muss zu einer bestimmten Uhrzeit zu Hause sein, wie du weißt.«

»Das müssen viele.«

»Wir können die Welt nicht komplett meiden. Ich muss schließlich Geld verdienen. Aber im Grunde soll ich zur Arbeit und wieder nach Hause gehen und nur mit Leuten zu tun haben, die auch in der Wahrheit sind.«

»In der Wahrheit?«

Sie errötete wieder. »So nennen wir unseren Glauben.

Sorry, muss schräg für dich klingen, wenn du es nicht gewöhnt bist. Wenn ich mit dir zusammen bin, vergesse ich immer, dass wir verschieden sind.«

Es klang wirklich schräg. Gemein. Überheblich. »Faszinierend«, sagte ich und rauchte weiter.

»Sie wissen nicht, dass ich mit dir hier bin«, sagte sie, immer noch mit roten Wangen. »Teenager sollen doch rebellieren, oder?«

»Dann bin ich ein Geheimnis.«

»Lisa ist auch ein Geheimnis. Sie wissen nicht, dass es sie gibt. Ich habe eine Fake-Freundin namens Susie, die angeblich einer Versammlung an der Küste angehört. Sie glauben, dass ich bei ihr bin.«

»Ist das nicht irgendwie ironisch, *in der Wahrheit* sein zu wollen und dann die eigenen Eltern zu belügen, indem du ein Doppelleben führst?«

Anna zog die Knie an die Brust. Sie machte dicht. »Frag doch nicht, wenn du mich bloß kritisieren willst. Ich erwarte ja nicht, dass du es verstehst. Ich verstehe es manchmal selbst nicht. Aber für mich ist das Ganze nun mal so natürlich wie mein Arm oder mein Fuß.«

Ich streckte mich nach ihr aus und griff nach ihrem Arm. »Hey«, sagte ich. »Sorry, dass ich so ein Idiot bin. Ich will es wirklich nur verstehen, und das fällt mir schwer, weil es sich für mich so unnatürlich anfühlt, wie es für dich natürlich ist.«

Ich sah zu, wie sie mit ein paar aufgeheizten Kieseln spielte.

»Es ist, als gäbe es zwei Annas«, sagte sie. »Als wäre ich in der Mitte zerteilt und als wäre jede Hälfte unvollständig. Ich wünschte mir, ich würde nicht so viel Spaß daran haben, schlecht zu sein … Aber es macht Spaß.«

»Tja, ich kann zwar ein Idiot sein«, sagte ich und stemmte mich hoch. »Aber schlecht würde ich mich jetzt nicht gerade nennen.«

Sie wurde schon wieder rot. »Jetzt muss ich mich entschuldigen.«

Ich lächelte sie aufmunternd an. Allmählich dämmerte mir, dass ihr andere bereits hinreichend Schuld aufgeladen hatten. Da wollte ich nicht mitmachen. Vielleicht konnte ich ja ihre Zuflucht sein, dachte ich. Wie dumm ich damals war.

»Ich bin auserwählt zu dienen, weil ich das so will«, sagte sie, »nicht weil sie mich dazu zwingen. Wenn sie mich anketten würden, würde ich ausbrechen, das wissen sie genau. Es muss meine eigene Entscheidung sein.«

»Und ist es deine eigene Entscheidung?«

Sie sah traurig aus. »Nick, ich kenne es doch nicht anders. Ich weiß es nicht besser. Jedes Mal wenn ich versucht habe, einen anderen Weg einzuschlagen, ist es nicht gut ausgegangen. Es fühlt sich an wie ein sicherer Hafen.«

Stille machte sich zwischen uns breit, und ich konzentrierte mich auf meine Zigarette. In letzter Zeit hatte ich ein ganzes Päckchen am Tag geraucht, teils weil mich das Nikotin beruhigte, teils aber auch, weil die Zigarette in der Hand wie eine Waffe oder ein Schild war, der zwischen mir und meinen übermächtigen Gefühlen für sie stand. Ich wusste außerdem, dass sie Zigarettenrauch hasste, und irgendetwas Verqueres in mir genoss es, sie zu quälen.

»Hast du nicht die Sehnsucht nach etwas Tieferem?« Sie nahm eine Faustvoll Kiesel hoch. »Nach etwas, was zu groß ist, um es zu begreifen? Manchmal will ich einfach nur ein bisschen den Verstand verlieren. Und sehen, wo es hinführt.«

Ich streckte mich nach ihr aus, krallte die Finger in ihr Kleid, zog ihren Kopf zu mir, und wir küssten uns.

»Der Leuchtturm«, sagte sie und nickte in die Richtung. Er ragte hinter dem Kiosk über dem Kiesstrand auf. »Geh mit mir da hin.«

Schweigend machten wir uns auf den Weg. Zu hören waren nur das Knirschen der Steine unter unseren Füßen und das Rascheln des rauen Grases im Wind. In einiger Entfernung zeichnete sich das Kraftwerk vor dem trostlosen Himmel ab und spie weiße Rauchwolken aus, die sich in den Tag verflüchtigten.

Die grüne Flügeltür am Fuß des Leuchtturms stand offen, und der fensterlose Innenraum sah kühl und einladend aus.

»Sollen wir?«, fragte ich.

Als wir eintraten, legte ich ihr die Hand an den unteren Rücken und bekam einen elektrischen Schlag.

Wir zahlten den Eintritt und blieben am Fuß der Treppe kurz stehen, um zu den Windungen hinaufzublicken. Es ging immer und immer und immer und immer wieder herum, und obwohl Plattform und Aussicht von unten nicht zu erahnen waren, redeten wir uns ein, dass es den Aufstieg wert wäre. Trotz der Hitze nahm ich ihre Hand, und wir marschierten los.

Nach etwa einem Drittel ließ sie meine Hand los und lehnte sich ans Geländer. »Wessen Schnapsidee war das eigentlich?« Ihr Gesicht leuchtete pink.

»Deine.«

»Du hättest Nein sagen müssen.«

»Dann wären wir jetzt trotzdem hier, oder nicht?«

»Halt die Klappe.« Sie wischte sich mit dem Ärmel übers Gesicht und stieg weiter nach oben.

Ich krempelte die Ärmel hoch und fühlte mich im selben Moment an etwas erinnert. »Wenn mein Dad hier wäre, würde er zwei Stufen auf einmal nehmen. *Komm schon, Füße hoch!*«

»Ich hab deinen Dad immer noch nicht kennengelernt, aber nach allem, was du erzählst, kommt er mir vor wie jemand aus einem alten Film, der damit droht, seinen Sohn an eine Militärschule zu schicken.«

Ich blieb stehen, weil ich lachen musste – sowohl über ihren Kommentar als auch angesichts der unfassbar vielen Stufen, die noch vor uns lagen.

»Perfekter Vergleich.« Ich machte ein paar Schritte. »Er ist einer von vielen Gründen, warum ich nie heiraten und Kinder haben will.«

Ich spürte, dass Anna hinter mir stehen blieb, ging selbst aber weiter.

Der Schwung hielt genau zehn Stufen weit. In meinem Knie schnalzte es, und ich musste mich hinsetzen und erst mal wieder zu Atem kommen.

»Raucherlunge«, stellte Anna fest und marschierte an mir vorbei. »Geschieht dir recht.«

Ich sah zu ihr hoch. Der Tonfall war harsch gewesen. Kurz dachte ich darüber nach aufzugeben, aber inzwischen war es zur Plattform näher als zurück zum Eingang.

Sie kam als Erste oben an. Als ich ein paar Augenblicke später oben war, war sie bereits zur anderen Seite der Lichtanlage herumgelaufen und außer Sicht.

Von: ANNA
An: NICK
Betreff:

Du hast gestern gefragt, was echt für mich ist.
Ich habe mir alle Mühe gegeben, es zu erklären, nur anscheinend reicht alle Mühe nicht.
Wie soll ich dir erklären, dass ich mit acht Jahren jeden Dienstag mit meiner Familie in der kleinen Wohnung einer alten Dame saß und wir zusammen die Offenbarung lasen? Sie hieß May, und sie lebte allein. Die Tapete war beige und strukturiert – leichte Erhebungen, die ich mit den Fingern nachzog, wenn ich mir an der Tür die Schuhe auszog. Die Wohnzimmermöbel waren an die Wand gerückt worden, und in der Mitte stand ein Stuhlkreis. Wenn es zu voll wurde, saßen wir Kinder am Boden. Eine der älteren Schwestern, die ebenfalls hinkam, hieß Beryl. Sie hatte ein lila Bein, einen Ehemann, der nicht in der Wahrheit war, und wenn die Stunde zu Ende war, reichte sie unter uns Kindern immer eine Papiertüte mit Süßigkeiten herum. Beryl hatte auf alles eine Antwort, selbst auf die schwierigsten Fragen. Ihr Glaube war unerschütterlich. Das Buch mit der Offenbarung war schwer und hatte goldgeprägte Buchstaben auf dem Deckel. Drinnen standen lebhafte Schilderungen des bevorstehenden Untergangs der Welt, wie wir sie kennen, in Harmagedon: Gebäude, die in sich zusammenfallen, Erdbeben, Gottes Zorn, der sich über die Welt ergießt. Die Bilder aus dem Buch habe ich nie vergessen: Leichenberge, eine schreiende Frau, die ihr totes Kind in den Armen trug, die Gesichter all derer, die nicht hatten hören wollen, vor Schmerz, Schreck und Trauer verzerrt. Aber es gab auch

Bilder des Friedens. Nach dem Krieg, nach der Vernichtung ganzer Familien, stehen wir lächelnd auf grünen Hügeln.
Die Frage, auf welcher Seite ich bei alldem stand, stellte sich mir nicht. Ich war nicht wie meine Schulkameraden, die Geburtstage feierten und an Halloween um die Häuser zogen und ihr grässliches Weihnachten feierten. In meinem Kopf waren sie jene schreienden Mütter. Sie waren die toten Leiber in deren Armen.
Wie sollte ich dir das erklären? Wie soll ich dir erklären, dass ich nur gerettet werden kann, indem andere vernichtet werden?
An der Wohnungstür stand ein Tischchen mit Porzellanfiguren, Schmuckkästchen, Schneekugeln, Spielzeugfigürchen, und auf all dem nutzlosen Plunder klebten Preisschildchen – 10 Pence, 20 Pence, 50 Pence. Jeden Sonntag steckte May jeden Penny, den sie durch den Verkauf einnahm, in die Spendenkiste am Ende des Flurs. Sobald die Bibelstunde fertig war, sah ich die Sachen durch und flehte dann meine Mum an, weil ich mein Taschengeld für ein Porzellanhündchen oder einen eingedellten Messingtopf oder eine Gitarre aus Glas mit buntem Sand darin ausgeben wollte. Die Antwort lautete jedes Mal Nein. Doch weil auch sonst niemand May etwas abkaufte, fühlte ich mich schlecht. *Aber das Geld geht doch an die Gemeinde*, bettelte ich meine Mutter an, die mich daraufhin mit einem Blick zum Schweigen brachte. Wie kann sie Nein sagen, dachte ich, wenn meine zwanzig Pence May doch glücklich machen würden und Gott ebenfalls?
Ich habe schon früher versucht, dieses Leben hinter mir zu lassen, aber irgendetwas hat mich immer wieder dort-

hin zurückgezogen. So ist es bis heute. Wie kann ich die einzige Welt verlassen, die ich je gekannt habe? Wie kann ich die Synapsen in meinem Kopf aufbrechen, die das hier *Wahrheit* nennen? Die sich geformt haben, als ich laufen und sprechen gelernt habe? Wie könnte ich Beryl und May und Gott den Rücken kehren? Wenn sie sich so sicher sind, dass dies die Wahrheit ist, wer wäre ich, das Gegenteil zu behaupten? Wie könnte ich meine Mutter zu der Mutter aus jenem Bild machen, zu der mit dem toten Kind im Arm? Wie könnte ich riskieren herauszufinden, dass sie mir nicht mehr hochhelfen würde, wenn ich fiele?

Ich stelle Fragen, die du mir nie beantworten könntest.

Verstehst du? Verstehst du es jetzt?

Natürlich nicht. Wer soll das auch verstehen, verdammt noch mal.

Sommer 2003

Nach der zweiten Nacht

»Du machst hoffentlich gleich wieder Bacon-Sandwiches«, flüsterte Anna mir ins Ohr, als ich aufwachte.

Ich rieb mir die Augen und sah sie an. Ihr Make-up war verschmiert und hatte ihr über Nacht Smokey Eyes beschert, wie so was anscheinend hieß. Sie lächelte und hatte die Hände artig unter ihre Wange geschoben. Wie hatte ich dieses Mädchen in mein Bett gekriegt?

»Ich mache alles, was du willst«, sagte ich.

Sal saß am Küchentisch, er blinzelte und hob verschlafen die Hand, als wir hereinkamen. Ihm standen die Nachwehen diverser Pints ins Gesicht geschrieben.

»Harte Nacht?«, fragte ich.

Er schlug die Hände vors Gesicht. »Du hast ja keine Ahnung …«

»Tee?«, fragte Anna und griff zum Wasserkocher. Sie war in mein T-Shirt und ihre Jeansshorts geschlüpft, ehe wir barfuß heruntergekommen waren. Ich hatte ein frisches Shirt an, während Sal nur Boxershorts trug.

Ich warf den Bacon in die Pfanne, und Anna erkundigte sich bei Sal nach seinem Abend. Während er von besoffenen Rangeleien vor dem Club erzählte, dachte ich an meine eigene Nacht zurück – wie wir in meinem Bett gelegen, geredet und nicht geredet und unsere Körper erforscht hatten. Ich drehte mich um und lehnte mich an die Arbeitsplatte. Sie fing meinen Blick auf und lächelte.

»Der wird dir guttun«, sagte sie, als der Tee fertig war, stellte ihm einen angeschlagenen Becher hin und strich ihm über den Kopf. »Ich kann dir auch eine Bloody Mary machen, wenn dir das lieber ist. Gegen den Kater.«

Sal sah sie beseelt an. »Heirate mich und werde die Mutter meiner Kinder«, sagte er mit todernster Stimme.

Anna lachte. »Vielleicht irgendwann.«

»Dann willst du Kinder?«

»Natürlich. Gibt's jemanden, der keine Kinder will?«

Sal warf mir einen Seitenblick zu und pfiff durch die Zähne. Es klang wie eine Fliegerbombe. Anna errötete und starrte zu Boden, und kurz war es unangenehm still, bis der Bacon in der Pfanne anfing zu brutzeln.

»Ich dachte, du wolltest nach New York abhauen und Malerin werden«, sagte ich nach einer Weile.

»Will ich auch.«

»So ein Künstlerleben dürfte mit Mann und Kindern schwierig werden.«

Als sie zu guter Letzt zu mir hochsah, war ich an der Reihe, den Blick zu senken.

»Heißt es nicht immer, heutzutage ist alles möglich? Du musst nur ein bisschen deine Fantasie bemühen.«

Einmal waren wir mit den Kinokollegen verabredet.

Ich betrat den Pub, und die anderen saßen bereits an mehreren Tischen direkt am Eingang. Sie saß mit Lisa in der Ecke und war ins Gespräch vertieft. Ich hob die Hand zum Gruß, sie streifte mich mit dem Blick und unterhielt sich weiter. Kein Winken, kein Lächeln, kein Zeichen, dass sie meine Ankunft zur Kenntnis genommen hätte. Ich ging zum Tresen.

Als wir nach ein paar Drinks zum Club weiterzogen, ging sie bei Lisa untergehakt vorneweg. Ich ging ein Stück weiter hinten, rauchte und lachte über einen dreckigen Witz. Sie hatte die ganze Zeit kaum in meine Richtung geblickt.

An der Bar landete ich schließlich neben ihr. Die Musik war so laut, dass ich mich zu ihr runterbeugen musste, damit sie mich hörte. »Sagst du auch mal Hallo?«

Lächelnd spähte sie zur Tanzfläche. »Du hast doch auch nicht Hallo gesagt.«

»Hallo.«

»Hi.«

»Bist du öfter hier?«

Sie lachte und warf das Haar über die Schulter. »Da musst du dir schon mehr Mühe geben.«

»Schön vorsichtig, Nick«, rief einer der Jungs von hinten. »Ihr Typ kommt bald wieder. Oder habt ihr immer noch ›Beziehungspause‹?« Er malte mit den Fingern Anführungsstriche in die Luft.

Anna zog eine Grimasse. »Kümmer dich um deinen eigenen Scheiß, okay?«

Er nahm theatralisch die Hände hoch und schob sich weiter durch die Menge, doch der eisige Schatten seiner Bemerkung blieb auf uns hängen.

»Was zu trinken?«, fragte ich schließlich. Sie nickte und verschränkte die Arme.

Später sah ich ihr zu, wie sie zu ein paar Songs tanzte. Ich selbst blieb am Rand stehen, unterhielt mich mit den anderen und mit ein paar alten Schulfreunden, die auch da waren. Gelegentlich warf sie mir einen Seitenblick zu, und jedes Mal nahm ich eilig einen Schluck Bier und sah woandershin.

Diverse Drinks später verließ sie die Tanzfläche in Richtung Toiletten. Lisa ging dicht hinter ihr her, blieb jedoch abrupt stehen, als sie mich entdeckte. Ich lächelte sie freundlich an und sah weg, aber da kam sie schon auf mich zu.

»Wir müssen reden«, sagte sie und zog mich in eine ruhigere Ecke, wo wir nicht schreien mussten. Mit einem Blick über die Schulter vergewisserte sie sich, dass Anna nichts mitbekommen hatte.

»Alles okay?«

Lisa stemmte die Hände in die Hüften. »Was soll das werden?«

Ich sah sie stirnrunzelnd an. »Ist hier Tanzzwang oder was?«

Sie schüttelte den Kopf, und ich wusste, mit Witzchen käme ich bei ihr nicht weiter. »Du stehst auf sie, oder?«

Ich nahm einen Schluck Bier.

Lisa sah mich bissig an, als wäre ihr längst klar, was für eine Sorte Mann ich war. »Ich erzähle dir jetzt mal eine Geschichte.« Sie verschränkte die Arme. »Sie handelt von einem Mädchen namens Anna, die sich mit siebzehn Hals über Kopf verliebt hat – und zwar in ein Arschloch vom Allerfeinsten. Sie hat diesen Trottel angehimmelt und irgendwann Dinge getan, die sie nicht hätte tun dürfen.« Lisa zog vielsagend die Augenbrauen hoch – als wüsste *ich*, wovon sie sprach. »Ihre Eltern haben sie vor die Tür gesetzt, als sie sich geweigert hat, sich von ihm zu trennen. *Liebevolle Strenge*, haben sie es genannt – ja, klar. Sie ist damals zu mir gezogen, weil aus ihrer Familie niemand mehr etwas mit ihr zu tun haben wollte. Ich war dabei, als sie sich wegen ihrer Eltern in den Schlaf geheult hat, und ich war da, als sie geheult hat, weil dieser Mistkerl ihr das Herz gebrochen hat.«

Ich starrte in mein Bierglas.

»Wirst du jetzt der nächste Mistkerl, Nick?«, fragte sie. »Ich kenne dich nicht besonders gut, aber ich würde fast meinen, dass du halbwegs anständig bist. Und ich kann ihr ansehen, dass sie dich lieber mag, als gut für sie ist.«

Ich drehte mich zur Tanzfläche.

»Sie ist nicht wie wir«, fuhr Lisa fort. »Du kennst sie kein bisschen. Was wir in einer Beziehung für normal halten, darf sie erst, wenn sie verheiratet ist. Und sie darf nur mit jemandem zusammen sein, der denselben Glauben hat. Ich persönlich finde es ungeheuerlich, was ihre Familie ihr angetan hat, aber sie kennt nun mal nichts anderes.«

Anna kam zurück und schaute sich suchend um.

Ich sah Lisa ins Gesicht. »Ich weiß, was du meinst.«

Sie musterte mich und nickte bedächtig. »Bring sie nicht in Schwierigkeiten. Du würdest es bereuen, das schwöre ich dir.«

Ich antwortete nicht, sondern sah ihr nur nach, wie sie quer durch den Club auf Anna zuging. Ich leerte mein Glas und versuchte, nicht zu ihnen hinzustarren.

Ich überlegte, mich davonzustehlen und nach Hause zu gehen. Ich hätte es tun sollen.

Kurz nach Mitternacht streifte Anna im Vorbeigehen meine Hand. »Wollen wir los?«

Ich sah sie an und nickte.

Wir trafen uns draußen. Ich stand auf der Straße und rauchte, und sie schlüpfte in ihre Jeansjacke und verschränkte die Arme.

»Wo wollen wir denn hin?«, fragte ich.

Sie nickte in Richtung Stadtzentrum. »Ich hab einen Bärenhunger.«

Gemeinsam schlenderten wir auf die hellen Lichter

zu. Sobald wir außer Sicht von den anderen waren, kam sie näher und hakte sich unter. Keiner von uns sagte ein Wort.

Kurz bevor die Straße den höchsten Punkt erreichte, zog sie mich in eine Seitengasse: dunkel, schmal und von der Hauptstraße nicht einsehbar. Es stank nach Pisse.

Sie drückte mich gegen eine Mauer und küsste mich.

»Und, wann kommt er wieder?« Keine Ahnung, warum ich das sagte. Ich wollte es gar nicht wissen.

Sie hielt inne. »Spielt das eine Rolle?«

»Nicht?«

»Sag du es mir.«

»Warum bist du mit mir hier?«

Sie atmete scharf ein, sah zu Boden und lehnte den Kopf leicht an meine Schulter. »Ich weiß es nicht. Du bist für mich wie eine Droge. Der Schuss, den ich mir besser nie setzen sollte.«

»Was machen wir hier?« Ich strich ihr übers Haar, und sie sah zu mir hoch, schien in meinem Gesicht etwas zu suchen. »Haben wir jetzt beide den Verstand verloren?«

»Ich werde ihn wahrscheinlich heiraten«, sagte sie und starrte meinen Mund an. »Das kannst du nicht verstehen, ich weiß, aber genau das werde ich wahrscheinlich machen.«

Und dann presste sie sich an mich, und ihre Lippen berührten meine, und ich wusste, dass ich mit dem Feuer spielte, aber ich konnte nicht anders. Sie schob ihre Hände unter mein Hemd und streichelte meine Haut. Elektrische Schläge schossen mir durch die Adern – und noch etwas anderes, Unbekanntes.

»Ich muss dich loslassen«, sagte sie, hörte aber nicht auf, und ich erstickte ihre Worte mit meiner Zunge.

Seit ich Anna von Mum erzählt hatte, war sie anders.

Ich könnte gar nicht genau sagen, was sich verändert hatte, und es war auch keine große Sache. Wir piesackten einander immer noch, wir stritten und versöhnten uns sofort wieder, aber sie sah mich irgendwie anders an. Ich spürte ihre Blicke von der Seite, wenn der Fernseher lief oder wir irgendwo hinfuhren. Mit den Fingerspitzen fuhr sie mir über den Nacken, unterbrach Küsse, nur um mir ein Küsschen auf die Nasenspitze zu drücken, und sie bestand darauf, dass ich mir den letzten Bissen nahm, wenn wir uns Essen teilten. Es war fast, als hätte das, was uns trennte, mit einem Mal weniger scharfe Kanten; es war eine kaum merkliche, aber doch wirksame Veränderung.

Sie war die Erste, der ich es je erzählt hatte. Und teils bereute ich es. Ich wusste, wie ich mit Leuten umgehen musste, die weinten – Rücken streicheln, beruhigende Worte, Tee anbieten. All das war ich gewöhnt. Aber ich selbst wollte kein Mitleid, und ganz besonders wollte ich kein Mitleid von ihr.

Sie umarmte mich länger als zuvor. Wenn wir einander in den Armen hielten, war immer sie es gewesen, die sich als Erste losgemacht hatte, und urplötzlich zog sie Umarmungen in die Länge. Jetzt war ich es, der sich losmachte.

Einmal im Bett forderte sie mich auf, mein T-Shirt auszuziehen, und dann legte sie sich auf mich drauf, fuhr mit den Fingern ganz leicht über meine Schultern und hörte auch nicht damit auf, als ich die Augen aufschlug und feststellte, dass eine volle Stunde vergangen war.

»Ich kann nicht beschreiben, wie gut sich das anfühlt«, sagte ich. »Hör trotzdem auf, wenn du willst.«

»Mach die Augen wieder zu.«

Ich wehrte mich nicht. Ich konnte nicht.

»Ich hab mal gelesen, dass die Berührung eines anderen Menschen ein gebrochenes Herz heilen kann«, sagte Anna. »Hoffentlich stimmt das.«

Ich fragte nicht, wessen Herz sie meinte.

September 1991

Es heißt Maison de la Cascade, und auf der Fahrt von Calais in den Süden üben wir die Aussprache mit übertrieben französischem Akzent – Mum, Stella, Sal und ich. Dad fährt, die meiste Zeit schweigend, aber gelegentlich sucht er im Radio nach einem Sportsender. Das ist sein Zeichen für *Klappe halten*, und sofort sind wir still und starren hinaus in die vorbeirauschende Landschaft. Ich stupse Sal an, sobald ich in der Ferne ein Chateau entdecke, und umgekehrt. Mum hat jedem von uns heimlich eine Rolle Pringles zugesteckt, damit wir die Fahrt über stillhalten, und wir legen uns die Chips einzeln an den Gaumen und lutschen, damit unser Fahrer kein Knirschen hört. Auch Fettfinger auf Ledersitzen sind anscheinend ein Problem, obwohl die Sitze secondhand sind und Fürze aus zehn Jahren in den Nähten stecken.

Die meiste Zeit sind die Straßen frei, weil sich der Sommer dem Ende zuneigt und die Schule wieder angefangen hat. Aber Urlaub ist zu Beginn des Schuljahrs billiger. Sal und ich würden uns im Klassenzimmer wieder keinen Platz aussuchen können.

Gegen Abend kommen wir an. Das Haus steht an einer kleinen Nebenstraße ein Stück von der Dorfmitte entfernt. Die gewundene Auffahrt ist unordentlich gepflastert, leuchtend rote Läden hängen vor den Fenstern, und überall stehen Terrakottatöpfe mit roten Blumen – Geranien, ihre Lieblingsblumen, sagt Mum.

Sie macht eine Bierdose aus der Kühlbox im Kofferraum auf und drückt sie Dad in die Hand. Er nimmt sie wortlos entgegen und verschwindet nach drinnen, wahrscheinlich auf der Suche nach dem nächstbesten Sofa. Stella und Mum laden unser Gepäck aus, und Sal und ich gehen auf Erkundungstour.

Rechts hinter der Garage führen Treppenstufen um einen Feigenhain herum. Nach Stunden im Auto müssen wir Dampf ablassen und rennen die Treppe hinunter, das Plätschern, das schon von oben zu hören war, wird lauter und stärker, und als wir von der letzten Stufe springen, ist es zu einem kreischenden Crescendo geworden, weil vor uns ein Wasserfall in ein Becken donnert. *Maison de la Cascade.*

Mit offenen Mündern bleiben wir stehen und gaffen. Mit elf Jahren ist mir das Wort *wunderschön* ganz sicher nicht durch den Kopf geschossen, aber der Anblick und das Donnern hauen mich um – dass die Wassertropfen wie Diamanten aussehen, dass es ohne Unterlass rauscht und nie aufhört. So etwas haben wir noch nie gesehen, und es fühlt sich an wie ein Traum. Ich ahne, dass es Sal genauso geht.

Ich höre ein Platschen, und Sal ist in das Becken gesprungen. Es ist eine Art Teich, nicht wahnsinnig groß, aber tief und von Naturstein und langen, geriffelten Halmen umgeben. Sals Klamotten liegen auf einem Haufen neben mir, und als er sich im Wasser umdreht, um auf dem Rücken zu treiben, schimmert sein schlanker Leib in der Sonne. Ich steige aus meinen Shorts und springe ebenfalls rein, und dann treiben wir beide im Wasser wie Herbstlaub. Die Sonne blitzt hier und da durch die stacheligen Pflanzen oben an der Kante. Wenn ich die Augen schließe, bleibt das Bild auf meiner Netzhaut.

»Das machen wir jeden Tag«, sage ich zu Sal, doch zur Antwort kommt nur das Rauschen des Wassers.

Die ersten Tage vergehen wie im Flug. Hauptsächlich ist es wie bei uns zu Hause: Mum steht in der Küche, und Dad sitzt herum und sieht fern. Sal und ich verbringen die meiste Zeit am Wasserfall. Wir gehen nur rein, wenn wir zur Toilette oder schlafen müssen, und selbst das würden wir draußen machen, wenn wir dürften.

Wir schwimmen und spielen in der Sonne Fußball. Wir arbeiten uns mit Beinschlägen das Flüsschen aufwärts, das zum Wasserfall führt, bauen Brücken und Dämme aus Zweigen und Blättern. Mum bringt uns Fläschchen mit Panaché vorbei, und wir lehnen uns zurück und tun erwachsen. Wir klettern die steilen Anhöhen hinter dem Haus hinauf – oder vielmehr klettere ich dort herum, bis wir auf einem Vorsprung auf halber Höhe eine dicke, dunkle Schlange aus ihrem Sonnenbad aufschrecken. Nach diesem Zwischenfall bleibe ich im Gras am Wasser, während Sal weiter herumkraxelt. Ich nehme an, er hält inzwischen gezielt nach Schlangen Ausschau.

Wir unternehmen nicht viel. Uns geht es fabelhaft.

Vom Wasserbecken aus hören wir Mum und Stella lachen. Sie kochen zusammen. Das Radio plärrt pausenlos, und sie trällern bei *Joe le Taxi* mit und rauchen Kette durchs offene Fenster.

Am Tag vor unserer Abreise sind wir alle am Wasser – Sal und ich schwimmen, Mum und Stella sitzen ein Stück entfernt auf Sonnenliegen –, als Dad die Treppe herunterkommt und mit den Münzen in der Hosentasche klimpert.

»Alles in Ordnung, Liebling?«, fragt Mum und will schon aufstehen. »Soll ich dir was bringen?«

»Warum solltest du mir was bringen müssen?«, entgegnet er. »Darf ich jetzt nicht mal mehr rauskommen und meine Familie sehen?«

Mum verzieht den Mund zu einem schmalen, angestrengten Lächeln und lehnt sich wieder zurück.

»Hallo, Jungs!« Er beugt sich nach unten und zerzaust uns die Haare. »Schöner Urlaub, was?«

Sal zuckt unter Dads Berührung zusammen.

»Wisst ihr was, Jungs«, sagt Dad und kickt sich die Schuhe von den Füßen, »ich war damals beim Militär im Schwimmteam. Bester Bomber in der Luft und bester Bomber im Wasser!«

»Paul, nein!«, ruft Stella unter ihrem breitkrempigen Hut. »Wir wollen nicht alle patschnass werden, nur weil du wieder rumprotzen musst.«

Er macht ein paar Schritte zurück, um Anlauf zu nehmen, springt ab und landet fachgerecht zusammengekauert genau in der Mitte des Beckens. Eine Fontäne ergießt sich übers Gras. Einen Augenblick später taucht er an der Oberfläche auf, reißt den Arm nach oben und will seinen Applaus entgegennehmen.

Mum und ich sind die Einzigen, die klatschen.

Sal klettert aus dem Wasser und schüttelt sich trocken. Dann schnappt er sich ein Handtuch vom Liegestuhl und rubbelt sich die Haare ab. »Ich gehe nach drinnen. Will jemand was?«

»Ein Stieleis bitte«, rufe ich ihm vom Wasser aus zu.

Mum tupft mit ihrem Rock auf den Seiten ihres Buches herum. »Bring die ganze Schachtel mit, Sal.«

Er nickt und rennt die Treppe hoch.

»Gefällt's dir hier?«, fragt Dad und steigt aus dem Wasser. Ich nicke. Wie er so die Augen gegen die Sonne zusammenkneift und die Hände in die Hüften stemmt, sieht er aus wie eine dieser griechischen Statuen im British Museum. Er streicht sich den Pony aus der Stirn, schlendert auf die Sonnenliegen zu und setzt sich hinter Mum, die immer noch ihr Buch trocken tupft.

»Mach das Beste draus«, sagt er noch, zieht Mum an sich und macht irgendwas, woraufhin sie quietscht. »Zurück in der schnöden Realität bist du schneller, als dir lieb ist.«

Ich sehe, wie er Mum etwas ins Ohr flüstert. Sie lacht. Ich tauche wieder ins Wasser, mache eine halbe Drehung und lasse mich auf dem Rücken treiben. Am fernen blauen Himmel fliegt ein Flugzeug vorüber, und ich denke über die Passagiere nach, die ihre Koffer unter ihre Sitze geschoben haben und gummiweiche Sachen von winzigen Tabletts essen. Ich stelle mir vor, wie dort eine Bombe hochgeht und sie in Einzelteilen zur Erde rieseln.

»Hände hoch!«

Und dann fängt Stella an zu schreien. Dieser Schrei hallt noch Jahre nach.

Später erfahre ich, dass Sal mit seiner Eisschachtel auf dem Weg nach draußen die angelehnte Garagentür gesehen hatte. Der Bauer, dem das Haus gehörte, kam gelegentlich vorbei, um etwas zu holen, und verriegelte die Garage sonst immer mit einem großen Vorhängeschloss. Diesmal hatte er sie offen gelassen, und Sal war, weil er nun mal Sal war, nachsehen gegangen.

In der Ecke hatte ein Gewehr gelehnt.

Keine Ahnung, was für ein Gewehr es war. Solche Einzelheiten spielen wohl auch keine Rolle. Oder womöglich doch? Wenn irgendwo jemand an einer Schule Amok läuft, wollen die Leute wissen, was für eine Waffe es war, wie viel Munition verschossen werden konnte, was der Amokläufer zu den heulenden Schülern gesagt hat, wo sie sich versteckt haben, welche Videospiele er gespielt hatte, welche Hautfarbe er hat. Die Einzelheiten sind heiß begehrt.

Also will ich mir alle Mühe geben.

Es waren diese in sich verdrehten Eislutscher, bunte Spiralen mit Zitronengeschmack, und auf der Vorderseite der Schachtel prangte ein exotisch klingender französischer Name. Die Schachtel selbst war schon leicht durchgeweicht, weil das Tiefkühlfach seitlich vereist war.

Ich glaube, das Gewehr diente zur Federwildjagd.

Sal hatte sich die Schachtel unter den Arm geklemmt und hielt die Waffe im Anschlag.

Er habe uns bloß erschrecken wollen, sagte er. Er habe damit gerechnet, dass wir lachen würden, dass wir alle sagen würden: »Wow, Sal, ist ja cool!«, und dann hätte er uns das Eis gegeben.

Er war so freudig erregt, dass er zwei Stufen auf einmal nahm. Als er die unterste erreichte und »Hände hoch!« rief, drohte ihm die Schachtel unter dem Arm zu entgleiten, und er spannte die Muskeln an, um zu verhindern, dass sie zu Boden fiel. Nur dass sein Gehirn unwillkürlich auch den Befehl ausschickte, die Finger anzuspannen, der Finger am Abzug tat wie geheißen, und Sal drückte ab. Als sie die Stelle später untersuchten, fanden sie ein abgesplittertes Stück Naturstein hinter dem Wasserfall, wo die Kugel eingeschlagen und abgeprallt und über das Becken zurück in Richtung der Liegestühle geflogen war, wo sie unsere Mutter in die linke Schläfe traf und auf der anderen Seite nicht mehr herauskam.

Da hätte man nichts mehr machen können, hieß es.

Auf der Stelle tot, hieß es.

TEIL ZWEI

Sommer 2003

Gegen Ende

Es war ein heißer Tag.

In jenem Sommer hatte jeder Tag gleich angefangen, aber dieser war anders, das weiß ich noch. Ich weiß noch genau, dass mir der Schweiß durchs Haar rann – durch das bisschen, was vorhanden war –, dass er vom Kopf in Richtung Nacken floss und bis hinter die Ohren, ehe er am restlichen Körper hinabströmte. An Tagen, die wir zusammen verbrachten, scherte ich mich nicht um die Hitze, sie klebte uns aneinander fest, und das war ganz in Ordnung.

»Komm, wir spazieren nach Eastwell«, schlug sie vor, als sie bei mir ankam. »Die anderen sind alle am Meer. In Eastwell sind wir sicher. Los, gehen wir zum See.«

Wir schlenderten die Landstraße entlang. Die Hecken waren zurückgeschnitten worden, sodass vor der Hitze kein Entkommen war. Vor uns liefen unsere Schatten. Was immer wir taten, taten sie auch. Als ich Annas Hand nahm, nahm auch der Schemen vor mir die Hand seiner Geliebten, und als ich sie näher zog und küsste, sah ich aus dem Augenwinkel, dass aus den zwei Schemen einer wurde.

»Mir fällt gerade auf«, sagte sie und machte einen Schritt zurück, »dass ich dich noch nie tanzen gesehen habe.«

»Aus gutem Grund.«

Erwartungsvoll sah sie mich an.

»Ich tanze grundsätzlich nicht.«

»Blödsinn. Jeder tanzt, und wenn es allein vor dem Spiegel ist.«

Ich schüttelte den Kopf. »Nicht mal da.«

Sie hob entrüstet die Hände, als hätte ich soeben etwas Unerhörtes gesagt. Auf ihrer Stirn schimmerte ein dünner Schweißfilm. Bestimmt hätte er salzig geschmeckt.

»Na dann«, sagte sie, »muss ich wohl diejenige sein, die es dir beibringt.« Sie nahm mich beim Arm und zog mich näher, sodass sich unsere Bäuche berührten. Sie platzierte meine Hand auf ihrer Schulter, legte mir ihre an die Hüfte, unsere verschränkten Hände zeigten in Richtung Straße.

»Muss ich nicht führen?«, fragte ich, als sie einen Schritt vorwärts machte.

»Sagt wer?« Sie schob uns beide zu einem Tango herum. »Sonderrechte, nur weil du einen Penis hast?«

Ich schob meine Hand um ihre Taille und zog sie an mich, dann hob ich sie hoch und wirbelte sie mehrmals herum, bis uns beiden schwindlig war und wir uns lachend auf die Straße fallen ließen.

»Du bist ein erbärmlicher Tänzer, und das weißt du auch«, sagte sie, keuchte und wischte sich mit dem Handgelenk über die Stirn. »Trotzdem bin ich froh, deine Erste zu sein.«

Wir lächelten beide, wollten uns gerade vorbeugen und uns küssen, als es hinter uns raschelte und ein Fuchs durch die Hecke preschte. Irgendwas hing ihm aus dem Maul. Bei unserem Anblick blieb der Fuchs wie erstarrt stehen, ließ fallen, was er im Fang gehabt hatte, und jagte davon.

»Oh nein!« Anna zeigte auf ein kleines braunes Tier, das japsend auf der Erde lag.

Wir rappelten uns hoch und rannten hin. Es war ein

Kaninchenjunges mit einer Bisswunde im Bauch, durch die blutige Eingeweide quollen. Es lag mit halb geschlossenen Augen auf der Straße und starrte in die Sonnenglut. Und es rang nach Luft.

»Nein!« Anna fiel auf die Knie. »Nein, du armes Ding! Armes, armes Ding! Dein Leben hat doch gerade erst angefangen!« Instinktiv streckte sie die Hände aus, doch ich hielt sie zurück.

»Nicht.« Ich nahm sie beim Handgelenk. »Es könnte eine Krankheit haben. Schau es dir an, da können wir nichts mehr machen.«

Mit feuchten Augen sah sie zu mir hoch. »Aber wir können es auch nicht so liegen lassen.«

Ich suchte den Straßenrand ab und kam mit ein paar längeren Zweigen zurück, mit denen ich das Kaninchen hochhob – »Vorsichtig«, sagte Anna immer wieder, »tu ihm nicht weh!« – und behutsam im Schatten am Straßenrand ablegte. Es war kaum noch Leben in ihm.

In ein paar Stunden würden wir auf dem Heimweg erneut an der Stelle vorbeikommen, das Tier wäre tot, und Anna würde über die festgebackene Erde kratzen, um ein flaches Grab auszuheben. Doch fürs Erste klammerte sie sich bloß an meinen Arm und warf gelegentlich Blicke zurück. Wir schwiegen beide, bis wir am See ankamen.

Schimmernd lag er vor uns, so wie Wasser in der Erinnerung immer schimmert. Von der Brücke aus blickten wir eine Weile hinaus, dann gingen wir an der Kirchenruine vorbei und legten uns am Ufer in den Schatten.

Ich drehte mich zu ihr. »Genau deshalb zweifle ich an Gott.«

Sie starrte in die Baumkronen über uns.

»Deine Vorstellung, dass alle ewig leben könnten«, fuhr

ich fort, »damit hab ich Probleme. Der Tod ist doch ein natürlicher Teil des Lebens. Diese Bäume hier werfen schon ihre Blätter ab. Nicht mehr lange, und hier geht alles ein. Im Frühling erwacht es dann zu neuem Leben. Es ist ein Kreislauf, der natürliche Lauf der Dinge.«

»Bäume gehen im Winter nicht ein«, entgegnete sie. »Sie drosseln bloß ihren Stoffwechsel. Und genau so wird der Tod in der Bibel beschrieben – als tiefer Schlaf. Eines Tages erwachen die Toten wieder zum Leben. Stell dir vor, Bäume würden im Frühling nicht wieder austreiben. Man *weiß* einfach, dass es so kommt. Und wenn mit uns das Gleiche passiert, ist daran nichts verwunderlich.«

»Aber genau das meine ich. Das wäre dann neues Leben – nicht dasselbe alte, das es schon vorher gab.«

»Was soll das heißen?«

»Die Sonnenblumen vor unserem Haus«, sagte ich. »Sie blühen auf, verblühen, gehen ein und werden zurückgeschnitten. Im Jahr darauf sät Stella sie neu aus. Aber die Sonnenblumen an sich haben nur die eine Chance. Natürlich wachsen neue, die auch genauso aussehen, aber es sind nie dieselben.«

»Bist du jetzt unter die Gärtner gegangen?«

»Hör mir zu. Die Sonnenblume akzeptiert, dass es das war. Sie fragt nicht nach dem Grund. Sie verbringt die knappe Zeit, die sie zur Blüte hat, nicht mit der Frage, ob sie wirklich jetzt schon blühen sollte.«

Dass sie schwieg, verriet mir, dass sie mir zuhörte. Ich wollte nur, ich hätte ebenfalls zugehört.

»Du redest jetzt aber von Bäumen und Blumen«, sagte sie leise. »Das sind keine Lebewesen aus Fleisch und Blut, in ihnen schlägt kein Herz.«

»Das Kaninchen war ein Wesen aus Fleisch und Blut. Es

hatte ein Herz, genau wie wir, und es hatte ein Zuhause, genau wie wir, und eine Familie, genau wie wir. Aber es hatte auch einen Fressfeind. Wenn Gott das Tierreich erschaffen hat, dann war der Tod doch eindeutig ein Teil davon. Ein Leben geht zu Ende, und der Kadaver wird zum Dünger in der Erde, aus der neues Leben entsteht. Nichts ist für die Ewigkeit.«

»Ich weiß, was du meinst«, sagte Anna nach einer Weile. »Aber wie kann es das gewesen sein? Überleg doch mal, was unsere Gehirne leisten können und wie unser Körper funktioniert, wie ein Baby bei null anfängt … Wie kann all das nur die eine Chance haben? Das ist doch furchterregend.«

»Ewiges Leben wäre furchterregend. Jeder Tag wäre gleich …«

Sie lächelte. »In der Bibel steht, dass Gott seine Hand öffnet und das Begehren alles Lebenden sättigt. Mach dir also keine Sorgen.«

»Bei Eva hat er das aber nicht gemacht.«

»Was?«

»Adam und Eva?«

»Ich weiß, wer Eva ist, schönen Dank.«

»Ihr Begehren hat er nicht gesättigt. Sie musste erst nach der verbotenen Frucht suchen.«

»Tja. Stimmt.« Sie war überrascht, das sah ich ihr an. Von meinem Bibliotheksbesuch kürzlich hatte ich ihr nichts erzählt.

»Eva wäre doch gar nicht erst auf die Suche nach einem Apfel gegangen, wenn sie alles gehabt hätte, was ihr Herz begehrt.«

»Das war mutwillig«, sagte Anna leicht verzögert.

»Aber er hat sie doch als mutwillig geschaffen?«

»Er hat ihr einen freien Willen geschenkt, ja«, sagte sie langsam, »nur hat sie den nicht sehr klug eingesetzt.«

»Aber dann hast du das Recht, frei zu wählen? Wenn du allerdings einen Weg einschlägst, der ihm nicht passt, wirst du dafür zum Tod oder zur Hölle verurteilt oder wie immer du es nennst. Klingt das für dich fair?« Ich bemühte mich um einen unbeschwerten Tonfall.

»Für jemanden, der nicht an Gott glaubt, kennst du dich mit der Bibel ganz schön gut aus.«

Ich wühlte durch meine Tasche und nahm meine Zigaretten heraus. »Vielleicht hab ich genug gelesen, um zu wissen, dass ich nicht daran glaube.«

»Schon lustig, in Sachen Grundlagen des Christentums von einem Heiden belehrt zu werden.« Anna verschränkte die Hände hinter dem Kopf. »Mach nur weiter.«

»Ich hab einfach ein Problem mit diesem Konzept des freien Willens.« Ich zündete meine Zigarette an und nahm sie in die von Anna abgewandte Hand. »Weil es mir so vorkommt, als würde Gott dir die Knarre an den Kopf halten. Diene mir, und du darfst leben. Wenn nicht, bist du tot. Komische Art von freiem Willen.«

Sie starrte hoch in die Bäume. »Hängt wohl vom Blickwinkel ab.«

»Na, mit Eva hat er jedenfalls versagt. Er war drauf und dran, sein bis dahin bestes Werk zu vollbringen, und hat's direkt vermasselt. Wenn sie doch perfekt gewesen sein sollen und sich trotzdem für die Frucht entschieden haben, welche Hoffnung hat dann der ganze Rest von uns?«

»So leidenschaftlich hab ich dich ja noch nie über etwas reden hören.«

Ich drehte mich zu ihr um und stützte mich auf den Ellbogen. »Sie haben sich diesen Apfel vom Baum der Erkenntnis genommen, oder? Vom einzigen Baum weit und breit, den Gott ihnen verboten hatte, weil … sonst was passieren würde?«

»Es würde ihnen die Augen geöffnet, auf dass sie Gut und Böse erkennten und ihre Sterblichkeit.« Sie spulte das Programm ab, Wort für Wort.

»Also heißt das doch: Bis sie die Frucht aßen, wussten sie gar nicht, was gut und was böse war. Wie sollten sie da wissen, dass es böse wäre, die Frucht zu essen, wenn sie doch überhaupt keine Vorstellung von Bosheit hatten?« Ich stieß die Zigarette in die Luft, um meinen Gedanken zu unterstreichen.

»Sie haben Gottes Verbot missachtet.«

»Der ihnen aber zuvor die Erkenntnis vorenthalten hat! Er hat sie vorsätzlich naiv gemacht, dann zum Test einen Baum gepflanzt und zugelassen, dass eine böse Schlange die beiden verführt. Warum hat er die beiden nicht vor ihr beschützt? Denn wie hätten sie die falsche Schlange als solche erkennen sollen, wenn sie doch keine Vorstellung von Falschheit hatten?« Ich legte mich wieder auf den Rücken. »Ich finde, Gott hat sie reingelegt.«

»Blasphemist.« Sie packte mich am Arm, und ich hätte nicht sagen können, ob es als Scherz gemeint war.

»Jedenfalls kann er nicht das Begehren alles Lebenden sättigen. Und selbst wenn es ihn gäbe, wäre er doch derjenige, der das Begehren und Gut und Böse überhaupt erst erfunden hat.«

»Es sind die künftigen Begehren, die er sättigen wird. In der neuen Welt. In der wir perfekt sind.«

»Wir?«

Ich zog an meiner Zigarette, und wir sahen einander an. Anna biss sich auf die Lippe. Dann starrte sie die Stelle an, wo unsere Hände sich berührten.

»Ich weiß nur, was ich hier« – ich tippte mir erst auf die Brust, dann an den Kopf – »und hier drinnen fühle. Nur das ist wahr. Nur das ist echt. Alles andere kann man nicht wissen.«

Über uns am Himmel wurde das lang gezogene Dröhnen eines Flugzeugs lauter, klang wie Donner oder wie das Ende der Welt. Sie ließ meinen Arm wieder los, und dann lagen wir eine gefühlte Ewigkeit einfach nur da. Sie kaute an ihren Fingernägeln, während ich meine Zigarette rauchte.

Irgendwann stand sie auf und ging ans Ufer, und ich sah zu, wie sie ihre Schuhe abstreifte und ihr ein Träger des Kleids von der Schulter rutschte. Weder drehte sie sich zu mir um noch zog sie die restlichen Sachen aus. Sie machte bloß einen Schritt nach vorn, dann noch einen und watete vollständig bekleidet ins Wasser.

Sie tauchte unter und kam einen Augenblick später wieder hoch. Das Wasser kräuselte sich um ihren Körper, als sie mit dem Gesicht zum Himmel auf dem Rücken trieb.

Ich setzte mich auf und sah ihr eine Zeit lang nach. Sie driftete in den Schatten, ins Licht, ihre Hände und Füße stemmten sich in die Wirbel. Ihr rotes Kleid war um sie herum ausgebreitet wie eine Blutlache. Nach einer Weile richtete sie sich auf, sodass nur mehr ihr Kopf aus dem Wasser schaute, und wandte sich mir zu. »Komm rein«, sagte sie leise, und ich ließ meine Zigaretten und mein Handy bei meinen Schuhen liegen und ging runter ans Ufer.

Dann sprang ich hinein.

Unter Wasser sah ich ihre Beine in einem Durcheinander aus Algen, und als ich mich nach ihr ausstreckte, glitten meine Hände durch grünen Nebel, bis ich ihren Körper ertastete. Sowie ich auftauchte, strampelte sie näher, schlang mir die Beine um die Hüften und küsste mich auf den Mund.

Das ist *der* Moment, schoss es mir durch den Kopf. Das ist genau *der* Moment.

Mit unerklärlicher fleischlicher Gier fielen wir übereinander her. Der Wildheit unserer Hände und Finger hatten unsere Kleider nichts entgegenzusetzen. Wir fanden Mittel und Wege.

Dann das altbekannte »Warte«.

Bitte nicht, dachte ich. Was immer du willst – aber bitte, bitte nicht das …

Sie hielt inne und sah mich an, Wasser perlte von ihrem Gesicht – ihr Ausdruck wildwütig, mein Körper atemlos.

Sie machte sich von mir los und zog mich hinter sich her. Wir schwammen ans Ufer und stiegen aus dem Wasser, Überreste des Sees tropften von unseren Leibern. Im selben Moment fing sie an, sich auszuziehen, und ohne sie aus den Augen zu lassen, tat ich es ihr gleich. In der Mittagssonne standen wir einander nackt gegenüber, dann nahm sie meine Hand und führte mich in Richtung Kirche. Dort – verborgen hinter ein paar Farnen – zog sie mich auf sich drauf.

Ich war immer noch nicht wieder zu Atem gekommen. Ich konnte sie bloß ansehen, dieses Mädchen, das ich schon den ganzen Sommer begehrt hatte, das jetzt meine Hände nahm und sie sich auf die Haut presste und das sich ganz sicher war. Dieses Mädchen, das meinen Kopf näher zog und mir ins Ohr flüsterte: »Versprich mir, dass du es keinem erzählst.«

Dieses Mädchen, zu dem ich sagte: »Ehrenwort.«

Späte Achtziger

In einem Jahr mit einem außergewöhnlich schönen Oktober fahren wir in den Herbstferien auf die Isle of Wight. Wir verbringen zwei heiße Tage am Strand, bauen Sandburgen mithilfe eines pinken Eimers, den wir gefunden haben, und verbuddeln Mum.

Sal zieht einen Graben quer durch eine ganze Stadt aus Sandburgen, und Mum rennt immer wieder an den Ufersaum, um Wasser zu holen, das sie vorsichtig in den Graben rinnen lässt. Wir sehen zu, wie das Wasser im Sand versickert, und sie rennt wieder los, um neues zu holen. Sie versucht es unablässig. Der Graben wird einfach nicht voll.

Dad spielt in dieser Erinnerung keine Rolle. Er ist abwesend, versteckt sich vermutlich hinter einer Zeitung oder schläft seinen Bierrausch aus. Bei uns ist immer nur Mum.

Der Rest der Woche ist ein Reinfall. Wir sitzen in unserer winzigen Hütte und spielen endlose Runden Leiterspiele, während der Regen übers Fenster strömt. Nirgends ist Platz, um unsere triefenden Jacken zum Trocknen aufzuhängen, und die Hütte riecht nach nassem Hund.

Auf der Fähre ans Festland verschwindet Sals Elefant, ein kleines blaues Kuscheltier, das er überallhin mitschleppt, seit er etwa drei Jahre alt war. Dad sagt schon länger, dass Sechsjährige keine Teddys mehr brauchen, doch Sal hat

Elefant dann immer an die Brust gedrückt und behauptet, er sei auch kein Teddy.

Rund eine Stunde nachdem wir in Portsmouth von der Fähre gefahren sind, jault Sal plötzlich auf. Mum und ich suchen alles ab, den Fußraum, die Taschen, aber von Elefant keine Spur.

»Du musst ihn liegen gelassen haben, als du auf der Fähre am Fenster gesessen und die anderen Schiffe beobachtet hast«, sagt Mum, und Sal fängt an zu weinen.

»Wir müssen zurück«, sagt er.

Dad schnaubt. »Wir müssen eindeutig nicht zurück. Wir sind schon halb zu Hause.«

Sal wischt sich die Tränen von den Wangen. »Aber ich kann ihn doch nicht dort lassen. Was soll er denn machen?«

»Ich bin mir sicher, er kommt klar«, erwidert Dad. »Sachen mit Füllung statt Gehirn haben normalerweise auch keine Gefühle.«

»Und was soll ich machen? Nein, wir *müssen* zurück!«

»Das war genau richtig so. Du bist sowieso zu alt, um dich an einem versifften Kuscheltier festzuhalten.« Dads Finger umklammern das Lenkrad.

Sals Gesicht wird puterrot. Er ballt die knochigen Hände zu Fäusten und presst sie sich auf die Oberschenkel. Die Augen hat er zugekniffen, um die Tränen zurückzuhalten, und ich sehe, wie sein ganzer Körper anfängt zu zittern.

Mum hat sich auf dem Beifahrersitz umgedreht. Sie greift um den Sitz herum und versucht, seine Hand zu nehmen. »Schätzchen, Schätzchen, ist schon okay. Ich rufe bei den Fährleuten an, sobald wir daheim sind. Die sollen nach Elefant suchen. Wir kriegen ihn wieder, mein Süßer.«

»Du machst ihm bloß falsche Hoffnungen.« Dad starrt geradeaus. »Die finden ihn nie, und das weißt du auch.«

Mum bedenkt ihn mit einem Blick, den ich noch nie an ihr gesehen habe. Sie dreht sich wieder zu Sal um, der ein leises, gutturales Grollen ausstößt wie ein verletztes Tier. Das macht er in letzter Zeit öfter: Er wird wütend, weil er auf keinen Fall heulen will.

»Paul«, sagt Mum und dreht sich nach vorn. »Fahr raus. Er braucht mich.«

»Wir sind auf der Autobahn, Louise.«

»An der nächsten Tankstelle.« Ihre Stimme ist ruhig und beherrscht. »Du wirst ja wohl für zwei Minuten halten können. Mehr verlange ich nicht.«

Dad seufzt und wechselt die Spur. Jemand hupt, und Dad zieht im Rückspiegel eine Grimasse. Ich kann den Wagen hinter uns nicht sehen, sodass es wirkt, als hätte der finstere Blick mir gegolten.

Als wir halten, springt Mum raus, reißt Sals Tür auf, und der fällt ihr um den Hals. Er drückt sein Gesicht in ihre Baumwolljacke, und ich beobachte, wie sein knochiger Leib bebt, ohne dass er einen Mucks macht. Mum streicht ihm über den Rücken und flüstert ihm beruhigend ins Ohr. Sie hat ihm die Hand an den Hinterkopf gelegt und drückt ihn fest an sich, und das Pochen ihres Herzens scheint die Heftigkeit von Sals Trauer zu lindern.

Ich drehe mich weg und starre aus dem Fenster.

Irgendwann hört er auf zu weinen. Er hängt nur noch schlaff in ihren Armen, der Zorn hat ihm alle Kraft geraubt, und sie wiegt ihn hin und her, als wäre er wieder ihr kleines Baby. Zu hören sind lediglich das Autobahnrauschen und Dads Finger, die auf das Lenkrad trommeln.

Eine Woche später kommen wir von der Schule nach Hause, und auf Sals Kissen sitzt – Elefant. Er sei am Morgen gekommen, frisch von der Fähre, berichtet Mum, wo er hinter einem Stuhl geklemmt habe. Sie hatte täglich im Fährterminal angerufen, bis sie sie schließlich ernst genommen hatten, und jetzt ist er wieder da, kam in braunes Papier gewickelt per Post.

Sal sitzt auf dem Bett und starrt Elefant gefühlt stundenlang an. Er nimmt ihn hoch, inspiziert jeden Zentimeter, mustert das unlesbare Etikett und den ausgebleichten Fuß, die beweisen, dass er nicht einfach nur ersetzt wurde.

»Aber denkt er noch daran?«, fragt er Mum.

»Woran?« Sie runzelt die Stirn.

»Dass wir ihn dort zurückgelassen haben.« Er sieht Elefant von der Seite an.

Sie setzt sich ebenfalls aufs Bett und legt ihm den Arm um die Schulter. »Wir sollten ihn jedenfalls ziemlich viel kuscheln – oder, Nick? Und ihm erklären, dass es ein Versehen war, nichts weiter. Niemand ist schuld, und das Wichtigste ist doch, dass wir ihn wiederhaben.«

Sal sieht skeptisch aus. Er zieht Mum näher und beugt sich leicht vor. »Aber ein Elefant vergisst nichts«, flüstert er.

Sie denkt kurz darüber nach und streichelt ihm übers Haar. »Aber solche Dinge passieren nun mal, mein Schatz. Wir sorgen dafür, dass er sich geliebt fühlt. Das macht alles wieder wett.« Sie gibt ihm ein Küsschen. »So, was haltet ihr davon, wenn ich uns Pfannkuchen mache?«

Ein paar Wochen später hat Sal Geburtstag, und Mum fährt mit uns wie jedes Jahr zum Spielwarenladen, wo wir uns unsere Geschenke selbst aussuchen dürfen. Er geht an den Gängen mit Autos und Treckern vorbei, vor denen er sonst immer stehen bleibt, und steuert geradewegs die Kuscheltiere an. Dort greift er zu einem großen, kuschligen hellroten Elefanten, der innerhalb des Preislimits liegt, und drückt ihn fest an sich.

»Bist du dir sicher?«, fragt Mum.

Er nickt und spannt die Arme an.

»Gut, na dann.«

Zu Hause verschwindet Sal in unserem Zimmer, macht die Tür hinter sich zu, und von diesem Moment an lebt der alte Elefant in einer Spielzeugkiste mit allem anderen Zeug, und geliebt wird der neue Elefant.

Ende August 2003

Meine Erinnerungen an die Tage mit Anna sind bruchstückhaft – wie Scherben eines gesprungenen Spiegels. Zerklüftete, zerschellte Fragmente des Mannes, der ich hätte werden können. Je mehr Zeit vergangen ist, umso mehr ist in Vergessenheit geraten, sodass ich heute mit einem lückenhaften Bild dastehe, mit jenen Augenblicken, die ich mir über die Jahre häufiger ins Gedächtnis gerufen habe.

An einem weiteren Abend irgendwann während der Hitzewelle machten Anna und ich auf meinem Bett rum. Wir hielten uns in jenem Sommer viel in meinem Zimmer auf. Andere Orte gab es nun mal kaum, an denen wir nicht riskiert hätten, entdeckt zu werden, und meine Beine waren für längere Aufenthalte in ihrem Ford Fiesta schlichtweg zu lang.

Ich lag auf meinem Bett und hatte mein T-Shirt ausgezogen. Durchs Fenster strich eine leichte Brise. Sie saß auf mir, hatte ihr Kleid um die Hüften hochgerafft, und ich versuchte, mich zu konzentrieren.

»Hast du noch was anderes als diese beschissene Rapmusik?«, hatte sie Minuten zuvor gefragt, als sie mein CD-Regal durchforstet hatte.

»Probier's drüben bei Sal. Der mag jaulende Gitarren, genau wie du.« Sal hatte aus seiner Bleibe rausgemusst und die neue nicht gleich beziehen können, sodass er für den Sommer wieder zu Hause eingezogen war.

»Ich kann doch nicht einfach ins Zimmer deines Bruders gehen. Was, wenn er eine Freundin dahat, so wie du?« Sie kitzelte mich. »Nein, geh du – bring einfach eine Auswahl mit. Das ist ein Befehl.«

Als ich wiederkam, suchte sich Anna etwas aus, drückte auf Play und setzte sich wieder auf meinen Schoß. Im Takt von *Karma Police* küsste sie mich, wenn sie nicht gerade mitsang.

Ich zündete mir eine Zigarette an – einen Arm im Nacken, die freie Hand am Aschenbecher auf dem Fensterbrett. In meinem Zimmer rauchte ich nur selten, und wenn, beugte ich mich aus dem Fenster, aber ich wollte keinesfalls, dass sie von mir runterging.

»Lass mich auch mal«, sagte sie, und kurz wusste ich nicht, was sie meinte. Sie zeigte auf die Zigarette.

»Sicher?«, fragte ich überrascht. »Ich will nicht schuld sein, wenn du süchtig wirst.«

Ich hielt ihr die Zigarette an die Lippen, und sie atmete den Rauch zu schnell ein, flutete ihre Lunge und fing an, heftig zu husten.

»Äh«, krächzte sie, nachdem sie sich mehrmals hart auf die Brust geschlagen hatte. »Wie kannst du nur? Kein Wunder, dass du so schmeckst!«

Ich kniff die Augen zusammen, nahm noch einen Zug, und als ich ausatmete, blies ich Ringe. »Magst du mein rauchiges Aroma nicht?«

Sie schloss die Augen und ließ sich mit einem tiefen Atemzug neben mir nieder, als würde sie den Geruch insgeheim wunderbar finden. Ihr Gesicht war ganz nah an meinem, und sie gab mir einen Kuss.

»Ich hasse es«, flüsterte sie, schnitt eine Grimasse und gab mir den nächsten Kuss. »Eklig« – Kuss. »Widerlich« – Kuss.

»Du bist echt das Scheußlichste, was ich je geschmeckt habe.«

Wir müssen noch eine ganze Weile einfach herumgelegen und einander geküsst haben. So vertrieben wir uns häufiger die Zeit. Ich habe mir gelegentlich Daz' Reaktion und die der anderen vorgestellt, wenn ich ihnen erzählt hätte, dass wir die meiste Zeit gar nichts machten; sie hätten mir nicht geglaubt. Die Methode der Jungs bestand darin, unter jedwedes Oberteil eine Hand zu schieben, ihrer Gier Nachdruck zu verleihen und zu sehen, wie weit sie damit kämen. Unser Ausflug zum See lag da bereits hinter uns; wir wussten wohl beide, dass sich das, was passiert war, nicht wiederholen würde. Wir hatten auch nicht mehr darüber gesprochen, als wäre die Sache zu heilig, um sie zu zerpflücken und zu sezieren.

Sie wirkte wahnsinnig stark auf mich, aber was zur Hölle weiß ich schon von Frauen.

Obwohl ihr Freund zurückgekehrt war, war von ihm keine Rede gewesen, und ich hatte bei der Arbeit aufgeschnappt, dass ihre Beziehungspause anhielt. Dass er sie wieder zurückwollte, sie sich aber nicht sicher war. Trotzdem antwortete sie manchmal stundenlang nicht auf Nachrichten, und in diesen endlosen Minuten hatte ich Bilder der beiden im Kopf: Waren sie im Auto übereinander hergefallen? War er der Typ, der seine Hand vorn in ihre Jeans schob? Ließ sie ihm vielleicht sogar seinen Willen? Derlei Szenen spielten sich in meinem Kopf ab. In den Nächten folterte ich mich mit solchen Überlegungen.

Ich hätte um sie kämpfen sollen. Ich hätte es mit ihr ausfechten müssen, mich informieren und mir eine Verteidigung zurechtzimmern. Tatsache war aber, dass ich unsere gemeinsame Zeit nicht vergiften wollte, nicht zulassen wollte, dass die Realität sich zwischen uns drängte, wo sich doch der ganze Sommer wie ein Traum anfühlte, aus dem ich nie wieder aufwachen wollte.

»Was ist das mit ihm?«, fragte ich. Sie saß immer noch auf meinem Schoß, und ich ignorierte das unaufhörliche Pulsieren in meinen Shorts.

Sie wusste sofort, wen ich meinte. »Warum interessiert dich das?«, entgegnete sie kopfschüttelnd.

Warum? Weil ich dich will, verdammt, wollte ich sagen. Weil ich nicht will, dass dich ein anderer kriegt. Weil dich die Vorstellung ja wohl genauso fertigmacht.

»Ich versuche, deinen Standpunkt zu verstehen«, antwortete ich. »Wir stammen immerhin aus verschiedenen Welten.«

Sie streichelte meinen Bauch und lächelte traurig. »Es tut gut, andere Menschen glücklich zu machen«, sagte sie leise, und mir fiel wieder ein, was Lisa mir im Club über Annas Familie erzählt hatte. *Liebevolle Strenge.* »Und ich muss irgendwann heiraten, schon vergessen?«

»Du redest davon, die Regeln zu befolgen, und trotzdem bist du hier … und gleichzeitig auch wieder nicht. Glaubst du denn wirklich daran?«

Sie lehnte sich zurück. »Das haben wir doch schon besprochen. Ich erwarte nicht, dass du das nachvollziehen kannst.«

»Bitte«, sagte ich sanft, stemmte mich halb hoch und nahm ihre Hand. »Ich versuche nur, es zu verstehen, das ist alles. Weil es dir wichtig ist und weil …« *Weil du mir wichtig bist.*

»… weil ich so tue, als wäre ich brav, während ich in Wahrheit eine Schlampe bin?«

»Was? Halt, Stopp. Anna, bitte. So denke ich nicht.« Als

ich ihren Namen laut aussprach, wirkte sie kurz überrascht. »Warum musst du überhaupt heiraten?«, hakte ich nach. »Mit jemandem zusammenzuleben oder auch nur zusammen zu sein – wie kann das so schrecklich sein?«

»Es ist einfach keine Option«, sagte sie und errötete. »Ich würde sie alle verlieren. Das haben sie beim letzten Mal klargemacht. Du kannst das nicht nachvollziehen, und das ist okay. Du bist doch sowieso nicht der Mensch, der dem Konzept Ehe etwas abgewinnen kann. Warum eigentlich nicht?«

»Dass du alle verlieren würdest, ist doch nicht wahr. Lisa würde dich nie im Stich lassen.«

Sie seufzte. »Mit Lisa dürfte ich gar nicht befreundet sein. Sie ist auch ein Weltmensch, schon vergessen? Ich sollte nicht in Clubs gehen, keinen Alkohol trinken, nicht mit den Leuten von der Arbeit rumhängen, kurze Röcke tragen, an die Uni gehen oder in den Zimmern weltlicher Jungs rumsitzen. Wenn sie das rauskriegen würden …« Sie schüttelte den Kopf.

»Warum kannst du denn nicht an die Uni? Weil sie dir dort beibringen, selber zu denken?« Ich bemühte mich, neutral zu klingen. »Jemand, der in jedem Fach eine Eins hat, sollte an die Uni gehen.«

Sie zuckte mit den Schultern. Trotzdem konnte ich ihr ansehen, dass sie mir genau zuhörte.

»Was hast du gegen die Ehe?«, wiederholte sie.

Es war mir eindeutig nicht gelungen, davon abzulenken, und jetzt hatte ich weder ein Bier noch eine Zigarette, um der Antwort auszuweichen. »Ich finde einfach, wenn Leute eine Beziehung beenden wollen, sollten sie das auch dürfen. Sie sollten nicht erst die Erlaubnis eines Gerichts einholen und Regeln und Auflagen einhalten müssen.«

Sie runzelte die Stirn. »Dann gehst du also davon aus, dass all deine Beziehungen irgendwann in die Brüche gehen?«

»Nein, aber ich bin mir nicht sicher, ob wir die Ehe heutzutage noch brauchen. Jetzt, da auch Frauen Rechte haben und nicht wie Waren verschachert werden. Leute sollten das Recht haben weiterzuziehen, wenn sie nicht mehr glücklich sind.«

»Dann wird auch nicht mehr diskutiert? Das war's, Entscheidung steht?«

Ich zögerte. »Ich verstehe nicht, warum das jetzt Thema sein muss. Ich bin zweiundzwanzig. Wer bitte schön denkt in unserem Alter schon darüber nach zu heiraten?«

Sie sah zur Zimmerdecke und atmete hörbar aus. »Du hast recht. Keine Ahnung, warum wir darüber reden.«

»He.« Ich legte ihr meine Hand aufs Bein, und sie entspannte sich ein wenig. »Ich hab in meinem bisherigen Leben einfach andere Erfahrungen mit Ehen gemacht als du. Vielleicht sind deine Eltern ja besser darin, aber ich hatte immer den Eindruck, dass die Leute aufhören, sich Mühe zu geben, sobald sie gesagt haben: ›Ja, ich will.‹ Man kann ja davon ausgehen, dass der andere bleibt. Weil man jetzt eine Institution ist und es viel zu aufwendig wäre zu gehen. Darauf hab ich keine Lust.«

»Deine Zukunft muss doch nicht sein wie dein bisheriges Leben.«

»Bei dir sind schon die Vorzeichen anders. Jemanden außerhalb deines Glaubens darfst du doch gar nicht heiraten.«

Sie nestelte an ihrem Kleidersaum. »Offiziell nicht. Aber es gibt Hintertürchen. Man kann durchaus auch einen Ungläubigen heiraten. Man wird dafür schief angesehen, aber deshalb wird man nicht vor die Tür gesetzt. Hauptsache, man heiratet überhaupt.«

»Klingt für mich so, als wollten sie aus dir einen Menschen machen, der du nicht bist.«

Es blieb lange still. Draußen auf der Straße fuhren Autos vorbei.

»Ich glaube daran«, sagte sie schließlich, »wenn auch ein bisschen anders, als ich sollte. Aber vielleicht ist es ja wahr. Ich versuche, mich in alles hineinzuspüren, und irgendwann verzieht sich der Nebel hoffentlich, und alles ergibt einen Sinn. Ich rede bloß nicht darüber, weil mich das nur wieder daran erinnert, dass ich mit dir nicht zusammen sein dürfte.« Sie sah mich an. »Ich sollte nicht mit dir zusammen sein.«

Bitte sag das nicht, dachte ich, nein, nein, nein, nein, nein!

»Dann ziehst du also los und heiratest irgendeinen guten Jungen, nur weil das deine Eltern glücklich macht? Stellst du dir so dein Leben vor?«

Sie hob die Hand an die Wange, als hätte ich sie geschlagen. »Tu das nicht«, sagte sie, und dann wurde ihr Ton schärfer: »Ich hab dir gesagt, dass er am Ende des Sommers zurückkommt. Das wusstest du von Anfang an.«

»Mit mir wolltest du dir bloß ein bisschen die Zeit vertreiben, was?«

Kopfschüttelnd stand sie auf. Ihr Handy fiel hart zu Boden, und sie hob es auf und warf es in ihre Handtasche. »Weil es hier ja nur um *mein* Vergnügen ging, nicht wahr? Du bist aber auch nicht schlecht dabei weggekommen.«

Ich sah vom Bett aus zu, wie sie sich die Schuhe anzog und ihre Handtasche umhängte. Jetzt hatte ich die Chance, es ihr zu sagen, den Mund aufzumachen und die Worte auszusprechen, die mir durch den Kopf gingen. Dass jener

Tag am See alles andere als normal und erwartbar gewesen war. Dass ich keiner von diesen Typen war. Andererseits hatte Lisa erwähnt, dass sie sich schon mal in ein Arschloch verliebt hatte, insofern stand sie vielleicht auf Arschlöcher.

Sie schnappte sich die Schlüssel und blieb an der Tür kurz stehen, drehte sich um, warf sich das Haar über die Schulter und reckte das Kinn vor. »Du erwartest von mir, dass ich weiß, wer ich bin. Dass ich alles durchschaut habe. Weil die Möglichkeit, dass ich immer noch suchen könnte, für dich zu verwirrend wäre. Aber was ist mit dir? Was weißt du denn? Wer zur Hölle ist Nick Mendoza?« Dann donnerte sie die Tür zu.

Ich hörte das Aufheulen ihres Wagens und zündete mir die erste von vielen Zigaretten an.

Später in derselben Woche nahm Dad mich auf ein Bier mit in seinen Workers Club. Wir saßen am Tresen und sahen uns auf dem krisseligen Fernseher in der Ecke einen Boxkampf an. Außer uns war nur der alte Harry da, der volltrunken den Bildschirm ankeifte.

»Frauen. Sind doch alle gleich«, sagte Dad, als er sein Pint ausgetrunken hatte.

Ich sah in einem fort auf mein Handy.

Wie dumm Menschen sind.

2001

Sal ging nie an die Uni. Als wir noch kleiner waren, war das immer sein Fluchtplan gewesen.

Nur hatten wir keine wohlhabenden Eltern. Wir hatten Dad, der gegen Bares Gelegenheitsarbeiten machte. In meinem ersten Jahr an der Uni war das okay. Mein Studiendarlehen ging drauf für die Studiengebühren, und weil Dad offiziell kein Einkommen hatte, bekam ich zusätzlich Unterhaltsbeihilfe. Die zahlte ich auf ein Sparkonto mit anständigen Zinsen ein. Für die täglichen Ausgaben suchte ich mir einen Aushilfsjob in einer Bar. Ich war immer schon gut darin, meine Finanzen zu regeln.

In meinem dritten Studienjahr wäre Sal theoretisch Erstsemester gewesen. Doch bis dahin hatte Dad einen festen Job in einer Werkstatt an Land gezogen, durfte ein bisschen schrauben und kümmerte sich um die Buchhaltung und die Kundschaft. Erstmals in unserem Leben bekam er ein Gehalt aufs Konto. Es war eine anständige Summe, was allerdings bedeutete, dass Sal und ich keinen Anspruch auf Unterhaltsbeihilfe mehr hatten.

»Können die dich dieses Jahr nicht ausnahmsweise bar auszahlen?«, wollte Sal wissen. Er musste den Antrag binnen drei Wochen stellen. »Ich mach's wie Nick, jobbe nebenbei, und die Beihilfe kommt aufs Konto.«

Es war Sonntagmorgen, und Dad brutzelte uns ein Frühstück. Ich hatte den Tisch gedeckt und machte Tee, als Sal in die Tür trat und sich an den Türrahmen krallte.

»Tun wir doch nicht so, als würdest du irgendwas sparen«, entgegnete Dad und schlug ein Ei in die Pfanne. »Du hast das Geld in einem Monat in die Luft geblasen. Und was denken die sich wohl, wenn ich frage, ob sie mich in bar bezahlen könnten? So ein Job ist das nicht. Soll ich deinetwegen wieder von der Hand in den Mund leben?«

Sal fuhr sich durchs Haar. »Das muss doch irgendwie möglich sein.«

»Du könntest eine Beihilfe für deine privaten Ausgaben beantragen.« Ich goss Milch in die Becher.

»Ich hab schon das Darlehen für die Studiengebühren. Das gibt einen Haufen Schulden.«

»Du kannst genauso gut hier studieren«, sagte Dad, »und abends und am Wochenende weiter in der Videothek arbeiten. Dein Kindergeld läuft in diesem Jahr aus, weil du achtzehn wirst, aber hier müsstest du keine Miete bezahlen. Deine Entscheidung.«

Sal sah mich an. Wie jedes Mal bei derlei Unterhaltungen spielte ich den stummen Schiedsrichter. Ich zog die Augenbrauen hoch, um ihm zu verstehen zu geben, dass dies ein anständiges Angebot gewesen sei, aber nach seinen verschränkten Armen zu urteilen, war er anderer Meinung.

»Wär ja wohl kaum das echte Uni-Erlebnis.«

»Nein, da hast du recht«, sagte Dad und riss die Folie von einer Packung Pilze. »Es würde dich aber lehren, dass das Leben einem nicht alles auf dem Silbertablett serviert.«

»Lustig eigentlich, dass ich die Beihilfe nur deshalb nicht kriege, weil sie davon ausgehen, dass du mich unterstützt«, sagte Sal. »Was für eine Ironie.«

»Ironie ist, dass du an die Uni willst, obwohl du schon

von Haus aus alles zu wissen scheinst. Genau wie deine Mutter.«

»Wie bitte?«, kam es von uns beiden gleichzeitig.

»Sie war genauso. Ihr Rebellen.« Schnaubend schnitt er eine Tomate.

»Keine Sorge«, sagte Sal. »Von dir will ich nichts. Ich will nicht mal deinen Namen auf einem Antragsformular. Ich setze ein Jahr aus und spare etwas an. Die Genugtuung, dass du über mein Leben bestimmst, gönn ich dir nicht.«

Dad lachte, aber sein Nacken lief allmählich dunkelrot an. »Dein Problem ist, dass in deiner Erziehung immer schon alles falsch gelaufen ist.«

Sal stemmte sich mit beiden Händen in den Türrahmen. »Und wer bitte schön ist daran schuld? Du bist mein verdammter Vater!«

Die Dielen bebten, als er den Flur entlang und die Treppe hochstampfte. Dann donnerte seine Tür ins Schloss. Der Bacon rauchte bereits, und Dad nahm die Pfanne vom Herd.

Als ich sein Zimmer betrat, stützte sich Sal mit beiden Händen gegen die vergilbte Wand. Er starrte zu Boden und keuchte, rang sichtlich um Luft.

»Sal?« Ich berührte ihn an der Schulter. »Hey …«

»Sogar jetzt noch«, stieß er hervor. »Ich ertrage es nicht, wie er über sie spricht. Als wüsste er, was für ein Mensch sie war. Als wüsste er, wer sie wirklich war.« Dann ballte er die Faust und drosch auf die Wand ein. Er jaulte vor Schmerz auf und tat es gleich noch einmal.

»Sal!« Ich riss ihn am Arm zurück.

»Von dem stamm ich nicht ab«, sagte er. »Von diesem Dreckskerl stamm ich nicht ab. Ich seh auch nicht aus wie er, oder? Es gibt also Hoffnung.«

Sal hatte recht. Er hatte kein bisschen Ähnlichkeit mit

Dad. Er hatte Mums unbändiges blondes Haar – wie eine explodierte Matratze, sagte Stella immer – und ihre schmale Gestalt. Er hatte weder Dads dunklen Teint noch den durchdringenden Blick oder das breite Kreuz, das ich geerbt hatte. Allerdings war er genauso aufbrausend. Es blitzte immer wieder bei ihm auf – auf andere Weise als bei unserem Vater und nie mit demselben Missmut, trotzdem war es da.

Ich beschloss dagegenzuhalten.

»Das war kein schlechtes Angebot. Ich zahle Hunderte im Monat, nur um irgendwo schlafen und essen zu können. Und du könntest alles behalten, was du jetzt hast: den Fußball, deine Kumpels. Du könntest sogar auf ein Auto sparen. Es müsste sich nichts ändern.«

»Nein danke, Consigliere.«

»Jetzt werd mal nicht dramatisch.«

Sal starrte mich an. »Du kapierst es nicht, oder? Es muss sich was ändern. Wach auf. Ich muss endlich hier weg, verdammt.«

So schnell er konnte, zog er aus und nahm auch nur das Nötigste mit, als würde er evakuiert. Zusammen mit einem Kumpel vom Fußball, dessen Namen ich vergessen habe, nahm er sich eine Wohnung. Sie lag über einem Imbiss, war feucht und voller Mäusenester, aber sie bekamen kostenlos Pommes, solange sie die Mäuse nicht meldeten. Sobald die Klausuren vorbei waren, arbeitete er Extraschichten in der Videothek, um sich die Miete leisten zu können. Und wenn die Rechnungen beglichen waren, blieb immer noch ein bisschen was übrig für Gras oder für einen Abend im Pub. Damit schien er glücklich zu sein. Ich schrieb ihm ab und zu Nachrichten und fragte, ob er etwas bräuchte, und er antwortete jedes Mal, es sei alles bestens.

September 2003

Ich stand schon seit fast vierzig Minuten bereit, als ihre Nachricht eintrudelte: *Biegen jetzt bei dir um die Ecke. X*

Ein letzter Blick in den Spiegel, ich fuhr mir über den frisch rasierten Schädel und rüttelte leicht am Krawattenknoten. Seit Mums Beerdigung hatte ich keinen Anzug mehr getragen, und jetzt das, zehn Jahre später, von Kopf bis Fuß in Dunkelblau, das mich einen Wochenlohn gekostet hatte.

Draußen fuhr ein fabrikneues Auto vor.

Meine Zigaretten ließ ich auf dem Bett liegen. Ich hatte die Schachtel noch vor dem ersten Klogang aufgerissen und irgendwie schon halb leer geraucht. Ich angelte die Nikotinpflaster aus meiner Hosentasche und klebte mir eins unter den Hemdsärmel.

Während ich auf den Wagen zuging, legte ich mir das Anzugsakko ordentlich über den Arm. Anna saß auf der Rückbank. Sie sah mir durchs Fenster entgegen, ich strich meine Krawatte glatt und blickte zu Boden.

Ich stieg neben ihr ein. Ihre Freunde auf den vorderen Sitzen stellten sich freundlich vor – *Hi, ich bin Pete, und das ist Jen* –, während Anna uns quasi von der Seitenlinie beäugte.

Als ich mich zurücklehnte und anschnallte, behielt sie die Hände bei sich. Sie selbst trug ein biederes Kleid, das ihre Schultern und Knie bedeckte. Es änderte nicht viel; selbst in diesem Aufzug brannte die Luft zwischen uns.

»Da schau her«, sagte sie schließlich.

Einige Tage zuvor hatte Anna eingewilligt, mich mitzunehmen.

Dass sie davongestürmt war, war inzwischen einen Monat her. Danach waren wir einander aus dem Weg gegangen. Möglicherweise hatte ich erwartet, dass sie den ersten Schritt machte. Jeden Abend, an dem keine Nachricht von ihr kam, und jeden Morgen, wenn mein Handydisplay mir die Abwesenheit ihres Namens regelrecht entgegenschrie, hatte es in meinem Kopf geschrillt: *Siehst du? Sie ist jetzt mit ihm zusammen.* Ich hätte mir eher die Hand abgehackt, als der Erste zu sein, der schrieb. Ein gewisser Stolz war schließlich wichtig, und an dem letzten bisschen musste ich festhalten.

Bei der Arbeit gewöhnte ich mir an, Augen und Ohren offen zu halten, sodass ich jederzeit gewappnet war, sobald sie in Sichtweite kam. Wann immer sie mir entgegenkam, war ich ausschließlich auf die Dinge konzentriert, die ich gerade von A nach B trug, oder damit, einen 3-D-Aufsteller vor dem drohenden Kollaps zu retten. Ich war dann derart vertieft in meine Tätigkeit, dass wir einander augenscheinlich nicht zur Kenntnis nahmen, und wenn es sich gar nicht vermeiden ließ, legte ich ein schiefes Lächeln auf, das Eile und Beiläufigkeit signalisieren sollte, aber genauso gut bedeuten konnte, dass ich dringend aufs Klo musste.

Am Ende landeten wir in derselben Schicht an der Bar. Irgendwann hatte es so kommen müssen. Normalerweise war es Partnern und Ex-Partnern nicht erlaubt, im selben

Bereich zu arbeiten, aber wenn niemand deine Geschichte kennt, kennt auch niemand deine Gegenwart.

Meine Schicht fing eine Stunde später an als ihre. Ich drückte die Tür auf, und sie stand an der verwaisten Bar und polierte Gläser.

»Hi«, sagte ich.

Sie setzte jenes schiefe Lächeln auf, das Eile und Beiläufigkeit signalisierte.

»Kann ich helfen?«

»Klar.« Sie griff nach einem Geschirrtuch und schleuderte es mir ins Gesicht. »Hier.«

»Okay …« Ich nahm mir ein Glas. »Wie läuft's?«, fragte ich, nachdem wir je ein Glas schweigend poliert hatten. »Ist ein bisschen her.«

»Großartig. Es läuft großartig.«

Das nächste Sektglas trocknete sie derart rabiat, dass ich schon halb damit rechnete, dass es zerbrach.

Und dann war es so weit.

»Scheiße!«

»Warte«, sagte ich und lief um den Tresen.

Sie murmelte etwas in sich hinein, was ich nicht verstehen konnte, riss eine Schranktür nach der anderen auf und donnerte sie wieder zu. »Wo ist der verdammte Kehrbesen?«

»Beruhige dich! Ich hab doch gesagt, warte.« Ich schob sie zur Seite. Kehrbesen und Schaufel lagen im ersten Schrank, den sie aufgerissen hatte.

Anna setzte sich auf einen Barhocker und sah zu, wie ich die winzigen Scherben vom Tresen auffegte. Das Telefon neben ihr fing an zu klingeln, sie zuckte zusammen, dann streckte sie die Hand danach aus und ging ran.

»Hallo? Ja, ich hab ein Glas zerbrochen.« Sie sah zur

Überwachungskamera hoch, die auf die Bar gerichtet war. »Na, wenn Sie zugesehen haben, was ja ganz eindeutig der Fall war, dürften Sie doch auch mitgekriegt haben, dass es ein Unfall war ... Ich arbeite, ich poliere die Gläser ... Ach, stehen muss ich ... Ich sag Ihnen was. Warum kommen Sie nicht direkt vorbei und holen sich, was Ihnen zusteht. Oder aber Sie ziehen die zwanzig Pence einfach von meinem Lohn ab ... Nein, ich weiß ... Fantastisch. Danke.«

Sie griff sich ein neues Glas. Ich wischte den Tresen sauber und tat so, als hätte ich nichts gehört.

»Ich hasse diese Arbeit«, sagte sie.

»Nein, tust du nicht«, sagte ich und kehrte um sie herum den Boden.

»Doch, tue ich.«

»Dann kündige.«

»Mein Gott, Männer!« Sie musste lachen. »Du klingst genau wie der Typ am Telefon. Hör auf, mir zu erklären, was ich zu sein oder zu tun habe.«

»Vorsicht.« Ich nickte verstohlen zur Kamera. »Womöglich können sie dir von den schönen Lippen lesen.«

Sie drehte sich weg und nahm sich das nächste Glas. »Tu doch nicht so. Seit einem Monat sprichst du nicht mehr mit mir und weichst mir bei jeder Gelegenheit aus. Spar dir also die Komplimente.«

Ich leerte die Scherben in einen leeren Pappkarton. »Dann hör du auf, so zu tun, als würdest du keine Komplimente wollen. Ich kann's dir doch ansehen.«

Sie sah mich mit einer Mischung aus Wut und Verblüffung an. Geschafft, dachte ich. Sie ist sprachlos.

Sie kniff die Augen zusammen. »Du stehst wohl mal wieder drüber. Immer die Ruhe selbst, immer entspannt, immer beherrscht. Vielleicht bist du aber auch einfach nicht imstande, etwas zu fühlen. Oder laut auszusprechen, was du willst – was du *wirklich* willst. Stattdessen gibst du einfach kampflos auf.«

Anna schleuderte ihr Geschirrtuch weg und marschierte durch die Schwingtüren in die Vorbereitungsküche, wo sie Bleche aus einem Regal zerrte und sie auf den Stahltisch donnerte.

Bedächtig knotete ich meine Schürze auf und zog die Schlaufe über den Kopf. Dann knüllte ich sie zusammen, warf sie beiseite und ging ihr nach in die Küche, wo eine weitere Überwachungskamera auf uns gerichtet war.

»Was willst du von mir?«, fragte ich sie.

Sie ließ einen Topf fallen.

»Sag mir, was du von mir willst«, wiederholte ich.

Anna stampfte zum Kühlschrank an der Rückwand und nahm eine Tüte Baguettebrötchen heraus, riss sie auf und kippte die Brötchen auf eins der Bleche. »Du willst immer, dass man dir was sagt«, erwiderte sie. »Und genau da liegt das Problem. Von dir selbst kommt nie etwas.«

Im Vorbeigehen griff ich ihr in die Gesäßtasche und zog sie behutsam hinter mir her. Als wir außer Sicht der Kamera waren, wurde ich deutlicher, packte sie an den Ellbogen und zog sie an mich.

»Was willst du?«, fragte ich erneut. »Mein Blut?«

Sie sah mich an. »Ja. Ich will dein Blut.«

Und dann erzitterte sie, und ich machte einen Schritt auf sie zu, um sie festzuhalten, aber irgendwas in ihrem Gesicht sagte mir, dass sie Angst hatte. Es war, als hätte sie auf diesen Moment nur gewartet, als hätte ich auf diesen Moment nur gewartet, als stünden wir beide am Anfang von etwas Neuem, das jetzt seinen Lauf nahm. Ein neuer Lebensweg, ein anderes Leben, sobald einer von uns den

Mund aufmachte. Nur dass sie dabei aussah, als würde sie jeden Moment anfangen zu weinen, und das wollte ich nicht.

»Warte kurz«, sagte ich, ließ sie los, schnappte mir eine Tüte Tiefkühlpommes und lief durchs Bild der Überwachungskamera, um sie in eine der Fritteusen zu leeren. Als ich zurückgerannt kam, musste sie lachen.

Ich wusste, dass der Moment verflogen war.

Mit den Jahren bin ich gut darin geworden, mich wenn nötig zum Affen zu machen. Das entschärft gewisse Situationen, selbst solche, von denen ich rückblickend ohne das Ablenkungsmanöver sehr profitiert hätte.

»Komm«, sagte ich und zog sie an mich. Ich hielt sie fest, und sie entspannte sich und lehnte ihren Kopf an meine Brust.

Vielleicht eine Minute lang standen wir einfach da, sagten nichts, bewegten uns nicht – nicht mal als das Telefon draußen anfing zu klingeln.

Es war eine anstrengende Schicht gewesen, sogar Verstärkung war geschickt worden. Für den Rest des Abends hatten wir kein Wort mehr gewechselt, erst gegen Ende waren doch wieder nur wir zwei übrig geblieben und machten sauber.

»Ich kann dich heimfahren, wenn du willst«, sagte sie und suchte den Boden nach Abfall ab. »Natürlich nur, wenn du keine anderen Pläne hast.«

»Nein«, sagte ich und machte die Lichter aus, und sie sah im Dunkeln in meine Richtung. »Ich meine, ich hab keine anderen Pläne.«

Anna wartete auf dem KFC-Parkplatz auf mich, wie schon den ganzen Sommer. Ihr Auto roch immer noch nach Jasmin, als hätten die Luft und die billigen Sitzbezüge Annas Duft angenommen.

Während der Fahrt sagten wir nicht viel. Vor meinem Haus schien sie zu zögern, und ich räusperte mich. »Warum parkst du nicht für einen Moment?«

Sie schaltete den Motor ab, und es fühlte sich an, als würde die Stille gleich die Windschutzscheibe sprengen.

»Gott, war das heute anstrengend«, sagte sie schließlich, schloss die Augen und lehnte sich gegen das Fenster. »Meine Füße bringen mich um.«

»Her damit.«

»Hä?«

Ich tippte mir auf den Oberschenkel. »Zieh die Schuhe aus, und du kriegst eine Fußmassage.«

»Sei nicht albern. Ich hab acht Stunden Marathon hinter mir. Die sind doch total verschwitzt.«

»Hast du ein Glück, dass du schöne Füße hast. Los.«

Sie sah mich amüsiert an. »Du willst echt meine Füße?«

»Ist doch ein gutes Angebot, oder?«

Anna dachte kurz darüber nach, dann beugte sie sich vor und schlüpfte aus Schuhen und Socken. »Du hast es nicht anders gewollt. Wenn sie stinken, kannst du jetzt nicht mehr Nein sagen.« Sie rückte mit dem Sitz nach hinten und schwang die Beine über den Schaltknüppel, sodass ihre nackten Füße auf meinem Schoß landeten. »Du bist echt durchgeknallt, weißt du das?«

Ich nahm den ersten Fuß und fing an, ihn sanft zu kneten.

»Mir war gar nicht klar, dass du Linkshänder bist«, stellte sie fest. »Du bist ja noch besonderer, als ich dachte.«

Ich lächelte sie im Dunkeln an. »Mein Vater hat verbissen versucht, mich umzugewöhnen. Er hat sich so lange geweigert, mir irgendwas in die Hand zu drücken, bis ich es ihm mit rechts abgenommen habe. Meinte, das würde mir im Leben einigen Kummer ersparen.«

»Krass.«

»Aber er hatte recht.« Ich sah zu unserem Haus. »Ich konnte in der Schule zum Beispiel keinen Füller benutzen, weil ich die Tinte verschmiert hätte. Der Lehrer hat mich in die erste Reihe gesetzt und mir einen Bleistift in die Hand gedrückt. Hat in Sachen Selbstvertrauen Wunder gewirkt, wie du dir vorstellen kannst.«

»Was für ein Volltrottel.«

Wir fanden in einen tröstlichen Rhythmus, während ich Geständnisse ablegte und meine Finger sie massierten. Ich konnte die Knochen in ihren Zehen spüren, tief unter der Haut, die Blut und Muskeln umspannte. Sie hatte wirklich schöne Füße.

»Ich war eigentlich nie ein Fußfetischist«, sagte ich. »Aber für deine Füße könnte ich glatt einen Fetisch entwickeln.«

»Sehr romantisch«, sagte sie mit geschlossenen Augen.

Dann fiel mir etwas ein, was sie mal im Bett zu mir gesagt hatte, und ich beugte mich vor und nahm ihren großen Zeh in den Mund. Sie schnappte nach Luft, und ich musste ihren Fuß festhalten, damit sie mir nicht ins Gesicht trat.

»Was machst du denn da?«

»Mir ist wieder eingefallen, dass du das magst.«

»Stimmt.« Sie biss sich auf die Lippe. »Und deshalb hörst du sofort damit auf.«

Ich ging darüber hinweg. Es war Wochen her, seit wir einander zuletzt berührt hatten, und irgendwas an dem Umstand, dass ich gerade einen unerwarteten Körperteil mit meinen Lippen berührt hatte, fühlte sich gefährlich intim an. Sie keuchte leise auf und zog ihren Fuß zurück.

»Ich meine es ernst. Hör auf.«

Ich nahm ihren anderen Fuß in beide Hände. »Dieses leise Keuchen wollte ich hören.«

Sie erschauderte. »Ich kann nichts dafür, dass sich das so gut anfühlt.«

»Und was wir jetzt alle wissen wollen: Wer war der Erste, der an Annas Zeh gelutscht hat?«

Zwei aufgemotzte Karren rasten hupend an uns vorbei und lieferten sich ein Rennen. Als der Lärm verhallte, klang die Stille umso lauter.

»Ich fahre jetzt besser …« Sie rutschte von mir weg, und ich ließ sie los.

»Wann arbeitest du wieder?«, erkundigte ich mich, obwohl ich ihren Dienstplan in- und auswendig kannte.

»Montag.« Sie starrte ihren Schlüsselbund an.

»Hast du die ganze Woche frei?«

Sie sah zu meinem Haus. »Ja. Ich hab diese Sache …«

Ich ließ zu, dass sich Stille zwischen uns breitmachte.

Sie trommelte mit den Fingern aufs Lenkrad. »Eine Zusammenkunft. Bibelzeug halt. Zwei Tage rumsitzen und zuhören, wie Männer in Anzügen Vorträge halten.« Sie gähnte. »Freu mich schon.«

»Vorträge?«

Sie zupfte an einem losen Faden an ihrer Hose. »Wie man ein besserer Christ wird, wie man leben soll, wie man sich anziehen soll, wie man sein soll. Für alles gibt es Regeln.«

»Und du hast die ganze Zeit Anwesenheitspflicht?«

Sie nickte. »Was bin ich für ein Glückspilz.«

»Ist das nur für Leute mit deinem Glauben?«

»So in etwa.«

»Und wenn ich mitkäme?«

Stirnrunzelnd sah sie mich an. Und lachte. »Sehr witzig.«

»Ich hab noch nie irgendwas ernster gemeint«, entgegnete ich, und in meinem Kopf ergab es total Sinn. »Komm schon, lass mich zumindest an einem Tag mitgehen.«

»Nein, nein … Du verstehst das nicht. Das ist unfassbar langweilig. Ich gehe nur, weil ich muss. Man sucht sich das nicht aus.«

»Klingelt ihr nicht bei den Leuten und versucht, sie zu bekehren? Also. Volltreffer.«

»Aber du glaubst nicht an Gott.«

Ich rieb mir das Kinn. »Ich bin offen für neue Erfahrungen, und das hier ist wichtig für dich. Ein Teil von mir will es wirklich wissen.«

Sie sah halb verschämt, halb entsetzt aus, und ich wusste, es würde ihr schlagartig besser gehen, wenn ich einfach lachen und sagen würde: *Entspann dich, war nur ein Witz*, und es wäre alles beim Alten. Nur dass es kein Witz gewesen war. Ich wollte wissen, was es mit der Mauer, die zwischen uns stand, auf sich hatte. Mit diesem riesigen, mächtigen, düsteren Hindernis, das jeden Aspekt ihres Lebens zu verdunkeln schien. Ich musste in Erfahrung bringen, womit ich es zu tun hatte und ob es mir je möglich wäre, dieses Hindernis zu überwinden.

Also sah ich sie unverwandt an, während sie sich Socken und Schuhe anzog. Und ich sagte noch immer nichts, als sie die Arme verschränkte und sofort wieder locker ließ. Doch dann drehte sie sich zu mir um und nickte, und ich war mir sicher, dass in ihrem Gesicht etwas wie Glück aufblitzte.

Wir waren früher als die anderen da, weil Annas Freund Pete sich bereit erklärt hatte, vorab irgendetwas zu erledigen. Der Veranstaltungsort entpuppte sich als rechteckiger Flachbau außerhalb der Stadt – makellos weiß, mit Glaswänden. Mittels rundum gepflanzter Bäume versuchten sie, über die harten Kanten hinwegzutäuschen, trotzdem war man bei dem Anblick zuallererst überrascht und überfordert, als wäre das Ding über Nacht aus dem Weltraum hier abgeworfen worden.

Ich sah nirgends Kreuze oder andere Symbole, und das Ganze fühlte sich kein bisschen nach den Kirchen an, die ich bei Schulausflügen besichtigt hatte. Alles schimmerte neu: die Kalksteinplatten am Boden, die glänzend weißen Wände mit Holzakzenten. Im Eingangsbereich reichten Glastüren bis zur Decke, und Sonnenlicht strömte herein. Obwohl auch schon andere Leute da waren, fühlte es sich sehr leer an.

Das Einzige, was auf den religiösen Zweck des Gebäudes hinwies, waren die Bilder, die in gleichmäßigen Abständen an den weißen Wänden im Eingangsbereich hingen: Bilder von Krieg und Vernichtung, von Feuer, das vom Himmel auf schreiende Menschen herabregnete. Ein Stück weiter hingen friedliche Szenen – Bilder von glücklichen Familien, die auf grünen Hügeln picknickten und Wasser aus einem schimmernden Fluss schöpften, der sich bis weit zum Horizont und in den Himmel erstreckte. Auf einem Bild war ein Mädchen zu sehen, das einen Löwen umarmte. Vertrauensvoll schmiegte sie ihr Gesicht in die goldene Mähne des Tiers, das seinerseits die Pfoten in ihre kleinen Hände gelegt hatte. Sämtliche Figuren auf den friedlichen Bildern hatten einen entspannten, gelassenen Gesichtsausdruck und trugen pastellfarbene Poloshirts, Baumwollkleider und unterschiedliche Trachten. Außerdem hielten sie alle Obstkörbe in den Händen.

Ich kam mir vor wie in einem Museum, nur ohne die kleinen Schildchen, die einem erklärten, was man vor sich hatte. Andererseits wusste man wohl ohnehin Bescheid, wenn man sich hier aufhielt.

Anna drehte sich mehrmals um, während wir zwischen den anderen hindurch an der Bildergalerie entlanggingen, und zuckte betreten mit den Schultern.

Der Saal war wie ein Theater aufgebaut: nach oben ansteigende Sitzreihen vor einer langen Bühne. Tausend identische Plätze, die geduldig darauf warteten, eingenommen zu werden. Seitlich auf der Bühne befand sich ein kleines viereckiges Becken, über dem ein Spruchband hing: *Ihr werdet die Wahrheit erkennen, und die Wahrheit wird euch frei machen.*

»Da sind meine Eltern«, sagte Anna und nickte in die Richtung zweier Leute auf der anderen Seite. »Komm, setzen wir uns hierhin.« Und dann legte sie ihre Sachen über zwei Stühle.

Sie hatte mit Pete und Jen abgesprochen, dass sie bei uns sitzen würden. Anscheinend durften wir nicht unter uns bleiben, doch wie ich später feststellen sollte, wurde ohnehin bereits geredet, und es würde ihr noch monate-, wenn nicht jahrelang nachhängen. Natürlich wurden Ungläubige hier willkommen geheißen, aber man breitete die Arme nur soundso weit aus.

Sobald sich der Saal zu füllen begann, fiel mir auf, wie sehr sich diese Leute ähnlich sahen. Sie waren alle förmlich gekleidet, die Männer in Anzügen, die Frauen in Kleid oder Rock, und die Kinder sahen aus wie Miniaturversionen ihrer Eltern. Alle wahnsinnig adrett und mit einem breiten Lächeln, als wollten sie sich samt und sonders für denselben Job bewerben.

Orchestermusik setzte ein, die Leute nahmen Platz, und mir fiel auf, wie wenig sich tausend leere von tausend vollen Plätzen unterschieden. Man verliert das Individuum aus dem Blick, wenn sich alle so ähnlich sehen. Erst später sollte mir klar werden, dass das Absicht war.

Pete drückte mir eine Bibel in die Hand, während der erste Redner die Bühne betrat, und Anna rutschte auf ihrem Stuhl herum.

»Freundschaft mit der Welt bedeutet Feindschaft mit Gott«, verkündete der smarte Mann auf der Bühne. Er hielt eine schwarze Bibel hoch, als stammte jedes Wort, das er sagte, von Gott höchstpersönlich. »Wir müssen uns immer darüber klar sein, dass Satan ein Löwe ist, der uns zu verschlingen sucht. Er stellt uns Fallen, die auf unsere Fleischlichkeit, auf unsere Begierden abzielen, auf die heimlichen Sehnsüchte des Herzens, und lediglich indem wir im Sand eine Linie ziehen und hinüber auf die Seite des Vaters wechseln, können wir das ewige Leben erreichen.«

Einmal, als ich den Blick über die reglosen Gesichter schweifen ließ, die sich gelegentlich verstohlen in unsere Richtung drehten, erinnerte ich mich daran, wie ich sie in meinem Bett in den Armen gehalten hatte. Wie sie in meinen Armen eingeschlafen war und niemand hier auch nur eine Ahnung gehabt hatte.

»Wappnet also eure Herzen, meine Brüder und Schwestern«, fuhr der Redner fort. »Lasst euch durch die Versuchungen der Welt nicht irreleiten. Ruft euch in Erinnerung, dass auf uns ein anderes Leben wartet, ein perfektes Leben, sobald wir alle neu erschaffen werden und der Tod uns nichts mehr anhaben kann. Haltet euch daran fest. Haltet an der Wahrheit fest.«

Stunden später steckte Anna mir ein Zettelchen zu. *Du hast es so gewollt.* Ich antwortete: *Lenk mich nicht ab!* Daraufhin ihr Ellbogen in meinen Rippen.

Etwa zur Halbzeit stiegen mehrere Leute auf die Bühne. Der Redner stellte Fragen, auf die sie feierlich mit Ja antworteten. Dann ertönte erneut Orchestermusik, und sie defilierten durch eine Seitentür. »Das ist die Taufe«, flüsterte Anna mir zu, und ich nickte, als hätte ich verstanden.

Nur Minuten später stiegen zwei Männer in weißen T-Shirts in das Becken an der Seite der Bühne und geleiteten einen Täufling nach dem anderen behutsam ins Wasser, was ein ums andere Mal von einem feierlichen Applaus begleitet wurde. Sobald ein Täufling unter Wasser gedrückt worden war und wieder auftauchte, drehten die Täufer sich zum Fenster an der Seite des Beckens, wo ein Mann ihnen ernst zunickte.

»Wer ist das?«, flüsterte ich.

»Der passt auf, dass die Person komplett untergetaucht ist. Wenn auch nur ein Finger aus dem Wasser zeigt, müssen sie es wiederholen. Man muss komplett eintauchen. Es darf nicht den Hauch von Zweifel geben.«

Ich zog eine Augenbraue hoch, und sie biss sich auf die Fingerkuppe.

Mittags packten wir im Speisesaal Essen von der Tankstelle aus. Pete goss Tee aus einer Thermoskanne ein, die Jen mitgebracht hatte.

»Und, wie findest du es, Nick? Kannst du allem folgen?«

»Er hat einen Uniabschluss«, sagte Anna. »Du brauchst nicht mit ihm zu reden, als wäre er zurückgeblieben.«

Pete nahm die Hände hoch. »Sollte keine Beleidigung sein, Nick.«

Ich winkte ab. »Schon in Ordnung. Es ist nur viel auf einmal.«

Anna sah durchs Fenster – und erstarrte. »Bin gleich wieder da«, sagte sie, drückte flüchtig meine Schulter und verschwand nach draußen.

Pete und Jen drehten sich um und wechselten vielsagende Blicke. »Junge Liebe«, raunte Pete mir zu.

Ich hatte das Gefühl, es wäre in Ordnung, wenn auch ich mich umdrehte. Jenseits der Glastür unterhielt Anna sich konzentriert mit einem jungen Mann, von dem ich annahm, dass es sich um ihren Freund oder Ex-Freund handelte. Als Erstes fiel mir an ihm auf, wie gut er aussah. Fast wie ein Popstar – dunkelblondes Haar, das sich genauso verhielt, wie es sollte, teure Kleidung, perlweiße Zähne. Anna hatte uns den Rücken zugekehrt, aber ich konnte sehen, wie sie die Arme verschränkte, während sie sprach, und er die Hände in die Hüften stemmte und gelegentlich seine Robert-Redford-Haare nach hinten warf. Er wirkte aufgebracht. Den Ausdruck des Begehrens, das sein Gesicht verzerrte, kannte ich nur zu gut.

Ich drehte mich wieder um. Ich brauchte eine Zigarette.

Die Tür ging auf, und dann war Anna wieder da.

»Ärger im Paradies?«, fragte Pete.

»Bist du so weit?«, fragte sie mich.

»Wo gehen wir denn hin?«

»Weg.«

Weg hieß: Spaziergang über das Gelände.

Als wir außer Sicht der Leute vor den Eingangstüren waren, zog ich ein neues Nikotinpflaster aus meiner Tasche. Ich krempelte den Ärmel hoch, riss das alte ab, stopfte es in die Schachtel und klebte ein neues auf.

»Deine Willenskraft ist beeindruckend«, kommentierte Anna.

»Noch ein paar Stunden, und ich muss dich leider vor einen Bus schubsen«, erwiderte ich und zupfte meinen Ärmel zurecht.

»Ich wette, du bereust es schon, das hier angeboten zu haben.«

»Hörst du jetzt auf? Ich bin froh, hier zu sein.«

Wir schlenderten um den Parkplatz herum, immer schön in gebührendem Abstand.

»Was die da gemacht haben«, sagte ich nach einer Weile, »die Taufe … Was bedeutet das? Ich hab gehört, was sie dazu gesagt haben, aber als Frischling hab ich dem Ganzen nicht richtig folgen können.«

Sie schwieg für einen Moment und verschränkte die Arme. »Es ist eine Art Weihe – man weiht Gott sein Leben und verspricht, seinem Willen zu gehorchen.«

»Wie bei der christlichen Taufe?«

»Ja, nur dass wir keine Babys taufen. Man muss schon ein Alter haben, in dem man eine so große Entscheidung selbst treffen kann. Immerhin ist es die größte Entscheidung deines Lebens – dich komplett dem Glauben unterzuordnen.«

»Hast du das schon gemacht?«

Sie sah in die Ferne. »Mit zwölf.«

»Zwölf?« Es klang schriller, als ich es beabsichtigt hatte. »Dann werden ja doch Kinder getauft.«

»Sehr witzig.«

»Zwölf ist doch kein Alter, in dem man schon selbstständig denken kann.«

Sie wich meinem Blick aus. »Ich hätte es früher oder später sowieso gemacht. Ob mit zwölf oder einundzwanzig – wo ist der Unterschied?«

»Neun körperliche Jahre und womöglich zwanzig, was die geistige Entwicklung angeht.«

Anna runzelte die Stirn. »Du hast ja recht«, sagte sie. »Zwölf ist sehr jung – und es fühlt sich manchmal an, als würde es mir mehr abverlangen, als ich zu geben imstande bin.«

Ich wusste genau, was sie meinte. »Das scheint mir eine enorme Verpflichtung zu sein.«

»Tut mir übrigens leid wegen Pete«, sagte sie nach einer Weile. »Ich bin nicht sein größter Fan, wie du dir vielleicht denken kannst.«

»Du hast meinen Freund Daz kennengelernt …«

Sie lachte und spielte mit ihrem Haar, während wir weitergingen.

»Um ganz ehrlich zu sein«, sagte ich, »bin ich überrascht, dass ihr befreundet seid. So jemanden hätte ich in deinem Dunstkreis nicht erwartet.«

»Wir sind nicht richtig befreundet. Jen und ich waren mal eng befreundet – selbes Alter, selbe Versammlung … Dann hat sie Pete geheiratet. Seither driften wir auseinander. Er mag mich ebenso wenig, hält mich für schlechten Einfluss.«

»Warum solltest du ein schlechter Einfluss sein?«

»Ich bin eine *Schwester mit Ansichten*.« Sie malte Anführungszeichen in die Luft und lachte, doch ihr Lachen klang traurig.

»Du hältst mit deinen Ansichten ja wirklich nicht hinterm Berg.«

»Hast du damit auch ein Problem?«

Ich schüttelte den Kopf. »Ich mag das. Deine Freunde sind ziemlich jung, um schon verheiratet zu sein.«

»Sie war siebzehn. Ich weiß, ich weiß, muss verrückt klingen. Aber wenn du mit jemandem zusammen sein willst, hast du keine andere Wahl.« Sie hackte mit der Ferse auf den Boden ein. »Willkommen in meiner Welt.«

Als ich später von der Toilette zurückkam, war sie von einem Pulk lebhaft gestikulierender Leute umgeben. Von ihren Freunden. Robert Redford war auch darunter und stand mit ein paar Kumpels zusammen. Er sah mich von der Seite an, machte aber keine Anstalten, sich vorzustellen oder mir die Hand zu geben. Anna lachte über etwas, was jemand ihr zugeraunt hatte, und wirkte in Gesellschaft dieser Leute völlig entspannt. Ich hätte sie gern weiter beobachtet, doch dann entdeckte mich einer von ihnen und tippte ihr auf den Arm.

Schlagartig veränderte sich Annas Gesichtsausdruck. Sie blickte zu Boden. Ich war ihr unangenehm. Gott, Nick, du Vollidiot. Sie wollte nicht, dass du herkommst. Meine Haut begann zu jucken. Dieser Moment würde sich mir für lange Zeit einprägen.

Sie winkte mich heran. »Das hier ist Nick.«

»Hallo, Nick«, flöteten die Mädchen und musterten mich von Kopf bis Fuß. Ich kam mir vor wie ein aufgespießter Schmetterling.

Freundschaft mit der Welt bedeutet Feindschaft mit Gott. Das hatten sie an diesem Tag öfter wiederholt. Diejenigen, die ihren Glauben nicht teilten, schienen in der Einheit namens *Welt* zusammengefasst zu werden, und die Welt war ein furchterregender, brutaler Ort, an dem Ungläubige umherstreiften und auf Beute lauerten und an dem wahre Liebe nicht existierte. Sie hatte mich in Dungeness als *Weltmensch* bezeichnet, und wenn ich sie im Arm gehalten hatte, dachte ich jetzt, war immer Angst in ihrem Blick gewesen.

Vögel und Fische lassen besser die Finger voneinander, pflegte meine Nana zu sagen. Die einen sind Raub-, die anderen Beutetiere.

Ich war keine zwei Minuten zu Hause, als eine Nachricht von ihr kam. *Du hast es überlebt! Darf ich es wiedergutmachen? Und dich in einer Stunde abholen? X*

Ich nahm einen tiefen Zug von meiner Zigarette und

fühlte die Süße des Nikotins durch meine Adern strömen. *Klar*, antwortete ich.

Wir fuhren zurück nach Dungeness. Die Sonne ging unter, die Wolken sahen zerfasert aus, Licht fiel durch die Lücken. Alles sah aus wie in Gold getaucht. Stellenweise konnte man kaum die Straße erkennen, trotzdem klappte sie die Sonnenblende nicht runter.

»Sieh dir das an«, sagte sie und lehnte sich auf dem Fahrersitz vor.

Ich nickte. »Sieht schön aus.«

»Eine Tasse Tee und ein Stück Kuchen sind schön. Oder ein Geschenk. Wie kann etwas so Majestätisches wie dieser Sonnenuntergang, wie du ihn im Leben kein zweites Mal sehen wirst, einfach nur ›schön‹ sein?«

»Du magst den Sonnenuntergang, ich mag den Sonnenuntergang. Was spielt es da für eine Rolle, wie ich dazu sage?«

Anna ließ sich zurücksinken und hielt das Lenkrad auf zehn und zwei. Die Sonne verschwand, und den Rest der Fahrt verbrachten wir schweigend.

Als wir den Strand erreichten, stieg ich aus und schob die Hände gegen den scharfen auflandigen Wind in die Taschen. Sie blieb auf der Fahrerseite stehen, sah zum Ufer und sagte immer noch nichts. Ich fühlte mich, als würde sich im nächsten Moment alles entwirren.

Als sie losging, folgte ich ihr über den Kies.

Zitternd blieb sie am Ufersaum stehen. Ich zog meine Jacke aus und legte sie ihr um die Schultern.

»Ich will deine Jacke nicht.«

»Du frierst und ich nicht. Nimm sie.«

»Ich will deine Jacke nicht«, wiederholte sie.

»Kannst du mal mit deinem Stolz aufhören? Ich versuche nur, dir zu helfen, und die Jacke löst dein Problem. Ich brauche sie nicht.«

»Ich will nicht deine Jacke, Nick.« Sie sprach jetzt ganz leise. Streifte die Jacke zwar nicht von den Schultern, drehte aber ihr Gesicht von mir weg.

Sie hatte mich selten mit meinem Namen angesprochen. Aus ihrem Mund klang er wie das Ende, ein Urteil, und in diesem Augenblick hasste ich ihn.

»Tut mir leid, wenn ich dir heute unangenehm war«, sagte ich. Auf dem Heimweg hatte ich unaufhörlich darüber nachgedacht.

»Wie kommst du denn darauf?«

Ich zuckte mit den Schultern. »War vielleicht doch eine blöde Idee mitzukommen.«

Ich spürte, wie Anna mich ansah. Der Wind peitschte ihr Haar hoch. Die Zeit schien sich auszudehnen, und ich wappnete mich für die Abfuhr, die unausweichlich kommen würde.

»Ich war dreizehn, als ich erstmals bei einer Schulfreundin zu Hause war«, sagte sie. »Wir haben geschwänzt und sind zu ihr gegangen, um fernzusehen. Nur dass ich die ganze Zeit damit beschäftigt war, die Sachen in ihrem Haus anzustarren und mir zu denken: So sieht also das Zuhause von Weltmenschen aus.« Sie holte tief Luft. »Ich hab gelernt, das mit meinem ganzen Leben zu machen. Alles in zwei Lager aufzuteilen. Ich weiß genau, welches Verhalten in welchem Lager von mir erwartet wird. Heute sind die Grenzen verwischt, haben sich überlagert, und auf einmal wusste ich nicht mehr, wie ich mich verhalten sollte.«

»Das tut mir leid.«

»Ich wollte, dass du da warst.«

»Ich hab dich dazu überredet.« Ich warf einen Stein ins Wasser.

»Und ich bin froh, dass du da warst.« Sie sah in die andere Richtung. »Und ich dachte wirklich, dass vielleicht …«

Ich warf einen weiteren Stein, und er schlitterte über die Wasseroberfläche, ehe er nach unten sank. »Vielleicht?«

Anna zog die Jacke enger. »Warum bringst du den Satz nicht für mich zu Ende?«

»Ich weiß doch gar nicht, was du sagen wolltest.«

Sie legte den Kopf in den Nacken. »Aber ich hab dich dorthin mitgenommen, oder etwa nicht? Ich wette, wenn ich dir jetzt die Zunge in den Hals schieben würde, wüsstest du ganz genau, was ich will.«

»Das ist doch mal ein Wort«, sagte ich, aber sie lachte nicht.

»Vielleicht stecken die Leute ja deshalb ihre Zungen in die Hälse anderer Leute«, sagte sie halb zu sich selbst. »Sie versuchen, in ihr Gegenüber hineinzuschlüpfen.«

»Ich hab übrigens gerade ein Pfefferminzbonbon gelutscht.«

Sie sah mich an, als wäre ich ein kompletter Vollidiot. »Ich verstehe euch Männer nicht«, sagte sie und blickte wieder übers Meer. »Ihr seid hungrig, also macht ihr euch etwas zu essen. Ihr seid durstig, und ihr trinkt. Ihr seid geil, ihr reißt jemanden auf. Und wenn ihr keine Lust mehr habt zuzuhören, macht ihr dicht.«

»Wir sind schlichte Wesen.«

»Ihr seid so verdammt schlicht! Dinosaurier! Ihr schert euch nur darum, eure Begierden und eure Lust zu befriedigen, und wenn ihr das geschafft habt, werft ihr den Rest, den ihr nicht mehr braucht, einfach weg. Das ist dermaßen archaisch! Fleischlich. Wie bei Höhlenmenschen.«

Mir fiel wieder ein, was Lisa im Club gesagt hatte: dass Anna schon einmal verletzt worden war. Und mir fiel ihre Warnung ein: *Verletz sie nicht. Du wirst es bereuen.* Meine Hände wanderten tiefer in die Hosentaschen. Ich wollte etwas sagen, aber die Erinnerung an den Moment mit ihren Freunden, in dem sie sich meinetwegen geschämt hatte, schnürte mir die Kehle zu. »Ich weiß nicht, was du meinst.«

Anna drehte sich zu mir um. Dieser finstere, wilde Blick.

»Nicht? Wirklich nicht?«

Sie kam auf mich zu, blieb einen Schritt vor mir stehen, der Mond umspielte ihre Silhouette.

»Wenn du einen Sonnenuntergang siehst«, sagte sie, »tut er dir da nicht weh? Wenn du das goldene Licht, das letzte Licht siehst, wie es auf die Bäume fällt – fühlst du dich da nicht lebendig oder präsent oder tief im Leben verwurzelt? Männer sind so besessen vom Körperlichen! Sie messen ihre Stärke mittels ihres Bizeps, und wenn sie Lust empfinden, ist das bloß ein Zucken in der Hose. Ihr schaltet hoch und wieder runter, wie vor einer Ampel. Aber von Dauer ist da nichts.«

»Wir sind nicht alle so.«

»Nicht?« Sie atmete tief ein und sah zum Leuchtturm. »Dann sag mir, wie du bist. Sag mir, was du fühlst. Sag es jetzt.«

Ich hielt ihren Blick mit meinem fest.

Ich hätte gern so viele Dinge gesagt – wie ich erstarrte, wenn sie mir über den Arm strich, und mir schlagartig die Worte fehlten. Wie ich die Nase tief in ihr Kissen drückte, nachdem sie aufgestanden war. Dass der Duft ihrer Poren und ihrer Haut und ihrer Haare für mich wie eine Droge war, die mich um den Verstand brachte. Dass um mich herum alles schwarz wurde und ich nichts anderes mehr sehen konnte, wenn sie sich auf meinen Schoß setzte und mich küsste und ihr Haar uns beide umrahmte und ich diesen Moment für immer festhalten wollte. All diese Dinge wollte ich zu ihr sagen. All diese Dinge hätte ich gern zu ihr gesagt.

Ich zuckte mit den Schultern, und sie sah weg.

Es war etwa zur Hälfte der Schicht, und ich war allein in der Kabine. Die Projektoren spulten für diesen Abend die letzten Meter ab. Nicht mehr lange, und ich würde zusammenpacken und alles für den nächsten Tag bereitlegen.

Ich wartete neben dem ersten Projektor, bis er durchgelaufen wäre. Der Kinosaal war voll besetzt. Ich liebte es, dort oben in dem kleinen Raum zu sein und zu bestimmen. Gott zu spielen.

Die Geräusche im Vorführraum eines Multiplexkinos sind schwer zu beschreiben. In der Luft hängt das Rauschen der Geräte, sie vibriert, wenn der Film so schnell durch den Projektor jagt, dass die Augen kaum folgen können. Inzwischen wurde dies alles durch Downloads und Speichermedien ersetzt. Heutzutage dürfte es im Vorführraum annähernd still sein, und was man sich früher mühsam angeeignet hat, geschieht nur mehr mittels Knopfdruck. Play. Repeat. Aber so war es nicht immer. Früher konnte man sich dabei kaum denken hören.

Die Tür zum Vorführraum schwang im selben Moment auf, als der Film zu Ende war. Über das wilde Geräteattern war es nicht zu hören.

Ich sah, wie Anna mit dem Blick erst den Raum absuchte, ehe sie mich entdeckte. Ich zog das Staubtuch aus der Gesäßtasche und machte mich daran, die Maschinen zu reinigen.

Lautlos trat sie näher.

»Hey«, rief ich hinter dem Projektor hervor. »Ich wusste nicht, dass du heute Abend arbeitest.«

Sie blieb vor dem Spulenturm stehen. Auf ihrer Stirn stand eine tiefe Falte. »Ich hab gerade gehört …« Sie hielt sich die Ohren zu. »Ich hab gerade gehört, dass du gekündigt hast.«

Ich ließ mir Zeit, bis ich zu ihr herumging. Seit den Vorträgen war eine Woche vergangen. Seit ich verstanden hatte, dass ich ihr peinlich war. Bei meiner nächsten Schicht hatte ich dem Schichtleiter meine Kündigung überreicht.

»Warum? Was soll das?«

»Hat sich zu dem Zeitpunkt einfach richtig angefühlt.«

»Richtig inwiefern?«

»Ich habe nie vorgehabt, lange hier zu bleiben. In diesem Job. Das war nur eine Übergangslösung, während ich mich nach etwas anderem umgesehen habe. Du weißt schon, die erste Sprosse der Leiter, die ich hochklettern will.«

»Und was ist die nächste?«

So weit war ich natürlich noch nicht, trotzdem antwortete ich: »Ein Kumpel von mir arbeitet für ein Marktforschungsunternehmen in der Stadt – die erstellen Umfragen, Telefonumfragen, solche Sachen. Er meint, da könnte was gehen.«

»Dann willst du – jemand, der nur das Nötigste redet – einen Job machen, der von dir verlangt, dass du aus Leuten herauskitzelst, was sie denken? Das ist doch ein Witz, oder?«

Lächelnd wischte ich den Rand eines der Teller ab. »Ist ein guter Job.«

»Aber ich …« Sie starrte auf ihre Hände hinab. »Ich würde es ja verstehen, wenn es was Besseres wäre – aber Telefonumfragen? Komm. Du tauschst einen Mindestlohn gegen einen anderen ein.«

»Ich lerne gern was Neues.«

»Ja«, sagte sie. »Scheinst neue Erfahrungen fast schon zu sammeln. Religiöse Versammlungen beispielsweise. Ist das diese Sache, die Schriftstellern nachgesagt wird – dass sie zum Spaß Sachen ausprobieren, weil die Ideen ja irgendwo herkommen müssen? Landet das irgendwann in einem Buch?« Sie verschränkte die Arme.

»Ist es so schlimm, dass ich gekündigt habe?«

»Nenn mir einen guten Grund.«

Ich sah ihr an, dass sie verletzt war. Aber das mit uns war aussichtslos. Mir war inzwischen klar, dass ich mich ihrem Glauben nie anschließen könnte, und ich ahnte, dass sie davon niemals loskäme. *Für mich ist er so natürlich wie mein Arm oder mein Fuß,* hatte sie in Dungeness zu mir gesagt. Zudem hatte ich immer noch Lisas Warnung im Kopf. Welchen Sinn hätte es also, jetzt etwas zu sagen, wenn wir ohnehin keine Lösung finden würden? Warum sollte ich sie zusätzlich verletzen?

»Ich glaube, es ist an der Zeit«, sagte ich. »Findest du nicht auch?«

Sie erstarrte.

»Echt ein hollywoodreifes Ende«, sagte sie und ging. »Aber keine Sorge«, rief sie noch über die Schulter, »du darfst gern die Hauptrolle übernehmen. Ich muss gar nicht mit aufs Plakat.«

Dann war sie weg, und der Projektor schaltete sich mit einem Klicken ab.

Den restlichen Abend arbeitete ich meine Aufgaben ab, spulte die Filme auf insgesamt zwölf Projektoren zurück, damit der Anfang wieder außen lag; ich hielt die Rollen im

Blick, ließ sie vorsichtig aufwickeln, immer unter der richtigen Spannung, und pinselte den feinen violetten Staub weg, der beim Ablaufen vom Film rieselte. So ist das beim 35-Millimeter-Film: Die Emulsionsbeschichtung reibt ab. Bei den ersten paar Durchläufen entsteht jedes Mal eine gute Handvoll rötlichen Staubes. Zersetzung ist wohl der natürliche Lauf der Dinge.

An den folgenden Tagen, bis ich die Kündigungsfrist abgearbeitet hatte, in der sie mir bei jeder gemeinsamen Schicht aus dem Weg ging, lernte ich diese Filme, ihr planmäßiges Sichauflösen, ihre Künstlichkeit und Verlogenheit regelrecht hassen.

Jetzt, Jahre später, vermisse ich den Job. Ich vermisse den rötlichen Staub.

Datum: 01.10.2003
Von: ANNA
An: NICK
Betreff:

Ich war heute in deiner Straße eingeteilt. Jen meinte, als wir auf das Dorf zufuhren: »Wohnt hier nicht dieser Typ?«, und als wir an eurem Haus vorbeikamen, hat sie darauf gezeigt. »Da?« Und ich hab hoch zu deinem Fenster geguckt und gedacht: Da.
Ich hab mich hinter der Ecke versteckt, als sie bei euch geklingelt hat. Es hat niemand aufgemacht, aber ich durfte nicht riskieren, dass dein Dad oder du mich auf eurer Treppe entdeckt, ich mit meinem braven Kleid und den Schühchen und der Broschüre, wie ihr eure Seele retten könnt.
Denn wenn alles stimmt, passiert Folgendes: Wenn du die Botschaft nicht hörst, wenn du die Broschüre nicht liest, die sie bei euch eingeworfen hat, wirst du in Harmagedon ausgelöscht, und das war's. So hab ich's gelernt. Ich weiß schon, du und der Rest der Welt, ihr findet das durchgeknallt, aber das habe ich mein Leben lang von den Leuten gehört, die ich liebe.
Aber was am durchgeknalltesten ist: Wenn es für dich zu Ende ginge, wäre das auch mein Ende.

1993

Als er uns wieder wahrnahm, etwa ein Jahr oder so, nachdem es passiert war, fing Dad an, uns zu triezen. *Füße vom Sofa* und dann ein Schlag mit der aufgerollten Zeitung. *Glaubst du, das hier sind deine Privatgemächer?* Oder er blieb im Flur unvermittelt stehen und stieß die Tür zu unserem Zimmer auf. *Was für eine Müllhalde* – mit dramatischen Kunstpausen zwischen jedem Wort. *Fernsehverbot, und glaub ja nicht, du ziehst mit dem Fahrrad los, bevor hier drin aufgeräumt ist.* Unterdessen stapelte sich in der Küche das Geschirr, bis sich Stella oder bis ich mich erbarmte.

»Er packt seine Trauer in Disziplinierungsmaßnahmen«, sagte ich zu Sal. »Er weiß nicht, wie er sonst damit klarkommen soll.« Das sei ihm scheißegal, erwiderte Sal. »Hör auf, immer in allem noch Gutes erkennen zu wollen. Manche Menschen sind einfach Arschlöcher, und wie es das Schicksal will, haben wir eins als Vater erwischt.« – »Blödsinn«, entgegnete ich, »stimmt doch gar nicht, er kann einfach nur nicht aus seiner Haut. Das ist so ein Generationending, so waren Männer früher.« Sal schüttelte den Kopf. *Was soll ich denn machen?*, hätte ich ihn am liebsten angebrüllt. *Mich damit abfinden, dass unsere Familie jetzt aus einer toten Mutter und einem Arschloch als Vater besteht?* Die Hoffnung stirbt zuletzt.

Eines Tages fuhren wir auf den Golfplatz. Ich glaube,

Stella hatte angeboten, das Haus zu putzen, wenn er uns mitnähme.

Als ich die Treppe runterkam, konnte ich den Rest ihres Streits noch mit anhören.

»Was soll ich denn mit ihnen machen?« Dad sah sich im Flur um, und womöglich fielen ihm da endlich die Staubmäuse und Spinnweben auf. Er fuhr sich durchs Haar.

»Es sind deine Söhne, Paul! Setz deine Fantasie ein!«

Seine Fantasie reichte bis zu seinem zweiten Zuhause.

Sal und ich hatten nie zuvor Golf gespielt. Unsere Kumpels spielten alle Fußball, also machten wir das auch, tauschten FIFA-Sticker, spielten Subbuteo, studierten montags vor der Schule den aktuellen Tabellenstand. Sal war der Star der Mannschaft – behände und schnell, ein geborener Stürmer, und Jubel und Schulterklopfen waren seine Droge. Er trainierte Elfmeter, wann immer er konnte. Mir machte es Spaß, aber ich war langsamer, und mit meinem breiteren Körperbau stellten sie mich gern ins Tor.

Golf spielten wir beide nicht. Genauso wenig wie unsere Freunde. Golf war etwas für Erwachsene.

Als wir dort ankamen, stand auf dem Parkplatz ein Junge, den ich aus der Grundschule kannte. Die Übertrittsprüfungen fürs Gymnasium waren direkt nach Frankreich gewesen, und obwohl zuvor alle damit gerechnet hatten, dass ich sie mit Bravour bestehen würde, hatte ich mäßig abgeschnitten. Mit dem Jungen vom Parkplatz war ich zuletzt gut klargekommen; dann war er aufs Gymnasium gegangen. Das war jetzt zwei Jahre her, und als er in unsere Richtung sah, lächelte ich und winkte. Er drehte sich weg.

»Hier, ich hab im Clubhaus einen Junior ausgeliehen«, sagte Dad am ersten Loch und zog einen Schläger aus der

Tasche. »Den teilt ihr euch. Ich schlag zuerst ab. Zeig euch, wie's geht.«

Wir sahen zu, wie er rüber zum Abschlag ging, ein Tee in den Boden steckte und einen Ball draufsetzte. Dann nahm er dieselbe Haltung ein wie oft im Wohnzimmer, nur dass er diesmal einen richtigen Golfschläger in der Hand hielt und nicht nur so tat. Er stellte sich breitbeinig hin, schwang den Schläger nach hinten und drosch auf den Ball ein, der in Richtung Himmel verschwand, ehe er auf den Rasen zurücktropfte.

Dad sah zufrieden aus. »Gut. Der Nächste.«

Sal ließ mir mit einem Nicken den Vortritt. Also ging ich vor und versuchte, Dads Körperhaltung zu imitieren.

Dad lachte gutmütig. »Nein, so funktioniert das nicht. Hier.« Er schob mich mit beiden Händen zur Seite, nahm mir den Schläger ab und ging in Position. »So, und jetzt die Beine so durchdrücken, Schläger nach vorn, Arme eng an die Brust.« Er sah zu mir, um sicherzustellen, dass ich gut aufpasste, ehe er mit seiner Lehrstunde weitermachte und das Wort *Haltung* betonte und jeden Satz mit *So, schau her* beendete. »In der Hüfte nach vorn beugen – so, schau her. Dann ganz leicht in die Knie, siehst du, so, und dann befindet sich der Schläger in etwa eine Handbreit von der Innenseite meines linken Oberschenkels entfernt. So. Schau her. Siehst du das, Nick? Siehst du das auch, Sal?«

»Ja«, sagte Sal und ließ den Blick über den Rasen schweifen. »Vorbeugen, leicht in die Knie, Handbreit. Verstanden.«

»Jetzt du«, sagte Dad, gab mir den Schläger zurück und trat beiseite. »Denk dran – Haltung, Haltung, Haltung.« Inzwischen glühte er regelrecht und genoss, dass er ein Publikum hatte. Mit seiner jahrelangen Erfahrung konnten wir nicht mithalten, das fand er natürlich gut.

Ich schlug ab, der Ball segelte durch die Luft und fiel ein paar Meter jenseits des Fairways ins hohe Gras.

»Schon mal nicht schlecht.« Dad verschränkte die Arme. »Gleich beim ersten Versuch im Fairway zu landen wie ich, das kann man nicht erwarten. Den Ball holen wir aus dem Rough, wenn wir da vorbeilaufen. Der Nächste!«

Ich hielt Sal den Schläger hin, und er schlenderte mit den Händen in den Taschen näher. Er ging in Position und trat kurz hin und her, wie Dad es vor dem Abschlag tat. Er stand da wie Dad, schwang den Schläger wie Dad, und der Ball segelte durch die Luft und landete im Grün, genau wie bei Dad.

»Wow, Sal«, sagte ich und pfiff durch die Zähne. »Du bist echt ein Naturtalent.«

Sal grinste übers ganze Gesicht. Er war genauso überrascht wie ich.

Wir drehten uns beide zu Dad um, der die Lippen zusammenpresste. »Okay.« Er nahm seine Tasche und warf sie sich über die Schulter. »Nächstes Loch.« Dann marschierte er in Richtung Grün.

Ich schloss zu Sal auf. »Der war klasse, Salvatore.« Ich klopfte ihm auf die Schulter.

Er verzog den Mund und sah weg.

Sal war wirklich ein Naturtalent. Er setzte jeden einzelnen Schlag ins Grün, manchmal sogar nur wenige Meter vom Loch entfernt. Dads Schweigen wurde mit jedem meiner Jubelschreie lauter.

Ich gab mir absichtlich keine Mühe. Meine Abschläge landeten alle im Rough, sodass Dad bei jeder Gelegenheit erklären konnte, was ich besser machen musste.

Am sechsten Loch war es dann vorbei.

Vor uns spielten vier Frauen. Sie waren von Anfang an da

gewesen, immer ein Loch voraus, und wir hatten bislang nie warten müssen, bis sie ebenfalls weiterzogen. Aber nun waren sie zu viert und wir bloß zu dritt, sodass wir sie am sechsten Loch eingeholt hatten.

Geduld war noch nie Dads Stärke gewesen, aber dass er warten musste, bis ausgerechnet eine Gruppe Frauen die Golfbahn für ihn freimachte, fand er anscheinend besonders stressig. Es ging mit Schnauben und Seufzern los, er verschränkte demonstrativ die Arme und reckte das Kinn vor.

Sal und ich drehten uns weg. Unser Radar für sozial verträgliches Verhalten war offenbar feiner kalibriert als der unseres Vaters. Uns machte das Warten nichts aus. Wir hätten für immer gewartet, wenn wir so hätten verhindern können, was als Nächstes passierte.

Eine der Frauen hörte Dad schnauben und flüsterte den anderen etwas zu, woraufhin sie sich alle vier nach ihm umdrehten. Sie lachten, tuschelten miteinander und widmeten sich wieder ihrem Abschlag. Dads Gesicht war mittlerweile fast lila.

Er räusperte sich lautstark.

Als das nicht half, riss er die Arme theatralisch hoch und fragte laut: »Ist das zu glauben?«

»In einer Minute sind sie weg«, murmelte Sal.

»Hä?«

»Warte einfach noch kurz.«

»Es ist nicht zu fassen!« Er hatte immer noch die Arme erhoben. »Ich wusste, es war ein Fehler, Frauen im Club zuzulassen. Ich wusste, das ist das Ende.«

»Was genau ist Ihr Problem?«, rief eine von ihnen. Sie hatte die Hand in die Hüfte gestemmt.

»Was das Problem ist?« Er schüttelte den Kopf. »Sie halten hier ein Schwätzchen, statt Golf zu spielen, und meine

Jungs und ich stehen in der Warteschlange. *Das* ist das Problem.«

Ich krümmte mich innerlich.

»Wir sind in einer Minute fertig«, rief sie zurück und schlenderte kopfschüttelnd auf den Abschlag zu.

»Nicht wenn Sie so weitermachen.« Er hatte sich sogar die Hände zu einem Trichter an den Mund gelegt, damit er besser zu hören war. »Arme vor zur Brust!«

»Du lieber Gott«, flüsterte ich in mich hinein.

»Lass sie in Ruhe«, sagte Sal leise.

»Ich lass sie in Ruhe, sobald sie mir zuhören«, antwortete er, immer noch mit dem Blick zu den Frauen. »Jetzt machen Sie schon! Müssen Sie nicht heim und Abendessen kochen?« Er fand sich sichtlich witzig.

Sie brachten ihre Runde zu Ende, und eine der Frauen zeigte Dad den Mittelfinger, als sie sich auf den Weg zum Grün machten.

Er winkte demonstrativ ab und marschierte zum Abschlag. »Ja, ja, weg mit euch!«

Ich ging ebenfalls los. Sal blieb stehen.

Dad teete seinen Ball auf und machte einen Schritt zurück, weil die Frauen immer noch im Grün waren. Ich spürte förmlich, wie Sal auf uns zustürmte. Er hatte das Eisen in der Hand, das ich gleich brauchen würde, aber ich konnte ihm ansehen, dass er nicht die Absicht hatte, es herzugeben.

»Warum musst du so sein?«, schrie er Dad an.

»Wie denn?«

»Immer das verdammte Großmaul«, sagte Sal genervt. »Nur damit andere sich schlecht fühlen. Was stimmt nicht mit dir?«

»Pass auf, was du sagst«, fauchte Dad.

»Und warum? *Du* sagst doch auch, was du willst. Vielleicht putz ich dich auch mal so runter wie du alle anderen. Damit du mal spürst, wie das ist.«

»So sprichst du nicht mit mir, Salvatore, oder du wirst es bereuen.«

»Gut«, sagte Sal. »Es geht ja sowieso nicht in deinen Kopf rein. Da hätte nicht mal eine Kugel eine Chance. Du bist komplett versteinert, du bist verdammt noch mal komplett versteinert!«

Dad kniff die Augen zusammen. Er bedachte Sal mit einem Blick, aus dem der pure Hass zu sprechen schien. Ich machte den Mund auf, bekam aber keinen Ton heraus.

»Da unternimmst du ein Mal was mit uns – aber nein, nie im Leben wärst du auf die Idee gekommen, uns zu fragen, was *wir* machen wollen. Stattdessen sind wir hier, weil es das ist, was *du* willst, worin *du* gut bist, und du nutzt auch noch die Gelegenheit, den Macker rauszukehren. Willst du wissen, was ich von deinem geliebten Golf halte?«

»Nein«, sagte Dad. »Will ich nicht.«

»Sal ...«

»Davon halte ich nämlich Folgendes.« Er nahm den Schläger hoch. Legte beide Hände an den Griff, als wollte er einen Ball abschlagen. Dann schwang er ihn hoch über Kopf und ließ ihn mit Wucht in die Erde krachen. »Haltung«, fauchte er und drosch erneut auf die Erde ein. »Alles eine Frage der Haltung.«

Dad drehte sich zu den Frauen um, die stehen geblieben waren und uns vom Grün aus beobachteten. Er bebte vor Peinlichkeit und Zorn.

Sal warf den Schläger hin und ballte die Fäuste. »Warum warst es nicht du?«, schrie er Dad an, und ihm versagte die Stimme. »Warum hat es nicht dich treffen können?«

Und dann rannte er los. Er rannte und rannte und rannte.

Oktober 2003

Der Club pulsierte von Leibern, die zu einem Technobeat zuckten und zappelten. Ich blieb abseits, arbeitete mich am Rand entlang, hielt im Dunkeln nach bekannten Gesichtern Ausschau und hoffte und fürchtete, sie hier zu finden.

Daz holte Getränke. Ich zündete mir eine Zigarette an und lehnte mich mit dem Rücken an die Bar.

Es dauerte nicht lange.

Sie stand auf der Tanzfläche inmitten der Kollegen und tanzte und grölte mit. Sie hielten die Flaschen hoch über ihre Köpfe, während sie einander umkreisten, nahmen gelegentlich einen Schluck durch den Strohhalm und lachten, wann immer sie einander ins Ohr schrien. Von der Decke tropfte Schweiß.

Ich sah ihr eine Weile zu und war froh, im Vorteil zu sein, selbst nicht gesehen zu werden. Sie trug eine enge Jeans und ein Oberteil, das im Nacken verknotet war und den Rücken freiließ. Die bunten Lichter malten Silhouetten auf ihre Haut.

Ein paar Jungs tanzten sie im Dunkeln an. Ich beobachtete, wie einer sie an der nackten Taille berührte, ein anderer sagte etwas, und beide lachten.

Ich kippte den Rest meines Pints in mich hinein und bestellte mir ein neues. Nach der Hälfte des nächsten Pints konnte ich nicht mehr. Ich stieß Daz an, der gerade mit einem Mädchen redete, und war schon drauf und dran, mich zu verabschieden, als sie mich entdeckte.

Sie erstarrte. Für einen Augenblick sah sie aus, als wollte sie sich wegdrehen, doch dann schob sie sich durch die Menge. Ich nahm mein Pint in die Hand.

»Dann lebt er also noch«, sagte sie, als sie vor mir stand. Hände in den Hüften.

»Sorry, dass ich nicht auf deine SMS geantwortet habe«, sagte ich und zog an meiner Zigarette. »War total beschäftigt. Neuer Job und so.«

»Klar, Telemarketing muss echt anstrengend sein.« Sie warf ihr Haar über die Schulter. Sie hatte diesen gefährlichen, betrunkenen Blick.

»Das ist nicht Telemarketing, es ist …«

»Hier, Anna«, hörte ich eine Männerstimme von der Seite und erkannte einen der Typen wieder, die mit ihr getanzt hatten. Er drückte ihr einen Drink in die Hand.

»Schönen Abend noch«, sagte sie und ließ sich zurück ins Getümmel ziehen.

Ich drehte mich zum Tresen um. Im Barspiegel konnte ich sie zwischen den beiden Typen tanzen und lachen und mit den Armen fuchteln sehen. Die Hände der Typen waren im Schatten. Ich hob mein Glas an die Lippen.

Neben mir stand eine ganz hübsche Blondine. Sie schien mit dem Mädchen da zu sein, mit dem Daz sich unterhielt, und sie sah leicht verloren aus, genau wie ich wahrscheinlich. Also fragte ich sie: »Magst du was trinken?«, und sie lächelte.

Ein Bier später hatte ich den Arm um ihre Taille gelegt, und sie fuhr mir mit der Hand über den Schädel. Das machten Frauen häufiger. »Das ist ja ganz weich«, brüllte sie. »Lass es doch mal wachsen!« Ich hatte nicht vorgehabt, sie zu küssen, wehrte mich aber auch nicht, als sie ihre Lippen auf meine presste.

Sekunden später hatte ich Annas Stimme im Ohr. »Du Arschloch! Du egoistisches, egoistisches Arschloch!«

Dann fing die Frau neben mir an zu kreischen und machte einen Satz zurück, und ich spürte, wie eiskalte Flüssigkeit durch mein Hemd bis auf die Haut troff. Ich drehte mich um, und da stand Anna mit einem ausgeleerten Glas in der Hand. Sie starrte mich an. Und weinte.

»Musste das sein?«, schrie sie mich an. »Kannst du mich nicht einfach in Ruhe lassen?«

Ihre Freunde guckten schon, und ihre verwirrten Gesichter verrieten mir, was ich immer geahnt hatte: Sie hatte über uns nie ein Wort verloren.

Ich nahm Anna bei den Schultern und bugsierte sie weg von den neugierigen Blicken in Richtung Ausgang. Erst ließ sie es geschehen, doch sobald es um uns herum ruhiger wurde, begann sie, sich zu wehren.

»Lass mich! Fass mich nicht an!«

»Komm schon, du bist betrunken.«

Sie wand sich aus meinem Griff und wirbelte herum. Ihre Augen glichen glühenden Kohlen.

»Genau wie mein Dad! Weiß immer, was das Beste für mich ist. Du bist gerade mal drei Jahre älter als ich, verdammt!«

»Komm.« Ich versuchte, sie bei der Hand zu nehmen, doch sie schlug meinen Arm weg.

»Geh doch zurück zu deiner Tusse!«

»Na, du warst ja nun auch nicht gerade zurückhaltend.«

Mit abgewinkelten Armen wie ein Verkehrspolizist kam ein Türsteher auf uns zu. »Ihr beruhigt euch sofort, oder ihr macht draußen weiter.«

»Alles okay«, sagte ich und nahm die Hände hoch. »Nur ganz kurz – ihr geht's gleich wieder gut. Ehrenwort.«

»Ach, ist das so? Red nicht über mich, als wär ich nicht da! Und du« – mit dem Finger stocherte sie ihm auf die muskelharte Brust – »nimm das bisschen Macht, das du hast, und steck es dir in ...«

»RAUS!«

Ich griff nach ihrer Hand und zog sie durch die Doppeltür raus in die kalte Oktobernacht. Der Bass wummerte durch die Ziegelwände der alten Mühle. Ein Stück voneinander entfernt blieben wir stehen.

»Scheiße«, sagte sie.

»Hättest du nicht wenigstens zum Türsteher freundlich sein können?«

»Ach, der hat doch nur darauf gewartet, mal durchgreifen zu dürfen.« Sie sah durchs Fenster zurück zu den feiernden Leuten. »Außerdem hat er nur mich rausgeworfen. Du kannst wieder reingehen und an diesem Mädchen rumlutschen.«

»Ich bringe dich nach Hause.«

»Bist du verrückt? Guck mich an! Ich übernachte bei Lisa.«

»Und wo ist die?«

»Mit irgendwem da drin.« Sie stolperte von der Bordsteinkante und setzte sich mitten auf die Straße.

»Ruf sie an«, sagte ich.

»Hört sie sowieso nicht.«

Ich nahm ihr das Handy ab und rief Lisas Nummer auf. Nur der Rufton.

»Wer war das überhaupt?«, fragte sie zitternd und schlang die Arme um ihre Knie.

»Wo ist deine Jacke?«

Sie nickte zum Parkplatz. »In Lisas Wagen.«

Ich setzte mich neben sie, legte ihr den Arm um die Schultern und rieb ihr über den Rücken, um sie zu wärmen. Sie ließ die Stirn auf die Knie sinken und ächzte leise. »Warum dreht sich denn alles? Mach, dass das aufhört.«

»Du musst Wasser trinken.«

»Beantworte meine Frage. Wer war das? Ich hab kein Recht zu fragen, aber …«

»Wer waren die Typen?«

Annas Gesicht war nur Zentimeter von meinem entfernt. Für einen irren Moment meinte ich, sie würde gleich meine Frage beantworten, und mein Herz setzte für einen Schlag aus. Doch dann beugte sie sich zu mir, und zum zweiten Mal an diesem Abend bekam ich einen Kuss. Sie schmeckte nach künstlicher Kirsche.

»Hör auf, Anna«, sagte ich und wich zurück.

»Ich bin voll, ich weiß. Aber ich will das jetzt.«

»Du fragst mich nach irgendeinem Mädel, das mir im Club einen Kuss gibt, dabei bist es ja wohl eher du, die hier was erklären sollte. War das dein Ex oder nicht?«

Sie rückte von mir ab, und ich biss mir auf die Lippe. Sie kämpfte sich hoch und torkelte ein Stück die Straße entlang. Es war noch zu früh für die Taxis, die später hier vorfahren würden, der Taxistand war verwaist.

Ich lief in sicherem Abstand hinter ihr her und blieb stehen, wann immer sie stehen blieb. Ihr nackter Rücken sah im Licht der Straßenlaternen orange aus. An diesen Rücken hatte ich mich geschmiegt, als wir in meinem Bett eingeschlafen waren.

»Du würdest mich nie heiraten, oder?«, sagte sie in die entgegengesetzte Richtung. »Nie.«

Endlich war es raus. Einfach so. Nach einem Sommer

der Andeutungen und des Um-den-heißen-Brei-Redens, des Schulterzuckens und der Themenwechsel waren bloß ein paar Alcopops und der Kuss einer Unbekannten nötig gewesen, damit sie als Erste mit der Sprache herausrückte.

»Nimm's nicht persönlich«, sagte ich.

»Dann ist das also jetzt das Ende«, sagte sie und schlang sich die Arme um den Leib. »Auf meinen hypothetischen zukünftigen Antrag gibst du mir vor einem siffigen Nachtclub in Ashford mal eben so einen Korb. Hast es echt weit gebracht, Anna.«

»Können wir nicht einfach alles auf uns zukommen lassen? Warum ein Etikett auf etwas draufkleben, was doch auch so ganz okay ist?«

Sie drehte sich halb zu mir um. Ihre linke Gesichtshälfte lag im Schatten. Sie hatte einen spöttischen Ausdruck im Gesicht oder einen traurigen.

»Du hast es immer noch nicht verstanden«, sagte sie. Dann schlug sie die Hand vor den Mund. »Nein, das wäre nicht fair. Du bist völlig in Ordnung, so wie du bist. Ich hab's mal wieder nicht gesehen.«

»Was gesehen?«

»Ich seh's immer erst, wenn's schon zu spät ist.«

»Was haben wir nicht verstanden? Was hast du nicht gesehen?« Ich trat von einem Bein aufs andere. Hätte ich mich doch nur nach ihr ausgestreckt und sie berührt.

Sie wandte sich zu mir um. »Warum tu ich mir das immer wieder an? Warum versuch ich immer wieder, es beiden Welten recht zu machen – als könnte ich die Erste überhaupt sein, die den Schritt nach draußen macht und trotzdem alle aus meiner Welt bei sich behalten kann? Warum kann ich nicht jemand sein, der akzeptiert, wo er hingehört?«

Sie fing an zu schwanken, als würde sie jeden Moment in

Ohnmacht fallen. Ich sprang auf sie zu, um sie aufzufangen, aber sie taumelte in Richtung Straßenrand, ließ sich auf ein Mäuerchen fallen und kotzte ins Gras.

Ich hielt ihr die Haare zurück und streichelte ihren Rücken, und sie übergab sich ein zweites Mal.

Anschließend blieb sie leise wimmernd an die Mauer gelehnt stehen. Dann drehte sie sich zu mir um. »Tut mir leid …«

»Was war in deinem Drink?«

Sie blickte an sich hinab. An ihrer Jeans klebte Erbrochenes, und ich riss ein großes Blatt von einem Baum und wischte es weg.

»Es ist mir einfach nur noch egal«, sagte sie ins Leere.

»Du kriegst hier kein Taxi. Jedenfalls nicht so. Komm.« Ich hielt ihr den Arm hin. »Gehen wir zu mir.«

»Was? Nein, das geht nicht.«

»Ich wohne da vorn, schon vergessen? Ich schlafe unten. Du kannst jetzt doch sowieso nirgendwohin.«

Anna hakte sich bei mir unter, und wir machten uns auf den Weg. Als sie auf ihren Absätzen ins Stolpern geriet, legte ich ihr den Arm um die Taille, um sie zu halten.

Bis zu mir nach Hause brauchten wir fast eine Stunde. Immer wieder mussten wir stehen bleiben, weil sie Gleichgewichtsstörungen hatte. Da war eindeutig etwas in ihrem Drink gewesen. Ich hatte sie früher schon betrunken erlebt, aber das hier war anders. Ich musste an diese Typen denken, wie sie gegrinst hatten, und stellte mir vor, wie ich sie beide grün und blau prügelte.

Als wir in meine Straße abbogen, sah ich auf die Uhr. Gerade war Sperrstunde. Ich dachte kurz darüber nach, Lisa anzurufen, aber ich wusste, ich würde damit nur eine Lawine lostreten. Ich überlegte, was Anna wollen würde.

Ich schloss gerade die Haustür auf, als sie neben mir zusammensackte. Die Tür schwang auf und krachte gegen die Wand, während ich versuchte, sie aufzufangen, und ich fluchte in mich hinein, als oben sofort das Licht anging. Als ich sie über die Schwelle trug, tauchte Dad auf und kam die Treppe herunter, und ich machte mich schon auf ein Donnerwetter gefasst.

»Da war was in ihrem Drink. Sie ist gerade ohnmächtig geworden, und ich hab die Tür nicht mehr festhalten können, sonst wäre Anna auf den Boden gekracht. Tut mir leid, dass ich dich geweckt habe. Leg dich wieder schlafen.«

»Komm«, sagte er, streckte die Arme aus, um sie mir abzunehmen, und war vorsichtig, wo er sie berührte. Er nickte in Richtung Wohnzimmer. »Mach die Tür auf.«

Eilig räumte ich das Sofa frei, damit er sie dort hinlegen konnte. »Ich dachte, ich lege sie in mein Bett und schlafe selbst hier, aber ich hab Bammel, dass ihr schlecht wird und sie erstickt.« Ich sah ihn von der Seite an.

Er nickte. »Hol deine Sachen und schlaf hier auf dem Boden. Ich hole ihr eine Decke.«

Als ich wieder herunterkam, nahm ich eine Schüssel aus dem Küchenschrank und stellte sie neben ihr ab. Dad drückte mir ein frisch bezogenes Kissen und eine Decke in die Arme, und ich schob ihr das Kissen unter den Kopf und steckte die Decke um ihre Beine fest.

Dann brachte er ein Glas Wasser. »Bring sie dazu, das zu trinken.«

Ich kniete mich neben sie und berührte sie am Arm. »Anna«, flüsterte ich und stupste sie an. »Anna, aufwachen!«

Sie war komplett weggetreten.

»Behalt sie im Auge«, sagte Dad. »Sie darf nicht auf dem Rücken schlafen.«

Er warf noch einen Blick zurück und verließ das Zimmer.

Ich nahm ihr Handy aus ihrer Handtasche und schrieb Lisa eine SMS: *Mir geht's gut, mach dir keine Sorgen. Ich ruf dich morgen an.*

Dann baute ich mir ein Bett am Boden, sodass ich mit dem Gesicht zu ihr dalag und sie atmen hören konnte.

Als ich tags darauf wach wurde, saß sie im Schneidersitz auf dem Sofa und sah mich an.

»Hey.« Ich setzte mich auf.

Sie hob einen Teebecher in die Höhe. »Dein Dad hat mir Tee gemacht.« Ein verlegenes Lächeln.

Ich rieb mir die Augen. »Oh. Okay.«

»Er ist echt nett.« Sie nahm einen Schluck. Unter ihren Augen waren schwarze Schmierer. Auf dem Kissenbezug ebenfalls.

»Wie fühlst du dich?«

»Grässlich. Ich kann mich an nichts mehr erinnern – außer dass wir in den Club gegangen sind. Sorry, dass du mich so gesehen hast! So weggetreten war ich noch nie.«

»Tust du mir einen Gefallen?«

Sie sah mich an.

»Lass dir nie wieder Drinks von Fremden spendieren, okay? Du bist zu vertrauensselig.«

Sie lächelte. »Ich hab noch nie gut Nein sagen können.«

Ich hätte sie gern berührt.

»Das hätte ich gar nicht von dir gedacht«, sagte ich.

»Tja, also …« Sie stellte den leeren Becher beiseite und nahm ihr Handy zur Hand. »Dein Bild von mir entspricht wohl nicht ganz der Realität.«

Dies war die letzte Nacht, die wir miteinander verbrachten.

Von: ANNA
An: NICK
Betreff:

Diese ganzen E-Mails, die ich schreibe. Ich weiß, dass ich keine davon je abschicke.

November 2003

Ich sah Stella am Ende der Auffahrt erst, als ich die Haustür schon zugemacht hatte. Ich zog meine Jacke gegen den Herbstwind enger und schob mir gerade den zweiten Kopfhörer ins Ohr, als ich ihr übliches *Hallo, mein Lieber* hörte.

Sie trug wie immer Leopardenprint, ihr rotes Haar hatte sie sich unter ein wild gemustertes Kopftuch geschoben, und in der Hand hielt sie eine Gartenschere. Ich schlurfte auf sie zu und wirbelte dabei ein paar gelbe Blätter auf.

»Na, wo soll's hingehen, Sonnenschein?«, fragte sie, schnappte sich ihren Eimer und klemmte ihn zwischen Zaun und Hüfte.

»Daz kommt gleich vorbei.« Ich zog eine Zigarette aus meiner Schachtel, schirmte das Feuerzeug gegen den Wind ab und zündete sie an. »Es ist Samstag, insofern … Du weißt schon.«

»Wie geht's denn dem kleinen Darren? Schlägt er immer noch reihenweise Mädels in die Flucht?«

»Er ist ein Guter. Daz ist einer von den Guten.«

Stirnrunzelnd musterte sie mein Gesicht. »Du siehst müde aus, Nicko.«

Ich zuckte gewohnheitsmäßig mit den Schultern. »Tja, das Leben halt.«

»Für so eine Antwort bist du zu jung.«

Ich blies Rauch in Richtung der welkenden Sonnenblumen. »Ich bin so alt wie nie zuvor.«

Stella zog nur die Augenbrauen hoch und fing an, die Samen in ihren Eimer zu schütteln. An der Mitte eines Blütenkorbs zupfte sie leicht, und dann rasselten sie gegen das dumpfe Blech. »Was ist eigentlich aus deiner Freundin geworden, von der Sal mir erzählt hat? Ist sie der Grund, warum du so müde bist? Zu viel Herzrasen und zu wenig Schlaf?«

Ich hielt nach Daz Ausschau, aber der ließ sich nicht blicken. Laut meiner Armbanduhr war er spät dran. »So was in der Art.«

»Genieß es, Nicko«, sagte sie und nahm sich die nächste Blume vor. »Nichts ist schöner als die erste Liebe. Salvatore meint, sie ist auch eine von den Guten. Er sagt, du bist ihr komplett verfallen.«

Ich rauchte meine Zigarette.

»Und wie's bei mir so läuft, fragst du?«

Ich grinste sie belämmert an. »Sorry, Tante Stel. Also – wie läuft's? Irgendwer in Sicht?«

Sie kicherte. »Gott, nein! In meinem Alter ist die Auswahl dünn. Entweder sind sie geschieden – und das aus gutem Grund –, oder es sind Herumtreiber, oder sie brauchen eine Frau, die ihnen Schnittchen macht, während sie Fußball schauen. Danke, nein.«

»Dann kommst du allein gut klar?«

Sie nahm sich die letzte Blume vor. »Na ja, gegen ein bisschen Spaß hätte ich nichts einzuwenden. Aber sie wollen immer mehr von mir, als ich ihnen geben will. In meinem Alter wird man wählerisch. Da kommen die ersten Zipperlein, da guckst du einem Mann ins Gesicht und fragst dich, ob du den auch ohne Gebiss sehen willst und ob du sein Geschwätz wirklich erträgst, wenn ihr zusammen ins betreute Wohnen kommt.«

»Bis dahin ist's ja noch eine Weile.«

Sie nickte. »Schon. Aber ab fünfundzwanzig vergeht das Leben schneller, wirst schon sehen.«

Ich hörte das vertraute Turbogrollen von Daz' Auspuff, und er kam die Straße entlang auf uns zugerast.

»Genieß die Zeit mit diesem Mädchen, Nick. Behandelt einander gut. Ich beneide dich.« Stella stellte den Eimer ab und ließ die Schere aufschnappen. »Siehst du? Wieder ein Jahr vorbei. Was hab ich gesagt? Die Zeit vergeht immer schneller.«

Daz drückte auf die Hupe. Ich verabschiedete mich von Stella und warf die Kippe auf die Straße. Sobald ich die Beifahrertür des leuchtend blauen Subaru mit den überdimensionierten Heckspoilern zugezogen hatte, winkte Daz und gab Gas – in der Hoffnung, dass meine Tante in ihrem Alter von seinen sechs Sekunden von null auf hundert beeindruckt wäre.

Im Außenspiegel sah ich noch, wie Stella sich vorbeugte, um die Stängel der Sonnenblumen zurückzuschneiden.

Datum: 20.02.2004
Von: ANNA
An: NICK
Betreff:

Hi. Es ist jetzt schon Monate her. Ich dachte eigentlich, du würdest vielleicht schreiben oder anrufen. Hat dir das mit uns gar nichts bedeutet? War ich für dich auch nur ein kleines Zwischenspiel wie damals das Mädchen an der Uni? Ich weiß noch, wie du mir in unserer ersten Nacht in deinem Bett davon erzählt und gelacht hast, als wäre Sex mit einer Wildfremden etwas völlig Alltägliches.
Ich habe heute Brautkleider anprobiert. Jen und Mum sind mit mir in ein Brautmodengeschäft gegangen und haben Baiserberge und wallenden Chiffon von den Ständern gezogen, und ich habe in jedem ausgesehen wie eine Betrügerin. Sie zupften an meinen Haaren und gurrten verzückt, und als sie mich herumdrehten und ich mich im Spiegel sah, habe ich an dich gedacht. Verdammt noch mal.
Ich hab immer wieder überlegt, dir eine Nachricht zu schreiben, aber was hätte das gebracht. Ich weiß nicht, ob ich eine zweite Abfuhr ertragen könnte. Egal, scheint so, als hätte ich einen anderen Weg eingeschlagen.
Dann versuche ich jetzt also, gut zu sein.

Dieser Freund, den sie hatte, als wir uns kennenlernten.

Den hat sie geheiratet.

TEIL DREI

2003

Hinterher ging das Leben normal weiter. So schwer war es nicht. Wir waren ja nur einen Sommer lang zusammen gewesen. Einen Sommer. Das sind vielleicht neunzig von den achttausend Tagen oder so, die ich schon auf der Welt war. Neunzig Tage waren ein Prozent meines Lebens. Neunzig Tage mussten nicht ins Gewicht fallen.

Trotzdem hatte ich immer ein merkwürdiges Ziehen in der Brust, wenn ich Straßen entlangging, die wir zusammen entlanggegangen waren. Oder im Kino und in dem Pub, wo sie meine Freunde kennengelernt hatte. Wenn ich einen roten Ford Fiesta sah, zog ich unwillkürlich die Schultern hoch. Wiedergesehen habe ich sie nie. Erst Jahre später.

Ich habe auch nie über sie gesprochen. Wenn ich Dates mit anderen hatte, fragten sie bei der zweiten oder dritten Verabredung gern mal: »Und, warst du schon mal so richtig verliebt?« Ich zuckte dann nur mit den Schultern und sagte: »Ach, weißt du …«

Weißt du …

Doch manchmal blitzte sie in meinem Kopf auf, wenn ich bei Regen aus dem Fenster sah oder meinen Reisepass fotokopierte oder die Sommerhitze meine Haut wärmte. Besonders dann. Dann kam sie mir aus allen Poren, und ich wischte sie mir von der Oberlippe, oder sie fühlte sich in der Schwüle wie ein Laken an.

Ich versuchte, es zu verstehen. Ich kaufte mir ein Notizbuch und schrieb nieder, was mir in den Sinn kam, hoffte, sie auf die Seiten zu bannen, damit sie mir nicht mehr im Kopf herumspukte. Als Lisa Sal erzählte, dass Anna geheiratet hatte, drehte ich vorübergehend durch und befüllte Seite um Seite mit unlesbarem Mist.

Das mit uns war wie jene Filmrollen, die ich montiert hatte. Ein paar Wochen lang waren sie die Welt für das Publikum, doch irgendwann wurden sie wieder entkoppelt und zurückgeschickt. Sie hatten einen Anfang, eine Mitte und ein Ende. Wie alles andere auch.

Sommer 2013

»New York?«

»Yeah.«

Sal und ich hatten bei mir im Garten den Grill angeworfen und tranken Bier. Immer mal wieder nahm ich die Grillzange und stupste die Burger-Patties auf dem Rost an. Laura hatte mich gebeten, sie im Blick zu behalten. Ich war keiner dieser Typen, die glaubten, dass ihre Barbecue-Expertise sinnbildlich für ihre Überlebensfähigkeit in der Wildnis stand, trotzdem musste ich die Dinger ja nicht gleich anbrennen lassen.

»Wie das? Und wann überhaupt?« Ich hatte jede Menge Fragen.

»Tilly hat einen Job bei einem neuen MTV-Format angeboten bekommen. Als Moderatorin! Eine Riesenchance. Das kann sie nicht ablehnen.«

Ich spürte, wie mir die Sonne den Nacken versengte. »Ja, ja. Aber was ist mit dir?«

»Ich gehe mit.« Sal nahm einen Schluck Bier. »Wir machen das zusammen.«

»Nein, ich meine, was machst du dann dort?«

Er zuckte mit den Schultern. »Ich hab ein bisschen was zur Seite gelegt, ob du's glaubst oder nicht. Und ich kenne dort einen Typen, der meint, er könnte mir für den Anfang einen Job organisieren. Fahrradkurier oder so. Natürlich schwarz.«

Ich zupfte an einem Spießchen. »Ob du mit einem Fahrradkuriergehalt in Manhattan weit kommst?«

Sal seufzte. »Wie gesagt, das ist für den Anfang. Tilly und ich ziehen natürlich zusammen. MTV kümmert sich um alles. Mensch, Nick, denk doch zur Abwechslung mal groß.«

Ich nippte an meinem Bier. »Bin mir bloß nicht sicher, ob du gründlich gedacht hast.«

»Nein, weil du dir nie bei irgendwas sicher bist. Das ist der Unterschied zwischen uns beiden. Ich musste es gar nicht erst gründlich durchdenken. Als Tilly es mir erzählt hat, wusste ich: Das ist es. Wir haben sogar darüber gesprochen, dass wir eines Tages in San Francisco landen.«

Ich konnte ihn nicht ansehen. Ich drehte eins der Spießchen um, das gar nicht hätte umgedreht werden müssen.

»Außerdem«, fuhr er fort, »werde ich als Filialleiter einer Videothek wohl kaum die Welt bewegen. Wann warst du zuletzt in einer Videothek und hast dir einen Film ausgeliehen? In diesem Job sind deine Tage gezählt.«

»Dann werde Chef von was Neuem.«

Sal warf seine Bierflasche in die Tonne, und sie zerschellte am Boden. »Nicht alle wollen im mittleren Management verrotten.«

»Und was ist mit Dad?«, fragte ich.

»Was soll mit ihm sein?«

Diese zehn Wörter fassten unsere Familie ganz treffend zusammen.

Laura kam mit einem Teller voller Burgerbrötchen auf die Terrasse. »Ich hab's gerade gehört.« Sie gab Sal einen Kuss auf die Wange. »Wie aufregend!«

Er lächelte. »Kann ich dir bei irgendwas helfen?«

Laura legte mir den Arm um die Hüfte, und ich küsste

sie auf den Scheitel. »Kannst du noch Ketchup holen? Dann sind wir so weit, glaube ich.«

Sal schob sich an Mathilde vorbei, die sich vor der spiegelnden Terrassentür die Frisur zurechtzupfte. Inzwischen war sie blond. Ich fragte mich, was Sal davon hielt.

»Wo wollt ihr denn wohnen?«, erkundigte sich Laura und schob die Finger in meine Jeanstasche.

Ich machte mich von ihr los, um an die Grillzange zu kommen.

»Was?« Mathilde zwirbelte sich eine Strähne um den Finger. »Oh, mein Produzent hat ein hübsches, süßes Apartment für mich organisiert, *au cœur du* West Village. Und Salvatore sagt, er hat einen Freund, der ein Zimmer untervermietet. Wir sind also beide gut untergebracht.«

Ich hackte mit dem Bratenthermometer auf das Hühnchen ein und sah dann dem Zeiger beim Wandern zu.

»Hmm!« Mathilde beugte sich zu den Blumen an der Mauer. »Dieser Duft … *C'est beau!* Das ist Jasmin, oder?«

Laura nickte und nahm den Ketchup von Sal entgegen. »Als wir hier eingezogen sind, waren wir erst mal im Gartencenter. Der Jasmin war Nicks Entscheidung. Er hat eine Weile gebraucht, um anzuwachsen, aber inzwischen blüht er wirklich schön. Ich persönlich finde den Duft ein bisschen aufdringlich.«

»Was ist denn da passiert?« Sal nickte in Richtung des Zauns, der den Garten von der Straße trennte. Wir drehten uns um. Zwischen den Pfosten klaffte ein Loch, als wäre dort etwas hindurchgekracht.

»Den hat irgendein besoffener Teenager im letzten Sommer eingetreten«, antwortete Laura und drückte Sal einen Teller in die Hand. »Wartet immer noch darauf, dass dein Bruder ihn repariert.« Sie zwinkerte in meine Richtung.

»Fleisch ist fertig.« Ich legte die Zange beiseite.

Wir luden uns Essen auf und setzten uns an den Gartentisch in die Sonne. Sal hatte Mathildes Stuhl in den Schatten an der Wand gerückt, und dort saß sie mit untergeschlagenen Beinen ein Stück von uns anderen entfernt. Sie pickte in ihren Salatblättern und sah sich dann leicht angewidert um.

»Ihr solltet wirklich diesen grässlichen Beton rausreißen und Rasen pflanzen, findet ihr nicht?«

Laura rümpfte die Nase. »Ja, finde ich auch. Aber erst müssen drinnen ein paar Sachen erledigt werden.«

»Na, mit vier Zimmern habt ihr zu zweit ja ordentlich Platz. Womöglich kommt als Nächstes ein Kinderzimmer.« Das Luder lächelte mir allen Ernstes zu.

Laura hüstelte. »Was zu trinken?«

Anschließend räumte ich die leeren Teller ab und befüllte die Spülmaschine. Mir gefiel, wie genau und vorausschauend man sein musste, damit alles hineinpasste. Darauf war ich tatsächlich stolz: auf mein Talent, die Spülmaschine optimal zu befüllen. Dieses Talent ist nicht sehr weit verbreitet. Man muss die Becher in die richtige Ecke packen und sicherstellen, dass der Wasserstrahl überall rankommt. Er kommt natürlich nur, wenn die Klappe zu ist, insofern braucht man ein gutes Vorstellungsvermögen. Laura verdreht immer die Augen, aber es hat etwas Tröstliches, sich den Worst Case auszumalen und alles so zu arrangieren, dass man ihn abwenden kann.

Ich schlug die Klappe zu und hörte im selben Moment einen Aufschrei von draußen. Durch das offene Fenster sah ich Mathilde und Sal. Sie quiekte genüsslich und wand sich, als er sie kitzelte. »Tu bloß nicht so, als würdest du das nicht lieben«, sagte er schmeichlerisch, und sie verpasste ihm einen Klaps, als er die Hände unter ihr Oberteil schob.

Dann setzte sich Mathilde auf seinen Schoß, flüsterte ihm etwas ins Ohr, woraufhin sie einander in die Augen sahen und sich leidenschaftlich küssten. Sal hatte beide Hände um ihr Gesicht gelegt.

»Entschuldigung«, sagte Laura, die an mir vorbeiwollte, um sich aus dem Schrank ein Schwammtuch zu holen. Mit dem Rücken zur Terrasse wischte sie die Anrichte ab. Ich nahm mir noch ein Bier aus dem Kühlschrank.

»War lecker«, sagte ich. »Gut gemacht.«

Stumm klopfte sie die Krümel in die Spüle. Dann wischte sie alles sauber und wrang das Schwammtuch aus, faltete es und legte es über den Wasserhahn. Draußen lachte Mathilde immer noch.

»Gut.« Sie räusperte sich. »Dumm nur, dass die Burger angebrannt waren.«

Laura und ich hatten selten Streit, aber an jenem Abend stritten wir.

»Tut mir leid, wenn ich komisch bin«, sagte ich, während wir uns auszogen. »Das liegt an ihr. Ich wünschte, Sal würde es einsehen.«

Sie lachte. »Was einsehen? Er ist glücklich mit ihr. Wenn ich dich nicht besser kennen würde, könnte man glatt meinen, du wärst in sie verknallt.«

Mir klappte die Kinnlade runter. »Jetzt sei nicht albern!«

»Keine Sorge. Wir wissen alle, in wen du wirklich verknallt bist.« Sie kickte ihre Jeans in die Zimmerecke.

»Ich weiß nicht, wovon du sprichst.«

»Tilly kann unhöflich sein, trotzdem mag ich sie gern. Es ist erfrischend, jemanden vor sich zu haben, der keine

Angst hat zu sagen, was er denkt. Vielleicht hasst du sie ja deshalb so sehr. Sie ist dir zu mutig.«

Laura zog sich die Decke bis unters Kinn, griff zur Nachttischlampe, und es wurde dunkel.

Ich blieb noch eine gute Minute mit verschränkten Armen stehen. Musik von einer Party in der Nachbarschaft wehte durchs offene Schlafzimmerfenster.

Dann nahm ich mein Kissen und ging nach unten.

2010

Die Hochzeit

Zwei Tage nach meinem dreißigsten Geburtstag sah ich Anna wieder.

Bei der Hochzeit eines Sandkastenfreundes. Dan war vom Grundschulkameraden zum Pubkumpel geworden und irgendwann öfter am Fußballplatz aufgetaucht. Er und Sal waren eng befreundet.

Sal und ich fuhren gemeinsam zu seiner Hochzeit. Die Trauung fand in einem beengten, düsteren Zimmer mit verschlissenen roten Stühlen und schweren Vorhängen in einem Nordlondoner Standesamt statt. Ich hatte den ganzen Vormittag damit zugebracht zu entscheiden, welchen Anzug ich anziehen sollte, grau mit roten Akzenten oder dunkelblau. Als Sal vorgefahren war, hatte er einen Blick auf die beiden Optionen geworfen, die ich herausgelegt hatte, und sagte: »Grau.«

Ich sah ihn entgeistert an. »Und das da ist ernsthaft dein Outfit?«

Er sah an sich hinab – Hawaiihemd, blaue Hose, hellrosa Sakko. »Was ist daran verkehrt?«

Ich nahm den blauen Anzug.

Wir waren kaum angekommen, als auch schon der

cremeweiße Wagen vorfuhr. Als wir unsere Plätze einnahmen – inmitten von grauen Anzügen und bunten Hüten –, versuchte ich, den Sirenengesang der Marlboros in meiner Tasche zu überhören.

Dann die ersten Klänge, wir standen auf und drehten uns zum Eingang um, und im selben Moment erblickte ich sie: am anderen Ende des Raums in einem roten Kleid. Sie sah mich direkt an.

Ich weiß nicht mehr, ob sie gelächelt oder gewinkt hat, weil ich instinktiv die Hände in die Taschen schob und der Braut entgegenblickte. An die Zeremonie kann ich mich auch nicht mehr erinnern. Ich war mir nur noch meines Hinterkopfes und des Umstands bewusst, dass ich mich für Dunkelblau entschieden hatte.

Sie gaben einander das Jawort und einen Kuss und defilierten wieder nach draußen, und endlich konnte ich eine rauchen.

Draußen vor der Tür schienen sich die Gäste keinen Millimeter bewegen zu wollen, also nahm ich den Seitenausgang und taumelte raus in den Sommer.

Ich zündete mir eine Zigarette an und nahm einen tiefen Zug. Puh. Schlagartig hatte ich entspannte Schultern. Ich schlenderte ein Stück weiter und stellte mich an die Ecke, wo ich die Hochzeitsgesellschaft auf der Vordertreppe beobachten konnte. Sie war auch dabei, ziemlich weit hinten. Allein.

Nachdem alle ihr Konfetti losgeworden waren, wurde fröhlich gejohlt, und dann zerstreute sich die Gesellschaft. Irgendwer rief: »Anna!«, sie drehte sich lächelnd um und entdeckte mich in den Kulissen. Diesmal sah ich nicht weg. Die Macht einer Zigarette.

Sie kam auf mich zu und verschränkte die Arme. »Hallo, Fremder.«

Ich beugte mich vor, um sie zu umarmen, und hielt die Zigarette von ihr weg. »Hi.«

»Immer noch Selbstmord auf Raten«, sagte sie mit einem freundlichen Lächeln.

Ich nahm einen letzten Zug, warf die Zigarette auf den Boden und bereute es sofort. Was für eine Verschwendung.

»Bist du ihret- oder seinetwegen hier?«, fragte ich und nestelte an meinem Hemdkragen, der über der Krawatte nicht sitzen wollte.

»Jess und ich sind zusammen auf der Kunsthochschule gewesen.« Sie sah zu, wie ich mich abmühte. »Ich bin inzwischen Malerin.«

Ich tat überrascht. »Und was malst du so?«

»Hauptsächlich Bühnenbilder fürs Theater und Filmsets. Aber ich mache auch eigene Sachen. Komm, lass mich.« Mit sicherer Hand strich sie mir den Hemdkragen glatt. »Bist du allein hier?«

Ich nickte in Richtung der anderen. Sal kam schon auf uns zu. »Kannst du dich noch an meinen Bruder erinnern?«

»Natürlich.« Sie lächelte ihm entgegen. »Hallo, Sal.«

Sals Gesichtsausdruck veränderte sich, als er sie wiedererkannte und erst mich und dann erneut sie ansah. »Anna! Da schau her! Immer noch eine Schönheit, wie ich sehe.« Er nahm sie fest in die Arme. »Wie lang ist das jetzt her – fünf Jahre?«

»Sieben«, sagte ich.

»Immer noch der alte Charmeur, Salvatore«, sagte Anna und lachte. Als sie sich über die Haare strich, sah ich einen Ring an ihrem Finger aufblitzen.

»Ich sprenge die Party nur ungern«, sagte Sal und legte

ihr freundschaftlich den Arm um die Schultern, »aber wie es heutzutage Usus unter modernen Brautleuten ist, werden wir in einen roten Doppeldecker verfrachtet und zum Empfang gefahren. Ich weiß ja nicht, was ihr vorhabt, Kinder, aber ich brauche jetzt einen Drink. Sollen wir?«

Sal wirbelte Anna herum und manövrierte sie zum Bus. Sein rosa Sakko baumelte an einem Finger über seiner Schulter. Ich sah zu der Zigarette am Boden – definitiv nicht mehr zu retten – und ging hinter ihnen her. Er flüsterte Anna etwas ins Ohr, und sie lachte. Sal war immer schon derjenige gewesen, der sofort mit Leuten ins Gespräch kam.

Der Empfang fand in der Nähe von Tufnell Park statt: in einem Pub mit groben Holztischen, den sie mit schicken grauen Wänden ins einundzwanzigste Jahrhundert geholt hatten. Das Essen wurde auf rustikalen Holzbrettern serviert, und es gab Pimms aus Marmeladengläsern mit gepunkteten Strohhalmen.

Sal verzog sich sofort zu seinen Fußballkumpels, die sich auf irgendjemandes Smartphone ein Spiel ansahen. Ich besorgte für Anna und mich Getränke und nickte nach draußen in Richtung eines Mäuerchens.

»Wo hast du denn dein Plus-eins gelassen?«, fragte ich.

Sie raffte ihr Kleid und setzte sich vorsichtig auf die Mauer. »So was hier ist nicht sein Ding. Außerdem wusste ich, dass sie ein Gästelimit hatten, und hab direkt gesagt, dass ich allein komme.« Sie strich sich das Kleid über den Beinen glatt. »Du weißt, dass ich geheiratet habe?«

»Ja.« Ich zündete mir die nächste Zigarette an. Dies würde einer jener Tage werden, an denen ich es bereute, keine zweite Schachtel mitgenommen zu haben. »Warum ist das nicht sein Ding?«

Sie nippte an ihrem Wein. »Er hätte hier niemanden gekannt. Manche Menschen sind eben so.«

»Aber allein auf eine Hochzeit zu gehen, ist doch auch kein Spaß.«

»Ich komme allein wunderbar klar.«

Ich lächelte. »Ja, ich weiß.«

Auf der anderen Straßenseite arrangierte der Fotograf die Familien der frisch Vermählten. Die Großeltern der Braut beschwerten sich lautstark darüber, dass im Hintergrund ein Waschsalon zu sehen war.

»Wenn ich noch mal müsste, würde es so sein wie hier«, stellte Anna fest.

»Meckernde Großeltern?«

Sie schmunzelte. »Empfang im Pub, Waschsalon, Lärm. Ist wohl irgendwie echter, nehm ich an.« Ich brachte es nicht übers Herz zu fragen, aber sie sagte es auch so: »Meine war mit allem Drum und Dran. Schlösschen, Limousine, Cousins zweiten Grades … Mit weniger hätte meine Schwiegermutter sich nicht zufriedengegeben.« Sie verzog das Gesicht und leerte ihr Glas.

»Ich kann mir gar nicht vorstellen, dass du dir von einer Schwiegermutter irgendwas sagen lässt.«

Anna zuckte die Achseln. »Wie viele Zwanzigjährige können sich wohl eine Hochzeit leisten? Ich hab nicht bezahlt, also hab ich die Füße stillgehalten. Und alles lief wie am Schnürchen. Die Sonne schien, die Brautjungfern sahen hinreißend aus, alle haben getanzt.«

»Noch einen Wein?«, fragte ich.

Beim Festessen am Abend sollte ich zwischen Sal und einer sympathischen Blondine sitzen. Ich stellte mich vor und beschloss, dass ich in den folgenden zwei Stunden der aufmerksame und interessante Nick sein würde. Kaum dass wir uns gesetzt hatten, hatte ich nachgeguckt, wo Anna saß, und die gesamte Speisenfolge hindurch sah ich kein einziges Mal in ihre Richtung.

Anschließend drängten sich die Raucher draußen auf dem Bürgersteig. Allmählich wirkte der Alkohol. Sal schwang Reden und kommentierte lautstark irgendein Tor. Ich holte mir von der Bar was zu trinken und ging auf die Treppe im rückwärtigen Teil zu. Die Tische waren schon zur Seite geschoben worden, und die Band spielte den ersten tanzbaren Song. Ich ging die Treppe nach oben und sah auf einem Balkon Anna stehen, die beobachtete, was unten vor sich ging.

Ich räusperte mich. Sie drehte sich um.

»Ist hier noch Platz für eine Person?«, fragte ich und trat nach draußen. Ich drückte ihr kurz mein Glas in die Hand, damit ich mein Feuerzeug mit der Hand abschirmen und mir eine Zigarette anzünden konnte.

»Dass sich jemand neben einem Nichtraucher eine Zigarette anzündet, hat schon was unglaublich Arrogantes.«

Ich blies den Rauch in die Luft. »Tut mir leid.«

»Das glaubst du doch selbst nicht«, entgegnete sie und gab mir mein Glas zurück.

»Ich wollte, ich könnte aufhören.«

»Aber du bist süchtig.«

»Ich bin süchtig, ja.«

Sie sah über die Balkonbrüstung. Das Licht der untergehenden Sonne beschien ihre Haut. »Du bist doch ein Mann, oder?«

Ich hustete. »Davon gehe ich aus.«

»Dann erklär mir etwas.« Sie zeigte auf die Leute unter dem Balkon. »Ihre Gespräche drehen sich nur darum, dass irgendwer jemand anderen vom Platz gefegt hat, dass einer sich hat fallen lassen, dass jemand haushoch überlegen ist und so weiter und so fort. Warum reden Männer so?«

Ich lehnte mich neben ihr gegen die Brüstung. Unsere Arme berührten sich. »Warum sie über Fußball reden? Ist wohl ein gemeinsames Thema. Eine gemeinsame Sprache. Es bedeutet nur, dass wir uns über nichts unterhalten müssen, was wirklich von Belang wäre.«

»Aber das ist komplett absurd – keiner von denen hat selbst je ein Tor geschossen, das war irgendein Millionär. Warum redet man mit einer solchen Leidenschaft von einem Ergebnis, an dem man selbst gar nicht beteiligt war?«

Mein Blick blieb an Sal hängen, der sich lebhaft unterhielt und einen Joint herumreichte. »Ich nenne es gesunden Wetteifer. Was ist dir lieber: dass sie über Fußball reden oder sich die Köpfe einschlagen?«

Sie stupste mich mit dem Ellbogen an. »Hör auf, fadenscheinige Erklärungen zu liefern.«

Einen Augenblick lang herrschte Stille, und ich wollte, ich hätte mich zu ihr beugen und sie küssen dürfen. Stattdessen fragte ich: »Also, wie geht's dir wirklich?«

Sie zupfte an einem Seidenband, das um die Balkonbrüstung geschlungen war, und lächelte schief. »Wie viel Zeit hast du?«

»Fährst du heute noch nach Hause?«

Sie antwortete nicht sofort, sondern zwirbelte das Band zwischen den Fingern. »Ich übernachte im Hotel. Du?«

»Ich auch.«

Irgendwer unten rief etwas, dann ertönte betrunkener Fußballgesang.

»Da gibt's etwas, was ich dir seit Jahren sagen will.« Sie drehte sich zu mir um. Der Träger ihres Kleides war ihr von der Schulter gerutscht, und sie stand so nah vor mir, dass ich ihren Duft riechen konnte. Jasmin.

»Damals, als ich bei dir übernachtet hab … Du hast mich nie zu etwas gedrängt. Das fand ich gut.«

Ich hob die Hand und legte ihr den Träger wieder auf die Schulter. Sieben Jahre, seit ich zuletzt ihre Haut berührt hatte. »Gern geschehen.«

Sie sah mich unverwandt an. Und unerbittlich. Ich kann es nur so nennen.

»An dem Tag am See …«, sagte sie.

Im selben Moment verkündete eine laute Stimme den Brautwalzer.

Die Leute strömten nach drinnen. Wir warteten noch, bis die Türen unten zuschlugen, das Johlen verebbte, und verließen dann erst den Balkon.

Nachdem Braut und Bräutigam ihren einstudierten Tanz aufgeführt hatten, ging die Feier richtig los. Ich stand neben Sal und beobachtete Anna beim Tanzen. Sie riss die Arme in die Luft und wirbelte herum. Ich konnte den Blick gar nicht von ihr abwenden.

Später ging ich auf eine geschnorrte Zigarette nach draußen. Abgesehen von einer einsamen Straßenlaterne und dem warmen Schein, der durch die Fenster fiel, war es dunkel. Ich sah durchs Fenster, wie Anna in ihrem roten Kleid den Raum durchquerte und das Brautpaar umarmte. Dann kam sie raus und blieb neben mir stehen.

»Hör mal«, sagte sie und berührte mich flüchtig am Arm. »Wenn du morgen nichts vorhast … sollen wir uns treffen? Es sei denn, du hast andere Pläne. Ich hab bloß das Gefühl, dass wir noch ein bisschen was zu bereden haben.«

»Wo?«

Sie lächelte. »Hast du immer noch dieselbe Nummer?

Dann ruf ich dich an.« Sie winkte ein vorbeifahrendes Taxi heran, stieg ein, und weg war sie.

Anna schlug elf Uhr vor dem Sir John Soane's Museum an den Lincoln's Inn Fields vor. Es regnete.

Um Viertel vor elf stieg ich aus meinem Taxi und rannte die Stufen hoch. Es war die Art von Regen, die einen binnen Sekunden bis auf die Knochen durchnässt, und ich war froh, dass ich im Hotel einen Regenschirm hatte kriegen können.

Natürlich verspätete sie sich.

Ich sah, wie sie vom Park her über den Platz auf das Museum zurannte. Der Regen war noch stärker geworden, und sie hielt sich eine dünne Jacke über den Kopf. Ihr weißes Sommerkleid war komplett durchnässt. Ich joggte ihr mit meinem Schirm entgegen. Als sie mich entdeckte, lächelte sie.

»Schnell, schnell!«, rief sie, und wir sprangen durch die Pfützen.

Im Eingangsbereich blieben wir lachend stehen. Ihr nasses Kleid klebte auf ihrer Haut.

»Verdammter Mist«, sagte sie, »wie seh ich denn aus!«

Als sie ein paar Minuten später von der Toilette zurückkam, umrahmte das lange schwarze Haar ihr Gesicht, und mir schoss durch den Kopf: *So sieht sie nass aus. So sieht sie aus.* Ein Bild von früher blitzte in meiner Erinnerung auf: sie im Bikini in einem See. Im nächsten Moment krampfte sich mir der Magen zusammen. Ich wusste nicht mehr, was ich sagen sollte, also stand ich einfach nur mit den Händen in den Hosentaschen da und starrte zu Boden.

Das Museum war früher die Residenz irgendeines Architekten gewesen, der sich drei benachbarte Häuser gekauft und sie zusammengelegt hatte. Dass wir uns ausgerechnet hier trafen, war typisch Anna. Sie hatte in jedem Raum etwas zu erzählen, wies mich auf Einzelheiten hin und genoss es sichtlich, dass ich hier auf vollkommen fremdem Terrain war.

Schweigend schlenderten wir durch die Säle. Eine schmale Wendeltreppe führte nach unten, und meine Hand folgte ihrer über das Treppengeländer. Dann betraten wir die Krypta – eine Abfolge dunkler, höhlenartiger Kammern, die mit uralten Artefakten, Gefäßen, Friesen und einem Sarkophag mit ägyptischen Schriftzeichen vollgestellt waren. Durch die Glaskuppel zwei Stockwerke höher fiel Licht und tauchte alles in einen Kirchenschimmer.

»Ich versuche gerade zu verstehen, warum du mich in eine Grabkammer gebracht hast.« Ich ließ den Blick über den bäderartigen Aufbau schweifen.

»Ich hab meinen ersten Kuss auf einem Friedhof gekriegt.« Sie lächelte. »Ich war zwölf und er fünfzehn. Wir haben an einem Grabstein gelehnt, und dann hat er mich geküsst und mir die Hand unters Oberteil geschoben.«

»Und hast du ihm eine verpasst?«

Sie sah mich mit funkelnden Augen an. »Ich hab's genossen.«

Als wir gingen, schien die Sonne. Der Regen hatte sich verzogen, die Wolken waren zwar nach wie vor schwarz, aber die einzelnen Sonnenstrahlen, die sich hindurchstahlen, verliehen allem etwas Surreales. Seit jenem Tag ist mir immer wieder aufgefallen, dass das Licht nach dem Regen oft überirdisch ist.

Ein Stück voneinander entfernt blieben wir auf dem Trottoir stehen. Ihr Kleid war inzwischen fast trocken und klebte nicht mehr an ihren Beinen, trotzdem musste ich hinstarren.

»So«, sagte sie – und ich bin mir sicher, dass sie mich beim Gaffen ertappt hatte –, »wo soll's hingehen?«

Wir spazierten zum Hoxton Square.

Ein paar Grüppchen hatten sich kreuz und quer auf dem Gras niedergelassen und aßen in der Sonne ihren Lunch. Die Wolken mussten an dem Platz vorbeigezogen sein, weil der Rasen unter unseren Füßen knackig und trocken war.

Wir gingen zu einer einsamen Stelle unter einem Laubbaum. Ich legte meine Jacke als Picknickdecke aus, auch wenn man nie weiß, wozu so etwas führen kann. Sie setzte sich, ich schraubte die Flasche Rosé auf, die ich an der Ecke gekauft hatte, und hielt sie ihr hin, damit sie den ersten Schluck nehmen konnte. Ich machte irgendeinen dummen Spruch darüber, dass wir wie Teenager seien, sie lachte, und ich spürte, wie mir die Röte in den Nacken stieg.

»Also, was ist aus Nick, dem Schriftsteller, geworden?«

Ich nahm einen großen Schluck. »Dem ist das Gleiche passiert wie allen anderen auch.«

»Und das wäre?«

»Dem ist das Leben in die Quere gekommen.«

Sie schnalzte missbilligend mit der Zunge. »Armselige Ausrede.«

Ich nickte. »Klar, und auf dich trifft das ja auch nicht zu. Das Mädchen, das Malerin werden wollte, ist wirklich Malerin geworden.«

Anna verlagerte ihr Gewicht, und ihre flache Hand im Gras berührte um ein Haar meinen Ellbogen. »Manchmal schreibe ich auch.«

Ich zog die Augenbrauen hoch, obwohl nichts mehr an ihr mich überraschte. »Und ich nehme an, du bist gut. Ohne Zweifel viel besser, als ich es je wäre.«

»Dann schreibst du gar nicht mehr?«

»Sal hat mir vor Jahren mal ein Blankobuch zum Geburtstag geschenkt, und manchmal schreibe ich ein paar Seiten, wenn ich in Stimmung bin. Irgendwas sagt mir, dass heute Abend ein paar dazukommen.«

Ich streifte ihre Finger, als ich ihr die Flasche reichte.

»Ich finde ja, Schreiben hat etwas Kathartisches«, sagte sie. »Es fühlt sich ganz ähnlich an wie Malen, nur dass man einen Stift in der Hand hält statt eines Pinsels, und es ist einfacher, Wörter wieder zu streichen, als Farbe von der Leinwand zu kratzen.«

»Ich würde meine Sachen gern laut sprechen. Mit Lyrik könnte das klappen.«

»Wir sollten tauschen«, sagte sie und hob die Flasche an die Lippen. »Schick mir ein paar Wörter, und ich schick dir meine.«

Ich schüttelte den Kopf. »Ausgeschlossen.«

Sie zupfte am Gras. »Ich hab gestern gesehen, wie du geguckt hast.«

Ich nahm einen weiteren Schluck, sagte aber nichts.

»Auf meine Hand.«

Ich zuckte die Achseln.

»Manche Leute legen ihn nie wieder ab.« Sie spielte kurz mit dem Ring an ihrem Finger. »Von der Sekunde, da er dir übergestreift wird, bleibt er ein Leben lang dran. Reiner Aberglaube. Ist das nicht komisch?«

»Und du?«

Sie nahm mir die Flasche ab. Ihr Lächeln wirkte traurig. »Es ist bloß ein Ring.«

Wir reichten den Wein hin und her und sahen zu, wie der Park sich mit schwitzenden Leibern in Anzügen und Essen in Plastikfolien füllte. In der Luft hing heiteres Freitagmittagsgelächter, und ich entdeckte ein Pärchen, das eng umschlungen im Gras lag. Wie die beiden nur Augen füreinander hatten, rief Erinnerungen wach.

»Nach diesem Sommer war alles durcheinander«, sagte ich und drehte die leere Flasche kopfüber. »Ich dachte immer, du würdest zu mir zurückkommen. Gib ihr ein bisschen Zeit, dachte ich, und sie kommt wieder.« Ich sah sie an. »Aber du bist nicht wiedergekommen.«

Sie zuckte leicht mit den Schultern. »Ich hab immer gesagt, dass ich heiraten muss. Und du hast deutlich gemacht, dass du nicht heiraten willst.«

»Wir waren uns damals bei allem so sicher. Wie unser Leben aussehen sollte.«

»Waren wir uns sicher?« Sie blickte mir forschend in die Augen. Ich senkte den Blick. »In meiner Erinnerung war das anders.«

»Ich hätte dich daran hindern müssen zu gehen. Ich dachte, ich würde das Richtige tun, indem ich dich in dieses Leben zurückkehren ließ.«

»Dann war ich doch mehr als nur ein Sommerflirt?« Sie schloss für einen Moment die Augen. »Das hast du mir nie gesagt.«

»Du aber auch nicht.«

Sie biss sich auf die Lippe. »So was will man als Frau gern hören.«

»So viel zum Feminismus.«

»Hör auf«, sagte sie kopfschüttelnd, setzte sich auf und umschlang ihre Knie. »Drei Monate vor meiner Hochzeit saß ich in unserem neuen Auto vor unserem neuen Haus und hab zu ihm gesagt, dass ich nicht mehr arbeiten will. Ich wollte Hausfrau werden und Kinder kriegen, einfach nur Ehefrau und Mutter sein, genau wie die Frauen aus meiner Jugend.«

»Das hast du wirklich gewollt?«

»Natürlich nicht. Aber ich hatte das Gefühl, wenn ich mich schon in dieses Leben einfügte, dann ganz.« Sie hielt kurz inne. »Du als Mann kannst das nicht verstehen – wie es ist, in meinem Glauben aufzuwachsen. Von Frauen wird erwartet, dass sie Demut zeigen und sich unterordnen – und beides wurde mir nicht gerade in die Wiege gelegt. Ich habe mein Lebtag damit verbracht, mich gegen diese Denkweise zu wehren, und gleichzeitig verzweifelt gehofft, dass ich mich irgendwie anpassen würde.«

»Warum hast du ihn geheiratet?« Fantastisch, was Wein bewirken kann.

Sie stützte ihr Kinn auf die Knie und hielt ihre Beine umschlungen. »Ich war in die Vorstellung von ihm als Ehemann verliebt. Er war mein Weg zurück in die Gemeinschaft.«

»Was würde er sagen, wenn er wüsste, dass wir hier gerade zusammensitzen?«

Sie sah auf ihre Hände hinab. »Ist einen alten Freund zu treffen denn verkehrt? Na ja … Hängt wohl von dem Freund ab.«

Wir lauschten eine Weile Gesprächsfetzen, die der Wind zu uns herübertrug. Die Sonne brannte auf uns herab. Wie sie es in jedem Sommer gemacht hatte und auch weiterhin machen würde. Wie sich das anfühlt, verändert sich nie.

»Damals, als ich mit dir zu diesen Vorträgen gegangen bin«, sagte ich, »weißt du noch?«

Die Röte stieg ihr in die Wangen. »Natürlich.«

»Als ich in der Mittagspause nach draußen kam, standst du mit deinen Freunden zusammen und sahst aus, als wäre ich dir unendlich peinlich. Als hättest du dir gewünscht, ich wäre nicht da.«

Sie blinzelte. »Wie das für dich ausgesehen haben muss … Da versuche ich, so zu tun, als wäre ich dieses gute, fromme Mädchen … obwohl du mich doch ganz anders kanntest als diese Leute. Ich hatte einfach riesige Angst, du könntest mich verurteilen.«

Mein Magen krampfte sich zusammen. »Oh.«

Nicht ich war ihr peinlich gewesen. Sondern sie hatte sich geschämt. Es war gar nicht um mich gegangen. Ich verdammter Idiot!

»Und da war noch etwas«, fuhr sie fort. »Du weißt, dass ich mich nie mit dir hätte anfreunden dürfen? Trotzdem hab ich dieses Gefühl geliebt, dass ich mit dir die Deckung runterlassen und jemand sein konnte, der einfach *fühlte*, statt immer jeden Impuls auf Sündhaftigkeit abzuklopfen. Und dann zog ich sonntags mein bestes Kleid an und ging in den Königreichssaal und war diejenige, die ich *für sie* sein sollte. An dem Tag, als du mit zur Versammlung kamst, sind diese zwei Welten erstmals aufeinandergetroffen, und auf einmal wusste ich nicht mehr, welche Anna die echte war.«

Dass sie sich in meiner Gegenwart in jenem Sommer sicher gefühlt hatte, bescherte mir eine Gewissheit, die ich nicht hätte erklären können. Durch meine zugeschnürte Kehle brachte ich kein Wort heraus, also streckte ich mich stattdessen nach ihr aus und berührte sie am Handgelenk. Ich musste einfach.

Sie ließ es einen Moment lang geschehen. Dann zog sie behutsam die Hand zurück.

»Je älter ich werde …«, sagte sie. »Sollte ich die Antworten inzwischen nicht kennen?«

»Du meinst den Sinn des Lebens und so? Ich dachte, da wüsstest du längst Bescheid.«

Sie stieß einen merkwürdigen Laut aus, halb Lachen, halb Schluchzen. »Dachte ich auch.« Und dann: »Es ist, wie in einem Raum zu stehen, in dem jeder tanzt. Sie bewegen sich und klatschen und stampfen auf, nur dass du die Musik nicht hören kannst. Du *willst* sie hören. Gott, du willst es wirklich! Sie strahlen übers ganze Gesicht und haben den Spaß ihres Lebens und klopfen dir auf die Schulter, als würdest du es doch auch fühlen. Und in diesem Moment hast du die Wahl. Du kannst anfangen zu tanzen und hoffen, dass du es irgendwann auch hörst, weil die Musik ja vielleicht wirklich spielt und du selbst das Problem bist. Oder du beschließt, mit der Schauspielerei aufzuhören, schüttelst den Kopf und sagst: *Ich höre es nicht.*« Ihre Augen schimmerten feucht, und sie drehte sich weg. »Ich hab immer mitgetanzt. Obwohl ich es nicht gehört habe.«

»Vielleicht musst du dein eigenes Lied singen.«

Kopfschüttelnd rieb sie sich über die Wangen.

Später, als ich im Bett liege und den Tag Revue passieren lasse, erinnere ich mich daran, wie sie in ihrem weißen Sommerkleid aussah, mit untergeschlagenen Beinen und dem vom Regen leicht krausen Haar. Ich erinnere mich daran, wie ich sie hätte küssen und verstehen und ihre Haut hätte spüren wollen.

Aber es gibt Regeln für verheiratete Leute, und ich versuche, mich daran zu halten. Trotzdem gehe ich in meinem Bett im Kopf jedes Detail durch und weiß, dass auch sie gespürt haben muss, was ich spürte. Dem ist ein Ring nicht gewachsen.

Als ich in der darauffolgenden Woche mit Sal im Pub verabredet war, holte er die erste Runde und fragte dann: »Und, was ist da am nächsten Tag mit Anna gewesen?«

»Wir haben geredet und uns dann verabschiedet.«

»Also alles beim Alten?«

»Was soll ich denn machen?«, gab ich zurück. »Sie ist verheiratet. Ich bin nicht derjenige, der da was sagen darf.«

Sal schüttelte den Kopf. »Denkst du auch mal darüber nach, wie das für sie sein muss? In dieser merkwürdigen Religion aufzuwachsen, in der sie keine eigene Meinung haben darf? In der sie irgendwas befolgen muss, was nicht ihrer Überzeugung entspricht? Vielleicht wartet sie nur darauf, dass du was sagst. Was wäre denn das Schlimmste, was passieren könnte? Du reichst ihr die Hand, und sie schlägt sie aus. Und wenn schon? Ist es das Risiko nicht wert?«

Ich nahm einen Schluck. »Ich hätte es fast getan.«

Sal schlug die Hände vors Gesicht. »Verdammte Scheiße«, sagte er. »Du weißt aber schon, dass wir eines Tages alle an deinem Grab stehen und dann der Priester sagt: Hier ruht Nicolas Mendoza. Er hätte es fast getan.«

*

Zitronen-Meringekuchen / *von Anna*

Mit acht Jahren sitze ich am Tisch meiner Mutter
Ich nehme eine Gabel und drücke sie
in die Mitte
Durch das Weiß Gelb Braun der selbst gemachten Süße
Guck mal, wie es wackelt
Angeblich geht Liebe durch den Magen
Ich liebe meine Mutter
Aber das weiß sie nicht
Über solche Sachen reden wir nicht

Das gebackene Gewölk ist süß auf meiner Zunge
Wie das damals mit vierzehn
Als mir nur nach Küssen und Briefchen war
Oder nach demjenigen, der mir seine Liebe schwor, ehe ich auch nur in den Spiegel sah
Und dann du
Die Säure deiner Haut
Du, der du mich verhöhntest, bis mein Herz blutete
Oder der, den ich beim Flaschendrehen wollte
Der mich an den Haaren zog und auf
Heißen Asphalt spuckte
Euer scharfer Geruch, den ich als Beweis betrachtete
Ihr wart alle gelb
Schautet vermeintlich zu den Sternen auf
Wart Männer

Und jetzt zu dem Guten
Sicher wie die Farbe von Keks in Tee
Hieltest den Rest fest und zusammen
Schau, wie verlässlich das hier ist, wie sicher
Hier muss ich ein bisschen fester drücken
Aber die Gabel dringt immer noch hindurch
Guck mal, wie der Wachtturm bröselt
Wie die welligen Kanten reißen
Und da ist der Eine, der ein Mundvoll von allem ist
Der Eine, den ich nicht sofort herausschmecke
Ich schließe die Augen und halte ihn für einen Moment
Auf meiner Zunge fest
Ganz hinten im Rachen
Und er gleitet bis hinab in meinen Bauch
Fantastisch

Warum hat meine Mutter mir nicht beigebracht, Kuchen ordentlich zu essen?
Keine Krümel auf den Lippen zu haben
Auf dem Boden, den andere kehren müssen
Oder dass das Ende immer süß sein sollte
Ich weiß
Sie war zu beschäftigt mit ihrem Kuchen
Iss ihn jetzt, sei ein gutes Mädchen
Mach keinen Wirbel
Mach kein Tamtam

Angeblich geht Liebe durch den Magen
Ich kann nicht kochen

aber vielleicht ist noch Zeit

Die Hochzeit, Fortsetzung

»Warum versuchst du's nicht?«, fragte eine Stimme zu meiner Linken. Die Blondine, die beim Abendessen neben mir gesessen hatte.

»Entschuldigung?« Ich wandte den Blick von der Tanzfläche ab und sah sie an. Laura hieß sie, und sie wirkte sympathisch. Vernünftig. Wir hatten uns während des Essens angenehm unterhalten. Sie machte irgendwas in der Verwaltung irgendeiner Uni.

»Die Frau, die du die ganze Zeit anstarrst, die in dem roten Kleid.«

Ich lachte verlegen. »Hab ich gestarrt?« Reflexhaft sah ich zurück zur Tanzfläche und sofort wieder weg. »Sie ist eine alte Freundin.« Ich hob mein Bier an die Lippen. »Hab sie schon eine Weile nicht mehr gesehen, das ist alles.«

»Sie ist hübsch«, sagte sie. »Was hält dich ab?«

Ich schüttelte den Kopf. »Sie ist verheiratet.«

Laura zog eine Augenbraue hoch. »Du warst wohl nicht schnell genug.«

Ich nahm einen Schluck von meinem warmen Bier. »So was in der Art.«

Wir schwiegen einen Moment. Um uns herum lief die Musik weiter, die Tänzer stampften übers Parkett, rissen die Arme zu einer Art Highland-Beschwörungstanz in die Luft, und ich stand neben dieser Frau, die mir halb fremd und halb frisch bekannt war.

»Das war eine schöne Hochzeit«, sagte ich.

»Ja«, sagte sie, und ich ahnte, dass sie nach wie vor Anna betrachtete. »Ich liebe Hochzeiten.«

Ich antwortete nicht. Ich sah überallhin, nur nicht zur Tanzfläche.

Sal kam von draußen herein und winkte uns auf dem Weg zur Bar zu. Mit einer Geste erkundigte er sich, ob er uns etwas mitbringen sollte, und ich reckte den Zeigefinger. *Moment noch.*

»Willst du was trinken?«, fragte ich.

Lächelnd hob Laura ihr leeres Glas. »Weißwein wäre nett, danke.«

Ich winkte Sal und zeigte auf Lauras Weinglas. *Weiß*, gab ich ihm zu verstehen, und er reckte den Daumen.

Während ich auf unsere Getränke wartete, nickte ich zum Takt der Musik. Sie hatte die Arme verschränkt, tippte sich aber mit einem Finger auf den Ellbogen, und gelegentlich sah sie auf ihre Füße.

»Wo in London arbeitest du?«, fragte sie nach einer Weile. Sie hatte die hohlen Hände um den Mund gehalten, damit ich sie hören konnte.

»In der Nähe von St. Pancras«, erwiderte ich.

»Sag noch mal, was genau du machst.«

»Rentenberechnungen in der Kommunalverwaltung«, antwortete ich. »Und es ist wirklich so langweilig, wie es klingt.«

Laura schüttelte den Kopf. »Guter, sicherer Job. Ist heutzutage nicht unwichtig.«

»Tatsächlich bin ich gerade befördert worden. Leite jetzt die Abteilung.«

Sie sah mich beeindruckt an. Von den anderen, denen ich es erzählt hatte, war außer einem vagen Zucken der Brauen kaum was gekommen. Dad hatte geschnaubt, und als ich es Anna gegenüber erwähnt hatte, hatte sie die Stirn gerunzelt und gefragt, seit wann ich denn bitte einen Verwaltungsjob angestrebt hätte.

Sal kam mit den Getränken und drückte Laura ein Glas Rotwein in die Hand.

»*Weiß* hab ich gesagt.«

Er sah mich verwirrt an. »Ich dachte, du hättest *Wein* gesagt.« Achselzuckend gab er mir mein Pint. »Ich war noch nie gut im Lippenlesen.«

»Ist Rot auch okay?«, fragte ich Laura verunsichert. »Komm, ich hole dir einen anderen.«

»Ach was.« Sie hielt das Glas von mir weg. »Ist okay, wirklich. Danke«, sagte sie an Sal gewandt.

Er lächelte flüchtig und drehte sich zur Tanzfläche um. »Anna gibt heute alles.« Er stupste mich an.

Ich wusste gar nicht, wo ich hinsehen sollte. »Ja.«

»Ich leiste ihr Gesellschaft«, sagte Sal und tätschelte mir den Hinterkopf. »Keine Sorge, ich verlieb mich nicht auch noch in sie.« Er nahm sein Pint mit und tippte Anna auf die Schulter. Sie wirbelte herum, umarmte ihn, und dann tanzten sie Pulp-Fiction-mäßig zur Musik.

Laura musterte mich von der Seite. Nach einem Moment wandte sie sich wieder der Tanzfläche zu und nahm einen Schluck Wein. Dann starrte sie in ihr Glas, ehe sie es auf dem nächstbesten Tisch abstellte.

Als Anna im selben Moment aufsah, trafen sich unsere Blicke. Sie spähte kurz zu Laura, zu mir, wieder zu ihr.

»Und magst du deinen Job an der Uni?«, wandte ich mich an Laura.

Sie ließ die Arme locker hängen. Strich sich über den Hinterkopf. »Ja, der Job ist super.« Dann schlug sie die Hand vor den Mund.

»Wirklich?«

»Sorry«, erwiderte sie lachend. »Keine Ahnung, warum ich das gerade gesagt habe. Der Job ist öde. Ich glaub, ich hab zu viel Wein getrunken.«

Ich lächelte sie an. Sie war sichtlich nervös. Aus irgendeinem Grund machte es das für mich leichter. Ich nahm einen großen Schluck. »Hübsches Kleid übrigens.« Was nur halb stimmte. Es war hübsch, nichts störte daran, aber es war auch nichts Besonderes. Ich hatte einfach etwas sagen wollen, was ihr ein gutes Gefühl gab.

Sie zupfte am Saum. Auf dem Kleid waren winzige gelbe Blüten aufgedruckt. »Findest du? Ich hatte etliche bestellt und mochte keins davon so richtig. Das hier war das geringste Übel.«

Ich wusste nicht, was ich darauf erwidern sollte, also nickte ich nur und kippte das restliche Bier in mich hinein.

Der Song war zu Ende, die Tänzer applaudierten sich selbst und stützten sich beieinander ab, um zu Atem zu kommen. Blicke von Anna in unsere Richtung.

»Hör mal«, sagte ich an Lauras Ohr, »ich mach so etwas normalerweise nicht, aber kann ich vielleicht deine Nummer haben? Du weißt schon … falls ich mal in Canterbury bin und eine der Unis besichtigen will.«

Sie starrte lächelnd auf ihre Hände hinab. »Das wäre nett«, sagte sie, und ich zückte mein Handy.

1991

Nicht lange nach Frankreich fingen Sal und ich an, im selben Bett zu schlafen.

Die Albträume kamen in grausamer Regelmäßigkeit, und oft wachte ich mitten in der Nacht von seinen Schreien auf und sah ihn an der Bettkante sitzen und sich auf die Arme schlagen. Erst wusste ich nicht, was ich machen sollte. Er konnte gar nicht mehr aufhören, also schlich ich zu Dads Zimmer und klopfte an, aber es kam keine Antwort. Wann immer ich die Tür aufschob, war das Bett leer, und ich nahm an, dass er unten vor dem Fernseher saß. Ich ging zurück ins Bett, und irgendwann beruhigte Sal sich wieder.

Als ich das nächste Mal aufwachte, stand Sal auf dem Fensterbrett und presste Gesicht und Hände gegen die Scheibe. Der Mondschatten an der Wand sah aus, als versuchte ein eingesperrter Junge verzweifelt auszubrechen. Er reagierte nicht, als ich versuchte, ihn zu überreden, wieder runterzusteigen, und ich wusste, dass man einen Schlafwandler besser nicht weckte. Auch diesmal war Dads Bett leer, und als ich nach unten ging, war dort weder der Fernseher noch Licht an.

Trotzdem war er am nächsten Morgen zum Frühstück da. Saß am Tisch, stützte den Kopf auf, starrte in seinen Becher mit schwarzem Kaffee. Wir nahmen uns Cornflakes, und ich holte Milch aus dem Kühlschrank, und als er mit einem tiefen Seufzer aufstand, konnte ich Whisky in seinem Atem riechen.

Es war leichter, unsere Betten einfach zusammenzuschieben. Indem ich ihn in die Arme nahm und fest an mich drückte, konnte ich verhindern, dass er um sich schlug. In guten Nächten, wenn nichts passierte, stellte ich mir vor, dass meine Gegenwart ihn beruhigte, dass dieses warme Gebilde meines Körpers die Albträume von ihm weghielt.

Stella war beeindruckt, als sie erfuhr, dass ich die Waschmaschine bedienen konnte. »Gibt's ja gar nicht«, sagte sie und sah mich lange an, als versuchte sie, mich zu durchschauen. »Von deinem Vater hast du das jedenfalls nicht, Nicko.«

Ich zuckte nur mit den Schultern. Von Sals neuer Angewohnheit, ins Bett zu pinkeln, erzählte ich ihr nicht. Sie hätte ohnehin nichts tun können.

2018

Etwa einen Monat nachdem es passiert war, kam Dad nach New York, um Sal zu besuchen.

Ganz zu Anfang hatte er am Telefon noch gesagt: »Hat doch keinen Wert, jetzt schon zu kommen. Du bist doch da, und die Ärzte kümmern sich um ihn. Besser, ich komme erst, wenn er entlassen wird. Ich kann mir sowieso nur einen Flug leisten.«

Ich widersprach ihm nicht. Sal wusste Dad ohnehin lieber auf der anderen Seite des Atlantiks.

Ein paar Tage nachdem wir das Krankenhaus verlassen hatten, landete sein Flieger. Er nahm den Flughafenbus zur Penn Station – so war es am günstigsten – und ging dann die restlichen zwölf, vierzehn Blocks zu Fuß. Ich bat Gloria, bei Sal zu bleiben, während ich ihm entgegenlief, um sein Gepäck hochzutragen.

»Was ist mit dem Aufzug?«, war das Erste, was er sagte.

»Kaputt. Es ist schon jemand bestellt.«

Er verdrehte die Augen und lief vor mir her die Treppe hoch, blieb auf jedem Stockwerk stehen und drehte sich um, als erwartete er, dass ich ihm signalisierte, wir wären da.

Sobald ich die Tür aufmachte, marschierte er rein und rümpfte die Nase angesichts der stickigen Luft. Er ging ein Zimmer nach dem anderen ab und sah sich wortlos um. Ich stellte ihm Gloria vor, die gerade loswollte, und er sprach laut und langsam mit ihr, als wäre sie die Touristin. Im Wohnzimmer lag Sal auf dem Krankenbett mit dem Gesicht zum Fenster. Im Fernsehen lief eine Talkshow.

Dad ging auf Sal zu. »Hallo, Sohn«, sagte er und tätschelte leicht Sals Bein.

Langsam wandte Sal den Kopf, sah erst Dad an, dann dessen Hand auf seinem toten Bein. »Hi«, sagte er nach einer Weile.

Dad nahm die Hand auf den Rücken. »Und, wie geht's?«, fragte er in dieser ernsten, aufmerksamen Stimmlage, die wir von ihm kannten.

»Interessante Frage an jemanden, der seine Beine nicht mehr bewegen kann.«

Dad hüstelte. »Na ja, das weiß ich, ja, aber … Wie fühlst du dich?«

»Ich weiß es nicht, Dad. Ich brauche womöglich bis an mein Lebensende Hilfe beim Scheißen. Wie würdest du dich da fühlen?«

Dad kniff die Lippen zusammen.

»Kaffee?«, fragte ich.

»Gute Idee.« Dad ließ sich in den Lesesessel fallen und nahm sich den Sportteil der Zeitung vom Tisch. »Du weißt ja noch – schwarz, einen Zucker.«

Ich legte einen neuen Filter in die Kaffeemaschine und maß Kaffeepulver ab, befüllte die Kanne, goss das Wasser in den Tank und stellte die Maschine an. Das Gurgeln hallte durch die stille Wohnung.

»Arsenal spielt gerade richtig mies«, hörte ich Dad sagen.

Keine Antwort.

»Wenger muss weg«, fuhr er fort. »Wenn sie jetzt seinen Vertrag verlängern, können sie genauso gut mit der Axt auf die Pokalvitrine losgehen und sie zu Feuerholz machen.«

Er schnalzte missbilligend mit der Zunge und schüttelte die Zeitung.

»Hier«, sagte ich und drückte ihm seinen Kaffee in die Hand.

»Und wo ist Tilly gerade?« Schlürfend nahm er einen Schluck.

»Tilly«, sagte ich und sah zu Sal.

»Sollte die nicht hier sein und ihn pflegen?«

Ich räusperte mich. »Sie ist nicht mehr da.«

»Ach. Schade«, sagte er und vertiefte sich wieder in die Zeitung. »War ein hübsches Ding.«

Sal atmete durch die Zähne aus und fing an, im Bett hin und her zu rutschen. Der Metallrahmen knarzte, und ich nahm mir vor, in den Baumarkt zu fahren und irgendwas zu besorgen, um das zu beheben. Irgendein Spray. Was immer dieses Geräusch erstickte, das einen in einem fort daran erinnerte, dass er die Füße nicht mehr auf den Boden setzen konnte.

Ich ging zu ihm und schob sein Kissen zurecht. »Komm«, sagte ich und versuchte, es glatt zu streichen, »lass mich … Willst du auf der Seite liegen? Ist das Kissen bequem so?«

Er stopfte das Kissen zurück in die ursprüngliche Position. »Lass das!«

»Sag einfach, was ich machen soll, und ich versuch's.«

»Ich versuche, mich verdammt noch mal allein umzudrehen, wenn das erlaubt wäre.« Sal stützte den Oberkörper auf die Ellbogen und verzog das Gesicht, als er sich zum Fenster herumwälzte. Dann boxte er sich das Kissen in der Nackenbeuge zurecht.

Ich starrte die Kontur seines Rückens an. Nach einer Weile nahm ich die Fernbedienung und schaltete um.

»Sehr gut.« Dad warf die Zeitung beiseite und winkte

nach der Fernbedienung. »Mal sehen, ob irgendwo ein Spiel läuft.«

Am Abend schlug ich ein Asia-Take-away vor. Ich hatte mir überlegt, dass Dad jenes uramerikanische Erlebnis, aus einer dieser Origamischachteln zu essen, Spaß machen könnte, doch als der Lieferdienst kam, kippte er alles auf einen Teller und ließ die Essstäbchen links liegen. »Besteck?«, fragte er und klemmte sich die Serviette in den Hemdkragen.

Wir sahen uns eine alte Seinfeld-Folge an. Niemand lachte. Sal stocherte bloß in seinem Essen.

Draußen ging langsam der Samstagabend los. In regelmäßigen Abständen heulten Sirenen auf, und auf der Straße krakeelten die Leute. Als wir mit dem Essen fertig waren, stellte Dad sein Tablett auf den Couchtisch, trat ans Fenster – immer noch mit der Serviette im Kragen – und verschränkte die Hände hinter dem Rücken.

»New York zählt zu den tollsten Städten der Welt«, sagte er kopfschüttelnd. »Ich wünschte mir nur, ich würde es besser kennen.«

Ich sah zu Sal und verdrehte die Augen, doch er reagierte nicht.

»Weißt du was, Junge«, sagte Dad und drehte sich halb zu Sal um, »du solltest dir eine Amerikanerin anlachen. Greencard – das wäre die Eintrittskarte.« Dann huschte sein Blick zu Sals Beinen. »Na ja, ist jetzt wohl zu spät.«

»Ja«, sagte Sal und starrte an die Wand. »Wer würde mich so noch wollen?«

»Bestimmt schicken sie dich wieder nach Hause. Jetzt, wo sie wissen, dass es dich gibt.«

Sal sah zu mir. »Wie bitte?«

»Wir wissen noch gar nichts.« Ich schüttelte den Kopf und hob die Hand, um Sal zu beruhigen. »Sie wissen noch nicht, wie es weitergeht. Die Ärzte, meine ich.«

Dad schnaubte. »Er hat keine Versicherung, war's nicht so? Glaubst du ernsthaft, sie lassen ihn hierbleiben, wenn er dem Gesundheitssystem Hunderttausende schuldet? Und wer bezahlt die Vollzeitpflege? Er ist ein Pflegefall. Hör auf, ihm falsche Hoffnungen zu machen. Natürlich muss er nach Hause.«

Stille machte sich breit und wurde nur gelegentlich durch das Hupen eines Autos und das darauffolgende Schimpfen eines Fußgängers gestört. Housemusic dröhnte aus einem Wagen. Sal starrte seine Füße an. Sein Blick war verschleiert, während er sich seine potenzielle Zukunft auszumalen schien. Es stimmte, dass ich bereits ein kleines Vermögen ausgegeben hatte, um die Wohnung so einzurichten, dass er fortan darin leben konnte, und was ich noch auf dem Konto hatte, wäre hinsichtlich der Krankenhausrechnung ein Tropfen auf den heißen Stein.

»Und sie lassen dich nie wieder rein«, sagte Dad mit gerunzelter Stirn. »Nicht nachdem du dein Visum um Jahre überzogen hast. Das hier ist verbrannte Erde, Kumpel.«

Ich schlug die Hände vors Gesicht.

Time and date: 11/16/2013 12:51
From: Sal ‹renegade.sal.m@gmail.com›
To: Nick ‹nick.mendoza.2003@gmail.com›
Subject: Re: ‹no subject›
Status: Sent

Hey. Also, wir sind angekommen. Sorry, dass es ein bisschen gedauert hat. Es waren verrückte Wochen, bis alles organisiert war. Tillys Wohnung liegt in Richtung West Village und ist zum Niederknien: an einer Straße mit massenhaft Bäumen, es fühlt sich wirklich fast dörflich an. Allerdings ist sie ziemlich klein, insofern wissen wir nicht, ob ich dort wirklich mit einziehen sollte. Derzeit wohne ich bei meinem Kumpel Ben. Erinnerst du dich, vom Fußball? Er meint, ich kann bleiben, solange ich will. Könnte sein, dass er nächstes Jahr beruflich nach Chicago umziehen muss, und dann soll ich hierbleiben, während er weg ist. Er hat drei Zimmer und eine Putzfrau, der Typ ist schwerreich, dem ist es egal, wie viel Miete ich zahlen kann. Trotzdem ist nächste Woche meine erste Schicht, gut, dass ich endlich was dazuverdiene. Mir geht's gut, mach dir keine Gedanken, ich muss nur sehen, wie schnell das mit dem Sparen klappt. Es ist schon komisch, an einem Ort zu sein, den du aus allen möglichen Filmen kennst. Alles sieht bekannt aus und trotzdem anders. Ich hab schon einiges besichtigt, weil Tills ziemlich oft auf Veranstaltungen ist, sie muss networken und meint, da würde ich mich bloß langweilen. Also bin ich stundenlang ziellos herumgewandert. Diese Stadt riecht wie keine andere, und die Leute wirken die meiste Zeit fast wütend, aber ich nehme an, sie haben es bloß eilig. Ich mag es hier. Man ist hier irgendwie freier, oder vielleicht fühlt es sich auch

nur so an, weil ich bloß Ashford gewöhnt bin. Neulich war ich mit Tilly auf einer Party in irgendeinem schicken Penthouse, und es war herrlich, diesen Leuten beim Reden zuzugucken. Sie nennen sich alle Darling und tun so, als wären sie beste Freunde, aber dann hauchen sie Küsschen in die Luft und berühren sich dabei nicht mal. Und jeder behauptet, er hat was Großes in der Mache. Ich frage mich, ob das bei irgendwem stimmt. Okay, muss los. Bin heute Abend unterwegs, weil Tilly Probe hat. Peace!
PS: Hier um die Ecke gibt es Baked Beans – die echten. Ich komm garantiert nicht zurück.

Herbst 2010

Bei unserem ersten Date gingen Laura und ich zu einem Mexikaner in Canterbury.

Ich hatte ihr ein paar Monate nach der Hochzeit geschrieben und sie gefragt, ob sie am folgenden Freitag mit mir etwas trinken gehen wolle. *Wie wär's mit Essen?*, hatte sie postwendend geantwortet. *In der Nähe meiner Arbeit ist ein großartiges Lokal. – Klar*, tippte ich. Zehn Minuten später hatte ich die Reservierungsbestätigung auf dem Handy.

Als ich das Restaurant betrat, war sie schon da und hatte die Hände vor sich auf dem Tisch verschränkt, als stünde ihr ein Vorstellungsgespräch bevor. Sobald sie mich entdeckte, nahm sie einen Schluck von ihrem Cocktail und strich sich das Haar glatt.

»Hi.«

Sie lachte nervös, als ich mich vorbeugte, um sie auf die Wange zu küssen. Sie trug ein tief ausgeschnittenes Kleid, und ich fand, dass sie besser aussah als in meiner Erinnerung.

»Sie haben gefragt, ob ich schon mal was trinken will, während ich warte.« Sie zeigte auf ihr Glas. »Ich wollte die Margarita probieren, und dann haben sie mir diesen Eimer hingestellt. Ich fürchte, das Zeug könnte mir vielleicht schon zu Kopf gestiegen sein.« Sie lachte wieder.

»Gute Idee«, sagte ich und nickte der Bedienung zu. »Dann sind wir beide beschwipst. Ich nehm auch eine.«

Zwei Eimer später fragte sie mich, was ich an Weihnachten vorhätte.

»Das Übliche«, antwortete ich und zupfte an der Ecke meiner Serviette. »Trockener Truthahn bei meinem Dad, der Ofen ist schuld, nach und nach sind wir alle so betrunken, dass wir auf dem Sofa einschlafen. Wenn sich mein Bruder bis zum frühen Abend immer noch im selben Zimmer befindet wie der Rest von uns, war es ein erfolgreiches Weihnachtsfest.«

»Warum kümmert sich nicht deine Mum um den Truthahn?«

»Weil sie gestorben ist.«

Laura verschluckte sich an ihrem Drink und drehte sich zur Wand, um nicht über den Tisch zu spucken. »Oh Gott«, sagte sie mit hochrotem Kopf. »Oh Gott, das tut mir so leid!«

Mein Versuch, scherzhaft rüberzubringen, was sonst jedes Mal der Unterhaltungskiller war, war eindeutig gescheitert. Also tat ich, was ich in solchen Situationen immer tat: Ich verzog das Gesicht, als wäre es ein langweiliges, nebensächliches Lebensdetail gewesen, das einem nun wirklich nicht aufs Gemüt schlagen müsste. »Muss dir nicht leidtun. Ist schon lange her.«

Betretene Stille machte sich breit. Hoffentlich kam unser Essen bald. »Und du?«, fragte ich. »Was für Weihnachtshighlights stehen dir bevor?«

Laura hustete hinter vorgehaltener Hand. Sie war immer noch peinlich berührt. »Ach, weißt du … das Übliche.« Erneut schoss ihr das Blut in die Wangen. »Ich meine … ›Üblich‹ ist vielleicht nicht das richtige Wort. Ich nehme an, das definiert jeder anders.«

»Hey«, sagte ich und griff zu meinem Glas. »Fangen wir noch mal von vorn an. Tut mir leid, wenn ich dich in eine unangenehme Lage gebracht habe. Irgendwie ruiniert diese Info jedes Gespräch.«

Wir stießen miteinander an, und sie lächelte mir dankbar zu.

»Meine Geschwister und ich fahren normalerweise an Heiligabend zu meinen Eltern, und wenn wir am Weihnachtsmorgen alle wach sind, machen wir die erste Runde Geschenke auf. Meine Schwestern und ich machen French Toast zum Frühstück – das ist bei uns Fosters so Tradition –, dann gibt's Geschenkerunde zwei und anschließend einen Cocktail, bevor wir uns ans Abendessen machen.«

»Wie viele Geschwister hast du denn?«

»Wir sind zu fünft – drei Mädchen, zwei Jungs. Ich bin die in der Mitte.«

Ich sah sie erstaunt an. »Muss ziemlich voll bei euch sein, wenn ihr alle zu Hause übernachtet.«

»Ach, Mum und Dad sind nie umgezogen. Unsere Kinderzimmer sind immer noch voll eingerichtet. Meine Großeltern wohnen im Anbau. Dad hat die alten Stallungen umbauen lassen, als die beiden zu alt wurden, um allein klarzukommen. Insofern – ja, es ist ziemlich voll.«

Während sie weitererzählte, verwandelte sich das Heim ihrer Familie in meinem Kopf von einem Vorstadtreihenhaus in einen altehrwürdigen Landsitz mit einem riesigen Weihnachtsbaum im Eingangsbereich, Steinplatten am Boden und üppig befüllten Strümpfen über dem Kamin. Bestimmt spielten sie abends zusammen Brettspiele. Das war also ihre Normalität.

»Ich liebe Weihnachten«, fuhr sie fort. »Da werde ich immer sofort zum Kind, und die Traditionen von einer Generation zur nächsten weiterzugeben ist toll. Meine Mum meint, dieses Jahr will sie mir das Rezept für den

Kuchen zeigen, den sie immer für den ersten Feiertag macht. Grandma hat es ihr beigebracht, und die hat es von ihrer Mutter. Es wird traditionell an die Töchter weitergegeben.«

Unser Essen kam, und wir wechselten das Thema.

Ich hatte schon die ganze Woche überlegt, wie ich es mit der Rechnung machen sollte. Deshalb hätte ich Drinks vorgeschlagen, sagte ich zu Daz, da sei es leichter – da hole man einfach abwechselnd die nächste Runde. »Wir leben im einundzwanzigsten Jahrhundert«, erwiderte Daz, »und sie hat doch einen Job, oder? Dann teilt euch die Rechnung. Du willst dir ja wohl keine Frau anlachen, die nur auf Frauenrechte pocht, wenn es ihr in den Kram passt.« – »Schon«, sagte ich, »aber vielleicht steht sie auf diese Gentlemannummer, insofern sollte ich es zumindest anbieten.«

Das Kopfzerbrechen hätte ich mir sparen können. Die Bedienung stellte ein Tellerchen in die Mitte, und ich war der Einzige, der sich danach ausstreckte.

»Danke sehr«, sagte sie, als wir aufstanden und unsere Jacken anzogen. »Das war sehr lecker. Hab ich nicht gesagt, das Essen ist gut?«

»Hier«, sagte ich, »vergiss nicht deinen …«

Wir beugten uns gleichzeitig über den Tisch, um nach ihrem Handschuh zu greifen, und als sich unsere Hände berührten, zog sie den Arm zurück, als hätte sie einen Stromschlag bekommen. Ich hatte nichts gespürt.

»Danke«, sagte sie, nahm den Handschuh entgegen und versuchte zu überspielen, dass sie erneut errötet war.

Vor dem Lokal blieben wir ein gutes Stück voneinander entfernt stehen und sahen dem vorüberfahrenden Verkehr nach.

»Wir könnten noch auf einen Absacker gehen, wenn du

magst«, schlug ich vor, weil ich nicht wusste, was ich sonst sagen sollte.

»Besser nicht.« Sie blickte auf meine Schuhe hinab. »Die Margaritas setzen mir ganz schön zu.« Dann beugte sie sich vor und gab mir einen Kuss auf den Mund, und ich nahm sie in die Arme, um sie zu stabilisieren und zu verhindern, dass sie vor ein vorbeifahrendes Auto taumelte.

Sie machte einen Schritt zurück und lachte erneut hinter vorgehaltener Hand. »Gott, das war echt mutig von mir! Sorry!«

»Schon in Ordnung.«

»Wirklich?« Sie schmunzelte in sich hinein. »Das war ein echt schöner Abend. Melde dich, wenn du ihn wiederholen willst.«

»Klar.« Ich zog meine Zigaretten hervor. »Warum nicht.«

»Cool.« Laura lächelte mich betrunken-glücklich an. Dann schwang sie ihre Tasche über die Schulter und wandte sich in Richtung Bahnhof. »Das war wirklich ein *sehr* schöner Abend, Nick Mendoza«, rief sie mir über die Schulter zu. Es klang irgendwie einstudiert, als hätte sie es zuvor im Spiegel geübt.

Ich sah ihr nach.

2003

Ich kann mich an Schnipsel einer längst vergessenen Unterhaltung erinnern. Keine Ahnung, wie wir auf das Thema kamen oder wo es später hinführte. Das hier ist alles, was ich noch weiß.

Wir sitzen auf der Rückbank ihres Autos, es regnet, und die Fenster sind beschlagen. Ich streichle ihr Bein, das sie quer über meinen Schoß gelegt hat.

»Glaubst du, wir könnten Freunde sein?«, frage ich. »Du weißt schon, später. Reden wir da noch miteinander?«

Anna sieht mich lange an. Schüttelt ganz leicht den Kopf.

»Zu viele Funken«, sagt sie. »Ich will nicht Feuer fangen.«

Mitte der Achtziger

Es war Sonntagmorgen, und Dad war unterwegs zu einem Turnier. Er war in aller Herrgottsfrühe los, hatte sich das Lunchpaket, das Mum bereitgelegt hatte, unter den Arm geklemmt, die Eisen in den Kofferraum geworfen und war in Richtung Hertfordshire gefahren. Wir hatten Mum für uns.

Das waren immer tolle Tage. Wir durften die Schlafanzüge anbehalten und uns einen Film nach dem anderen ansehen, sogar wenn draußen die Sonne schien. Dad erlaubte uns bei gutem Wetter nie, den Fernseher anzuschalten. Er scheuchte uns nach draußen, ließ sich selbst in den Sessel fallen und zappte zur nächstbesten Sendung.

Mum ließ uns tun und machen, was immer wir wollten. In der Rückschau wirkt es fast, als hätte sie da schon gewusst, dass sie keine Zeit zu verschwenden hatte.

Wir sahen vom Fenster aus zu, wie Dad losfuhr, dann hörten wir Schritte auf der Treppe und rannten zurück ins Bett. Mum schob die Tür auf und steckte den Kopf herein. »Kommt«, flüsterte sie, wir sprangen auf und stürmten über den Flur in ihr Zimmer, wo wir zu ihr ins Bett krabbelten.

Auch das war verboten. Wenn wir Albträume hatten, kam Mum in unser Zimmer und quetschte sich neben einen von uns. Wenn wir richtig heulten, blieb sie die ganze Nacht.

»Wir bauen ein Zelt«, rief Sal und wühlte sich unter die Decken.

»Da brauchst du mehr Kissen.« Mum reichte sie ihm vom anderen Ende des Betts. Er türmte sie auf, und wir krochen dazwischen.

Sal saß im Schneidersitz in der Mitte und sah sich um. Er hatte ein vages Lächeln auf den Lippen, faltete die Hände im Schoß und wackelte mit den Daumen. »Hier ist gerade genug Platz für drei«, stellte er fest. »Sonst passt keiner mehr rein. Sonst darf keiner mehr rein.«

»Was ist mit Dad?«, fragte Mum.

Sal schüttelte den Kopf.

»Wo soll er denn hin?«, fragte ich Mum.

Sie sah sich in dem beengten Raum um. Unser Atem hatte die Luft aufgeheizt. »Vielleicht könnten wir ihn ein bisschen schrumpfen. Nur dass hier bald auch für euch nicht mehr genug Platz ist. Ihr wachst und wachst, und dann seid ihr ebenfalls erwachsene Männer.«

»Und du?«, hakte ich nach. »Wächst du auch noch?«

Lächelnd schüttelte sie den Kopf. »Sobald man erwachsen ist, hört man auf zu wachsen, ganz im Gegenteil, da fängt man an zu schrumpfen.«

Sal fand das totkomisch. Er zog sich das Oberteil seines Dinosaurier-Schlafanzugs hoch und fing an, auf seinen Bauch zu trommeln.

»Aber wisst ihr, was nie schrumpft?«, fragte sie und sah uns beide an. »Euer Herz.«

Ich zog die Nase kraus. »Wirklich?«

»Das ist die Wahrheit.«

»Dann wird der Rest von uns immer kleiner, und nur das Herz bleibt gleich groß?« Sal legte sich beide Hände an den Hals und stieß ein verrücktes Lachen aus. »Das ist doch Quatsch!«

»Aber jetzt erzähle ich euch ein Geheimnis«, flüsterte

Mum, und wir beugten uns vor, sodass unsere Köpfe sich fast berührten. »Wenn ihr richtig, richtig glücklich sein wollt, muss euer Herz sogar weiter wachsen.«

Sal kitzelte mich an den Füßen.

»Hör auf«, sagte ich und schlug seine Hand weg.

»Habt ihr gehört, Jungs?«

»Ja«, sagte Sal und fing an zu kreischen, als ich ihn nun auch kitzelte. »Das Herz wächst weiter. Haben wir gehört.«

»Aber man muss es auch zulassen.«

Datum: 16.09.2014 10:47

Von: Anna ‹anna.not.hannah03@gmail.com›

An: Nick ‹nick.mendoza.2003@gmail.com›

Betreff: Re: Hey

Status: Gesendet

Hey!

Echt schön, von dir zu hören. Ist schon viel zu lange her. Wie läuft's? Konnte deiner Mail nicht viel entnehmen ... Wie immer kein Mann vieler Worte. Schreibst du noch? Hoffentlich!

Bei mir ist alles gut, danke der Nachfrage. Viel Arbeit (was natürlich toll ist), aber das heißt auch, dass ich weniger Zeit für Bücher und fürs Aus-dem-Fenster-Gucken habe, und du weißt, wie sehr ich das brauche. Irgendeines Tages finde ich vielleicht meine Work-Life-Balance.

Aber es gibt Neuigkeiten. Ich bin schwanger. Irgendwas in mir drin findet, ich muss es dir sagen. Also, ja ... *schwanger.* Fühlt sich aber gut an. Womöglich erstmals seit Langem, dass ich eine Art inneren Frieden und Ruhe empfinde. Die Dinge liegen ausnahmsweise nicht mehr in meiner Hand, und das ist irgendwie befreiend.

Hoffe, bei dir ist alles in Ordnung. Ist Sal wirklich nach New York gegangen? Ich vermisse die Stadt sehr, will unbedingt eines Tages dorthin zurück.

Hoffe, es geht dir gut.

A. X

Ich liebte sie. Gott, wie sehr ich sie liebte.

So. Jetzt ist es raus.

2012

»Sag noch mal, warum wir das hier machen«, forderte ich sie auf, als wir die Straße in Richtung Innenstadt überquerten. Es ging ein scharfer Wind, und ich stellte den Kragen hoch.

»Das hier war deine Idee, schon vergessen? Dass wir uns ›mit Tilly ein bisschen Mühe geben‹. Gib mir nicht die Schuld, wenn der Abend fürchterlich wird.« Laura deutete einen Schlag in meine Rippen an.

»Ich hatte darauf gesetzt, dass Sal Nein sagt.«

Laura lachte und hakte sich bei mir unter. Ich sah zu ihr rüber. Sie hatte etwas mit ihren Haaren gemacht. Dann spürte sie meinen Blick und lächelte mich an.

»Du siehst richtig toll aus«, sagte ich.

Sie drückte meinen Arm. »Ich wollte nur, du hättest mich dein Hemd bügeln lassen.«

Um Punkt halb neun standen wir vor dem Restaurant, in dem wir reserviert hatten. Von Sal und Mathilde keine Spur. Die Bedienung führte uns an unseren Tisch, genau in die Mitte des Lokals. Die Tische an den Wänden waren alle besetzt, und leises Gemurmel lag über der dezenten Hintergrund-Jazzmusik.

»Sitzen wir uns gegenüber oder nebeneinander?«, wollte Laura wissen.

»Komm«, sagte ich und zog zwei Stühle an derselben Seite des Tisches hervor. Dann half ich ihr aus der Jacke.

Ich hatte eins der neueren, kleineren und familiengeführten Restaurants in der Stadt ausgesucht, das mit *modern dining* warb. Es war möglicherweise das Schickste, was Ashford an *cuisine* zu bieten hatte, aber mir war klar gewesen, dass Mathilde nur gelacht und die Augen verdreht hätte, wenn ich eine Kette vorgeschlagen hätte.

»Sollen wir schon was zu trinken bestellen?«, fragte Laura nach ein paar Minuten und nahm die Speisekarte zur Hand.

Meine Antwort war über der lautstarken Ankunft von Mathilde nicht mehr zu hören. Sie tauchte Hand in Hand mit Sal, den sie förmlich hinter sich herschleifte, im Eingang auf. Er musste gerade einen Witz gemacht haben, und was immer es gewesen war: Mathilde fand es zum Brüllen komisch, was untypisch für sie war. Das komplette Restaurant verstummte und drehte sich nach ihr um. Sie warf ihr Haar nach hinten.

Dann streifte sie ihre Lederjacke ab und ließ sich auf den Stuhl mir gegenüber fallen. Sie lachte immer noch vor sich hin und machte keine Anstalten, Hallo zu sagen, sondern begnügte sich mit einem Zucken der Brauen. Sal beugte sich vor und küsste Laura auf die Wange.

»Ist warm hier drin, oder?« Mathilde fächerte sich mit der Speisekarte Luft zu.

»Wirklich? Ich find's eher kühl.« Ich drehte mich zu Laura um. »Was meinst du? Warm oder kühl?«

Laura sah mich von der Seite an. *Hör auf.* »Ist doch nicht weiter wichtig.«

»Du siehst heute anders aus, Laura«, stellte Mathilde fest, stützte das Kinn auf und kniff die Augen zusammen. »Deine Haare. Die sind sonst immer glatt.«

Laura zupfte sich verlegen die welligen Spitzen. »Ich bin mir nicht sicher, ob mir das steht.«

»Du siehst toll aus«, sagte ich und stupste ihren Ellbogen mit meinem an.

»Nicht so richtig.« Sie schob ihr Messer einen Fingerbreit zur Seite. »Ich dachte, ich probier's mal aus, aber …« Sie verzog das Gesicht.

Ich hoffte, die anderen würden mir zustimmen, aber Sal war zu sehr damit beschäftigt, Mathilde anzuhimmeln, die wiederum damit beschäftigt war, sich anhimmeln zu lassen.

Wir bestellten Getränke und machten Small Talk. Sals Job stehe vor dem Aus, erzählte er; niemand ziehe mehr los und leihe sich Filme aus, wenn man sie stattdessen einfach downloaden könne. Er würde früher oder später den Absprung wagen, wusste aber noch nicht, in welche Richtung es gehen sollte. Die meiste Zeit jedoch sprach er von Mathilde und ihrem Job bei MTV. Anscheinend fand irgendeine große Nummer, dass sie Potenzial als Moderatorin hatte, und sie wollten einen Testlauf für ein neues Format mit ihr machen. Mathilde lehnte sich zurück und überließ Sal das Reden. Dass es nur so aus ihm heraussprudelte, war ihr kein bisschen unangenehm, und sie machte auch keine Anstalten, seine Komplimente herunterzuspielen. Sie war sich ihres Wertes bewusst.

»Was habt ihr am Wochenende vor?«, fragte Laura in die erste Gesprächspause hinein. »Schon Pläne?«

Sal und Mathilde wechselten einen Blick.

»Wir haben uns überreden lassen, das Baby von Tillys Freundin zu besichtigen. Ihr erratet nie, wie die Kleine heißt«, sagte Sal und lehnte sich theatralisch vor. »Moon.«

»Ist nicht dein Ernst«, sagte Laura. Sie schlug die Hand vor den Mund. »Um Himmels willen …«

»Was hältst du davon?«, wollte ich von Mathilde wissen.

Sie zog theatralisch eine Augenbraue hoch. »Der Name bleibt auf jeden Fall im Gedächtnis.«

»Ich hab mal gelesen, dass einem Neuseeländer untersagt wurde, seine Zwillinge Benson und Hedges zu nennen.«

»*Oui!*«, rief Mathilde. »Das hab ich auch gesehen! Und jemand anders wollte seine Tochter ›Talula Does the Hula From Hawaii‹ nennen.«

Ich schüttelte den Kopf. »Das hast du dir doch gerade ausgedacht.«

»Das ist die Wahrheit!« Sie schlug mit der flachen Hand auf den Tisch und lachte. »Ich wollte es auch erst nicht glauben.«

Eine Sekunde lang lächelten wir einander an, und Laura drückte mein Knie. Aus dem Augenwinkel sah ich, wie Sal uns erleichtert zusah.

»Tilly«, sagte ich und hielt ihr die Weinkarte hin, »das klingt jetzt wahrscheinlich extrem stereotyp, aber könntest du uns einen Wein empfehlen?«

Schmunzelnd nahm sie die Karte entgegen. »Erst müssen wir wissen, was wir dazu essen. Ich nehme den Lachs. Laura?«

»Die Pasta mit Hühnchen«, antwortete sie. Dafür hatte sie sich entschieden, kaum dass wir uns hingesetzt hatten.

Mathilde gab der Bedienung ein Zeichen und bestellte eine Flasche Pinot noir, der sowohl zu Hühnchen als auch zu Fisch passte, wie sie behauptete. Ich warf Sal, der sich für das Steak entschieden hatte, einen vielsagenden Blick zu, doch er schüttelte nur den Kopf und entgegnete, er trinke sowieso lieber Bier.

Im nächsten Moment stand Mathilde auf und warf sich die Lederjacke über. »Ich gehe eine rauchen.«

»Ich komme mit«, sagte ich.

Ich hielt ihr die Tür auf, und wir traten hinaus. Vom Dönerladen gegenüber fiel grelles Licht auf die Straße, und aus der Ferne war das Dröhnen von der Umgehungsstraße zu hören. Mathilde setzte sich auf ein Fensterbrett vor den tiefen Restaurantfenstern und drehte sich eine Zigarette. Ich wandte mich ab, um mein Feuerzeug gegen den Wind abzuschirmen, und sah durchs Fenster, wie Sal und Laura sich unterhielten.

»Kalt heute«, sagte ich und schob die Schultern nach hinten.

Mathilde leckte über das Zigarettenpapierchen, klebte es fest, schob sich die Zigarette zwischen die Lippen und wühlte in ihrer Tasche nach einem Feuerzeug. Ich hatte meins immer noch in der Hand und klickte es für sie an. Sie starrte es einen Moment lang an, dann beugte sie sich vor, um die Flamme zu küssen. Ihre Bluse fiel leicht auseinander und entblößte einen guten Zentimeter schwarzer Spitze. Ich sah sofort weg.

»Und, wie fühlt es sich an?«, fragte sie und lehnte sich ans Fenster.

Ich blinzelte. »Was?«

Sie nahm einen langen Zug. »Dieses Sich-ein-bisschen-Mühe-Geben. Hast du es nicht so genannt?«

Ich grinste schief. Natürlich hatte er es ihr brühwarm erzählen müssen.

»Salvatore und ich haben keine Geheimnisse voreinander.«

»Eindeutig nicht.«

Sie neigte den Kopf und sah zu mir hoch. Ich spürte, wie sie mein Gesicht, dann meine Schultern musterte, dann begutachtete sie mich von Kopf bis Fuß und wieder zurück.

Einmal der komplette Body-Scan. Ich fragte mich, zu welchem Ergebnis sie gekommen war.

»Du magst mich nicht, oder, Nicolas?«

Ich kickte nach einem losen Steinchen, dann atmete ich langsam aus und sah durch den Zigarettenrauch wieder zu ihr. »Macht's dir was aus, wenn nicht?«

»Natürlich nicht.«

»Es ist nicht Teil meines Plans, die Freundin meines Bruders zu hassen.«

»Ah, dann hast du also einen Plan.« Sie überkreuzte die Beine. »Ich hab mich schon gefragt.«

»Gefragt?«

»Ich hatte bislang den Eindruck, du würdest dein Leben eher einfach passieren lassen.«

»Ach ja?«

Sie zuckte mit den Schultern. »War nur mein Eindruck. Nicht sauer sein. Auch wenn Salvatore ganz meiner Meinung ist. Er sagt, du warst schon immer so.«

Ich sagte nichts, konzentrierte mich auf den Rauch in meinem Rachen. »Freut mich, dass ich euch amüsiere«, brachte ich heraus.

Mathilde runzelte die Stirn. »Sein Leben zu vergeuden würde ich nicht gerade amüsant nennen.«

»Mein Leben zu ver… Ist das der Grund, warum du glaubst, dass ich dich nicht leiden kann?«

Sie sah mich lange unverwandt an, paffte immer wieder an ihrer Zigarette und sah dann mit einem vagen Lächeln weg. »Ich wollte dich nicht beleidigen. *Pardon.* Ich halte besser den Mund.«

Ein, zwei Minuten lang herrschte Stille, und ich sah zu, wie der Mann im Dönerladen graues Fleisch in einen Styroporbehälter schabte. Eine Frau lehnte am Tresen und wartete.

»Es ist nicht so, als könnte ich dich nicht leiden«, sagte ich schließlich. »Ich hab nur manchmal Probleme damit, wie du mit Sal umgehst. Aber da bin ich eben der große Bruder. Wir waren füreinander immer die Nummer eins.«

Sie schlang einen Arm um ihren Leib und stützte den Ellbogen des freien Arms auf dem Handgelenk auf. »Salvatore weiß, was ich für ihn empfinde«, sagte sie. »Da muss ich nicht sicherstellen, dass du es ebenfalls weißt. Weshalb sollte ich eine Show hinlegen?«

Mathildes Vater war abgehauen, als sie fünf Jahre alt gewesen war, hatte Sal mal erzählt. Er war eines Morgens aus ihrer Pariser Wohnung gegangen und nicht mehr wiedergekommen, war nach Cannes gezogen und hatte dort fortan mit seiner blutjungen Assistentin gewohnt. Mathilde und ihr Vater hatten einander sehr nahegestanden. Anfangs hatte er noch wöchentlich angerufen und wissen wollen, wie es in der Schule lief. Mit der Zeit – je besser er in seinem neuen Leben am Mittelmeer Fuß gefasst hatte – wurden die Anrufe seltener, kamen irgendwann nur noch an Weihnachten und Geburtstagen.

In ihrer Gegenwart habe ich immer versucht, mich daran zu erinnern und nachsichtig zu sein.

»Ich bin froh, dass er es weiß«, sagte ich. »Nur das zählt.«

»Weiß es Laura?«

»Wie bitte?«

Sie sah mich an. »Weiß Laura, wie du für *sie* empfindest?«

Ich warf meine Kippe zu Boden und schob die Hände in die Taschen. »Unser Essen ist bestimmt schon da.«

Mathilde rührte sich nicht vom Fleck. »Manchmal, Nicolas, glaube ich, dass wir beide uns recht ähnlich sind.«

Ich konnte nicht umhin zu lachen. »Und wie bitte schön kommst du darauf?«

Sie stellte sich auf ihre hohen Absätze und strich sich den Rock glatt. »Ich hab dich beobachtet, wie du Salvatore und mich beobachtest. Diesen Blick kenne ich.« Sie ließ ihre Zigarette fallen. »Du und ich, wir haben beide Donner im Herzen. Der Unterschied ist, dass ich ihn höre.«

Sie wandte sich zur Tür. Ich ging ihr nach. Laura goss mir aus der Karaffe Wasser ein. Sie schien etwas zu sagen, doch über das Rauschen in meinem Kopf konnte ich kein Wort verstehen.

In all den vorigen Gesprächen mit Mathilde hatte ich angenommen, dass ich derjenige wäre, der Studien betrieb, doch sie hatte sich durch mein Gerede hindurchgelasert und mich direkt ins Herz getroffen. Sie nicht leiden zu können oder sie als hohl abzutun würde mir fortan schwerfallen, weil alles, was sie gesagt hatte, der Wahrheit entsprach.

Bis unser Essen kam, unterhielten wir uns über Unverfängliches: einen neuen Film, der im Kino lief; wie sich Sals Fußballmannschaft in der Regionalliga schlug; einen bevorstehenden Urlaub der beiden. Ich warf hier und da etwas ein, ließ aber überwiegend die anderen reden. Das Essen wurde reihum gelobt, selbst von Mathilde, die – wie sie selbst sagte – schwer zufriedenzustellen war, allerdings schien ich meinen Geschmackssinn eingebüßt zu haben.

Die beiden Frauen standen auf, sobald wir fertig waren, und ich sah, wie Laura Mathilde in den rückwärtigen Teil des Lokals hinterherging.

»Hör mal.« Ich lehnte mich auf meinem Stuhl vor. »Gibt's da nicht einen Ehrenkodex unter Brüdern, dass man seinen Freundinnen nicht alles erzählt?«

Stirnrunzelnd zupfte Sal einen Bissen vom Brot. »Soll heißen?«

»Du hast Mathilde erzählt, dass wir uns nur deshalb treffen, weil ich mir ein bisschen Mühe geben will, sie besser leiden zu können.«

Er sah mich verwirrt an. »Aber das *ist* doch der Grund?«

Ich seufzte. »Bin ich hier der Einzige, der weiß, dass eine zivilisierte Gesellschaft nicht funktionieren kann, wenn die Leute ständig frei Schnauze sagen, was sie wirklich denken? Das gäbe Chaos. Schon mal was von Taktgefühl gehört?«

Sal sah mich amüsiert an. »Funktioniert das bei dir?«

»Versuch's ab und zu mal.«

Er aß das Brot und sah mich entspannt lächelnd an. So wie er dasaß, mit dem Arm über Mathildes Stuhllehne, strahlte er das ruhige Selbstbewusstsein aus, das ich immer gern gehabt hätte.

»Wie läuft's bei dir und Laura?«

»Ich bin mir nicht sicher, ob Laura und ich hier diejenigen sind, um die man sich Sorgen machen muss.«

Sal zuckte die Achseln. »Bei euch scheint es keine Höhen und Tiefen zu geben. Ihr seid immer auf demselben Level.«

Ich stutzte. »Ich dachte, du magst Laura?«

»Ich mag sie ja auch. Ich frage mich nur, ob *du* sie magst. Aber vielleicht sind stille Wasser ja wirklich tief.«

Ich rieb mir das Kinn. »Soll ich dich jetzt wortreich davon überzeugen, dass ich meine Freundin gernhabe?« Schon während ich die Frage stellte, hörte ich Mathildes Stimme in meinem Kopf: *Weshalb sollte ich eine Show hinlegen?*

Sal trank sein Bier aus und orderte sich ein weiteres.

»Also«, sagte ich und lehnte mich zurück, »dann erzähl mir jetzt von dieser Überraschungsparty, von der ich nichts wissen soll.«

Er schüttelte den Kopf. »Nein. Will es mir mit deiner

Freundin doch nicht verscherzen. Auch wenn ich nicht weiß, warum zweiunddreißig nach einer Party schreit.«

»Ich glaube, sie will bloß wiedergutmachen, dass du vor zwei Jahren keine Party für mich organisiert hast. Wofür ich dir dankbar bin. Wenigstens einer, der weiß, wie sehr ich Überraschungen liebe.«

»Ich hab versucht, es ihr zu sagen, aber sie scheint zu glauben, dass sie dich besser kennt.« Er lächelte. »Ich bin schon gespannt.«

»Ich mag an Laura«, sagte ich und starrte in mein Weinglas, »dass sie immer versucht, Kleinigkeiten besser zu machen. Es geht nicht um ein Feuerwerk oder große Gesten oder darum, Berge zu versetzen. Es geht darum, ein gut geöltes Leben zu führen, das nicht …« Ich rang um die richtigen Worte.

»Eins ohne große Aufreger?«

»In ihrer Gegenwart bin ich ruhig. Keine Dramen. Das ist doch was, oder?«

Sal wollte schon antworten, doch im selben Moment war das Glöckchen über der Eingangstür zu hören, und als ich aufblickte, betrat Tess das Lokal, seine Ex. Sie blieb wie angewurzelt stehen, als sie uns entdeckte. Dann drehte sie sich zu ihrem Begleiter um und flüsterte ihm etwas ins Ohr. Sal saß mit dem Rücken zu ihr und redete immer noch. Die Bedienung verwies sie in den rückwärtigen Teil, und als sie an unserem Tisch vorbeikamen, lächelte Tess und blieb stehen. Erst in diesem Augenblick bemerkte ich den riesigen, runden Bauch zwischen ihren Mantelschößen, als hätte sie sich einen Basketball unters Oberteil geschoben.

Sal sah hoch. Er rührte sich keinen Millimeter, aber auf seinem Gesicht machte sich ein Lächeln breit. »Tess, hey!«

Mit roten Wangen sah sie uns abwechselnd an, und dann

stammelte sie: »Gut seht ihr aus.« Instinktiv wanderte ihre Hand an ihren Babybauch.

Bei Sal fiel endlich der Groschen. »Gratuliere!«

»Wann ist es denn so weit?«, fragte ich. Ihr Blick schien in Sal zu ertrinken. Es waren inzwischen bestimmt fünf Jahre, seit sie sich getrennt hatten, aber es war deutlich zu sehen, dass er nicht nur eine ferne Erinnerung für sie war.

»Ach … in knapp zwei Monaten.« Sie warf dem Mann hinter ihr einen verlegenen Blick zu. »Bin allmählich auf der Zielgeraden.«

Ich murmelte erneut einen Glückwunsch, während Sal sich nach seinem Bier umsah. »Das freut mich für dich, Tess«, sagte ich in der Hoffnung, sein mangelndes Interesse wettzumachen.

»Dann noch guten Appetit.« Sie nahm die Hand ihres Begleiters. »Schön, euch mal wiederzusehen!«

»Und alles Gute!«, sagte ich und verpasste Sal unter dem Tisch einen Tritt.

Er sah mich stirnrunzelnd an. »Oh. Tschüss – und alles Gute!«

Während sich Tess langsam entfernte, sah ich Mathilde und Laura von hinten kommen. Mathilde hatte sie an unserem Tisch stehen sehen, und als die beiden aneinander vorbeigingen, starrte sie auf Tess' Bauch hinab und bedachte sie mit einem Gewitterblick.

Sal nickte beiläufig nach hinten. »Das wäre meine Nummer sicher gewesen«, sagte er. »Der Kelch ist zum Glück an mir vorübergegangen.«

Als Mathilde ihren Stuhl ein bisschen zu forsch unter dem Tisch hervorzog, drehte er sich charmant lächelnd zu ihr um. Die flüchtige Begegnung mit seiner Ex schien ihm bereits entfallen zu sein – Mathilde allerdings mitnichten.

»Hey.« Laura gab mir einen Kuss. Ich konnte den Wein in ihrem Atem riechen, und sie hatte diesen weichen Blick, den sie oft hatte, wenn sie angeheitert war. Sie beugte sich an mein Ohr. »Weißt du was? Ich liebe dich.«

Ich nahm ihre Hand und drückte sie mir auf die Lippen. Wir lächelten einander an.

Uns gegenüber beugte sich Sal zu Mathilde. »Was ist? Was hab ich denn gemacht?«

Mathilde kippte den restlichen Wein in sich hinein und verschränkte die Arme.

»Sollen wir noch einen Nachtisch bestellen?«, fragte Laura und griff sich die verbliebene Speisekarte.

»Nicht für mich«, sagte Mathilde und lächelte gezwungen. »Aber macht nur.«

»Okay«, sagte Laura verunsichert. Allmählich dämmerte ihr, dass auf der anderen Seite des Tisches etwas vor sich ging. »Sal?«

Er beachtete Laura nicht.

»Lass mal sehen«, sagte ich und beugte mich vor. »Was hättest du gern? Sollen wir uns etwas teilen?«

»Tills, bitte«, sagte Sal ihr ins Ohr, doch sie schob ihn von sich weg.

»Vielleicht sollten wir einfach die Rechnung kommen lassen«, stellte Laura fest und sah mich an. Wir versuchten, uns wortlos auszutauschen, waren aber nicht sehr erfolgreich.

»Nein, nein«, sagte Mathilde und griff über den Tisch nach der Speisekarte. »Ihr wollt Dessert, also gibt es Dessert. Schauen wir doch mal.« Sie schürzte die Lippen und überflog das Angebot. »Cheesecake. Womöglich ein bisschen viel nach der Pasta. Oder Brotpudding? Merkwürdige Erfindung. Wie kann man als Vorspeise Brot und Butter reichen und dann mit Zucker besprenkelt auch noch zum Dessert? Wie einfallsreich … Ihr Briten habt wirklich einen bizarren Geschmack, den hab ich nie verstanden. Aber wie heißt es so schön? Über Geschmack lässt sich nicht streiten.«

Mit der Hand auf dem Mund starrte Sal sie an. Äußerlich sah er ruhig und gelassen aus – außer dass er in einem fort zu schlucken schien. Das kannte ich noch aus der Kindheit, diesen Reflex, dass er tiefe Atemzüge fast hinunterzuwürgen schien, um die Gefühle zu ersticken, die in ihm hochkochten.

»Für mich nichts«, sagte ich zu Laura. »Ich hatte für heute Abend genug.«

Sie nickte und faltete die Hände im Schoß.

Ich signalisierte der Bedienung, dass wir bezahlen wollten, und dann warteten wir schweigend. Mathilde saß mit verschränkten Armen da, stand plötzlich ohne ein Wort auf, nahm ihre Jacke und verschwand nach draußen. Sal blieb noch für einen Moment sitzen, hing seinen Gedanken nach, ehe er abrupt aufsprang und ihr nachlief. Draußen vor den Fenstern stritten sie. Sie fuchtelten beide wild mit den Händen.

Als die Bedienung kam, überflog ich die Rechnung und drückte ihr meine Karte in die Hand. Laura sah mich mit großen Augen an, und ich zuckte die Achseln. »Na ja, war ja auch meine Idee.«

Draußen in der Kälte ging es inzwischen heiß her.

»Ich hab doch gesehen, wie du sie angegafft hast«, fauchte Mathilde und stocherte ihm mit dem Finger in die Brust.

Laura und ich blieben mit den Händen in den Taschen ein Stück entfernt stehen wie Fußballeltern. Abwechselnd sahen wir die beiden an.

»Wie soll ich sie denn angegafft haben?« Sal raufte sich die Haare. »Machst du Witze? Mal ganz abgesehen davon, Tills, dass ich mit dem Rücken zu dir saß!«

»Dann bin ich jetzt eine Lügnerin?« Ihr Gesicht war wutverzerrt, und sie kämpfte die Arme in die Jackenärmel.

»Was hätte ich denn tun sollen, wenn sie an unserem Tisch stehen bleibt? Ich hab sie seit – wie lange? – sieben Jahren nicht mehr gesehen. Ich hab nur Hi und Glückwunsch gesagt. Und schon vergessen? Ich hab damals mit ihr Schluss gemacht, damit *wir* zusammen sein konnten. Herr im Himmel, Tilly, sie hat uns damals sogar zusammen im Bett erwischt!«

Laura keuchte leise auf. Dieses Detail hatte ich ihr verschwiegen, als ich ihr die Geschichte erzählt hatte.

Mathilde lachte und nickte dann, als wäre das, was sie als Nächstes sagen wollte, die unverrückbare Wahrheit. »Und wetten, das bereust du zutiefst? Jetzt, da sie unter Beweis stellt, wie schön fruchtbar sie ist?«

»Das ist doch bescheuert!« Sal schüttelte den Kopf. »Ich will Tess nicht. Ich will nur dich. Und das weißt du auch, weil ich es dir an jedem einzelnen verdammten Tag sage.«

Mathilde stand sekundenlang da und starrte zu Boden. Um uns herum stolperten Leute aus Pubtüren und liefen entweder hügelabwärts an uns vorbei in Richtung Club oder zum Dönerladen gegenüber. Ein kleines Grüppchen sah über Burgern mit Spezialsoße zu uns her und schien das Schauspiel zu genießen.

Schließlich blickte Mathilde auf. Sie zog ihre Jacke enger um den Leib und schob sich die Handtasche in die Armbeuge. »Weißt du«, sagte sie zu Sal, »ich glaube, das hier ist jetzt weit genug gegangen. Das war was Besonderes zwischen uns, und wir haben heller geleuchtet als die meisten anderen. Aber das Feuer ist schon vor einer Weile erloschen, und wir waren zu blöd, es zu bemerken.«

Sals Gesichtsausdruck schlug um von Ungläubigkeit zu Angst. »Tilly, tu das nicht.«

»Komm schon, Salvatore«, sagte sie, »gib es zu. Wir hatten es schön.«

»Warum gehen wir nicht einfach nach Hause.« Ich machte einen Schritt auf sie zu – um uns herum immer mehr neugierige Gesichter. »Dann schlafen wir unseren Rausch aus, ziehen Zwischenbilanz und reden morgen weiter.«

Mathilde zog eine Augenbraue hoch, doch ihre Stimme klang sanft. »Das ist dein Lebensmotto, nicht wahr, Nicolas? Gefühle einfach wegsperren. Einfach nicht hinsehen. Nie sagen, was man wirklich fühlt. Ja, Salvatore hat mir alles von ihr erzählt. Von der, die dir entkommen ist.«

Ich ballte die Faust in der Tasche.

»Ich glaube, wir sind jetzt fertig«, sagte ich und wandte mich zum Gehen.

»Tilly, bitte«, sagte Sal. Inzwischen liefen ihm Tränen übers Gesicht. »Es tut mir leid, okay? Es tut mir leid, dass ich mit ihr gesprochen habe. Ich will sie nicht, verdammt. Ich hab sie nie gewollt. Ich hab immer dich gewollt. Dich. Dich, verdammt.«

Sie ging los, und er lief ihr nach und rief ihren Namen. Als klar war, dass sie nicht stehen bleiben oder sich umdrehen würde, trat er mit Wucht gegen eine Straßenlaterne und brüllte ihren Namen.

Laura schlug die Hände vors Gesicht.

Ich rannte den Bürgersteig entlang und nahm ihn in die Arme. »Tu das nicht, Sal. Das ist sie nicht wert«, sagte ich, als er an meiner Schulter schluchzte.

Der nächste Tag war ein Sonntag, und wir ließen Sal ausschlafen. Um kurz nach zehn nahm ich einen Becher Tee mit nach oben und klopfte vorsichtig an die Tür zu unserem Gästezimmer.

Nachdem wir ihn in der vergangenen Nacht ins Bett gebracht hatten, hatten Laura und ich in der Küche gestanden, den Abend Revue passieren lassen und einzelne Puzzlestücke zusammengesetzt.

»Wie war sie drauf, als ihr zusammen den Tisch verlassen habt?«, fragte ich. »Worüber habt ihr geredet?«

Stirnrunzelnd rief Laura es sich ins Gedächtnis. »Das Übliche. Ich hab ihr Fragen gestellt – zu ihrer Lippenstiftmarke, ihrem Job. Ob sie Paris vermisst. Sie musste nicht mal auf die Toilette – sie stand bloß vor dem Spiegel und zupfte sich an den Haaren.«

Ich schüttelte den Kopf. »Sie ist echt eine Nummer.«

Als Laura nichts erwiderte, sah ich auf. Sie lehnte an der Arbeitsplatte. Das einzige Licht kam von den Straßenlaternen jenseits unseres Gärtchens, der weiche Schein umrahmte ihr Profil. Die mir zugewandte Gesichtshälfte lag im Schatten.

»Ja, sie ist ... Das klingt jetzt vielleicht komisch, aber manchmal bin ich fast eifersüchtig ...«

»Auf Mathilde?«

Sie nickte. »Ihr fällt alles zu.«

»Sie ist maßlos verwöhnt.«

»Mag sein. Aber sie steht morgens auf und sieht blendend aus. Du weißt, dass sie sich vor dem Zubettgehen nicht abschminkt? Siehst du, du zuckst bloß die Achseln – aber das ist eine Todsünde. Wenn ich das machen würde, würde ich aussehen wie aus der Gosse, aber sie steht auf und sieht« – sie machte eine vage Geste – »*so* aus.«

Ich nestelte an ein paar Rechnungen auf der Anrichte, die wir noch wegheften mussten. »Mir gefällt, wie du aussiehst«, sagte ich, »außerdem gibt es Wichtigeres.«

»Klar«, sagte sie trocken. »Aber auch da ist sie immer obenauf. Kriegt dieses Praktikum bei MTV, wird vom Produzenten entdeckt, der sie zur Moderatorin machen will, und einfach so – ohne jede Qualifikation – ist sie der Star. Ich verkneife mir jedes bisschen Spaß, um zu lernen und gute Noten zu schreiben, schaffe die Uni mit einem ordentlichen Abschluss und soll den Rest meines Lebens mit einem Schreibtischjob verbringen, der rein gar nichts bewirkt.«

»Ich dachte, du magst deinen Job an der Uni.«

»Bei dem ich dafür sorge, dass immer genug Papier und Whiteboards da sind?«

»Du bist diejenige, die den Laden am Laufen hält. Ich verstehe wirklich nicht, wie du auf Mathildes Leben scharf sein kannst.«

Sie seufzte. »Ich hab nicht gesagt, dass ich scharf darauf bin. Ich weiß nur, dass ich das nie schaffen würde, selbst wenn ich wollte. Sie ist einfach eine dieser Frauen …«

»Eine welcher Frauen?«

»Die Regeln brechen. Die machen, was sie wollen, und damit durchkommen.«

Sal murmelte etwas, und ich schob die Tür auf. Er war wach, lag im Bett, starrte aus dem Fenster. Aus diesem Zimmer hatte man die beste Sicht: über die Nachbarhäuser hinweg auf die Felder in der Ferne. Hier war gerade genug Platz für ein Doppelbett und ein paar kleinere Möbelstücke. Es war gemütlich. Ich hatte bei unserem Einzug vorgeschlagen, dass wir hier unser Schlafzimmer einrichten sollten, aber

Laura hatte das breite Bett lieber unter dem Dach aufstellen wollen, wo es einen dreitürigen Kleiderschrank und ein Bad gab, allerdings keinen Ausblick.

»Morgen«, sagte ich und stellte den Tee auf den Nachttisch.

Sal sah völlig verquollen aus.

»Wie viel Uhr ist es?«, wollte er wissen und rieb sich die Augen.

»Ungefähr zehn.« Ich lehnte mich gegen die geschlossene Zimmertür.

Er riss die Augen auf, sprang aus dem Bett und suchte nach seinem Handy. »Scheiße, warum hast du mich denn nicht geweckt?« Er schnappte sich die Jeans vom Boden und durchwühlte die Taschen. Das Display leuchtete auf, sobald er es berührte, doch seine Schultern sackten nach unten, weil er keine Nachricht gekriegt hatte. Er setzte sich wieder aufs Bett und tippte sofort los.

Ich nahm den Stuhl in der Ecke, den Laura bei Ikea ausgesucht hatte und auf den Gäste ihre Sachen legen konnten. Er war bretthart, aus Holz, und die Spindeln der Lehne pressten sich einem in den Rücken.

Sal warf das Handy mit dem Display nach oben aufs Bett. Dann schob er sein Kissen zurecht, um sich anzulehnen, nahm den Tee und rieb sich mit der freien Hand übers Gesicht.

»Hat sie geschrieben?« Eigentlich hatte ich vorgehabt, über alles zu reden, nur nicht über sie.

Sal antwortete nicht. In seinem Gesicht zeichnete sich eine nervöse Energie ab, die ich aus früheren Jahren von ihm kannte. Damals hatte er sich dann immer einen Joint gedreht. Jetzt klackerten bloß seine Fingernägel einen hektischen Beat auf den Becher.

»Tja, das war's dann wohl, nehm ich an«, sagte ich und lächelte mitfühlend. »Du weißt, dass du hierbleiben kannst, solange du willst.«

Das Klackern verstummte, und er sah mich an. »Was?«

»Solange du dich neu sortierst. Wir können deine Sachen mit meinem Wagen aus der Wohnung holen, vielleicht während Mathilde bei der Arbeit ist. Wann passt es dir am besten?«

Er sah mich mitleidig an. »Ach was, Nick, das war keine Trennung. Tja, also … So was passiert ständig.«

»Das von gestern Abend?«

»Ja.« Er nahm einen Schluck Tee.

»So was wie gestern Abend passiert ständig? Dass ihr euch auf der Straße anschreit? Dass sie dir ins Gesicht sagt, dass Schluss ist, und du vor ganz Ashford zusammenbrichst, hyperventilierst und dir auf die Brust schlägst? Das soll normal sein?«

»Gestern Abend war's vielleicht ein bisschen heftig, aber wir streiten öfter, ja.«

Ich schüttelte den Kopf. »Oh, Sal.«

Sals überlegenes Lächeln erlosch, und er räusperte sich. »Spar dir den großen Bruder für ein andermal.«

Ich wusste nicht, ob ich lachen oder wütend sein sollte. »Ich verstehe nicht, dass du dich so behandeln lässt!«

»Du kennst sie nicht.«

»Ich weiß, dass sie ihren Vater hasst, weil er sie als kleines Mädchen sitzen gelassen hat. Das hast du mir selbst erzählt. Erklärt das nicht alles? Die Sichtweise einer Frau auf Männer ist oft geprägt vom Verhältnis zu ihrem Vater.«

Sal lachte. »Was ist das – *Freud für Dummies*? Ernsthaft, Nick, hör verdammt noch mal auf, die ganze Zeit andere analysieren zu wollen.«

Ich hätte ihn am liebsten geschüttelt. »Lach nur, aber es ist wahr. Die Fähigkeit einer Person, mit anderen in Verbindung zu treten, ist geprägt von ihrem Verhältnis als Kind zu den Eltern.«

»Tja, dann sind wir wohl im Arsch«, sagte Sal. Er nahm einen großen Schluck Tee und sah auf sein Handy.

»Ich versuche nur, es zu verstehen«, sagte ich, allerdings wusste ich, dass es zu nichts führen würde.

»Nein, tust du nicht«, entgegnete er. »Du versuchst, auf mich aufzupassen, weil du das immer schon so gemacht hast. Und das verstehe ich, Nick. Wirklich. Vielleicht würde ich es sogar genauso machen, wenn ich der Ältere wäre. Aber du wirst mir jetzt glauben, wenn ich dir sage, dass du kein bisschen von ihr weißt.«

»Ich hab's versucht, Sal, ich hab gestern Abend extra …«

»Ach, komm schon. Wie du's versucht hast, als sie das Restaurant betreten und gemeint hat, es wäre warm, und du ihr sofort widersprochen hast? Oder als du sie jedes Mal schief angeguckt hast, wenn sie von sich selbst gesprochen hat? Du glaubst, die Leute merken das nicht, aber du bist dermaßen beschissen durchschaubar.«

»Sie redet ziemlich viel von sich selbst.«

»Sie mag sich!« Er brüllte mich fast an. »Was ist daran verkehrt? Willst du, dass wir uns alle hassen und uns elend fühlen und sicherstellen, dass es auch alle mitkriegen?«

Ich ging den Abend im Kopf noch mal durch. Das Haarezurückwerfen, wie sie jedes Kompliment entgegengenommen hatte, das sie aus der Runde erhielt. Sie mochte, wer sie war. Und mir war klar, dass ich das einschüchternd fand.

»Ich kenne sie nicht so gut wie du«, sagte ich, »aber nun kann ich sie auch nur einschätzen anhand ihres Verhaltens in meiner Gegenwart. Oder dir gegenüber. Und vielleicht liegt es an unserem eigenen nutzlosen Vater, dass ich das Gefühl hab, ich müsste dir gegenüber diese Rolle einnehmen.« Beim letzten Halbsatz zitterte meine Stimme.

Sal sagte eine Zeit lang nichts. Er fuhr mit dem Finger über den Rand des Bechers in seinem Schoß, und das Schweigen zog sich in die Länge. Das hier war für uns beide unbekanntes Terrain.

Dann schließlich antwortete er: »Tillys Verhältnis zu ihrem Vater ist teils der Grund, warum ich mich in sie verliebt habe. Sie weiß, wie es sich anfühlt, unerwünscht zu sein. Im Stich gelassen zu werden von jemandem, der dich lieben sollte. Das Gefühl kennen nicht viele Leute.«

Ich konnte es nicht bleiben lassen. »Er liebt dich«, sagte ich, »auf seine Weise.«

Sal blickte finster drein. »Stehst immer noch in Paul Mendozas Ecke, was?«

»Weißt du nicht mehr, wie viel Mühe er sich gegeben hat, als wir klein waren, wie unendlich viel Mühe er sich gegeben hat? Die Arsenal-Spiele ...«

»Zu denen du mitdurftest. Ich nicht.«

»Oder als er mit uns losgefahren ist, um die Weihnachtsdeko anzugucken, wie er immer dich angesprochen hat, bevor wir unser Lieblingshaus ...«

»Ja«, sagte Sal, »das weiß ich noch. Und wie ich vor Aufregung meinen heißen Kakao auf dem Sitz verspritzt habe und er uns deshalb nie wieder mitgenommen hat. Ja, das weiß ich noch gut.«

Ich biss mir auf die Lippe. Er hatte recht. Ich hatte es anders in Erinnerung gehabt. Die Besuche im Highbury, Dad, der mir das Spielprogramm vorlas, während wir auf den Anpfiff warteten, die matschigen Pommes in Zeitungspapier auf dem Heimweg. Diese Ausflüge hatten mir unendlich viel bedeutet. Trotzdem war Sal kein einziges Mal dabei gewesen. Aber was sollte ich denn machen? Meine eigenen guten Erinnerungen an unseren Dad, die ich an einer Hand abzählen konnte – sollte ich jetzt so tun, als hätte es sie nie gegeben? Wie sollten wir denn bitte über Leute denken – wenn nicht vor der Folie unserer eigenen Erfahrungen mit ihnen? Wir sind nun mal nicht feste, unbewegliche Statuen, wir sind veränderlicher Nebel, Wolken, in denen Hunde oder Katzen erkennbar sind – je nachdem wer gerade hochblickt. Der Gedanke daran ist hoffnungsvoll und einsam zugleich.

»Du warst immer der Liebling«, sagte Sal. »Der Erstgeborene. Aber du warst auch nicht derjenige, der sein Leben zerstört hat, der das Gewehr abgefeuert hat, aus dem die Kugel kam. Ich hab ihre Gehirnmasse über seinen braun gebrannten Körper geballert, ich hab ihm die einzige Person genommen, die ihn angebetet hat. Warum sollte er mich also lieben?«

Mir krampfte sich alles zusammen. Die Sätze waren von seiner Zunge geperlt, als hätte er sie im Kopf so lange gedreht und gewendet, bis sie keine Macht mehr besaßen. Sie waren ihm so vertraut wie ein Finger oder Zeh.

»Du musst Tilly nur ansehen, und du siehst Drama«, fuhr er fort. »Aber genau das brauche ich. Wie eine Droge. Jeder Tag ist anders, jeder Tag bringt etwas Neues, was mich wieder daran erinnert, dass ich lebendig bin, und was mich vom Schmerz ablenkt, der in mir wie ein verdammter undichter Wasserhahn tropft.«

Ich sah zu Boden und nickte.

Es klopfte leise an der Tür, und Laura spähte durch den Türspalt.

»Hey«, sagte sie und bedachte Sal mit einem scheuen Lächeln. »Wie fühlst du dich?«

»Ach, du weißt schon … Warte auf Nachricht.«

»Ich werfe ein bisschen was in die Pfanne, wenn du willst. Um das Bier aufzusaugen?«

Er reckte den Daumen, und sie streifte mich kurz mit dem Blick, bevor sie die Tür wieder zumachte. Abgesehen von unserer Unterhaltung in der Küche war Laura seit gestern Abend merkwürdig still. Ich fragte mich, ob sie sich wieder an Mathildes Kommentar erinnert hatte. *Ja, Salvatore hat mir alles von ihr erzählt. Von der, die dir entkommen konnte.*

Sal tippte wieder auf sein Handy ein.

»Hat sie geschrieben?«

Keine Antwort, und doch kannte ich die Antwort.

Als er sein Handy weglegte, sagte ich: »Erklär mir nur eins. Warum hat der Anblick von Tess sie dermaßen aufgeregt?«

Sal seufzte. »Vor ein paar Wochen hatten wir dieses Gespräch, und da hab ich beiläufig erwähnt, dass wir irgendwann Kinder haben sollten. Es war bloß so dahingesagt, ich glaube, ich hab es nicht mal so gemeint, hatte drei Bier intus …«

»Diesbezüglich ist es aber schon besser, einer Meinung zu sein.«

»Ja, na ja, Tilly und ich sind da anders. Exceltabellen-Nick kann das vielleicht nicht verstehen, aber wir nehmen es, wie es kommt, und leben im Hier und Jetzt. Zukunft gibt es für uns nicht.«

»Und was ist passiert?«

»Sie meinte, sie wäre eine schreckliche Mutter. Sie weigert sich, ihre Macken an jemanden zu vererben.« Er stellte den Becher ab. »Ich glaube, als sie Tess gesehen hat, war sie plötzlich besorgt, ich könnte das mit den Kindern bereuen. Du glaubst, Tilly ist hart wie Stahl, oder? Ja. Sie will, dass du genau das denkst.«

Widerwillig verspürte ich leise Bewunderung für Mathilde.

Sals Handy piepte, und er griff danach. Stürmisch tippte er drauflos. Seine Stirn war gefurcht wie der Buchrücken eines zerlesenen Buches. »Muss los«, sagte er und schlüpfte in seine Jeans. »Frühstück?«, rief ich noch, aber da war er bereits durch die Tür und rannte die Treppe hinunter. Sein Angebertum hatte Risse bekommen. Eindeutig war dieser Streit alles andere als normal gewesen. »Sag Laura, es tut mir leid« – und dann schlug die Haustür zu.

Ich dachte über Mathilde nach, darüber, wie sie sich selbst durchschaut hatte und ein Leben lebte, ohne dafür auf das Wohlwollen anderer angewiesen zu sein. Wie ein Magnet fühlte ich mich zugleich von ihr angezogen und abgestoßen, und beides mit Macht, und genau wie ein Magnet Kontrolle ausüben oder Chaos verursachen kann, je nachdem wie ein Objekt sich in seinem Kraftfeld verhielt, hatte Mathilde die Fähigkeit, meine Welt zu verändern – im Guten wie im Schlechten. Sie war ein Feuer, das man nicht in den Griff bekam, und ich war der Zuschauer. Fasziniert. Zu Tode verängstigt.

Diese Gefühle hatte schon mal jemand in mir entfacht.

Von: ANNA
An: NICK
Betreff:

Ich habe alles gemacht, wie es von mir erwartet wurde.
Ich habe Teile von mir verkauft, keinen Arm, kein Bein oder so was Offensichtliches, sondern kleine Fetzchen. Niemand sieht, wie man diese Stückchen von sich selbst hergibt – bis man nicht mehr stehen, nicht mehr greifen kann. Erst wenn man nichts mehr herzugeben hat, fällt es auf. Und dann bist du nichts mehr wert.
Man sabotiert sich selbst im Dienste der anderen.
Ich habe immer getan wie geheißen.
Und bin nicht mehr ich selbst.

TEIL VIER

2018

Die Beisetzung fand an einem Donnerstag statt.

Dad hatte auf einer Beerdigung bestanden. Sie kostete zweimal so viel wie eine Einäscherung und erforderte mehr Papierkram, aber er blieb dabei, dass keiner seiner Söhne verbrannt werden dürfe. Ich glaube fast, die ältere Generation hat so eine Art Besessenheit, irgendeinen Pflock in den Boden zu rammen, auf dem man zuvor gewandelt ist. Das ist, wie am letzten Schultag in sein Schulpult zu kratzen: *Ich war hier.* Das Ganze war typisch Dad: monatelang nichts, dann die große Geste.

Ich weiß noch, wie Sal und ich uns mal darüber unterhalten haben, lebendig begraben zu werden. Als kleine Jungs hat das Makabre uns immer fasziniert. Er hatte im *Reader's Digest* gelesen, wie sie alte Gräber ausgehoben hatten, um sie neu zu nutzen, und unter den Sargdeckeln Kratzspuren fanden. Lebendig begraben zu werden – *das wär doch, wie zum zweiten Mal sterben. Diese ganzen Insekten, die über dich drüber und dir in den Hintern kriechen, und du weißt, du kannst nichts dagegen tun. Ich will definitiv begraben werden.* Er schauderte halb bang, halb lüstern.

Der Rest meiner Ersparnisse war für seinen Rücktransport draufgegangen.

Ich versuche, nicht allzu genau darüber nachzudenken, dass jetzt Insekten über die Leiche meines Bruders krabbeln. Aber in finsteren Nächten oder wenn es regnet, kann ich an nichts anderes denken.

Ich buchte den örtlichen Priester für die Grabrede. Sal war nie gläubig gewesen, das waren wir alle nicht, aber der Anlass schien mir jemanden zu erfordern, der ein paar Worte aneinanderreihte. Allein bei der Vorstellung, sprechen zu müssen, hatte sich mir der Hals zusammengeschnürt. Es war mir das Geld wert gewesen.

Wir waren eine einsame Trauergemeinde. Eine Handvoll Leute in schwarzen Mänteln, mit Schirmen und Schlamm unter den Sonntagsschuhen. Dad und ich gingen vorneweg und hatten Sals Sarg an der Fußseite geschultert, doch als wir am offenen Grab eine letzte Drehung machten, geriet ich ins Straucheln, und jemand anderes übernahm.

Stella hatte die Blumen für Grab Nummer zwei organisiert. Wir hatten versucht, Sal so nah wie möglich bei Mum beerdigen zu lassen. Als es vorbei war, wollten Stella und Dad noch zu ihr rüber, während ich schon vorausging.

Wir hatten eine offene Einladung für den Pub ausgesprochen, und dort war deutlich zu sehen, dass er geliebt worden war. Wir standen in Grüppchen zusammen und hielten Pappteller mit Wurstbrötchen und Sandwichdreiecken in der Hand. Dad schlug an der Bar Wurzeln.

»Mein herzliches Beileid, Nick«, raunte mir einer nach dem anderen ins Ohr. Sals Ex-Freundinnen umarmten mich und hinterließen nasse Flecken auf meinem Sakko. Die Jungs tätschelten mir den Rücken und versteckten sich hinter ihren Bieren.

Sogar aus New York waren ein paar Bekannte gekommen, was ich ihnen hoch anrechnete. Sie schüttelten mir die Hand und sagten zwischen Bissen vom Früchtebrot: »Er war immer das Herz und der Mittelpunkt jeder Party. Wer hätte das gedacht? Hatte er Depressionen?« Wer ihn besser gekannt hatte, stellte keine dummen Fragen. Ich bedankte mich dafür, dass sie gekommen waren, und brachte ihnen allen Drinks.

Mathilde hatte es nicht geschafft. Anscheinend war sie inzwischen nach L. A. gezogen, und wegen der Proben für eine Pilotsendung unabkömmlich. Stattdessen schickte sie Blumen. Weiße verdammte Lilien.

»Vielleicht hat sie es ja nicht übers Herz gebracht«, mutmaßte Laura. »Du hättest sie sowieso nicht dabeihaben wollen. Sei doch froh.«

Sei doch froh.

Oh, und Anna war da. Das hätte ich vielleicht erwähnen sollen.

Ich hatte Dad und Stella bei den Gräbern zurückgelassen und war voraus in Richtung Straße gegangen. Inzwischen fiel nur noch leichter Nieselregen, und ich stellte meinen Kragen hoch und zündete mir eine Zigarette an.

Vorn am Tor wartete eine Gestalt unter einem Regenschirm. Ich erkannte sie sofort wieder. Da war etwas Aufrechtes an ihrer Haltung, selbst im Regen. Ich nahm einen tiefen Zug.

Erst als ich bei ihr ankam, blickte ich auf. Sie sah aus wie immer, ein bisschen älter, weicher. Seit wir uns bei der Hochzeit wiedergesehen hatten, waren Jahre vergangen. Sie trug ein schwarzes Kleid und Perlen und sah mich traurig an, und auch wenn ich mich im Vorfeld gefragt hatte, ob sie kommen würde, ob die zahllosen Online-Nachrufe auf Sal sie erreicht hatten, ertappte ich mich dabei, wie ich mir wünschte, sie wäre nicht da.

Sie beugte sich vor, und ihr Lederhandschuh streifte kühl meinen Nacken. Keiner von uns sagte etwas. Ich fragte mich, wie lange ich sie umarmen durfte und wer von uns als Erster aufhören würde.

»Ich wollte, mir würde etwas einfallen, was ich sagen könnte«, murmelte sie in meinen Mantel.

»Du kannst alles sagen, nur nicht, dass es dir leidtut«, erwiderte ich und hielt die Zigarette nach hinten weg. »Allen tut's leid, und ich weiß nicht, ob ich die Floskel bei dir ertragen könnte.«

Sie ließ mich los.

»Schön, dass du gekommen bist.«

Sie blickte zu Boden. »Ich war mir nicht sicher, aber …« Dann sah sie mich an. »Ich hab Sal wahnsinnig gerngehabt, das weißt du.«

»Ja.«

»Ich wollte, das hier wäre der richtige Zeitpunkt zu sagen: Schön, dich wiederzusehen«, sagte sie dann. »Lang ist's her.«

Ich wandte mich ab, um den Rauch von ihr wegzublasen, und nickte. »Muss von Schottland hier runter ein Höllenritt gewesen sein.«

Sie blinzelte. »Oh. Nein, ich bin schon vor Monaten dort weggezogen. Ich wohne wieder in Ashford.«

»Oh.«

»Es ist kompliziert.« Sie strich sich das Haar hinters Ohr.

Ich räusperte mich, um etwas zu sagen, aber da kam nichts.

»Ich dachte, es wäre Sal besser gegangen«, sagte sie und sah auf ihre behandschuhten Hände. »Ich weiß, so was lässt einen nie los, aber damals hab ich geglaubt, er hätte einen Weg gefunden.«

Ich zuckte mit den Schultern, als wäre dieser Gedanke mir selbst nie gekommen, als hätte er sich nicht in gleißendem Technicolor in meinem Kopf abgespielt, seit ich über den Atlantik geflogen war. »Seine Freundin hatte gerade mit ihm Schluss gemacht.«

Anna nickte bedächtig. »Die Französin, von der du mir vor Jahren erzählt hast? Er hat ihr zu Füßen gelegen, war's nicht so?«

»Irgendwie schon«, sagte ich und lächelte düster. »Sie hatte diese seltsame Macht über ihn. Ich hab das nie verstanden, aber vielleicht war's auch so, dass ich ihn nie verstanden habe.«

»Wir können nicht beeinflussen, wen wir lieben.«

Ich hörte dem Regen zu, wie er von den ledrigen Immergrünblättern hinter uns zu Boden tropfte. Der Eisenzaun schimmerte schwarz. Alles sah überdeutlich aus, sämtliche Sinne waren geschärft, wie es immer ist, wenn der Tod zu Besuch kommt und man einen flüchtigen Blick auf tiefer greifende Dinge erhascht.

»Kommst du mit in den Pub?«, fragte ich. »Du wirst einige kennen. Außerdem wär's die Gelegenheit für verklemmte Gespräche und um zuzusehen, wie mein Dad sich besäuft.«

Sie sah zur Straße. »Ich glaube, ich passe. Will dir keine Unannehmlichkeiten machen, besonders nicht heute.«

Ich folgte ihrem Blick zu meinem Wagen, der ein paar Meter weiter stand, und in Richtung eines Augenpaars, das tat, als sähe es uns nicht.

»Ah, okay … Tja.«

»Aber es tut mir leid, Nick.« Sie beugte sich erneut vor und küsste mich auf die Wange. »Tut mir leid, dass es mir leidtut, aber so muss es wohl einfach sein.«

Sie machte einen Schritt zurück.

Ich schob die Hände in die Taschen. »Sal hatte als Kind immer diese Albträume. In manchen Nächten hab ich ihm vom Fensterbrett herunterhelfen müssen. Ich hab mich gefragt, ob es beim ersten Mal so passiert sein könnte – ob er einen Albtraum gehabt hatte und niemand da war, der ihn zurückziehen konnte. Und dann wusste er einfach, dass es für ihn keine Zukunft wäre, in einem Bett zu liegen. Nie wieder aufzustehen. Weil man doch zutiefst verzweifelt sein muss, wenn man Bleiche trinkt, oder? Man muss das Ende wirklich herbeigesehnt haben.«

Anna schwieg. Sie sah zu, wie ich die Fußspitze in den Boden rammte. Es hatte aufgehört zu regnen, und sie klappte ihren Schirm zu.

»Ich weiß, was es heißt, kein Zuhause zu haben«, sagte sie, »und sich in der eigenen Familie wie ein Fremdkörper zu fühlen. Man will nur noch, dass irgendwer einen liebt. Da macht man verzweifelte Sachen.«

Sie drückte den Rücken durch, als wollte sie sich verabschieden, blieb aber stehen.

»Vielleicht könnten wir ja mal was trinken gehen«, sagte sie und presste sich die Finger an die regennassen Wangen.

»Das wäre schön.«

Dann ging sie weg. Ich nahm einen letzten Zug von der Zigarette und hörte zu, wie das Geräusch ihrer Ledersohlen auf dem nassen Pflaster verebbte.

Schau zurück, schoss es mir durch den Kopf. Und als sie am Ende der Straße angekommen und von den parkenden Wagen aus nicht mehr zu sehen war, schaute sie zurück.

Wenig später schrieb Anna mir und fragte, ob ich immer noch viel lesen würde. Nicht so richtig, tippte ich zurück. Aber du wolltest doch immer Schriftsteller werden, erwiderte sie. Wie kannst du schreiben, wenn du nicht liest? Ich zögerte es ein wenig heraus und, tja, antwortete ich, ich schreibe auch nicht mehr. Darauf sagte sie nichts.

Erst Tage später schrieb sie erneut: Ich habe gerade ein Buch fertig gelesen, das dir gefallen dürfte. Raymond Carvers *Wovon wir reden, wenn wir von Liebe reden.* Lies das, ich glaub, das bist du.

Ich antwortete nicht, aber in der nächstbesten Mittagspause zog ich los und kaufte es mir.

Es war ein schmales Bändchen mit Kurzgeschichten über ältere Männer und Frauen, die immer noch mit dem Leben haderten, die an irgendeiner Stelle gescheitert waren, sei es in ihrer Ehe, bei der Arbeit oder mit einer Freundschaft. Sie waren alle auf irgendeine Weise kaputt. Jemand fragte etwas, und eine andere Figur machte daraufhin einen Kommentar über das Wetter oder antwortete gar nicht. Morgens auf dem Weg zur Arbeit las ich zu meiner Klassik-Playlist, die ich heruntergeladen hatte, um die anderen Leute auszublenden, eine Erzählung nach der anderen.

Als ich die letzte Seite der letzten Erzählung umgeblättert hatte, starrte ich aus dem Zugfenster und fragte mich, was sie mir hatte sagen wollen.

So ging es zwischen uns eine Weile hin und her. Wir nannten einander Filme, die der jeweils andere sich ansehen, Bücher, Songs, die er sich anhören sollte. Uns war nicht erlaubt zu sagen, was wir hätten sagen wollen, aber selbst wenn, war nicht garantiert, dass wir es getan hätten. Wir hielten uns an die Popkultur und die Worte anderer Leute, die wir für uns sprechen ließen. So hatte das Ganze auch eine gewisse Langlebigkeit. Wir konnten immer wieder zu diesem Buch greifen oder uns jenen Song anhören, und dann war es, als würde der andere es immer wieder sagen, auch wenn keiner von uns je wirklich etwas gesagt hatte. Wir konnten den Worten und der Bedeutsamkeit die im Augenblick jeweils benötigte Richtung geben.

Es war eine Art Erfindung und Fantasie, das wussten wir bestimmt beide, aber das war schon okay. Vielleicht war es auf diese Weise echter.

*

Verlangen / *von Anna*
Du solltest meine Angst kennen
Sobald du mich hast, wirst du mich nicht mehr wollen
Du wirst nicht mehr schreiben
Dein Stift wird austrocknen
Du wärst wie jeder Mann
Oder jeder andere
Der etwas so sehr wollte, dass das Verlangen ihn ausbrannte
Wie Heinrich, der sich für Anne
Von Rom scheiden ließ
Und sie dann enthauptete und behauptete
Sie habe ihn verhext

Es gibt eine Szene, die mir nicht aus dem Kopf geht. Sie ist inzwischen fast ein Teil von mir.

Wir fahren im November nach Venedig.

Das Hotel liegt am Canal Grande, ein rosa Klotz, innen mit weiß verputzten Wänden. Unser Zimmer ist klein und abgesehen von einem Bett und einem wackligen Kleiderschrank unmöbliert. Durch eine Flügeltür kommt man auf einen schmalen steinernen Balkon, der auf den Kanal hinausgeht.

Den Großteil des Wochenendes haben wir Sex.

Ich will, dass du mit mir schläfst, sagt sie am ersten Abend, und ich tue wie geheißen, lasse es langsam angehen und streichle ihr übers Haar, weil ich weiß, dass sie das mag. Dann vögeln wir im Stehen. Sie sagt, ich soll sie hochheben, und ich lege mir ihre Beine um die Hüften. Wir haben auch noch in anderen Positionen Sex, immer mit dem Gesicht zueinander. Sie sagt, dass sie mich sehen will, dass sie wissen will, dass ich es bin.

Anschließend reißen wir die Balkontüren auf und sehen zu, wie die weißen Vorhänge auf der Brise segeln. Draußen sind Dächer und rote Sonnenuntergänge, trotzdem bleiben wir nackt auf den Laken liegen, und von der Aussicht bekomme ich kaum etwas mit.

Wir bestellen uns Essen aufs Zimmer und duschen ausgiebig.

Am zweiten Tag zerrt sie mich aus dem Bett, und wir gehen spazieren. Wir landen auf einem Platz mit einer Kirche in der Ecke und Kindern, die auf dem Kopfsteinpflaster spielen. Die Sonne prallt von den spröden, farbigen Mauern ab. Vor jeder Tür und jedem Fenster sind Kästen mit roten Geranien, und ich schließe die Augen und atme den Duft ein.

Sie trägt ein weißes Sommerkleid und einen Strohhut. Mitten auf dem Platz wirft ihr ein Grüppchen alter Männer mit gegerbten Gesichtern anerkennende Blicke zu.

Wir setzen uns vor einem Café an einen Tisch und trinken ein Bier. Ich bezahle, und anschließend zieht sie mich in eine kleine Kirche. Ich lehne mich an eine Kirchenbank, während sie mir etwas über die Fresken und die Schönheit des Lichts erzählt. Nach einer Weile wird ihr von dem vielen Gold mulmig, und wir kehren zurück nach draußen in die Sonne. Meine Hand liegt auf ihrer Taille.

Wir suchen uns ein anderes Café. Sie bringen uns eine Karaffe ihres Hausweins, und wir sitzen eng beieinander, nippen am Wein. Nach dem ersten Glas wendet sie sich mir zu und gibt mir einen langen Kuss. Die Leute kümmern sie nicht.

Ich will uns Wein nachschenken, und im selben Moment sehe ich, dass der erste Faden eines Spinnennetzes von meinem Glas zu ihrem verläuft. Eine winzige Spinne hat sich an die Arbeit gemacht und will unsere Gegenwart der Vergangenheit anheimgeben. Ich balle die Faust um den Faden und mache ihr Vorhaben zunichte.

An unserem letzten Abend ist uns das Geld ausgegangen. Wir teilen uns das günstigste Essen von der Speisekarte und spülen es mit Rotwein hinunter.

Wir verbringen eine Stunde im Bett, und anschließend trete ich auf eine Zigarette raus auf den Balkon. Die Sonne geht in der Ferne unter, und es weht Gelächter und Plätschern herüber, wann immer Gondeln vorbeigleiten.

Sie kommt zu mir. Schmiegt sich wortlos an meinen Rücken. Sobald sich unsere Konturen ineinanderpassen, kann ich den kraftvollen Schlag ihres Herzens spüren, und mit einem Mal ahne ich, dass sie ein Mensch ist, genau wie ich.

FRÜHLING 1997

Wir hätten an dem Tag in der Schule sein sollen.

Sal und ich waren am Morgen in den Bus gestiegen und nach hinten gelaufen, wo Daz quer über einer Sitzbank saß. Er nahm die Beine runter, und wir ließen uns auf die Plätze fallen, als hätten wir Bleigewichte in den Taschen.

»Ihr seht scheiße aus«, sagte er und warf sich die Schulkrawatte über die Schulter.

Ich lehnte den Kopf ans Fenster und schloss die Augen.

»Alles okay, Salvatore?«, fragte Daz und wuschelte Sal durchs Haar.

Sal duckte sich weg. »Verpiss dich, Darren«, sagte er und setzte den Fuß auf den Nachbarsitz, sodass sein Knie eine Barriere zwischen ihnen bildete.

Der Bus bremste an der nächsten Haltestelle, und Daz pfiff durch die Zähne, als ein Mädchen einstieg. Sie trug die Schuluniform des Gymnasiums und sah jeden Morgen, wenn sie sich einen Sitzplatz suchen musste, zu Tode verängstigt aus.

»Alles okay bei dir, Schätzchen?«, rief Daz. »Komm hier hinter und setz dich auf mein Gesicht, wenn du willst.«

»Du weißt schon, dass sie zwölf oder so ist?«, fragte ich. »Du bist echt krank, Daz.«

Er nahm die Hände hoch. »Ist doch nicht meine Schuld, wenn Siebtklässlerinnen heutzutage so aussehen. Das Gesicht ist gruselig, aber Mann, dieser Körper!«

In Ashford gab es zwei Gymnasien, eins für Mädchen, eins für Jungs. Wenn man die Übertrittsprüfungen geschafft hatte, ging man auf eine dieser zwei Schulen, dann weiter zur Uni und bekam einen anständigen Job. Wer die Prüfungen nicht bestand, ging auf die Gesamtschule und trat in der Regel mit sechzehn seinen ersten Supermarktjob an oder ging stempeln. Wir waren jedenfalls auf der Gesamtschule.

»Du und ein Mädchen vom Gymnasium«, sagte Sal und drehte sich eine Zigarette.

»Du weißt, dass die dort heimlich Lesbenspielchen spielen.« Mit einem Seufzer schloss Daz die Augen. »Das ist doch nicht fair – fickrige Mädels hinter Schloss und Riegel zu sperren! Die brauchen einen Typen, der sie auf Spur bringt.«

»Und ich wette, dieser Typ bist du«, sagte ich. Draußen schaufelte die Drehtür eines Bürogebäudes Anzugträger nach drinnen. Raus kam keiner.

»Verdammte Axt«, sagte Daz, »ich wüsste gar nicht, wo ich anfangen sollte.«

»Ich fahr heute nach der Schule nicht mit zurück«, teilte Sal uns mit und schob die fertige Zigarette in seine Tasche.

»Heißes Date?«, fragte Daz.

»Und warum nicht?«, fragte ich und sah an Daz vorbei zu Sal.

»Ich hab Mathe nicht gemacht. Bellend hat mir schon eine Verlängerung gegeben und meinte, beim nächsten Mal gibt's Nachsitzen.«

»Den hatte ich letztes Jahr auch«, lachte Daz. »Was für ein Wichser.«

»Ja«, sagte Sal. »Er hasst mich.«

»Könnte damit zu tun haben, dass du mal unter den Tisch

gekrochen bist und mit Tipp-Ex ›Trottel‹ auf seine Lederschuhe gepinselt hast.«

»Das war echt top!« Daz wieherte vor Lachen. »Kann immer noch nicht glauben, dass du dafür nicht geflogen bist.«

Sal zuckte mit den Schultern. »Sie meinten, ich wäre geflogen, wenn es nicht direkt nach …« Er verstummte und sah aus dem Fenster. »Ich persönlich finde, es war ein Ausdruck von Kreativität.«

»Wisst ihr was«, sagte Daz, »scheiß drauf. Die dürfen keine solche Macht über uns haben. Warum machen wir heute nicht blau? Euer Dad ist arbeiten, oder?« Er zog eine Videokassette aus seiner Tasche. »Ich hab meinem Bruder den neuesten Porno geklaut – der ist der Hammer!«

Sal beugte sich vor. »Ich bin dabei.«

»Nicolas?«, fragte Daz und schlug mir auf den Rücken.

»Ist nicht mehr lang bis zu den Prüfungen, Daz. Dieses Jahr ist echt wichtig.«

»Dafür ist es jetzt doch zu spät. Entweder sitzt es längst« – er tippte sich mit zwei Fingern an die Schläfe – »oder nicht. Komm schon, in ein paar Tagen geht der zurück. Jetzt oder nie!«

Sie johlten, als ich resigniert die Hände hob, und Daz hämmerte auf den roten Halteknopf. Wir stolperten durch den Mittelgang nach vorn, und Daz warf dem Mädchen noch ein Küsschen zu, bevor ich ihn aus dem Bus schubste.

»Lass das«, sagte ich.

»Verteidigst du jetzt ihre Ehre?« Er hielt mir eine Zigarette hin.

»Lass sie doch einfach da sitzen und ihr Ding machen.« Ich schirmte mein Feuerzeug mit der freien Hand ab und zündete mir eine Zigarette an.

Wir gingen die Straße entlang, und Daz schleuderte seine Plattentasche am Riemen herum. Autos und Transporter donnerten an uns vorbei, und in der Luft hingen dicke Abgaswolken. Wir mussten fast schreien, um uns zu verständigen.

»Mädchen vom Gymnasium sind toll«, sagte Sal und schulterte seinen Rucksack.

Daz fand das wahnsinnig komisch. »Woher willst du das denn wissen? Schon mal eine in den Fingern gehabt?«

»Ich bin jedenfalls keine Jungfrau mehr«, sagte Sal und kramte seine Selbstgedrehte heraus.

Ich blieb stehen und starrte meinen vierzehnjährigen Bruder an. »Was?«

»Erzähl mir nichts«, sagte Daz. »Du hattest schon mal Sex? Verarschen kann ich mich selbst.«

Schmunzelnd zündete er sich die Zigarette an. »Dann glaub mir eben nicht.«

»Mit wem?«, wollte ich wissen.

»Kennst du nicht.«

Daz verdrehte die Augen. »Keine Spuren. Wie praktisch.«

»Mir doch egal, ob ihr mir glaubt«, sagte Sal. »Ich werde euch wohl kaum den Namen nennen, nur damit ihr dann ›Schlampe‹ auf ihren Spind schreibt oder so was Bescheuertes.«

»Wo war das?«, fragte ich und schloss zu ihm auf.

»Bei ihr daheim nach der Schule. Damals, als ich in der Theater-AG mitgeholfen habe. Wir waren früher fertig, und sie hat gefragt, ob ich noch mit ihr nach Hause und irgendeinen Film angucken will.«

»Aha.« Daz lief ein Stück hinter uns her. »Dann ist sie in der Theater-AG.«

Sal wirbelte herum. »Ernsthaft, Darren, es reicht. Ich sag den Namen nicht, und du wirst ihn nicht herausfinden. Wenn doch, und du sprichst sie oder irgendwen sonst darauf an, dann schneid ich dir die Kehle durch.« Er hatte die Fäuste geballt.

Daz wich einen Schritt zurück. »Halt die Luft an, Sal. Meine Güte.«

Bei uns zu Hause schob Daz den Porno in den Videorekorder. Ich holte eine Sechserpackung Chipstütchen und die Dr.-Pepper-Dosen aus der Küche, die wir auf dem Heimweg im Kiosk gekauft hatten. Wir saßen im Wohnzimmer, aßen, tranken und johlten dem Handwerker zu, der die Frau des Hauses auf dem Schreibtisch des Ehemanns pimperte. Dann klopfte der Postbote, gesellte sich spontan dazu, und als Nächstes kam der gut aussehende junge Nachbar vorbei, der Zucker gebraucht hätte. Irgendwann hatte auch der Ehemann Feierabend, kam nach Hause, und das Ganze endete in einem Gangbang.

Anschließend gingen wir der Reihe nach aufs Klo.

Daz rülpste und streckte die Arme. »Wenn das mal nicht erfolgreich schwänzen war.«

Sal hatte sich umgezogen und kam an die Tür. »Ich drehe eine Runde mit dem Bike.« Er setzte sich seinen Stoffhut auf.

»Da bin ich dabei«, sagte Daz und sprang auf.

»Aber du bist doch gar nicht mit dem Fahrrad da.« Ich warf die Videokassette aus und drückte sie Daz in die Hand. Dann nahm ich die Chipstütchen und die leeren Dosen und presste sie mir vor die Brust.

»Er kann Dads Fahrrad nehmen.« Sal machte die Hintertür auf.

»Was? Nein.«

»Der fährt doch sowieso nicht«, sagte Sal, setzte sich auf die Stufen und zog seine Sportschuhe an.

»Ich pass auch gut darauf auf, Nicolas«, versicherte Daz mit Pfadfinderehrenwort.

Ich weiß noch, dass 97 ein heißer Sommer war. An jenem Tag, als wir die Schule schwänzten, war es gerade erst Frühling, aber der Schweiß lief uns den Rücken hinunter. Daz und Sal schlüpften unterwegs aus ihren Hemden, und Daz fuhr freihändig und schwang seins wie ein Lasso. Es war das Jahr, in dem wir uns alle die Haare blondiert hatten, und er hatte seine Spitzen gegelt.

Unsere BMX-Bikes waren secondhand gewesen, als wir sie bekommen hatten, und die Schrammen an Rahmen und Rädern zeugten von einem aktiven, intensiven Vorleben. Die Wheelies auf den Hinterlandstraßen der Gegend, stundenlanges Üben und Jubeln und Wettfahrten, wer die längste Strecke hinbekam, hatten ihre Spuren hinterlassen. Wir selbst waren damit bergab und in Schlaglöcher gerast, die uns über die Lenkstange geschleudert hatten; unsere Wunden waren geheilt, während die Rahmen Narben davongetragen hatten, die von unseren Heldentaten erzählten.

»Scheiße, ist das heiß.« Daz wischte sich den Schweiß vom Kinn.

Wir fuhren langsamer, um einen Lkw vorbeizulassen, und der Fahrer warf uns einen bösen Blick zu. Das kannten wir schon. Das machten nur Erwachsene, wenn sie uns auf frischer Tat dabei ertappten, wie wir sträflicherweise jung waren und uns einen Scheißdreck um irgendwas scherten. Daz starrte demonstrativ zurück, und als der Lkw weiterdonnerte, schickte er auch noch einen Stinkefinger für den Rückspiegel hinterher.

Sal packte ihn am Arm.

»Hat er doch gar nicht gesehen«, sagte Daz.

»Das meine ich nicht. Da!« Sal zeigte auf das Haus direkt neben uns. Er bugsierte sein Fahrrad ein Stück weiter hinter die gestutzte Ligusterhecke. »Im Garten – da hinter dem Tor!«

Daz und ich beugten uns über unsere Fahrradlenker, um besser sehen zu können. Zwischen Haus und Garage stand das Tor offen, hinter dem weite Teile des rückwärtigen Gartens einsehbar waren. Eine Hecke trennte ihn vom Nachbargrundstück, und vor dieser Hecke stand ein teuer aussehender, schicker hölzerner Liegestuhl. Die zwei Flaschen Bier in den schicken Flaschenhaltern hatten Sals Aufmerksamkeit geweckt.

»Gott, ja«, sagte Daz.

»Sei doch nicht bescheuert«, sagte ich. »Wenn du dich besaufen willst, fahren wir heim und plündern den Schnapsvorrat.«

»Wer bitte schön will an einem Tag wie diesem Whisky trinken?«, entgegnete Sal.

»Aber du kannst nicht den ganzen Garten einsehen.« Ich hörte selbst, wie verzweifelt weinerlich ich klang. »Sie sind vielleicht gleich um die Ecke.«

»Wahrscheinlich sitzt er gerade im Scheißhaus«, sagte Daz und rieb sich die Hände, als wäre das hier von Anfang an seine Idee gewesen. »Aber er kommt garantiert zurück, also beeilen wir uns besser. Los, Salvatore, versüß uns den Tag!«

Ich schüttelte den Kopf, sagte aber nichts. Ich war es leid, Oberlehrer zu spielen. Und die Aussicht auf ein kühles Bier war tatsächlich verlockend.

Sal lehnte sein Rad an die Hecke und spähte die Zufahrt

hinauf, suchte die Fenster ab und ging los. Seine Schritte auf der gepflasterten Zufahrt waren vollkommen lautlos. Er duckte sich an der Fassade vorbei und warf einen Blick um die Ecke in den rückwärtigen Teil des Gartens. Dort muss es leer gewesen sein, weil er sofort quer über den Rasen schlich. Er schnappte sich die Biere, hob den Blick – und blieb jäh stehen.

»Was ist denn jetzt?«, fragte ich. »Warum kommt er nicht zurück?«

Daz zuckte mit den Schultern, aber die Nervosität war ihm deutlich anzumerken: Er trat von einem Fuß auf den anderen und trommelte beidhändig auf den Lenker. Dann stieß er einen leisen Pfiff aus. »Sal«, zischte er, »beweg dich!«

Mit offenem Mund sah Sal zu uns und wieder zur Hecke.

Daz lehnte sein Rad gegen das von Sal und lief über die Zufahrt, doch als er bei Sal ankam, blieb auch er wie angewurzelt stehen und starrte die Hecke an.

Sekunden fühlten sich wie Stunden an. Ich sah mich auf der stillen Straße um, aber es waren nur die Vögel in den Bäumen und das ferne Murmeln eines Radios zu hören. Ich lehnte Dads Rad an die Hecke und schlich auf Zehenspitzen die Zufahrt hoch und dann diagonal auf die beiden zu. Ich war so sehr darauf konzentriert, nicht entdeckt zu werden, dass ich das große Metallwindspiel, das vom Garagendach baumelte, nicht bemerkte. Sal und Daz zuckten bei dem Geklimper zusammen, und ich riss die Hände hoch, um zu verhindern, dass die Stangen aneinanderklirrten, was alles nur noch schlimmer machte. Ich sprintete über den Rasen und packte Sal am Arm.

»Bist du verrückt?«, flüsterte ich. »Los, gehen wir!«

»Scheiße«, sagte Daz wie in Trance, »guck dir das an.«

Ich drehte mich um.

An sich war die Hecke breit – abgesehen von einem Abschnitt in der Mitte. Dort waren erst kürzlich Zweige herausgebrochen oder -geschnitten worden, sodass man annähernd ungehindert das Nachbargrundstück einsehen konnte. Und dort auf der anderen Seite lag auf einer Sonnenliege ein Mädchen von etwa siebzehn, achtzehn Jahren, das nichts außer Sonnenbrille und Bikinihöschen trug und sich flach ausgestreckt von den Sonnenstrahlen liebkosen ließ.

Vielleicht lag es an dem Porno, den wir uns angesehen hatten, oder an der wahnsinnigen Hitze oder daran, dass wir Teenager waren, die im echten Leben noch nie ein nacktes Mädchen gesehen hatten, aber wir standen wie festgefroren da und hatten im selben Moment vergessen, dass dies hier nicht unser Beobachtungsposten war.

Ich war der Erste, der wegsah. Mein Blick blieb an dem Liegestuhl hängen, der vor die Hecke gerückt worden war, und an den Bieren in Sals Hand, von denen Kondenswasser tropfte.

Noch bevor ich auch nur den Mund aufmachen konnte, ging hinter uns eine Tür auf und krachte gegen die Wand.

»Was zur …«

Wir wirbelten herum. Ein Typ oben ohne, in Shorts und Flipflops trat auf die Terrasse. Das Gesicht kam mir vage bekannt vor. Um seinen Hals hing ein Fernglas, und über dem engen Shortsbund wölbte sich die typische Wampe von Männern mittleren Alters.

Daz war der Schnellste von uns. Er war über den Rasen gespurtet und auf sein Fahrrad gesprungen, noch ehe der Typ sich auch nur nach etwas hatte bücken können. Weil ich am nächsten zur Straße gestanden hatte, war ich dicht an ihm dran, doch Sal hatte auf der falschen Seite des Liegestuhls gestanden, sodass ihm die entscheidenden Sekunden fehlten. Als der Mann den Gartenrechen schwang, stand Sal zu nah an ihm dran. Die rostigen Zinken bohrten sich in seine Schulter, und er schrie auf. Ließ eine Flasche fallen, und sie zerschellte auf dem Pflaster.

Sal strauchelte durch das Tor. Der Mann war immer noch hinter ihm her, schwang den Rechen und brüllte etwas, was ich nicht verstehen konnte.

Sal wuchtete sein Fahrrad auf die Straße, sprang auf und raste davon. Daz hatte die zweite Flasche genommen und nahm einen Schluck und prostete damit noch dem Besitzer zu, der keuchend in der Zufahrt stand.

Mit quietschenden Reifen kamen wir hinter der nächsten Ecke zum Stehen. Ich legte das Rad auf dem Boden ab und rannte auf Sal zu.

»Lass mal sehen«, sagte ich, und Sal winselte. Sein T-Shirt hatte den Hauptanteil Rost abbekommen, doch die Ursache seiner Schmerzen schien die Wucht zu sein, mit der er zwischen den Schulterblättern getroffen worden war. »Da ist kein Blut«, stellte ich erleichtert fest.

»Das war legendär!« Daz schüttelte den blondierten Kopf. »Schade, dass du das Bier hast fallen lassen.«

»Er weiß, wer ich bin«, sagte Sal und kam langsam wieder zu Atem.

»Was?« Ich blinzelte ihn an.

»Er meinte noch: Paul Mendozas Sohn.« Sal rollte die Schulter, als wollte er sich für einen Kampf aufwärmen. »Das Arschloch hat mich wiedererkannt.«

Ich versuchte verzweifelt, mich zu erinnern, woher er mir bekannt vorgekommen war. »Scheiße … Der war vom Golfclub!«

Wir sahen einander an, und Sal schlug die Hände vors Gesicht.

»Aber was waren das bitte für Titten!«, sagte Daz. »Habt ihr gesehen, wie dicht der Stuhl an der Hecke stand? Und dann zwei Bier …« Er pfiff schrill durch die Zähne. »Der hatte sich alles für einen netten Nachmittag zurechtgelegt.«

»Verdammter Pädo«, sagte Sal.

»Um ehrlich zu sein, haben wir auch gegafft«, wandte ich ein.

»Ja, aber wir hatten das nicht geplant. Die war – wie alt? – siebzehn, und wie alt war dieser Typ bitte? Fünfzig?« Er schüttelte den Kopf. »Das ist nicht okay!«

Daz räusperte sich. »Stimmt. Widerlich.«

Ich spürte, wie mir etwas Gefährliches durch die Adern schoss. Ich nahm Dads Rad vom Boden hoch und fuhr zurück zu dem Haus. Sowie ich Tempo aufnahm, rauschte der Wind in meinen Ohren wie Musik. Als ich mich der Auffahrt näherte, war das Surren von Sals und Daz' Reifen nicht weit hinter mir.

Ich nahm einen Stein hoch. Vom Haus aus wäre ich bestens zu sehen. Ich drehte den Stein wiederholt in der Hand, als müsste ich die Energie jener Macht aus meinen Adern erst in den steinernen Brocken lenken. Ihn zum Leben erwecken.

»Mach«, sagte Sal hinter mir. »Mach es, Nick. Mach es jetzt.«

Ich war immer schon ein guter Werfer gewesen. Wenn ich mal unter den Ersten gewesen war, die für eine Mannschaft ausgewählt wurden, dann beim Basketball oder wenn irgendwas aus einem Baum geholt werden musste. Dann hieß es: *Hol Nick.* Mit den Fäusten bin ich ebenfalls gut. Dad meinte eine Zeit lang, ich hätte einen guten Boxer abgegeben, wenn ich stärkere Nerven gehabt hätte.

Du bist zu dünnhäutig, hatte er gesagt. Die wissen genau, wie sie dich erwischen können. Im Ring heißt es: Friss oder stirb.

Der Stein traf ein Fenster im Obergeschoss, und wie erwartet und höchst befriedigend ging es zu Bruch.

Wir warteten gar nicht erst darauf, was als Nächstes passieren würde. Ich raste die Straße hinunter, spürte den Wind im Gesicht und die beiden anderen hinter mir, die mir begeistert zujohlten.

ENDE 2018

Sechs Monate nachdem wir Sal beerdigt hatten, rief Dad mich bei der Arbeit an. Das tat er sonst nie.

»Ich habe Lungenkrebs«, teilte er mir mit. »Die Ärzte sagen, mir bleiben noch drei bis allerhöchstens sechs Monate.«

»Dad …«

»Mir geht's halbwegs gut. Aber du kommst am besten vorbei, damit wir alles besprechen können. Freitag würde mir passen.«

Am Freitagabend stand ich an der Schwelle des Hauses, in dem ich meine Kindheit verbracht hatte, und hielt ein Sixpack im Arm. Ich hob den schweren Messingklopfer an und ließ ihn fallen, und der Schlag hallte drinnen durch den leeren Flur. Während ich darauf wartete, dass Dad mir aufmachte, bemerkte ich einen von Mums Terrakottatöpfen neben der Vordertreppe. Geranien hatten zuletzt vor dreißig Jahren in der festgebackenen Erde gesteckt.

Als die Tür aufging, sah mir ein blasses, eingesunkenes Gesicht entgegen, und ich brauchte einen Moment, um zu begreifen, dass es sich wirklich um Dad handelte.

»Du siehst gut aus«, sagte ich und trat ein.

Er nahm wortlos die Biere entgegen und bedachte sie mit einem kritischen Blick. »Ich bin schon beim Whisky. Du auch einen?«

»Klar«, sagte ich und streifte die Schuhe ab.

Er goss mir ein Glas ein und winkte mich ins Esszimmer, wo er auf dem Mahagonitisch stapelweise Unterlagen ausgebreitet hatte.

»Dad«, sagte ich, »können wir uns ins Wohnzimmer setzen?«

»Aber ich hab alles hier.«

»Das kann doch noch einen Moment warten, oder?«

»Was du heute kannst besorgen …« Er ließ sich mir gegenüber nieder. »Das hier ist alles, was ich habe. Setz dich.«

Ich nahm einen Schluck Whisky.

»Also, ich will eine Erdbestattung, das weißt du. Hier hab ich ein paar Wünsche für den Trauergottesdienst zusammengestellt.« Er drückte mir ein Blatt Papier mit ausgedruckten Stichpunkten in die Hand. »Leichenschmaus will ich nicht. Kein Essen und keine Diashow. Keine Leute, die ich seit Jahren nicht gesehen habe und die plötzlich so tun, als hätten sie sich um mich geschert. Keine Heuchelei, schönen Dank auch. Bringt mich einfach unter die Erde.«

Ich seufzte.

»Ich hab schon angefragt, welcher Platz infrage käme. Ich will so nah bei deiner Mutter wie möglich liegen, aber ich hab erst mal das Grab neben deinem Bruder reserviert, falls nichts anderes zu machen ist.«

»Dad, ich kann das gerade nicht«, sagte ich und stand auf. »Ich lese das alles, Ehrenwort, aber können wir jetzt einfach rübergehen und den Fernseher anschalten?« Ich griff nach seinem Glas. »Komm, ich hole uns noch einen Drink.«

Im Wohnzimmer goss ich uns zwei Gläser aus der fast leeren Flasche auf dem Sideboard ein. Dad setzte sich in seinen Fernsehsessel und ich mich auf das Sofa gegenüber. Er schaltete die Nachrichten ein.

In Indonesien hatte es ein Erdbeben gegeben. Die Szenen der Zerstörung erinnerten mich an Anna. Das tut sie manchmal, taucht urplötzlich auf, und dann kann ich nicht anders und muss eine Zeit lang an sie denken.

»Eins noch«, sagte Dad. »Ich hab an Arsenal geschrieben und beantragt, dass sie die Jahreskarte auf dich übertragen. Bis Ende der Saison ist alles bezahlt, danach stellen sie sie hoffentlich einfach auf deinen Namen aus.«

»Ich bin mir nicht sicher, ob das geht, Dad.«

»Fünfzig Jahre hab ich dort in der Kurve gestanden. Das ist ein halbes Jahrhundert. Außerdem will ich dir etwas hinterlassen. Du bist immer noch mein Sohn.«

Wie gesagt. Monatelang nichts. Dann auf einmal die große Geste.

Dad weigerte sich, ins Hospiz zu gehen.

»Man muss den Tatsachen ins Gesicht sehen. Das hier ist mein Zuhause, und ich ziehe hier nicht aus, solange ich noch einen Atemzug tun kann.«

Auf einen Kompromiss ließ er sich immerhin ein und organisierte eine Pflegerin – dass es eine Frau wäre, war seine einzige Bedingung. Er hatte so seine Ansichten über Männer in Pflegeberufen und auch kein Problem damit, seiner irrationalen, tief sitzenden Angst Ausdruck zu verleihen, er könnte homosexuell werden, wenn er einem Mann erlaubte, ihn zu waschen.

Sheila war eine nüchterne Frau, deren Kinder schon aus dem Haus waren und deren Mann einige Jahre zuvor gestorben war. Eine Lesebrille baumelte ihr an einer pinkfarbenen Kordel um den Hals, sie hatte eine krause Dauerwelle, und sie ließ sich von Dad nichts bieten.

»Ich hab vor zwei Tagen gebadet«, sagte Dad einmal zu

ihr, als ich zu Besuch war. Die Diagnose war rund einen Monat her, und er lag immer öfter im Bett. »Ist ja nicht so, als würde ich schweißtreibende Arbeiten machen. Ich bade erst wieder am Wochenende.«

»Nichts da, Paul. Jetzt sofort«, sagte sie und krempelte die Ärmel hoch. »Es macht Ihnen doch nichts aus zu warten, oder, Nick, Schätzchen? Bislang hat noch keiner meiner Patienten sich wund gelegen, und damit fangen wir gar nicht erst an. Los! Hoch!«

Dad biss die Zähne zusammen und schlug die Decke zurück. Eins zu null für Sheila.

Das Ende kam schneller als gedacht.

Ich hatte mein altes Zimmer bezogen und übernahm die Nachtwache, damit Sheila tagsüber da sein konnte, während ich zur Arbeit musste.

Ein paar Tage vor Weihnachten rief er um zwei Uhr nachts meinen Namen. Ich taumelte aus dem Bett und hinüber in sein Zimmer, wo er aufrecht dasaß und die Bettdecke eng um sich geschlungen hatte. Seine Hände hatte er im Schoß gefaltet, und er sah zu mir hoch wie ein kleiner Junge, der auf seinen Gutenachtkuss wartete.

»Alles okay?«, fragte ich und rieb mir die Augen.

»Ich will einen Whisky.«

»Es ist mitten in der Nacht.«

»Trinkst du einen mit?«

Ich schlurfte nach unten. Im Flur war es dunkel – bis auf das Mondlicht, das Baummuster über die hohen Wände warf. Unten angekommen, sah ich zum Vollmond empor.

Ich nahm die Flasche vom Sideboard im Wohnzimmer, goss zwei Gläser ein und nahm sie mit hoch. Aus alter Gewohnheit stieg ich über die knarzenden Dielen hinweg.

Ich drückte ihm sein Glas in die Hand und setzte mich ans Fußende. Auf meinen eigenen Whisky hatte ich keine Lust; er nippte ein paarmal an seinem und sah sich im Zimmer um.

»Schau dir die vergilbten Wände an.« Das verzierte Gesims hatte über die Jahre eine schmuddelig goldene Patina bekommen. »Muss fünfunddreißig Jahre her sein, dass das da gemacht wurde.«

Ich konnte mich noch an Mum mit Sal auf der Hüfte und einem Pinsel in der Hand erinnern, kurz nachdem wir hier eingezogen waren.

»Und der Rest – sieh dir das an. Da kann doch kein Mensch mehr drin wohnen. Ich nehme an, das richten sie für die nächsten Mieter erst mal hübsch her.« Er atmete scharf ein. »Da siehst du's, Paul Mendoza. Stirbst in einem Zimmer, das nicht mal dir gehört.«

Ich sagte darauf nichts.

»Deine Mutter wollte Senfgelb für das Zimmer. Meinte, das würde dem Raum eine gewisse Erhabenheit geben. Hätte doppelt so viel gekostet wie die große Dose Magnolia, und jetzt schau es dir an. Ganz gelb vom Dreck. Hätte ich sie damals nur gelassen …«

Ich nahm einen Schluck.

Er sah auf sein Glas hinab und ließ den Whisky kreisen, dann warf er den Kopf in den Nacken und kippte alles auf einmal in sich hinein. »Hätte ich sie nur gelassen«, wiederholte er und lehnte den Kopf an die Wand.

»Vermisst du sie?«

Er schlug die Augen auf und starrte durch mich hindurch. Mehrere Minuten lang sagte er nichts, und ich trank mein Glas aus, um die Leere zu füllen.

Dann sagte er doch noch etwas.

»Auf Hochzeitsreise waren wir auf der Isle of Wight. Ein langes Wochenende. Weißt du noch, Lou? An der Alum Bay haben wir Tee getrunken und Scones gegessen. Sie hatten dort Tische mit rot-weiß karierten Tischdecken, und ich hab zu dir gesagt, stell dir einfach vor, das hier wäre Italien, so wie du es dir gewünscht hattest.«

Ich hielt mein Glas fest.

»Hinterher sind wir ins Blackgang Chine, und du bist in diesem Raum mit den Zerrspiegeln komplett ausgetickt. Die Leute haben schon geguckt, und ich musste dich küssen, damit du aufhörst zu lachen. Auf der Fähre hatten wir dann gerade noch so viel Geld, dass wir uns einen Tee teilen konnten. Ich durfte Zucker reintun, obwohl du deinen Tee sonst ohne Zucker getrunken hast. So warst du. Mein süßes Mädchen.«

Ich glaubte, mein Herz würde mir aus der Brust springen.

Dad fuhr sich durchs schüttere Haar und schloss die Augen.

»Ich bin jetzt müde«, sagte er. »Ich will schlafen.«

Ich machte es ihm bequem und saß noch einen Moment lang da, betrachtete den schwindenden Körper unter der Decke und die Kontur seines Kopfes auf dem Kissen. Ich dachte darüber nach, dass man einen anderen nie richtig kannte, dass man sogar blutsverwandt sein konnte und das Einzige, was einen verband, die Worte waren, die man beschloss auszusprechen, und die Art und Weise, wie man einander berührte.

Ich streckte die Hand aus und legte sie auf seinen Fuß unter der Decke.

Stille ist auch eine Sprache. Man hofft einfach, dass der andere sie ebenfalls spricht.

Ich wachte auf, als Sheila an meine Zimmertür klopfte. Draußen wurde es gerade erst hell, aber nach den Farben zu urteilen würde es ein schöner Tag werden.

Sie stand dort im Flur, hatte ihr Tapfere-Pflegerin-Gesicht aufgelegt, und ich wusste Bescheid.

Zum zweiten Mal in jenem Jahr organisierte ich eine Beerdigung. Normalerweise ziehe ich eine immense Befriedigung daraus, wenn Dinge glattlaufen, aber diesmal war alles von Wehmut eingetrübt. Von Trauer vielleicht.

Dads Wünsche wurden ohne Einschränkungen umgesetzt. Es gab keinen Leichenschmaus, nur eine Handvoll Leute am Grab, niemanden, der unverhofft am Friedhofstor wartete und uns sein Beileid aussprach. Stella hielt die ganze Zeit meinen Arm umklammert.

Anschließend kehrten wir nach Hause zurück, und ich setzte mich an den Küchentisch. Stella machte Tee und zog sich einen Stuhl heran.

»Wann kommt Laura wieder?«

»Ende nächsten Monats.«

Sie presste den Mund zusammen. »Wollte sie nicht früher heimkommen?«

Ich verbrannte mir die Lippe am Tee. »Wollte sie, aber ich hab ihr gesagt, sie muss nicht. Drei Monate Südamerika macht man nicht alle Tage, und was hätte sie hier schon ausrichten können?«

Mehr schien Stella nicht hören zu müssen. »Sie ist ein nettes Mädchen.«

»Ja, sie ist nett.«

Stella sah sich um. »Was machen wir mit den Sachen? Ausmisten und wegwerfen? Hier ist nichts, was sich lohnen würde aufzuheben.«

Neben der Spüle stapelten sich Tupperware und Crackerdosen. Die Nachkriegsgeneration schien an allem zwanghaft festzuhalten, falls sich eines Tages zehn Taschenlampen doch noch als nützlich erweisen sollten. Der Unterschrank quoll von ähnlichem Plunder über – inklusive einer Handvoll billiger Becher und Teller aus dem Supermarkt. Stella hatte recht: Nichts davon lohnte sich aufzubewahren. Das gute Geschirr war seit Langem zerschlagen.

»Was ist eigentlich aus Mums Sachen geworden? Das hab ich mich immer gefragt.«

Stella löffelte Zucker aus der Zuckerdose in ihren Tee und rührte um. »Na ja, ich hab damals alles in Kisten gepackt und deinem Vater gesagt, ich würde es zum Secondhandladen bringen, aber er hat darauf bestanden, dass ich es stehen lasse. Ich war damals nicht gerade in Hochform. Vielleicht würden wir das heute anders handhaben und alles abholen lassen, aber das war damals eine andere Zeit. Hast du ihn nie gefragt, was er damit gemacht hat?«

»Sal hat ihn mal gefragt. Es ist nicht gut ausgegangen.«

Wir tranken unseren Tee, und nach einer Weile fragte sie: »Hat dein Dad dir je von Grandpa erzählt?«

»Nein.«

»Unser Vater hat seinen Vater nie kennengelernt. Wir vermuten, dass es der Chef seiner Mutter war – sie war Hausmädchen – oder vielleicht dessen Sohn. Da wurde ein bisschen gemunkelt. Aber so was war damals sehr mit Scham belegt. Wir wissen nur, dass sie rausgeworfen wurde, sobald klar war, dass sie mit unserem Vater schwanger war.« Stella goss sich Tee nach. Sie gab einen Löffel voll Zucker dazu, hielt inne und löffelte zweimal nach. »Er hat seine Mutter vergöttert. Sie starb an TBC, als er zehn war, und bei der Trauerfeier sind sämtliche Verwandten reihum gefragt worden, wer ihn zu sich nehmen würde. Niemand hat sich gemeldet. Am Ende landete er in einem Waisenhaus, aber ich stelle ihn mir oft vor, wie er da in diesem Zimmer inmitten der Familie saß und ihrem Schweigen lauschte. Der arme Tropf. Man will doch nur, dass die eigene Familie einen liebt.«

Ich starrte meinen Becher an. »Das wusste ich nicht.«

»Unsere Mutter hat uns das mal erzählt – heulend, nach einer schlimmen Nacht, in der dein Dad weit nach der vereinbarten Zeit nach Hause gekommen war. Und wer weiß, welche Details sie uns verschwiegen hat.«

»Hat Dad oft mit Grandpa gestritten?« Ich zupfte an den losen Hautfetzen an meinen Fingernägeln.

»Wenn du mal Liebe erlebt hast, und sie wird dir auf diese Weise entrissen ... Was macht das mit einem Menschen?« Sie starrte das Tischtuch an, und in Gedanken war sie irgendwo vor vierzig Jahren.

Ich musste an Grandpa mit seinem Federhut und der Lammfelljacke denken. Wie er uns in die Wangen gekniffen und uns einen zerknitterten Fünfer in die Hand gedrückt hatte, wenn wir alle zwei Wochen wieder heimfuhren. Dad hatte einen anderen Mann gekannt.

Drei Tage später

In der darauffolgenden Woche ging ich wieder zur Arbeit. Mein Vorgesetzter hatte mir angeboten, zwei Wochen freizunehmen, aber wozu wäre das gut gewesen? Ich hätte ohnehin nur Computerspiele gespielt.

Laura war immer noch unterwegs. Sie hatte gemailt, dass ihre Reisegruppe als Nächstes zum Machu Picchu wolle. Rio sei der Wahnsinn gewesen. Sie habe eine halbe Ewigkeit gewartet, um ein Foto ohne scharenweise Influencer hinzukriegen. Irgendwie schon ironisch, mailte ich zurück, wie sehr Pilger- und Wandertouren zu derlei Sehenswürdigkeiten boomten, aber die Menschenmassen dort jede nur entfernt spirituelle Erfahrung unmöglich machten. Und ob man diese Orte alle nicht nur deshalb sehen wolle, um dort gesehen zu werden.

Ein paar Wochen nachdem ich wieder angefangen hatte zu arbeiten, wollte ich eines Vormittags nach draußen. Es gibt nur noch ein paar von uns Rauchern, alle mehr oder weniger im selben Alter und zu lange dabei, um es sich wirklich noch abgewöhnen zu wollen. Ich nehme an, irgendwann um die Lebensmitte herum akzeptiert man einfach den Schaden, der schon entstanden ist.

Ich wusste, dass ich aufhören sollte. Eines Tages. Andererseits ist mein Laster auch ein Vergnügen, und das soll so bleiben, deshalb schlendere ich zum Rauchen gern in die Nebenstraßen, wo ich keinen Kollegen mit Hafer-Lattes und veganen Wurstbroten begegne.

Doch an jenem Vormittag schob ich die Eingangstür auf und stand Anna gegenüber.

Als sie mich erkannte, atmete sie scharf ein. »Was zur ...«

Ich schob mir die Zigarette zwischen die Lippen.

»Ich wusste nicht, dass du hier arbeitest«, sagte sie und sah an dem Gebäude in meinem Rücken empor. Unter Garantie war das eine Lüge, weil ich es auf jedem meiner Social-Media-Profile angegeben hatte.

»Was machst du denn in der City?«

»Ach«, sagte sie und tippte nervös mit dem Fuß auf den Boden, »ich bin hier um die Ecke verabredet. Mit einem Regisseur. Sie brauchen eine Bühnenbildnerin für eine neue Produktion.«

»Ist ja toll.« Ich zündete mir die Zigarette an. »Sorry übrigens, dass ich auf deine letzte Nachricht nicht mehr geantwortet habe.«

Sie schüttelte den Kopf und schlug den Blick nieder. »Ich wollte einfach nur, dass du weißt, dass ich an dich gedacht habe. Dein Dad hat sich mir gegenüber mal sehr nett verhalten.«

Ich blies eine Rauchwolke in die Luft. Wir lächelten einander an.

»Wann hast du Schluss?«, fragte sie. »Wir könnten irgendwo was essen.«

Ich musste kurz an die Singlepackung Lasagne in meinem Kühlschrank denken und sah ihr ins Gesicht. In ein Gesicht, das ich so genau kannte und mir doch nie ins Gedächtnis rufen konnte, sobald wir uns nicht mehr gegenüberstanden. Was, wenn dies der Moment wäre, ab dem plötzlich alles anders wäre?

Wir trafen uns in dem kleinen Park hinter meinem Bürogebäude. Sie saß mit ihrer Baskenmütze auf dem Kopf unter einer Straßenlaterne auf einer Bank und hielt einen Kaffeebecher in den behandschuhten Händen. Das hier ist ein Fehler, schoss es mir durch den Kopf. Ich sollte einfach gehen. Ich sollte mich umdrehen und zur U-Bahn laufen und den Abend zu Hause verbringen.

Doch meine Füße brachten mich zu ihr.

Als sie mich kommen sah, stand sie auf, und ein paar Schritte vor ihr kam ich schlurfend zum Stehen. Sofort war das altbekannte, wohlvertraute Ziehen im Bauch wieder da.

Sie machte als Erste den Mund auf.

»Du warst beim Friseur.«

Ich nickte, ertastete kurz das süße Gefühl des frisch geschorenen Schädels unter meiner flachen Hand. Die Kosten für einen Londoner Barbier und das Magengrummeln nach einem hastig verdrückten Lunch waren es wert gewesen.

»Gehen wir ein Stück«, schlug ich vor und streifte ihre Finger, als ich ihr den leeren Becher aus der Hand nahm und in den Papierkorb warf.

Anna zog sich den Schal enger um den Hals und schlenderte neben mir her. »Ich hab den Auftrag.«

»Ich wusste, dass du ihn bekommen würdest«, sagte ich und holte meine Zigaretten heraus.

»Hattest du irgendwas damit zu tun?«, fragte sie und lachte.

»Ich weiß einfach, dass du anscheinend alles erreichst, was du willst.«

Sie sah mich von der Seite an. »Du kennst mich kaum und hast trotzdem dieses Zutrauen in mich.«

Ich zündete mir die Zigarette an und nahm sie in die ihr abgewandte Hand. »Ich kenne dich doch.«

Wir gingen in Richtung Exmouth Market. Die Sonne war beinahe untergegangen, und in der Brise hing bereits der vertraut winterliche Geruch von Kaminfeuern. Es war kurz vor der Zeitumstellung, und ich freute mich bereits jetzt auf den Frühling, wenn ich nicht mehr im Dunkeln zur Arbeit und wieder zurückfahren würde. Bald würde die Luft anders riechen.

»Wie schön«, sagte Anna, als wir die Straße überquerten, und zeigte auf die Lichterketten, die zwischen den Häusern hingen.

»Wir hätten lieber zusammen zum Lunch gehen sollen«, sagte ich. »Hier gibt's tagsüber fantastisches Streetfood.«

»Beim nächsten Mal«, sagte sie, und wir lächelten beide.

Sie suchte ein Eckrestaurant aus, und die Bedienung platzierte uns am weitesten von den Fenstern weg, doch als wir gerade die Jacken ablegten, blickte Anna an mir vorbei und sah plötzlich panisch aus.

»Da ist jemand, den ich kenne«, sagte sie und griff in meinen Pulli. »Schnell, raus hier!«

Wir ließen die Speisekarten auf dem Tisch liegen und machten uns auf den endlosen Weg zur Tür.

Erst als wir hinter der nächsten Ecke in Sicherheit waren, lachte sie auf, klatschte in die Hände, und ihre Wangen waren vor Aufregung gerötet. »Tut mir leid!« Sie schlug sich die Hand vor den Mund. »Es sollte mir nichts mehr ausmachen, oder? Du warst einfach immer mein heimlicher Freund.«

»Wie verrückt war das denn gerade …« Ich zog mir die Jacke zurecht. Würde es für immer so bleiben?

»Dann eben Wein«, schlug Anna vor. »Gehen wir irgendwo einen Wein trinken.«

Ich dirigierte sie zu einem kleinen Pub abseits der Hauptstraße, in dem wir hin und wieder Kollegenabschiede feierten. Er war überschaubar, ruhig und angenehm bodenständig. Sie steuerte einen Tisch in der Ecke an, und ich holte uns etwas zu trinken.

Ihr roter Pullover rutschte ihr von der Schulter. Wie eine Ampel, dachte ich und trug eine Flasche Wein und zwei Gläser an den Tisch. Rot für Stopp, Nick. Stopp. Fast hätte ich die Flasche fallen lassen.

»Du bist immer so nett zu Kneipenpersonal«, stellte Anna fest, als ich mich setzte. Sie hatte das Kinn aufgestützt und musterte mich. »Daran kann ich mich noch erinnern.«

Ich beugte mich vor und berührte sie an der Hand, auf die sie das Kinn aufstützte. Sie trug zwei Ringe, und ich zog ihre Hand näher, um mir den Schmuck anzusehen. Dass sie links keinen Ring mehr trug, hatte ich schon gesehen, und sofort hatte mein Hals zu jucken begonnen.

»Ich hab kleine Hände, passende Ringe zu finden ist eine Katastrophe.«

»Zeig mal«, sagte ich, und wir legten die Hände flach aufeinander. Zwei Frauen an einem Nachbartisch guckten, und ich fragte mich, wie es für sie aussehen mochte. Bestimmt hatten sie uns durchschaut, ehe wir selbst wussten, was los war.

Ich goss uns Wein ein, und sie stieß mit mir an.

»Warte«, sagte sie dann. »Einen Toast.«

»Aufs Älterwerden?«

»Ach was! Auf uns. All diese Jahre später.«

Kurz herrschte Stille, wir nippten am Wein, und wir sahen einander in die Augen. Auf meiner Haut breitete sich Wärme aus.

Anna setzte ihr Glas ab. »Irgendwer hat neulich zu mir

gesagt: *Du bist jung, aber nicht mehr jung-jung.* Ich hätte schreien können.«

»Ich gehe Spiegeln inzwischen ja lieber aus dem Weg. Aber du siehst echt gut aus.«

Anna schlug den Blick nieder, und ich hätte schwören können, dass sie errötete. In einem Anflug von Kühnheit nahm ich erneut ihre Hand und inspizierte ihre Finger. »*Die* Angewohnheit hast du nicht aufgegeben.«

Sie zog die Hand zurück. »Ich hab ein Vermögen für Hautpflege und Hilfsmittel ausgegeben … Aber ja, ich kaue immer noch auf den Fingernägeln. Wir kontrollieren nur, was wir kontrollieren können. Ist deine Lunge immer noch schwarz?«

Ich versetzte der Tischkante einen Klaps. »Schwarz wie meine Seele.«

»Ich hab immer gedacht, älter zu werden würde mir nichts ausmachen.« Sie fuhr mit dem Finger den Rand ihres Weinglases ab. »Und im Großen und Ganzen stimmt das auch. Aber es gibt so viel, was ich noch machen will, und es bleibt dafür immer weniger Zeit.«

»Das bedeutet wohl, dass wir erwachsen sind.«

»Gott, sag das nicht!« Sie lachte. »Ich dachte immer, irgendwann Anfang dreißig würde ich mich wie von Zauberhand in eine patente, praktisch veranlagte Person verwandeln und wüsste genau, welche Pille gegen welche Krankheit hilft, wäre für jeden Notfall gerüstet … Aber jetzt bin ich fünfunddreißig und habe immer noch keine Ahnung.«

»Wenn uns jemand hören würde«, sagte ich kopfschüttelnd. »Wie zwei Rentner, die darüber reden, dass ihnen die Zeit davonläuft. Es geht uns doch gut!«

Anna lächelte schief. »Manchmal frage ich mich, ob mich

das zu dir hinzieht – die Sehnsucht nach einer Zeit, als ich noch keine Verantwortung übernehmen musste, als ich noch nicht Stunden in der Warteschleife der Stadtwerke hing oder bei der Post Schlange stehen musste. Vielleicht bist du der Weg zurück in eine Zeit, in der ich nichts weiter tun musste, als auf dem Bett eines Jungen zu sitzen und *Karma Police* zu hören.«

Ich lächelte. »Ich glaube ja, du hast diese Zeit einfacher in Erinnerung, als sie tatsächlich war.«

»Aber mal ernsthaft – bist du glücklich?«

Ich nickte. »Was bitte ist Glück – außer einer chemischen Reaktion im Kopf?«

Sie runzelte die Stirn. »Das glaubst du nicht wirklich. Nimm beispielsweise deinen Job: Liebst du den? Ich hab immer gedacht, du wolltest Schriftsteller werden.«

Ich leerte mein Glas und goss mir nach. »Passiert es dir nie, dass du irgendwo reinschlitterst, ohne dass du es bemerkst? Ich hab daraus anscheinend eine Gewohnheit gemacht.«

Bis die Flasche leer war, plauderten wir. Mit ihr zusammenzusitzen war leicht, und doch war da eine Spannung, die uns hellhörig machte. Wir ließen zu, dass immer wieder Stille herrschte, während wir an unseren Ärmeln zupften oder am Weinetikett nestelten.

Als die Flasche leer war, taumelten wir mit vom Wein auf leeren Magen geröteten Wangen hinaus in den Winter. Sobald wir auf dem Gehweg standen und uns gerade fragten, was wir jetzt tun sollten, hielt ein Taxi vor uns. Die Tür ging auf, und ein Mann im Frack sprang heraus und ging den Insassen zur Hand. Es war eine Hochzeitsgesellschaft: beschwipst und lachend und johlend. Die Braut strich ihr weißes Kleid glatt und raffte den Schleier, dann hakten sie sich beieinander unter – Braut, Bräutigam, zwei Trauzeugen – und liefen über die Straße auf ein Restaurant mit von Kerzen erleuchteten Fenstern zu, hinter denen sich Leute die Nase an der beschlagenen Scheibe platt drückten. Die Tür ging auf, ein Chor aus Rufen wehte heraus, und die vier stürzten sich ins Getümmel.

Im Dunkeln lächelten wir einander an.

An irgendeiner Ecke kauften wir gebrannte Mandeln, die wir uns auf dem Weg zum Bahnhof teilten. Der Ton zwischen uns war ein anderer geworden, sobald wir dem Verkehr und anderen Passanten nachsahen, statt einander anzusehen.

»Ich hab kürzlich diese Sendung gesehen«, sagte Anna, »in der ein Promi auf Ahnensuche geht. Schon mal davon gehört? Das war wirklich seltsam – all diese Geschichten von Leuten, die vor Hunderten von Jahren gelebt haben. Leute wie du und ich, mit Gefühlen und Bedürfnissen und Wünschen. Sie dachten, sie hätten alle Zeit der Welt, und sind trotzdem gestorben wie jeder andere auch. Und auf einmal habe ich mich gefragt: Warum bitte sitze ich hier auf dem Sofa und schlage Zeit tot, die ich gar nicht habe?«

»Wir würden wahrscheinlich diverse Dinge anders machen, wenn wir täglich über den Tod nachdenken würden.«

»Joe, mein Sohn, hat mich gestern gefragt, ob er im Jahr 3000 noch lebt. Ich musste leider Nein sagen.«

»Klar.«

Sie lachte bitter auf. »Siehst du, Nein ist die normale Antwort. Aber mir ist mal beigebracht worden, dass ich ewig lebe.«

Ich schüttelte den Kopf. In meinem Leben hatte der Tod immer eine Hauptrolle gespielt. Wie wäre es wohl ohne ihn gewesen?

Ein Rettungswagen kreischte vorbei, wir kamen kurz aus dem Tritt, und Anna streifte meinen Arm.

»Du hast mich nie nach meinem Leben gefragt«, sagte sie.

»Ich bin mir nicht sicher, wie viel von deinem Leben ich ertragen hätte«, sagte ich.

Es wurde laut, weil irgendwo jemand die Hupe gedrückt hielt, und ich wünschte mir, wir hätten eine ruhigere Strecke gewählt.

»Aber du wolltest auch nie, was ich wollte«, stellte sie fest. »Heiraten, Kinder kriegen ... Das war nie Teil deines Lebensentwurfs.«

»Ich hab nur mit dem Heiraten ein Problem. Die Vorstellung, Kinder zu haben, schreckt mich nicht mehr so sehr. Ich würde einfach nur gern ein guter Vater sein, wenn ich müsste.«

»Du wärst ein guter Vater«, sagte sie sanft.

Ich starrte die leere Mandeltüte an. »Danke.«

»Ohne Ring am Finger hätte ich nie mit jemandem zusammenleben dürfen. Ich hätte meine halbe Familie verloren.«

»Ich weiß.« Ich warf die Tüte in den Müll. »Deshalb hab ich auch nicht versucht, dich aufzuhalten, als du gegangen bist, obwohl ich es hätte tun sollen.«

»Aber du hättest mich nie geheiratet.«

»Das wissen wir beide.«

Sie riss die Arme hoch. »Warum siehst du es nicht einfach als blödes Stück Papier?«

Ich machte einen Schritt auf sie zu. »Das heißt nicht, dass ich nicht darüber nachgedacht hätte.«

Dann standen wir einen Moment lang da, einfach so, sahen einander an, und sie sagte: »Ich hab dich noch nie im Winter gesehen.«

Wir fuhren zusammen im Zug zurück nach Ashford. Der Waggon war so gut wie leer, und die Fenster waren schwarz, überall um uns herum Spiegelbilder unseres Grübelns.

Kurz bevor wir ankamen, drehte sie sich zu mir um. »Du weißt, dass ich ausgetreten bin?«

Ich betrachtete gerade ihren ringlosen Finger, als sie es sagte. Ich machte den Mund auf, aber es kam nichts heraus.

»Kennst du die Geschichte von Lots Frau?«

Ich schüttelte den Kopf.

»Lot war ein Prophet«, erklärte sie, »dem Gott befohlen hatte, seine Stadt zu verlassen, ehe sie zerstört würde. Er sollte in die Berge fliehen und nicht mehr zurückschauen. Also flüchtete er mitsamt seiner Familie, während hinter ihm die Stadt in Flammen aufging. Dann drehte sich seine Frau doch um und wurde zur Salzsäule.«

»Salz?«

»Krass, oder? Ich kenne die Geschichte schon mein Leben lang. Aber erst als ich sie kürzlich wieder gelesen habe, wurde mir klar, wie absurd sie eigentlich ist. Wir erkennen doch nur, indem wir zurückblicken, wie weit wir schon gekommen sind. Und wie weit wir noch gehen müssen.« Sie sah hinaus in die Finsternis. »Ich hab das Gefühl, ich kann sie verstehen. In diesem Stadium zwischen Vergangenheit und Zukunft festzustecken und nicht zu wissen, wie man loslassen soll …«

Ich sah zu, wie sie – auf diese ihr eigene Weise – auf ihrer Lippe kaute.

»Und weißt du, was das Schlimmste ist? Die arme Frau hatte nie einen Namen. Sie dient als eine Art Stellvertreterin für die Welt und kriegt nicht mal einen Namen.« Sie schüttelte den Kopf. »Ich hatte immer schon meine Zweifel, aber als mir das klar wurde, war ich so weit.«

Mein Knie streifte ihres, und ich sah nach unten.

»Manchmal braucht es so eine Kleinigkeit, damit man etwas Großes erkennen kann.«

»Was ist mit deiner Familie?« Endlich hatte ich die Sprache wiedergefunden.

Sie verschränkte die Arme. »Joe ist jetzt meine Familie.«

Ich konnte ihr den Schmerz ansehen.

Der Zug fuhr in den Bahnhof ein, und wir standen auf. Noch während wir darauf warteten, dass er hielt, trat ich näher an sie heran. Nicht dass von draußen Leute hereingeströmt wären oder irgendwer sich an mir vorbeigedrängt hätte. Ich tat es, weil ich es wollte.

»Bringst du mich noch nach Hause?«, fragte sie, als wir hinaus in die Kälte getreten waren. Ich muss verwirrt geguckt haben, weil sie lächelte und die Straße runternickte. »Ich wohne hier in der Innenstadt.«

»Oh«, sagte ich. »Klar.«

Es fühlte sich an, als wäre seit meiner letzten Zigarette eine Ewigkeit vergangen, und ich wühlte durch meine Taschen und suchte mein Feuerzeug. »Mist, das hab ich im Pub liegen lassen.«

Anna boxte mich sanft auf den Arm. »Wäre doch die Gelegenheit aufzuhören.«

»Sag niemals nie. Aber heute sind wir uns zufällig über den Weg gelaufen, das war schon genug Belastung.«

»Halt, Moment!« Wieder berührte sie mich am Arm. »Ich hab von dem Lokal, in dem meine Besprechung war, Streichhölzer mitgenommen.« Sie zog ein Streichholzbriefchen aus der Hosentasche und lächelte, als ich meine Zigarette anzündete und ihr die Streichhölzer zurückgab.

»Behalt sie.«

»Danke.« Ich wandte mich ab, um den Rauch von ihr wegzupusten, und kurz schwiegen wir beide, doch unsere Blicke trafen sich erneut.

»Morgen soll es zwanzig Grad warm werden.« Sie streifte sich die Handschuhe über, und wir setzten uns in Bewegung. »Was ist mit diesem Planeten los?«

»Wir reißen uns alle am Riemen und behaupten, dass wir Angst hätten vor der Klimaerwärmung, aber insgeheim sind wir auch froh. Wärme auf der Haut.«

Wir spielten *Weißt du noch*. Eine Ecke im Park, Fahrten von der Arbeit nach Hause, Musik, die im Moment eines bedeutungsvollen Kusses gelaufen war. Sie redete von Sal und Begegnungen, an die sie sich noch erinnern konnte. Ich genoss es, ihn durch ihre Augen zu sehen.

»Guck mal, der Gedenkpark«, sagte sie. Wir überquerten die Straße und gingen durchs Tor. Die Rasenflächen waren dunkel und leer, die schwarze Silhouette des Kriegerdenkmals ragte darüber auf. »Schon komisch. Wenn man die einzelnen Tage nimmt, die wir zusammen verbracht haben, waren wir alles in allem einen Monat zusammen. Stimmt's? Einen Monat. Trotzdem gibt es in dieser Stadt, in der ich fast mein ganzes Leben verbracht habe, Orte, an denen ich nicht vorbeigehen kann, ohne an dich zu denken.«

Ich war froh, dass es dunkel war und sie mein Gesicht nicht sehen konnte. »Du wirst immer mehr als nur ein Monat sein.«

Einen Nachmittag konnte sie in allen Einzelheiten wiedergeben – was wir unternommen, welche Klamotten wir getragen, worüber wir uns unterhalten hatten –, aber sosehr ich mich bemühte, ich konnte mir nicht eine einzige Minute jenes Tages in Erinnerung rufen. Das sei nicht passiert, sagte ich, doch sie bestand darauf.

Sie wohnte in der schmalen Straße, die halb um die Kirche herum verläuft. Mit den aus zig Epochen zusammengewürfelten Häuserfronten und dem Kopfsteinpflaster ist es die einzige Straße in der Innenstadt, die sich dörflich anfühlt. Auf dem Kirchhof stehen kreuz und quer Grabsteine, die Gräber selbst sind seit Langem verwaist und vergessen.

»Da sind wir«, sagte sie und blieb vor einem schmalen Eckhaus stehen. Im Obergeschoss brannte Licht, und ich fragte mich, ob hinter der Fassade jemand auf sie wartete.

Ihrer Eingangstür genau gegenüber stand ein Grabstein, und im Schimmer der Straßenlaterne konnte man die verwitterten Buchstaben ausmachen: *Hier liegt Mary Stephens. Gestorben mit 48. Liebende Ehefrau und Mutter.* Der Rest war unter Flechten nicht zu erkennen.

»Was für ein einladender Eingang«, sagte ich.

Anna folgte meinem Blick. »Ich finde es toll. Eine nützliche Erinnerung daran, wo wir alle mal enden.«

»Auch eine Art, es zu sehen.«

»Ich bin dir zu heftig«, stellte sie fest.

»Stimmt.«

»Ich bin den meisten zu heftig. Andererseits sind die meisten anderen Weicheier.«

»Sei nicht so hart mit den Leuten.«

»Da schau einer an.« Sie wühlte in ihrer Handtasche. »Hab wohl einen Nerv getroffen.«

»Ich versuche nur, die Welt aus verschiedenen Blickwinkeln zu sehen.«

Anna schob den Schlüssel ins Schloss, und es klickte. »Immer noch genauso herablassend, wie ich sehe. Also dann … Danke, dass du mich heimgebracht hast.«

Sie zuckte zusammen, als ich nach ihrem Arm griff.

»Hey«, sagte ich, »das hier ist doch kein Abschied, wie er

sein sollte. Entschuldige, wenn ich etwas Falsches gesagt habe. Ich bin in letzter Zeit nicht gerade in Bestform und ziemlich daneben.«

»Verstehe.« Dann lächelte sie in der Dunkelheit. »Sind wir zu jung für einen Schlummertrunk?«

Ich wusste, ich sollte gehen.

Sie schob die Tür auf, und ich folgte ihr nach drinnen.

*

Können wir vom Büfett der Dinge essen, die wir hätten tun sollen / *von Anna*

Ich will, dass du die Hände schützend vor mein Gesicht
hältst, als wäre ich deine letzte Zigarette
Mach Feuer und zünde mich an
Schau zu, wie ich brenne,
Führ mich an deine Lippen, weil du gar nicht anders kannst
Genieß mich

Ich will dich schwach

Kein Hinhalten mehr
Ich will ein Bekenntnis
Mein Körper als dein Rosenkranz
Sprich meinen Namen
Während du die Biografie meiner Haut nachzeichnest
Dieser Finger an deiner Linken
Der die Tinte verwischt
Und in die erste Reihe gesetzt wurde
Den will ich
Er soll mir der Erste sein seit Jahren, der sich nicht nach
Untersuchung anfühlt

Können wir vom Büfett der Dinge essen, die wir in deinem Bett hätten tun sollen
Können wir Kelche mit Rotwein füllen und gegen den Kleiderschrank schmettern
Können wir abfeuern und ausbluten lassen und kaum erhitzen, damit es fast noch lebt
Wir sind fast noch roh
Ich habe nie Wild gegessen, aber ich war wild mit dir
Schlag den Vogel in Teig ein, wenn du willst
Oder nage Fleischfetzen vom Knochen
Es landet ohnehin alles in unseren Mägen
Der herrliche Saft auf unseren Kinnen

Zu heftig? Ich bin dir zu heftig. Ich werde weiter behaupten, dass du nie mit mir klarkämst und es nie funktionieren würde, bis du
meinem Mund mit deiner Zunge Einhalt gebietest

Ich will dir nicht sagen, dass es mir leidtut
Aber ich will vor dir auf die Knie sinken
Dein Geschmack in meinem Rachen
Dein Ausdruck, wenn du in meinem Mund kommst
Ich will deine Tinte auf mir verwischt sehen
Um ganz sicher zu sein, dass das Salz, das ich schlucke, mein Innerstes würzt
Ich bin begierig auf ein Büfett
Ich bin gierig, und doch bist du das Einzige

Was ich will / Ich will
die naheliegenden Dinge:

Dein Gewicht auf mir
Deinen Blick auf mir
Dich sehen, wenn du wie der Sonnenuntergang errötest
Den Anblick deiner Zimmerdecke
Das Licht, das durch die Tür hereinfällt
Ich will wissen, wie du fickst
Ich will wissen, wie ich dich ficke
Wie du unter mir aussiehst
Mir zusiehst, wenn ich für dich schauspielere
(Lass nicht zu, dass ich schauspielere)
Wie du emporgreifst und mich berührst
Und anschließend,
Wenn wir müde und wund sind
Will ich wissen, ob du festgehalten werden willst
Oder ob du derjenige sein willst, der festhält

Können wir vom Büfett der Dinge essen, die wir hätten tun sollen
Als wir alle Zeit hatten
In jener Nacht in deinem Bett

Lass uns trinken auf alles, was noch kommt

Durch die Haustür gelangte man direkt in ein kleines Zimmer. Ich sah mich um, während sie ein paar Lampen anknipste. Da waren Deckenbalken, unter denen ich mich hindurchducken musste, und gerade genug Platz für ein kleines Sofa und einen Sessel. Die Möbel sahen secondhand aus, und die Vorhänge hatten bestimmt schon hier gehangen, als sie eingezogen war, aber über den lackierten Bodendielen lagen gemusterte Webteppiche, und auf jedem freien Fleckchen standen üppige Zimmerpflanzen. Die gehörten definitiv ihr. Sie hatte Drucke berühmter Gemälde an die Wände gehängt, und rund um das Sofa und auf dem Boden türmten sich Bücher. Es sah schlicht, aber gemütlich aus, geliebt sogar.

»Was möchtest du trinken?«, fragte sie und drehte sich zu mir um.

Ich streifte mir Schuhe und Jacke ab. »Gibt's einen Kaffee?«

»Ich führ dich gleich rum«, rief sie über die Schulter und verschwand in der winzigen Küche. »Dürfte satte dreißig Sekunden dauern.«

Unter der Treppe standen Leinwände, Gläser mit Pinseln und Farbtuben. Neben der Küchentür stand eine Staffelei, auf der ein halb fertiges Gemälde mit einem farbbekleckstem Malerkittel verhängt war.

Ich sah mir die Sachen auf dem Kaminsims an: eine kleine Vase mit weißen Blumen, daneben eine Streichholzschachtel, eine in sich verdrehte Metallskulptur mit gehämmerter Oberfläche, ein von Kinderhand mit Wasserfarben gemalter Alien. Indem ich mir die Dinge ansah, mit denen sie sich umgab, sammelte ich wertvolle Informationen über ihr Leben. Ein gerahmtes Foto von ihr und ihrem Sohn sah ich mir genauer an; das hatte ich bereits online entdeckt. Er sah ihr ähnlich, hatte ihre Wangen- und Mundpartie, aber das goldblonde Haar seines Vaters. Er hielt ihre Hand, sie aßen Eis und lachten.

An der Wand hing ein großer blinder Spiegel, in dem ich gerade so meine verschwommene Kontur ausmachen konnte.

»Bereit?«

Als ich mich umdrehte, stand sie mit der Hand am Geländer am Fuß der Treppe. Sie hatte den Kopf leicht seitlich geneigt, als hätte sie mich schon eine Weile studiert, während ich ihr Leben studiert hatte.

Sie ging vor mir her nach oben, und ich starrte ihren Lederrock an und stellte mir vor, ich würde mit der Hand an ihrem Bein hochstreichen, wie ich es schon mal getan hatte. In der kurzen Zeit, als ich es hatte tun dürfen.

Sie betrat das vordere Zimmer, in dem ich von draußen Licht gesehen hatte. Auf einem Blatt Papier an der Tür stand in Kinderschrift »Joes Zimmer«. Der Geruch frischer Farbe hing in der Luft. Das Zimmer war schlicht eingerichtet – ein kleines Bett, eine Kommode und ein paar niedrige Regale, die mit Kuscheltieren vollgestellt waren. Über dem Bett hing ein Poster mit einer Gestalt, die von einer Klippe in einen See sprang.

»Schönes Poster«, sagte ich.

»Ich mag es auch.« Anna berührte die Kante.

»Wo ist er gerade? Joe?«

»Bei seinem Vater.« Sie schlug den Blick nieder. »Wir teilen uns das Sorgerecht. Ich finde das schrecklich. Ich bin länger geblieben, als ich hätte bleiben sollen, weil ich die Vorstellung nicht ertragen konnte, ihn dort zurückzulassen.«

Ich fragte nicht nach, und erst später würde ich erfahren, dass sie an jenem Abend Angst gehabt hatte, es könnte mich in die Flucht schlagen, wenn sie über ihn sprach.

»Komm«, sagte sie und winkte mich aus dem Zimmer.

Von dem schmalen Flur ging ein Badezimmer ab. Sie hielt mir die Tür auf, und mein Blick wanderte über einen weiß gehaltenen Raum mit in die Jahre gekommenen Fliesen. Nirgends im Regal oder am Waschbeckenrand Hinweise auf einen Mann – kein Rasierer, keine Zeitung neben dem Klo. Nur Tiegel und Cremes und Pflanzen.

Zuhinterst lag ein Zimmer, das in einem warmen Orangerot gehalten war. Ihr Zimmer. Ein Doppelbett füllte es annähernd aus. Ein Holzstuhl diente als improvisierter Nachttisch, und in einer Nische in der Ecke stand ein schmaler Kleiderschrank. Auf dem Fensterbrett stand eine gläserne Vase, darin ein Zweig mit leuchtend roten Blättern. Das einzige Licht, das hereinfiel, war das des Mondes und ein schmaler Streifen von der Flurlampe.

Mit im Rücken verschränkten Händen lehnte Anna am Türrahmen. »Hast du das ernst gemeint?«

Ich sah sie verwirrt an.

»Was du gesagt hast – dass ich nicht so hart über andere urteilen soll.« Eine Haarsträhne fiel ihr ins Gesicht, während sie auf ihre Füße starrte. »Wenn ich mich selbst als heftig bezeichne, dann im Scherz, weißt du. Aber du findest das wirklich.«

Ich schob die Hände in die Taschen. »Du hast Feuer und deine Überzeugungen. Das ist nicht immer leicht, aber grundsätzlich gut.«

Sie hielt den Blick nach unten gerichtet. »Warum hab ich das Gefühl, dass du insgeheim das Gegenteil glaubst?«

Ich machte einen Schritt auf sie zu. Es gab hier keine Stühle, und es fühlte sich falsch an, mich auf ihr Bett zu setzen. Der Raum war beengt, und die rote Farbe an Decke und Wänden verstärkte den Eindruck. Ich lehnte mich an die offene Tür.

Sie blickte auf. »Du musst jetzt was Gutes über mich sagen.«

»Du bist einer der heftigsten und inspirierendsten Menschen, die ich kenne. Ich weiß über dich nur Gutes zu sagen. Ganz ehrlich.«

»Das sollte uns zur Gewohnheit werden«, sagte Anna. »Gutes über den anderen zu sagen. Das würde einiges verändern.«

Ich hob die Hand und strich ihr die Strähne hinters Ohr. »Wir sind hier, um einander gutzutun. Nur darum geht es.«

»Kann ich dir denn was Gutes tun?«

»Das musst du jetzt nicht sagen. Bei mir ist alles okay.«

»Ich hab nicht behauptet, dass ich muss. Ich will.« Sie zupfte an einem kleinen Holzsplitter am Türrahmen herum. »Wenn ich mit dir zusammen bin, gibst du mir das Gefühl, es ist alles in Ordnung. Ich hab dann dieses komische, knotige Gefühl im Bauch – aber das ist schon okay. Wahrscheinlich ergibt das jetzt keinen Sinn, aber man fühlt sich bei dir wie zu Hause … und so ein Gefühl hab ich bisher nie gehabt.«

Ich sah auf meine Fingerknöchel hinab. »Klingt aber schön.«

»Weißt du, was ich richtig geliebt habe?«, fuhr sie fort. »Als du dich vorhin im Zug über mich drübergebeugt hast. Das war ein schönes Gefühl.«

Mein Mund war staubtrocken, ich brauchte dringend ein Glas kaltes Wasser, um meine Kehle zu beruhigen und den Weg freizuspülen für Worte, von denen ich wusste, dass ich sie würde sagen müssen.

»Ich muss dir was sagen.« Annas Gesicht lag im Schatten. »Ich will deine Hände in meinem Haar und deinen Mund auf meinem Hals, und ich will, dass du ganz langsam mit mir schläfst, als würde es dir etwas bedeuten, und dann will ich, dass du mich hochhebst und mich hart gegen die Wand vögelst und mir zeigst, wie du dich fühlst.« Sie riss den Splitter aus dem Holz. »Ist dieser Nick eine Einbildung?«

»Der dich an die Wand drücken und vögeln wollen würde?«

»Der es tun würde.«

Ich hielt es nicht mehr aus. Ich trat vor sie, legte die Hände an ihre Taille, und sie drückte sich an mich. Und dann war mein Mund an ihrem Mund. Ihr Atem vermischte sich mit meinem Atem. Die Wucht ihrer Zunge belebte jede Faser in mir.

Ich küsste die Dunkelheit um ihre Schultern, wo ihr Haar offen hinfloss, setzte mich auf die Bettkante, zog sie an mich, zog ihr Oberteil hoch und tastete über ihre Haut.

»Warte«, sagte Anna. Sie hielt meinen Kopf auf Hüfthöhe fest, und ich sah zu ihr hoch. »Bist du dir sicher?«

Ich dachte an den Mann, der ich sein sollte, und an das Verhalten, das von ihm erwartet wurde. Daran, dass ich mich allein für die Vorstellung, eine andere Frau als Laura zu berühren, in Grund und Boden schämen sollte – aber Anna war keine andere Frau. Sie war ich, und ich war sie, und da war keine Scham.

Mit geschlossenen Augen nickte ich.

Sie muss mein Schweigen als Zweifel gedeutet haben, weil sie »Nein« sagte und mir einen Kuss auf den Scheitel gab. »Nicht so.«

Einen Augenblick lang rührten wir uns nicht.

»Wäre es okay für dich, wenn ich über Nacht hierbliebe?«, fragte ich. »Als Freund oder wie immer du es nennen willst?«

Anna strich mir übers Haar und hob mein Gesicht in ihre Richtung. »Freunde?«, fragte sie lächelnd. »Das sind wir also?«

Im Morgengrauen weckte uns Kirchengeläut. Die Sonne strömte in scharf konturierten Streifen aufs Bett und wärmte die Decke über unseren halb nackten Körpern. Wir lagen nebeneinander, nur unsere Füße berührten sich.

Ich drehte mich zu ihr um. Ihr Gesicht war so pur, wie ich es noch nie gesehen hatte.

»Du bist wie ein kleiner Junge, wenn du schläfst.«

»Hast du mich beobachtet?«

Sie stupste mich mit dem Zeh an. »Ich hab mich oft gefragt, wie es sich anfühlen würde, wenn du in meinem Bett liegen würdest.«

»Aber das wusstest du doch.«

»Das hier ist *mein* Bett, schon vergessen? Das hier ist neu.«

Ich streckte die Hand aus und rieb sanft über die Stelle an ihrem Finger, an dem der Ring gesessen hatte. »Was ist da passiert?«

Sie zog ihre Hand weg und rutschte ein Stück nach unten, unter die Decke. Ich tat es ihr gleich. Das Fleckchen, das wir jetzt einnahmen, war gleichzeitig dunkel und hell. Wir konnten uns nicht voreinander verstecken.

Anna drehte sich in meine Richtung und schob beide Hände unter ihre Wange. »Die Menschen verändern sich«, sagte sie nach einem Augenblick. »Und manchmal verändern sich Menschen auf eine Art, die uns nicht gefällt. Wir erwarten, dass sie gleich bleiben, dass sie so bleiben, wie wir sie kennen, weil wir meinen, dass unsere Erfahrung mit ihnen gleichbedeutend ist mit ihrem Wesen. Dabei kennt man den anderen nie wirklich.«

»Das stimmt.« Ich spürte die Sonnenwärme durch die Decke. Es fühlte sich himmlisch an und zugleich wie die Hölle, auf engstem Raum so nah bei ihr zu sein. »Wahrscheinlich haben die Leute unterschiedliche Vorstellungen davon, was ein Ring bedeuten kann.«

Sie strich mir über den Ringfinger. »Und bei dir?«

»Du kennst mich. Sensibles Thema.«

»Ich finde trotzdem, dass Ehe etwas bedeutet.« Sie drehte sich auf den Bauch und stemmte sich auf die Ellbogen. »Vor Zeugen zu sagen: *Diese Person. Die wähle ich.* Dazu gehört Mut.«

»Das kann ich verstehen.«

Sie legte den Kopf aufs Kissen und sah mich an. »Es liegen Welten zwischen der Person, die man mit neunzehn ist, und der mit fünfunddreißig.«

»Er war mit deinem Entschluss, die Herde zu verlassen, nicht einverstanden?« Ich versuchte, das vertraute Kratzen im Hals zu ignorieren, das falsche Begehren.

Anna schüttelte leicht den Kopf. »Hab ich aber so erwartet. Als Frau hat man in meinem Glauben Regeln zu befolgen. Der Ehemann ist für alles verantwortlich. Er besitzt deinen Körper, trifft alle Entscheidungen, und wenn die Frau nicht gehorcht, dann fällt das auf ihn zurück.« Sie biss sich auf die Lippe. »Und er hat immer viel darauf gegeben, was andere von ihm hielten … Ich hab es versucht – ich dachte, mit einem Baby würde es vielleicht klappen, vielleicht wäre es da einfacher, meine Rolle zu spielen. Aber es hat alles schlimmer gemacht.«

»Inwiefern?«

»Ich war nicht mehr nur für mich selbst verantwortlich. Ich hatte dieses neue Leben in die Welt gesetzt, und ich habe mich mehr um den Jungen als um irgendeinen heiligen Geist gesorgt. Aber du sollst Gott sogar mehr lieben als dein eigenes Kind. Und das konnte ich nicht. Außerdem wollte ich nicht, dass mein Sohn irgendwann glaubt, dass er das Recht hätte, seiner Ehefrau vorzuschreiben, wer sie zu sein hätte. Sein Vater war nie absichtlich grausam, aber er hatte sich so sehr in diese Person verwandelt, die er angeblich sein sollte, dass ich ihn gar nicht mehr wiedererkannt habe. Und ich habe mich selbst nicht wiedererkannt.«

»Du hast das Richtige für Joe getan«, sagte ich und nahm ihre Hand.

»Ist das komisch für dich, dass ich einen Sohn habe?« Sie sah mir direkt in die Augen.

»Er ist ein Teil von dir, von dem ich nichts weiß.« Ich verstärkte den Griff um ihre Hand. »Dabei würde ich das gern.«

Sie strampelte die nackten Beine unter der Decke hervor und sagte: »Du gehst in den Garten und rauchst, während ich uns endlich einen Kaffee koche.«

Der kleine, gepflasterte Innenhof war zu allen Seiten von den bröseligen Klinkermauern der Nachbargebäude gesäumt. Ein rotes Kinderfahrrad lehnte am Tor, und in den Ecken standen große Dschungelpflanzen. Ich stellte mir vor, wie sie an warmen Abenden mit einem Buch hier herauskam und sich in den Schein der Lichterketten setzte, die an den Mauern hingen. Der Hof war ursprünglich bestimmt ein ziemlich deprimierender Anblick gewesen, aber sie hatte ihn umgestaltet. Vom Nachbargarten ragten Zweige eines japanischen Baumes herüber, dessen ahornförmige

Blätter feuerrot leuchteten. Von diesem Baum stammte der Zweig in ihrem Schlafzimmer.

Ich setzte mich auf einen Gartenstuhl, lehnte den Kopf an die Mauer und genoss den ersten Zug an meiner Zigarette.

»Von der Sucht in Ketten gelegt.« Sie war im Türrahmen erschienen, hatte die Arme verschränkt, und ihr Oberteil war ihr von der Schulter gerutscht.

Ich atmete aus. »Sind wir das nicht alle?«

Sie streckte sich und gähnte. »Milch und Zucker?«

»Bin ich nicht auch so schon süß genug?«

Anna lächelte scheu, wie ich sie noch nie lächeln gesehen hatte, und verschwand nach drinnen.

Ich sah den Kaffee in der blau-weißen Teetasse kreiseln.

»Meine Mum hatte das gleiche Geschirr«, sagte ich, und kurz sah ich eine Erinnerung vor mir – das Geschirr in Scherben am Boden.

»Meine auch«, sagte sie lächelnd. »Es heißt Willow. Ich hab eine Kiste voll im Secondhandladen gefunden: Teller, Tassen, Unterteller – alles für einen Zehner. Keine Ahnung, ob ich die Sauciere je benutze.«

»Und was ist mit den ganzen Dinnerpartys, die du ausrichten willst?«

Sie verzog das Gesicht. »Na klar. Ich kann gerade mal Toast zubereiten.« Sie nippte an ihrem Kaffee. »Aber all so was muss ich jetzt lernen. Ich entwickele mich gerade zurück zum Kind und lerne wie eine Wilde.«

»Muss beängstigend sein, noch mal von vorn anzufangen. Und das auf dich allein gestellt.«

»Wann wären wir je nicht auf uns allein gestellt?« Sie stellte die Tasse ab. »Ich bin es leid, dass andauernd jemand einen Teil von mir beansprucht. Ich kann nicht ständig sein, was alle von mir erwarten. So zu leben ist unendlich anstrengend. Oder etwa nicht?«

Ich nickte.

»Je älter ich werde«, sagte Anna, »umso mehr fühle ich mich wie eine Insel. Wir kommen allein zur Welt, und wir sterben allein. Ich habe einen Großteil meines Lebens damit verbracht, mich in die Passform von jemand anderem einzupassen – als könnte ich so der Wirklichkeit entkommen. Trotzdem sind wir immer allein.«

»Ich bin mir nicht sicher, ob das ein beruhigender Gedanke ist.«

»Ob es beruhigend ist oder nicht, spielt doch keine Rolle. Du kannst deine Überzeugungen nicht auf etwas aufbauen, wovon du *gern hättest*, dass es wahr ist.«

»Aber wie treten wir dann mit einer anderen Person in Kontakt? Und wie erklärt das die Verbindung, die wir zu manchen Menschen spüren?«

Sie nippte an ihrem Kaffee, während sie über eine Antwort nachdachte. »Vielleicht sind wir an den Wurzeln miteinander verbunden. Eine Insel ist über Wasser allein, aber in der Tiefe, wo alles im Verborgenen liegt, ist sie mit dem Erdkern verbunden.«

»Das hier wird gerade eine ziemlich philosophische Diskussion.«

»Wird es dir zu heftig?«, fragte sie mit einem Schmunzeln.

»Ich hab mir dich nie in so einem Haus vorgestellt.« Ich nickte in Richtung der Mauern, in deren Schatten wir saßen.

»Geht mir genauso.« Sie sah sich um. »Aber die Miete ist günstig, und es erfüllt seinen Zweck. Wie hast du dir mich denn vorgestellt?«

Ich strich mir über den Bart. »In einem Bauwagen vielleicht?«

Sie lachte. »Also in gar keinem Haus.«

»Nein. Eher nicht.«

»Ein Zuhause verrät eine Menge über seine Bewohner.«

Ich sah hoch zum Schlafzimmerfenster. »Und was verraten kleine Fensterluken und Zimmerchen über dich?«

»Ich hätte wahnsinnig gern große Fenster – viel Licht! –, andererseits würde da doch ständig jemand reingucken. Hier kann ich mich verstecken.« Sie schob sich die Ärmel hoch. »Außerdem ist das hier nur ein Sprungbrett.«

Ich nickte.

Anna streckte sich aus und berührte mich fast. »Es gibt da etwas, was ich wirklich gern machen würde, und dafür würde ich dich sogar bitten zu rauchen, insofern solltest du Ja sagen.«

Ich fischte eine Obstfliege aus meinem Kaffee und trank ihn aus. »Klingt gefährlich.«

»Darf ich dich malen?«

»Wie die Mädchen in Frankreich?«

Sie musste laut lachen, und meine Ohrenspitzen fingen an zu glühen. Gute Antwort, dachte ich mir.

»Oh Gott«, sagte sie und schlug sich die Hand vor den Mund. »*Titanic* ist echt die perfekte Analogie für uns beide.« Sie nahm mir die Tasse aus der Hand. »Ich male dich jetzt gleich. Ein Nein akzeptiere ich nicht.«

Ich streckte die Arme nach vorn aus, als würde sie mich gleich in Handschellen abführen, und sie gab mir einen leichten Klaps.

»Soll ich mich anziehen?«, fragte ich und sah an mir herab. Ich hatte nur meine Boxershorts und ein T-Shirt an.

Sie schüttelte den Kopf. »Ich will dich genau so und mit Zigarette.«

Ich wartete, bis sie die Staffelei aufgestellt und die Farben bereitgelegt hatte. Sie war in Jeans und einen dunkelblauen Kittel geschlüpft, der mich an den Laborkittel erinnerte, den ich im Chemieunterricht bei Experimenten hatte tragen müssen. Das Haar hatte sie sich auf dem Kopf zusammengebunden.

Auf meiner Oberlippe bildete sich Schweiß.

»Bin sofort wieder da«, sagte ich, aber sie war zu sehr mit dem Licht beschäftigt, um mich zu hören.

Vor dem Badezimmerspiegel versuchte ich, mir vorzustellen, was sie sehen würde, wenn sie anfinge zu malen, wenn da nichts anderes mehr zu betrachten wäre außer mir. Mein Magen rumorte. Schmetterlinge im Bauch. Ein Schauspieler am Premierenabend.

Ich hätte Nein sagen sollen.

Als ich wieder herauskam, warf ich noch einen Blick auf das ungemachte Bett, in dem wir geschlafen hatten. Als Kind hatte es mich immer fasziniert, dass auf der ganzen Welt Leute abends in ganz bestimmten Klamotten in ein bestimmtes Zimmer gingen, um sich hinzulegen. Schlafen ist so essenziell wie das Atmen, ohne könnten wir nicht überleben. Wenn wir wach sind, wird zwischen Laken neues Leben gezeugt und eine Zukunft entworfen. Das Bett ist ein Portal in eine andere Dimension. Das wissen wir schon als Kinder, wenn wir so tun, als wäre das Bett unserer Eltern ein Boot, das zu fernen Ufern aufbricht.

In den weißen Kissen waren immer noch die Knitter zu sehen, die unsere Köpfe darin hinterlassen hatten, und ich fragte mich, ob ich dieses Bett je wiedersehen würde.

Unten stand Anna in der offenen Hintertür, ihr Körper wie ein Scherenschnitt im hellen Licht von draußen. Ich konnte ihr Gesicht nicht erkennen, ahnte aber, dass sie lächelte.

»Bereit?«, fragte sie. Auf der Staffelei lehnte eine leere Leinwand.

»Wo soll ich hin?«

Sie tätschelte die offene Tür. »Hier, dachte ich. Nach hinten gelehnt, damit du dich nicht verspannst. Oh, und zieh das T-Shirt aus, wäre das okay?«

Ich zog es über den Kopf und ließ es auf den Stuhl fallen. »Stell mich dahin, wo du mich haben willst.«

Sie dirigierte mich zur Tür, wo sie mich sanft nach hinten gegen das Holz drückte. Während sie sich nur auf meinen Körper konzentrierte, bildete sich zwischen ihren Brauen die wohlbekannte kleine Falte.

»Ich brauch noch die Zigaretten …«

»Noch nicht.« Sie warf mir die Schachtel zu. »Bin sofort fertig.«

»Wie lange dauert das?«

»Hast du noch einen Termin?« Sie wischte etwas von meinem Arm. »Gut Ding braucht nämlich Weile.«

Ich räusperte mich und fuhr mir über den Kopf. »Sag das der Sonne, bevor sie mich in einen Hummer verwandelt.«

»Okay, okay«, sagte sie und stellte sich an die Staffelei. »Dann mal los.«

Anna drückte einen Knopf, und es erklang klassische Musik, Streicher, eine leidenschaftliche Geige.

Ich schüttelte die Schachtel, zog mit den Zähnen eine Zigarette heraus und zündete sie hinter vorgehaltener Hand an. Als ich ihren Blick auf mir spürte, sah ich auf.

»Gott«, sagte sie, »ich liebe das – wie du das machst.«

»Wie ich die Zigarette rausnehme?«

»Wie du dich dabei bewegst.« Sie spitzte einen Bleistift. »Du machst das tagtäglich. Aber für mich ist das alles besonders.«

Ein tiefer Zug. »Ich sollte aufhören.«

»Solltest du wirklich.«

»Aber dann findest du mich nicht mehr schön«, wandte ich ein.

»Jetzt mal nicht übermütig werden.«

»Du hast ja keine Ahnung, wie wunderbar so eine Zigarette sein kann, solange du es nicht selbst probierst.«

»Ich hab's schon mal probiert«, sagte sie, schlug ein Streichholz an und hielt die Flamme an ein Räucherstäbchen. »In deinem Bett, schon vergessen? Ich bin mir sicher, ich hab die ganze Zeit nur gehustet. Und mein Junge hat schweres Asthma. Deshalb musstest du auch in den Garten.« Sie holte tief Luft und hob hinter ihrer Leinwand die Hände. »Und jetzt ruhig. Ich muss mich konzentrieren.«

Sie zeichnete eine halbe Stunde lang, und ich spürte die Zeit anhand der Sonne auf meinem Gesicht verstreichen: Sie wanderte von meiner Stirn weiter nach unten über meinen Torso. Ich rauchte die ganze Zeit über und drehte mich jedes Mal vom Haus weg, wenn ich Rauch ausblies.

Anna murmelte hin und wieder etwas in sich hinein, doch hauptsächlich arbeitete sie wortlos. Ich spähte gelegentlich zu ihr, und jedes Mal starrte sie die Leinwand oder auch mich finster an. Ich fragte mich, ob ich vielleicht ein neuer Mensch würde, wenn sie mich nur lange genug anstarrte.

»Du weißt, dass ich am Montag wieder zur Arbeit muss«, sagte ich und angelte die nächste Zigarette aus der Schachtel. »Sind wir bis dahin fertig?«

Anna sah nicht mal von der Leinwand auf. »Ruhe.«

Sobald sie mit der Skizze fertig war, schob sie sich den Bleistift hinters Ohr und zog unter der Treppe eine Farbpalette hervor. Dann ließ sie am Tisch den Blick über die Dosen und Farbtuben schweifen, die sie bereitgelegt hatte, und drückte nacheinander Kleckse auf die Palette.

»Was kostet so eine Tube?«, wollte ich wissen und nickte in Richtung Tisch.

»Sagen wir einfach, ich muss mir meine Motive sehr genau aussuchen.«

»Vielleicht sollte ich dich ja bezahlen. Machen das Leute nicht so?«

»Und Prostitution ist das älteste Gewerbe der Welt, ja.«

Ich lachte verlegen. »Nein, ich meinte … als Mäzen. Ich könnte dein Mäzen sein, wie früher die Medici.«

Sie sah mich beeindruckt an. »Ich wusste gar nicht, dass du ein Geschichtsnerd bist, Nicolas Mendoza.«

»Ich hab viele Geheimnisse, weißt du.«

»Eindeutig.« Sie griff zu einem Spachtel und fing an, Farben zu mischen.

»Nur um der Transparenz willen: Ich sollte vielleicht erwähnen, dass ich mal ein dreiminütiges Video über Renaissancekunst gesehen habe. Das gerade war das Einzige, woran ich mich noch erinnern konnte.«

Sie drehte sich wieder zur Leinwand um. »Na ja, kommt dir bei der nächsten Dinnerparty bestimmt gelegen – oder wenn du eine Frau aufreißen willst. Wir lieben solche Details.«

Ich lachte. Anna kratzte Farbe auf den Spachtel, der dann mehrmals über die Leinwand schabte.

»Du bist der erste Mann, den ich male«, sagte sie nach einer Weile, ohne das Bild aus den Augen zu lassen. »Mal abgesehen von ein paar alten Säcken im Aktseminar. Aber du bist der Erste, den ich auch kenne.«

Eine Ameise – der schwarze Körper ein winziger Punkt – tippelte über die Bodenplatte. Ich sah ihr nach, wie sie erst in die eine, dann in die andere Richtung lief, die Kante erreichte und dann zwischen den Platten verschwand. »Warum ich?«

Sie trat von der Leinwand weg, neigte den Kopf leicht zur Seite und sah von ihrem Bild zu meinem Körper und wieder zurück. »Warum sind wir seit fast zwanzig Jahren so?«

»Wie denn?«

»Dass wir das miteinander nicht hinkriegen?«

Ich kniff die Augen gegen die Sonne zusammen. »Du und ich, wir malen beide über den Rand.«

»Ich habe neulich in einem alten Tagebuch gelesen.« Sie griff nach einem Pinsel.

»Ich hoffe, ich habe die Hauptrolle gespielt«, sagte ich, immer noch mit geschlossenen Augen.

Als ich sie einen Augenblick später aufschlug, sah Anna mich an. »Du kommst überhaupt nicht vor.«

»Wie schmeichelhaft.« Ich strich mit der Hand über meinen anderen Arm.

»Glaubst du, das heißt, dass du mir nichts bedeutet hast?« Sie lächelte. »Du warst viel zu groß, um über dich zu schreiben.«

Ich schob meine Zehen zwischen die Bodenplatten, wohin die Ameise verschwunden war, und irgendwas in dem Spalt tat weh, ich spürte, dass da etwas Spitzes, Scharfes war, und fühlte einen angenehm stechenden Schmerz, als es sich in meine Haut bohrte.

»Und wen hast du verewigt?«

Sie zog eine Augenbraue hoch, während sie erneut Farben mischte. »Ach, einen, von dem ich dachte, der wär's. Einen anderen, von dem ich dachte, er wär's nicht. Solche Typen hat jedes Mädchen.«

»Lisa hat mir von einem erzählt. Gebrochenes Herz und so.«

Ihr Pinsel verharrte in der Luft, und sie sah mich verwirrt an. »Was?«

»Lisa. Aus dem Kino. Ich hab mir von ihr echt was anhören müssen – von wegen, dass ich dich nicht verletzen dürfte. Sie schien eine gute Freundin zu sein.«

»War sie auch«, sagte Anna leise. »Wir haben den Kontakt verloren, als ich geheiratet habe.«

»Die erste Liebe ist immer eine merkwürdige Sache.«

»Ja, oder? Aber ich bin froh, die Erfahrung gemacht zu haben. Manche Leute gehen durchs Leben, ohne je etwas Echtes zu spüren.«

Ich sah dem sich kringelnden Zigarettenrauch nach. »Ich frage mich langsam, ob wir überhaupt je ein glückliches Ende wollen. Die meisten wüssten doch gar nicht, wie sie sich da verhalten sollten. Ich glaube, wir wollen in Wahrheit lieber Schlussstriche.«

»Leute wollen keinen Schlussstrich«, sagte Anna, ohne den Blick von ihrem Bild abzuwenden. »Schau dir doch an, wie sie sich zehn Staffeln derselben Serie ansehen. Wir wollen das Bekannte. Wir wollen ein und dasselbe Hochgefühl wieder und immer wieder.«

»Manchmal aber auch den Schmerz«, sagte ich kopfschüttelnd. »Ich kann mir ein Leben ohne Schmerz gar nicht vorstellen. Keinen mehr zu spüren würde mein Leben revolutionieren.«

Sie hielt beim Malen inne und sah mich an. Aus dem

Augenwinkel bemerkte ich es – das Zögern, als überlegte sie, was sie darauf erwidern sollte. Ich zählte die Sekunden.

»So hab ich noch nie darüber nachgedacht.«

In der darauffolgenden Stunde redeten wir kaum. Sie bearbeitete die Leinwand, tupfte und kratzte und sah mich an, und ich setzte eine ihrer Baseballkappen auf, um mich vor der Sonne zu schützen, die trotz der Jahreszeit Kraft hatte. Die Kappe war blau, mit einem aufgestickten New-York-Yankees-Logo. Sie erinnerte mich an Sal.

Irgendwann legte sie Palette und Pinsel beiseite. »Entspann dich.«

»Fertig?« Ich streckte die Arme über Kopf.

»Ach, Süßer«, sagte sie lachend, »du hast ja keine Ahnung!«

Ich zog mein Shirt wieder an und ging um die Staffelei herum. Jetzt sah ich, was sie meinte. Sie hatte mit Bleistift skizziert, wie ich in der Tür stand; eine Schattenlinie teilte mich in zwei Hälften. Meine obere Hälfte hatte sie pink gemalt, mit ein paar Sehnen und Linien, die dünn und rot waren, als wäre meine Haut durchscheinend. Sie hatte den ummauerten Hof gemalt, die japanischen Zweige, die sich gen Himmel reckten, und über mir die aufragenden Außenmauern der Nachbarhäuser. Das einzige bisschen Himmel war eine zerklüftete, sternförmige Lücke zwischen den Gebäuden. Ich blickte von der Leinwand auf. Aus ihrem Blickwinkel sah es exakt so aus. Nur dass sie die Lücke rot gemalt hatte, den Himmel. Blutrot.

»Ich muss das da schichtweise aufbauen.« Sie gestikulierte in Richtung der Leinwand. »Öl hat mehr Pigmente als Akryl. Siehst du, wie reichhaltig die Farbe hier ist? Die hält viel länger, deshalb ist sie auch teuer, aber man muss warten, bis sie getrocknet ist, bevor man die nächste Schicht aufträgt. Das dauert.«

Ich sagte nichts. Mein Blick suchte jeden Zentimeter Leinwand ab, fand Hinweise, setzte sie zusammen, suchte nach der Bedeutung in jedem Pinselstrich. Sie hatte meine Haut eingefangen, als könnte sie durch sie hindurchsehen, doch indem ich das Bild betrachtete, erkannte ich darin Anna.

Ich sah sie, als würde ich sie zum ersten Mal sehen.

»Sag was.« Sie kaute auf einem Fingernagel. »Sag mir, dass du es hasst. Sag mir, dass du es liebst. Aber sag irgendwas.«

»Es hasst?« Ich drehte mich zu ihr um. »Unglaublich. Jemanden wie dich hab ich wirklich noch nie getroffen.«

Anna lächelte erleichtert. Sie hatte sich eine Haarsträhne um den Finger gewickelt, und als ich fertig gesprochen hatte, ließ sie sie wieder los.

»Es dauert bestimmt einen Monat, bis ich damit fertig bin«, erklärte sie.

»Aber Modell stehen muss ich jetzt nicht mehr?«

»Nein«, sagte sie. »Den Rest kriege ich aus der Erinnerung hin.«

»Wünschst du dir manchmal, du könntest vor allem davonlaufen?«, fragte ich. »Nur für einen Moment.«

Sie lächelte vage, und ich sah, wie ihre Wangen erröteten. Es war das gleiche Pink wie das meiner Haut auf der Leinwand.

»Wir sind nie nach Venedig gereist«, sagte sie.

Von: ANNA
An: NICK
Betreff:

Du hast mich nach meiner Familie gefragt.
Als ich beschloss zu gehen, packte ich einen Koffer, ließ Joe bei einer Freundin und fuhr zu meinen Eltern. Ich versuchte, ihnen die Augen zu öffnen: dass ich erst zwölf gewesen war, als sie zugelassen hatten, dass ich mich einer Organisation versprach. Das hier ist mein Leben, sagte ich zu ihnen, und soweit ich weiß, kommt da kein anderes mehr. Du hast ein Versprechen gegeben, sagte mein Vater, und dieses Versprechen musst du halten. Gilt dieses Versprechen auch, wenn ich nicht mehr daran glaube?, erwiderte ich. Und kann ich das Eheversprechen an einen Mann ehren, der nicht mehr derselbe ist wie zuvor? Gott, sagte mein Vater, die Einhaltung deines Versprechens schuldest du Gott.
Will Gott, dass ich lüge? Will er, dass ich Lippenbekenntnisse abgebe und dabei verkümmere? Wollen sie wirklich, dass ich unehrlich bin, solange ich sie nur nicht in Verlegenheit bringe?
Ich ließ sie stehen. Meinen Vater am Fenster mit den Händen hinterm Rücken, meine Mutter weinend im Flur, als ich die Tür zuzog.
Die Strafe für mein Handeln ist ein Kontaktverbot. Sie dürfen auf der Straße nicht einmal mehr Hallo zu mir sagen.
Also fange ich noch mal ganz von vorn an.

Das ganze Wochenende über verkrochen wir uns in ihrem Häuschen. Bis auf Sonntagmorgen, als ich früh aufstand und zum Laden an der Ecke ging, um die Zeitung und frisches Brot zu kaufen, ging ich nicht vor die Tür. Ich nahm ihren Schlüssel mit, und als sie später am Vormittag verschlafen die Treppe herunterkam, drückte ich ihr einen Kaffee in die Hand und stellte mich an den Herd, um Bacon zu braten. Ich fand mich in ihrer Küche wunderbar zurecht. Es war, als wäre ich schon immer hier gewesen.

Ich setzte ihr ein Bacon-Sandwich vor und sah zu, wie sie den ersten Bissen nahm. Ketchup tropfte auf ihren Teller. »Hass mich jetzt nicht«, sagte sie, beugte sich vor und flüsterte: »Barbecuesoße ist besser.« Ich verpasste ihr einen spielerischen Klaps mit dem Geschirrtuch.

In der zweiten Nacht, die ich blieb, lagen wir nebeneinander im Dunkeln und küssten uns. Trotzdem war da eine unausgesprochene Grenze, die wir nicht überschritten. Wir hielten uns an den Händen und unterhielten uns darüber, wie unsere Zukunft aussehen könnte. Wir benutzten Wörter wie *könnte* und *vielleicht*, nie *sollte* oder *wird*, trotzdem schmiedeten wir Pläne. War das hier ernst? Sind Worte, die wir nachts flüstern, wahrer als andere? Wir waren so oft kurz davor gewesen und hatten einen Rückzieher gemacht, dass Datingregeln für uns nicht mehr galten. Vielleicht war dies auch nur ein gestohlenes Wochenende, wie ein Sommernachmittag an einem See. Ich wusste es nicht.

Ich war draußen im Hof, als ihr Sohn am Sonntag nach Hause kam.

»Hallo«, sagte ich, als er in der Tür auftauchte, und hob die Zeitung vom Boden auf. Wir hatten in der Sonne gesessen und die Beilagen gelesen, gar nicht viel gesprochen, außer dass wir einander den einen oder anderen Satz vorgelesen hatten. Doch sobald ich ihn vor mir sah, fühlte ich mich verpflichtet, die Unordnung zu beseitigen, die ich hier bei ihnen angerichtet hatte.

Hinter ihm tauchte Anna auf und legte von hinten locker die Arme um ihn. »Joe«, sagte sie lächelnd, »das ist Nick. Er ist ein Freund von mir.«

Joe warf mir einen skeptischen Seitenblick zu. Er sah hoch zu seiner Mutter und wieder zu mir und biss sich auf die Lippe, genau wie sie es tat. »Hi«, sagte er leise.

»Wie war dein Wochenende?« Ich steckte die Hände in die Hosentaschen. Ich hatte lange nicht mehr mit einem Kind gesprochen.

Seine Unterlippe fing auf meine Frage hin an zu zittern, und er schoss herum und drückte das Gesicht in das Kleid seiner Mutter. Sie sah überrascht aus und ging in die Hocke, um ihn in die Arme zu nehmen.

»Joe? Was ist denn los, mein Schatz?«

Seine Schultern bebten in ihrer Umarmung. »Ich hab Goldie verloren«, schluchzte er.

»Oh nein! Wie denn das? Dein Vater hat gar nichts gesagt.«

Er wand sich aus ihren Armen und rieb sich die feuchten Wangen mit beiden Fäusten. »Im Kino. Dad meinte, ich sollte ihn im Auto lassen, aber ich wollte das nicht. Ich hab ihn auf den Stuhl neben mich gesetzt, damit er den Film auch gucken konnte. Und als der Film fertig war …« Ihm stiegen Tränen in die Augen. »Ich hab ihn dort vergessen!«

»Seid ihr nicht zurückgegangen?«

Joe schüttelte den Kopf und schlang die Arme um den Leib. »Ich hab's erst zu Hause bemerkt. Dad hat gesagt, es ist zu weit, und ich hätte ihn im Auto lassen sollen, wie er gesagt hatte. Er hat im Kino angerufen, aber die haben ihn nicht finden können.«

Anna nahm ihn erneut in die Arme, als er anfing zu weinen und das Schluchzen seinen ganzen Leib schüttelte. »Ist schon gut, Schätzchen«, flüsterte sie ihm ins Ohr. »Lass es raus. Lass alles raus.«

Als er sich ausgeweint hatte, hielt sie ihn ein Stück von sich weg und strich ihm übers Haar. »Fahr ein bisschen Fahrrad in der Sonne, und ich hol dir ein Stück Kuchen, okay?«

Er nickte und lief auf das kleine rote Fahrrad zu, stieg auf und sah scheu in meine Richtung. Ich lächelte und sah weg, weil ich ihn nicht in Verlegenheit bringen wollte, nachdem ich ihn doch weinen gesehen hatte. Ich setzte mich auf einen Gartenstuhl, und als Anna zurückkam, wickelte sie ein Kuchenstück aus der Folie und drückte es ihm in die Hand. Er stützte sich auf sein Rad und biss gierig in den Kuchen.

»Wer ist denn Goldie?«, fragte ich Anna, als sie sich neben mich setzte.

Sie sah zu Joe. »Ein Teddy, den er schon immer hat«, sagte sie leise. »Wird schwer, ihn heute Abend ins Bett zu bringen.«

Ich sah ihr zu, wie sie ihrem Jungen zusah. »Du bist eine gute Mutter«, stellte ich fest.

Sie lächelte, und ihre Wangen erröteten. »Könnte besser sein.«

»Besser könnte man immer sein. Aber darum geht's nicht.«

»Ich finde es wichtig, dass auch Jungen weinen dürfen«, sagte Anna. »Er muss das Schlimme doch auch spüren dürfen, genau wie das Gute. Sein Vater sagt, dass ich ihn verweichliche. Warum glauben wir eigentlich, dass Stärke immer Durchhalten und Zähnezusammenbeißen heißt?«

Sie sah mich direkt an.

Tags darauf

Ich ging früh am Morgen, bevor ihr Sohn aufwachte, schlich die Treppe hinunter und zog an der Tür meine Jacke an. Anna stand reglos in ihren Morgenmantel gewickelt da.

»Das war ein sehr schönes Wochenende«, sagte sie.

Ich zog den Reißverschluss meiner Winterjacke zu. »Finde ich auch.«

Als ich meine Handschuhe anzog, wanderte ihr Blick von meinem Gesicht zu meinen Händen. Mir war klar, dass sie wollte, dass ich etwas sagte.

»Danke, dass ich hier sein durfte.« Ich beugte mich vor und tätschelte ihr den Rücken.

»Dass du hier sein durftest? Was ist das denn für ein Spruch?«

Sie hatte recht. Ich sollte dieses Wochenende nicht mit höflichem Dank beenden, aber zwischen uns hatte sich eine eigenartige Stimmung eingenistet, und ich hatte keinen Schimmer, wie ich die durchbrechen sollte. Draußen war es wieder kalt geworden, und ich zog mir die Kapuze über.

»Hey«, sagte sie und nahm meine Hand. »Du bist doch kein Fremder.«

Selbst mit Handschuhen schickte das Gefühl ihrer Hand in meiner Schockwellen durch meinen Körper. Wir sahen einander an und sahen vor uns die Zukunft. Sie lächelte. Ich drückte ihr einen Kuss auf den Handrücken.

In der darauffolgenden Woche meldete ich mich nicht bei Anna. Online entdeckte ich, dass sie einen wichtigen Preis für ein Bühnenbild gewonnen hatte, aber ich konnte meinen Finger einfach nicht dazu bewegen, den Post zu liken. Stattdessen las ich den Artikel zigmal, bis ich ihn auswendig konnte.

Wenn ich sah, dass sie online war, loggte ich mich eilig aus. Ich schaltete den Online-Status ab, damit ich für sie nicht mehr sichtbar war. Die Spielchen, die wir Menschen so spielen.

Nur warum? Warum war ich ihr so nahegekommen, nur um mich dann zurückzuziehen? Warum tat ich so, als wäre sie mir egal, wenn ich doch insgeheim wusste, dass ich mit meiner Freundin Schluss machen würde?

Die Antwort hätte ich gern.

Bitte.

Bis zu Lauras Rückkehr waren es noch ein paar Wochen, und irgendeine verquere Regel in meinem Kopf besagte, dass ich bis dahin treu sein müsste. Ich hätte mir in Annas Anwesenheit selbst nicht mehr über den Weg getraut, und jetzt, da ich wusste, was ich wollte, gab es für die Wucht meiner Gefühle kein Halten mehr. Nachts verzehrten sie mich.

Ich konzentrierte mich auf andere Dinge, als würde die Zeit schneller vergehen, wenn ich mich ablenkte. Ich machte hinter dem Kühlschrank sauber, kochte Essen aus edlen Kochbüchern, blieb länger im Büro, bis mein Chef mir auf den Rücken tätschelte und mir eine Gehaltserhöhung in Aussicht stellte.

An einem Wochenende ging ich mit Daz was trinken. Er hatte sich kürzlich von Gemma getrennt – seine bislang längste Beziehung – und musste seine Wunden lecken.

»Ich weiß, warum es nicht funktioniert hat«, sagte er beim dritten Pint. »Sie ist einfach eine andere Liga.«

Ich saß ihm im Biergarten gegenüber. Es war März und kühl draußen, aber Daz war ebenfalls Raucher. Wir hatten uns die Beanies tief über die geschorenen Köpfe gezogen. Daz arbeitete Spätschicht, Ausbesserungsarbeiten auf dem Motorway, und er hatte schon seinen orangefarbenen Overall an, weil er gleich zur Arbeit aufbrechen würde. Die Sicherheitsstreifen an seinen Ärmeln blitzten im Licht der Laternen.

Ich nahm einen Schluck Bier. »Das Problem waren ja wohl eher die Frauen, die du hinter ihrem Rücken gevögelt hast.«

Er schüttelte den Kopf. »Davon hatte sie keine Ahnung. Ich weiß, wie ich die Mädels schön auseinanderhalte.«

»Dann hast du geglaubt, sie wäre eine andere Liga, und hast sie trotzdem betrogen?«

Daz hob protestierend die Hände und blies eine lange Rauchsäule. »Wo hätte ich denn die Zeit hernehmen sollen, mich zu ändern?«

Laura konnte nicht verstehen, wie ich mit Daz immer noch befreundet sein konnte. Ich verteidigte ihn immer halbherzig. Dass ich ihr insgeheim zustimmte, gab ich nicht zu – dass unsere fortdauernde Freundschaft teils an der Behaglichkeit des Vertrauten lag, teils aber auch an dem beschämenden Wunsch, mit jemandem abzuhängen, der ein noch größerer Versager war als ich selbst. Ich war die Braut, die vorsätzlich die hässliche Brautjungfer wollte. Ich war ein Arschloch.

»Schönheit wird überbewertet«, sagte ich und klopfte auf den Aschenbecher.

»Es geht nicht nur um Schönheit. Mann, sie war Fernsehproduzentin! Sie hat Sachen erreicht! Hat im Ausland gelebt, ordentlich Geld gebunkert, musste nicht erst googeln, was das Zeug auf der Speisekarte war. Sie war echt spitze.«

»Anders als du?«, entgegnete ich und versuchte, beiläufig zu klingen.

»Du weißt, was ich meine«, sagte Daz. »Sie war eine dieser Frauen ... wie diese Anna, mit der du mal was hattest.« Er rammte die Zigarette in den Aschenbecher. »Ich versaue es jedes Mal.«

Anna schrieb ein paar Tage vor Lauras Rückkehr: *Was ist los? Wir haben ein ganzes Wochenende zusammen verbracht, und dann tauchst du einfach ab. Freunde behandeln Freunde nicht so.*

Ich wartete eine Stunde, bevor ich die Nachricht las, und eine weitere, bis ich antwortete: *Tut mir leid*, tippte ich. *Ich war echt beschäftigt. Hat nichts mit dir zu tun, ehrlich.* Das *ehrlich* bereute ich im selben Moment, als ich die Nachricht abschickte.

Eine halbe Stunde später antwortete sie: *Nach all den Sachen, die wir gesagt haben. Ich dachte, wir würden endlich einen Schritt weiterkommen. Aber du drückst schon wieder die Resettaste, ohne Bescheid zu sagen, und wir müssen wieder von vorn anfangen.*

Irgendwas in mir genießt es, wenn andere sich um mich bemühen, wenn andere mir zeigen, dass sie mich wollen. Es ist grausam und unfair, aber der zugrunde liegende Antrieb ist gut.

Ich weiß nicht, was du meinst, antwortete ich. *Ich hab doch erzählt, dass meine Freundin in einem Monat zurückkommt. Ende des Monats.*

Ich würde lügen, wenn ich behauptete, dass ich kein heimliches Vergnügen bei diesen Worten empfand. Immerhin hatte sie mich jahrelang warten lassen. Wie schwer konnten ein paar Tage schon wiegen?

Sofort sprangen die Häkchen, die anzeigten, dass eine Nachricht abgerufen worden war, auf Blau um, und ich legte mein Handy weg.

Ich ging ins Bett und dachte eine Zeit lang an sie.

Dann drehte ich mich um und schlief ein.

*

Ein empfindsamer Mantel / *von Anna*

Ich hasse den Winter, weil es um vier dunkel wird
Weil es auf dem Schulweg regnet
Für die kalte Schulter habe ich meinen Müttermantel
Als könnte ich verleugnen, was ich bin

Aber ich hasse den Winter hauptsächlich wegen des
Augenblicks der Umarmung
Sobald wir den Mantel zugeknöpft haben
Und deiner ist eine Wand aus Blau
Der die Wärme in dir einschließt
Nicht wie der rote Oktober, als du mich auf dem Parkplatz
in die Arme nahmst und ich sagte
Hör nicht auf
Also hieltest du mich weiter, und ich lehnte mich gegen dein
unauffälliges Grau und spürte die Hitze deines Körpers,
und es war wie

nach Hause zu kommen

Wir lassen Menschen zurück
Aber du nahmst meine Hand

und sagtest
Sei sicher

Ich kannte dich mal im Sommer, und es war herrlich
Händchenhalten im Biergarten und Feuerwerk und
Reisekataloge und Passanträge
Langweilig warst du damals nicht

Ich hasse den Winter, weil er dich in Beschlag nahm
Wie das Eis, das ich von der Windschutzscheibe kratze
Von der Sonne abgewandt
Nahmst du alles, was du um Mitternacht gesagt hattest,
und schobst es unter deine Kapuze
Ich sagte dir auf den Kopf zu, dass du den Worten keine
Taten folgen lassen würdest
Und du streiftest dir Handschuhe über, um jede Berührung
unmöglich zu machen
Um meine Schläge abzuwehren
Aber du kannst nicht abstreiten, dass du mir deine Zunge
gegeben hast
Ich lese ihre Zartheit wie Braille
Die Blumen welken
und kommen vielleicht nie zurück

Gott, ich hasse den Winter
Aber es gibt Hoffnung

Ich habe dich nie im Frühling erlebt

Wenige Tage später

Ich holte Laura am Bahnhof ab. Ich hatte einen Strauß roter Nelken im Supermarkt gekauft und hielt sie in der Hand wie bei einem ersten Date. Das würde sie bestimmt lustig finden.

Ich entdeckte sie zuerst. Sie sah blass aus und müde und beruhigend vertraut. Während sie auf die Schranke am Ausgang zukam, kramte sie, gebeugt vom Gewicht ihres Wanderrucksacks, ihren Fahrschein aus der Tasche. Als sie die Schranke durchquert hatte, entdeckte sie mich. Sie blieb wie angewurzelt stehen.

»Oh«, sagte sie. »Und ich dachte, ich nehme mir ein Taxi.«

»Warum solltest du dir ein Taxi nehmen?«

Sie rückte den Rucksack auf ihren Schultern zurecht. »Ich hab einfach vergessen, dass ich dir geschrieben habe, mit welchem Zug ich komme.«

»Tja, und jetzt bin ich hier. Hallo erst mal!« Ich streckte die Arme aus, und sie ließ sich gegen mich sacken, ließ einfach die Arme hängen, sodass ich mich dabei ertappte, wie ich ihre Schultern tätschelte.

»Du siehst gut aus«, sagte sie und trat einen Schritt zurück. »Wie ist es bei dir gelaufen?« Dann machte sie erneut einen Schritt vor und umarmte mich doch – diesmal innig –, als wäre ihr soeben der Tod meines Vaters wieder eingefallen. »Tut mir leid, dass ich nicht dabei war.«

Ich küsste sie auf den Kopf. »Gib mir deinen Rucksack.«

Ich schulterte ihn und nahm auch die Sporttasche, die sie dabeihatte. Wie sie dastand und sich an den Haaren zupfte, strahlte sie Nervosität aus.

»Hier.« Ich drückte ihr die in Zellophan gewickelten Blumen in die Hand. »Hab ich dir mitgebracht. Kleiner Scherz.«

»Oh.« Sie nahm sie mit einem verwirrten Gesichtsausdruck entgegen. »Danke.«

Sobald wir im Auto saßen, schaltete sie das Radio an, und ich streifte sie mit einem Seitenblick, als ich aus der Parklücke manövrierte.

»Wie war der Flug?«

»Gut«, sagte sie und sah aus dem Fenster.

Ich trommelte mit den Fingern aufs Lenkrad, während wir auf Grün warteten. »Froh, wieder zu Hause zu sein?«

»Komisch, wie alles immer noch gleich aussieht«, sagte sie in Richtung Fenster.

»In nur drei Monaten kann sich wahrscheinlich nicht allzu viel verändern.«

Laura lachte – ein merkwürdig hohles Lachen. »Wahrscheinlich nicht.« Durch die Windschutzscheibe studierte sie die vor uns herfahrenden Autos. »Komisch, was man vermisst. Britische Nummernschilder zum Beispiel.«

Und mich natürlich, hätte ich fast gesagt.

»Es gibt Braten zum Abendessen«, sagte ich, »mit allem Pipapo.«

»Schön.«

»Alles in Ordnung?«

»Was?«

Ich schaltete hoch. »Du wirkst … abwesend. Bist du nur müde, oder hast du was auf dem Herzen?«

Sie wandte sich mir zu und blinzelte, als sähe sie mich

gerade zum ersten Mal. »Oh, tut mir leid … Ich hab im Flieger kein Auge zugemacht, weil das Kind hinter mir ständig gegen den Sitz getreten hat. Ich bin wie benebelt, das ist alles.« Sie lächelte und legte eine Hand auf mein Bein.

Zu Hause angekommen, parkte ich und ging nach hinten, um ihr Gepäck zu holen. Vom Beifahrersitz aus starrte Laura unsere Haustür an. Der Kofferraumdeckel schlug zu, und sie zuckte zusammen. Dann schnallte sie sich ab.

Drinnen ließ ich die Schlüssel in die Schale auf der Kommode fallen. Laura sah sich mit den Händen in den Hosentaschen im Flur um, dann sagte sie über die Schulter: »Ich muss duschen.«

Unsere Katze strich schnurrend um meine Beine, und ich nahm sie hoch und kraulte ihr den Bauch. Oben fiel die Badezimmertür ins Schloss, dann rauschte es in den Rohren.

Ich saß auf der Bettkante, als Laura mit einem Handtuch über den Haaren aus dem Bad kam. Sie zögerte, als sie mich sah, ging zum Fenster und ließ die Jalousien runter. Anschließend stellte sie sich vor den Spiegel und frottierte sich wortlos die Haare, löste das Handtuch, das sie sich um den Leib geschlungen hatte, und warf es über den Stuhl.

Ich zog mich aus. Nahm ihre Hand, doch dann schubste sie mich aufs Bett, stieg auf mich drauf und vögelte mich. Lichtstreifen fielen durch die Ritzen in den Jalousien, und ich sah ihr zu, wie sie sich auf mir bewegte und keinen Ton von sich gab.

Hinterher stand sie auf und verschwand wieder im Bad, schloss ab, und ich zog mich an und kehrte in die Küche zurück, um das Abendessen vorzubereiten.

»Erzählst du mir jetzt von der Reise, oder hast du ein Schweigegelübde abgelegt?« Ich schob meinen leeren Teller von mir weg und nahm einen Schluck Rotwein, ignorierte die innere Stimme, die fragte, wann ich zur Sache zu kommen gedachte. Ich mache Konversation, antwortete ich der Stimme. Die Trennung kann noch kurz warten.

Laura schob die Reste der Süßkartoffel auf ihrem Teller hin und her. »Diese Reise … hat mein Leben verändert«, sagte sie schließlich. »Du hättest dabei sein sollen.«

»Nur dass ich nach einem Monat hätte abbrechen müssen. Wir waren uns doch einig, dass du das allein machst – ich hätte so lange auch gar nicht freinehmen können.«

Sie verzog das Gesicht. »Gott, bitte deinen Chef bloß um keinen Gefallen! Wo du deine komplette Zeit dort verbringst!«

Ich räusperte mich. »Sie sind mir vor einem Jahr sehr entgegengekommen, als ich mich um Sal gekümmert habe, schon vergessen? Wenn du meinst, da will ich meinen Chef nicht verärgern, dann hast du wohl recht.«

Sie ließ die Gabel auf ihren Teller fallen und schlug beide Hände vors Gesicht.

»Nick, ich bin schwanger.«

Heute war ich auf dem Friedhof.

Ich war unterwegs durchs Dorf, und die Hauptstraße war gesperrt. Der Verkehr wurde umgeleitet, und es hätte sich verkehrt angefühlt, am Friedhof vorbeizufahren und nicht kurz zu halten, wie man es bei Bekannten macht, denen man auf der Straße begegnet, obwohl man nicht scharf darauf ist.

Ich hielt also, lehnte mich gegen die Wagentür, rauchte und sah zu ein paar Leuten, die an einem offenen Grab standen. Ihre schwarze Kleidung sah im Sonnenschein merkwürdig aus, und sie hielten den Blick auf das Loch im

Boden gerichtet, in dem ein Angehöriger in einer Holzkiste lag. Einer nach dem anderen warf eine einzelne rote Rose hinein – solche Sperenzchen hatte Dad sich verbeten –, dann kamen sie den Hauptweg entlang auf mich zu.

Aus Respekt gaffte ich nicht, aber ich konnte sie weinen hören und die zusammengeknüllten Taschentücher in ihren Fäusten erahnen. So macht man das, dachte ich, man zeigt es der Welt, man trägt seinen Schmerz offen zur Schau, damit die anderen wegsehen.

Dads Grab sieht immer noch frisch aus. Die aufgeworfene Erde hat sich inzwischen abgesenkt, und ich habe immer noch keinen Grabstein organisiert. Die einzige Vorgabe, die er diesbezüglich gemacht hat, war das Material – Granit, langlebig – und dass lediglich sein Name und seine Lebensdaten darauf stehen sollten. Am Ende bleibt von uns doch nur eine Handvoll Buchstaben und Ziffern.

Auf sein Grab und auf das daneben – das von Sal – hatte jemand gelbe Blumen gelegt. Stella. Sie kam alle zwei Wochen vorbei. Auf Sals Grab stand ein schlichtes Stück Eiche mit der Aufschrift *Salvatore Mendoza, geliebter Sohn & Bruder, gestorben am 22. April 2018 im Alter von 35 Jahren.* Diese Aufschrift war inklusive gewesen, sofern das »und« durch ein »&« ersetzt würde. Das hatte Dad natürlich gefallen. Er hatte mit den losen Münzen in seiner Tasche geklimpert, wie er es tat, wenn Arsenal gewann.

Eine Zeit lang betrachtete ich Sals Grab.

Irgendwann hatte ich Laura betrunken erzählt, dass ich mir immer die Schuld an dem gegeben hatte, was mit Mum passiert war. Ich hab das Eis gewollt, hatte ich zu ihr gesagt – Ursache und Wirkung. Wenn ich den Mund gehalten hätte, wäre ihm die Schachtel nicht entglitten. Das ist doch albern, hatte sie stirnrunzelnd entgegnet. Wenn überhaupt, war es

Sals Schuld. Er hatte sich dieses Gewehr genommen. Ich sah sie wortlos an. Mir war klar, dass sie nur nett hatte sein wollen.

Ich schlenderte zum Grab unserer Mutter in der Ecke des Friedhofs bei der Natursteinwand. Dort war ich seit zwanzig Jahren nicht mehr gewesen.

Stella kümmerte sich immer noch darum. Sie zupfte Unkraut, und der glänzende Granitstein sah immer noch aus wie neu. *Hier ruht Louise Eve Mendoza*, stand da. *Liebende Ehefrau und Mutter. Geboren 4. Januar 1957, gestorben 25. September 1991. Für immer in unseren Herzen.* Hier war an nichts gespart worden.

Die leuchtend roten Geranien, die Dad gepflanzt hatte, waren immer noch kräftig.

Ich war der Einzige weit und breit. Ich setzte mich im Schneidersitz auf den Boden. In so einer Situation redet man mit den Leuten, dachte ich, und Stella erzählt, dass sie mit jedem von ihnen spricht, dass sie ihnen von ihrer Woche erzählt und davon, was ansteht. Sie sagt, das hilft, die Erinnerung lebendig zu halten.

»Hallo, Mum«, sagte ich und hätte es am liebsten sofort wieder zurückgenommen.

Sie ist nicht hier, sagte ich mir. Dieser kalte Stein ist nicht meine Mutter. Dieses Gras ist nicht meine Mutter. Was immer dort unter der Erde liegt, ist nicht meine Mutter.

Kannst du mich hören, Mum?, fragte ich im Takt meines Herzschlags.

Wo bist du?

»Willst du gar nichts sagen?«, fragte Laura immer noch mit den Händen vorm Gesicht.

Die Küchenuhr piepte. Und piepte immer weiter. Langsam wandte ich mich um und stellte sie ab, blieb stehen und starrte den Apple Pie an, den ich zum Nachtisch gebacken hatte. Ich hatte sogar einen Deckel aus Teigstreifen gemacht.

»Wie konnte das passieren?«, fragte ich nach einer Weile.

Sie war einen Moment lang still. Dann hörte ich, wie sie tief einatmete und der Stuhl knarzte, als sie sich zurücklehnte. »Da gab es wahrscheinlich ein paar Tage, an denen ich die Pille nicht pünktlich genommen habe. Nur ein paar Stunden zu spät …«

»Und wie weit bist du?«

Sie zögerte. »Gut drei Monate?«

»Dann hast du es gerade erst herausgefunden?«

»Natürlich hab ich es nicht gerade erst herausgefunden.«

»Du wusstest es schon während der Reise? Warum hast du es mir nicht erzählt?«

Sie seufzte. »Warum wohl? Schau dich an. Ich hab es dir gerade persönlich gesagt, und du reagierst, als wäre jemand gestorben.« Sie rutschte auf ihrem Stuhl hin und her. »Ich meine … Freude sieht ja wohl anders aus. Gott, Nick, ich war so nervös!«

Ich krümmte die Finger und bohrte die Fingernägel in meine Handfläche. »Das ist ein Schock …«

»Um ehrlich zu sein, wusste ich nicht, was ich tun sollte.«

Ich nestelte an der Verkleidung der Ofentür und musste mich beherrschen, um sie nicht herunterzureißen. »Und hast du dich schon entschieden?«

Ich konnte ihren Blick auf mir spüren. »Was soll ich deiner Ansicht nach tun?«

»Du weißt, wie ich über Kinder denke. Ich war diesbezüglich ehrlich, und ich hab geglaubt, dass wir einer Meinung wären.« Ich hörte ihr Schweigen. »Das muss ich erst mal verdauen.«

»Was soll ich deiner Ansicht nach tun?«, wiederholte sie.

»Es ist dein Körper. Ich mische mich da nicht ein.«

»Du hast dich in der Sekunde eingemischt, als du in mir gekommen bist. Du hast deinen Spaß gehabt und es mir überlassen, mich um die Verhütung zu kümmern. Such jetzt also nicht nach dem Hintertürchen.« Sie verschränkte die Arme.

»Ich sage nur, dass es deine Entscheidung ist. Es ist dein Körper. Hättest du es lieber, wenn ich von dir verlangen würde, dass du abtreibst?« Ich fuhr mir mit der Hand über den Kopf und lachte ungläubig. »Was wollt ihr Frauen eigentlich?«

»Wie viele von uns willst du denn zufriedenstellen?«

»Du weißt, was ich meine. Ich gebe gerade mein Bestes, Laura. Ich hab sogar Abendessen und einen Nachtisch gemacht.«

»Und dafür willst du jetzt einen Orden? Eine Ehrung, weil du kein kompletter Schwachkopf bist? Dass du hier mit anpackst, dient doch auch nur dazu, dich selbst in ein besseres Licht zu rücken. Immer geht's um dein Ego!«

Ich ächzte hinter vorgeschlagenen Händen. »Das hab ich doch gar nicht gesagt.« Ich setzte mich ihr gegenüber. »Ich unterstütze dich, egal wie du dich entscheidest. Wenn du beschließt, es nicht zu behalten, bin ich bei jedem Schritt an deiner Seite. Und wenn du es behalten willst …« Ich sah ihr ins Gesicht. »… dann unterstütze ich dich auch.«

Laura starrte mich an. Sie hatte immer noch die Arme vor der Brust verschränkt, sah mich mit großen, traurigen Augen an und schien in meinem Gesicht die Antwort auf eine ungestellte Frage zu suchen. Oder vielleicht hatte sie sie auch gestellt, und ich hatte sie nur nicht gehört.

»Wenn ich dir die Entscheidung überließe«, sagte sie dann, »was würdest du mir empfehlen?«

»Das ist doch eine unmögliche Frage.«

»Verdammt noch mal!«, schrie sie und wischte mit einer Heftigkeit ihren Teller vom Tisch, dass er gegen die Wand flog und in zwei Teile zerbrach. »Nick, sag einfach, was du fühlst!« Sie fing an zu zittern und stieß die ersten Schluchzer aus.

Ich schob meinen Stuhl zurück und lief zu ihr, nahm sie in die Arme, strich ihr übers Haar und versuchte, sie zu beruhigen. »Laura, bitte. Es ist alles gut. Bitte hör auf.«

Nach einer Weile versiegten die Tränen, und sie entspannte sich. Ich wiegte sie leicht hin und her, und sie krallte die Finger in meinen Arm, der um ihren Nacken lag. So standen wir ein paar Minuten lang da, bis sie schließlich zur Ruhe kam. Sie packte mich am Arm. »Ich hab beschlossen, dass ich es behalten will. Das Baby. Ich will es haben.«

Aus dem Ofen quollen Rauchkringel. Ich hatte den Pie vergessen.

»Na also«, sagte ich und küsste sie auf den Scheitel.

Manchmal beschert einem das Leben die Antwort.

TEIL FÜNF

Ich versuche, ein besserer Mensch zu sein.

Ich nehme den späteren Zug zur Arbeit. Ich bin trotzdem eine Stunde früher am Schreibtisch als die Kollegen, und auch wenn der Zug dann voller ist, kann ich Laura noch einen Becher Tee ans Bett bringen. Was nur fair ist. Ihr ist immer wieder speiübel, und wenn sie dann am Klo kauert, fühle ich mich nutzlos. Ich halte ihre Haare zurück und streichle ihr über den Rücken. Mein Gefühl, nicht zu genügen, steigert sich mit den wechselhaften Symptomen, und ein Becher Tee und ein späterer Zug scheinen dagegen ein geringes und ziemlich erbärmliches Opfer zu sein.

»Wann ist denn der erste Ultraschall?«, frage ich sie, als sie vom Arzt zurückkommt.

Sie dreht sich zur Küchenanrichte und sieht Unterlagen durch. »Hm? Oh, das krieg ich schriftlich.«

»Sag frühzeitig Bescheid.« Ich nehme mir einen Apfel aus der Obstschale. »Damit ich mir freinehmen kann.«

»Mach ich«, sagt sie über die Schulter und verschwindet.

Ein paar Wochen später bin ich gerade auf dem Weg in eine Besprechung, als Laura schreibt: *Mist, ich hab gerade beim Frauenarzt angerufen, der Ultraschall ist heute! Der Brief muss in der Post verloren gegangen sein. Ich muss in einer Stunde in der Praxis sein. Mum kommt mit, mach dir also keine Gedanken! X*

Ich bräuchte mindestens eine Stunde, um wieder zurückzufahren, selbst wenn ich auf die Minute pünktlich am Zug wäre. *Wie schade*, schreibe ich zurück. *Hatte mich darauf gefreut, dabei zu sein.*

Als ich das Handy weglege, dämmert mir, dass es wahr ist.

Als ich nach Hause komme, macht Laura Abendessen. Steak mit karamellisierten Zwiebeln. Mein Lieblingsessen.

»Und?«

Sie dreht sich nicht vom Kochfeld weg, lächelt aber über die Schulter. »Hey. Wie war dein Tag?«

»Gut. Bei der Arbeit alles in Ordnung. Was hat der Ultraschall ergeben?«

»Alles bestens. Sieht gesund aus.«

»Das ist gut.« Ich sehe mich um. »Und wo sind die Bilder?«

»Hier, ich schick sie dir.« Sie greift zu ihrem Handy und entsperrt es.

»Hast du gar keine Ausdrucke gekriegt?«

Sie hält beim Tippen inne. »Ach, die wollte ich nicht. Die kosten extra – kannst du dir das vorstellen? Aber der Arzt meinte, ich darf den Bildschirm abfotografieren.«

Ich runzele die Stirn. »Du wolltest keine richtigen Bilder vom ersten Ultraschall deines Babys? Sieht dir gar nicht ähnlich. Ich hätte schwören können, du willst sie an den Kühlschrank pinnen. Mit einem Magneten, auf dem das Datum steht.«

Sie legt das Handy beiseite und dreht sich wieder zum Herd. »Ich hatte kein Geld dabei, okay? Himmel. Hab sie dir gerade geschickt.«

Ich nehme mein Handy aus der Tasche und klicke die vier Bilder an. Es sind Schwarz-Weiß-Nahaufnahmen eines Klümpchens, das wie außerirdisch aussieht. Ich kann gerade so die Kontur der winzigen Nase ausmachen, ein spitzes Kinn, die körnigen Schatten langer Finger. Der Torso sieht aus wie ein Football.

Ich ziehe mir einen Stuhl heran und setze mich an den Tisch. Laura hat mir immer noch den Rücken zugekehrt. »Und wann ist Termin?«

Sie nimmt den Ketchup aus dem Kühlschrank und drückt Kreise auf zwei Teller.

»Irgendwann im Spätsommer, Herbst.«

»Kriegst du kein genaueres Datum?«

»Mitte September, haben sie gesagt. Wahrscheinlich. Anscheinend ist es noch relativ klein für den voraussichtlichen Termin, bis zum nächsten Ultraschall kann sich da also noch ein bisschen was ändern.«

Ich nicke nur. Sehe erneut auf die Bilder hinab, und als sie die Teller herüberträgt, stecke ich das Handy in die Tasche und sehe lächelnd zu ihr hoch. »Danke dafür. Sieht lecker aus.«

Sie lächelt, diesmal herzlicher. »Ich wollte wiedergutmachen, dass du den Ultraschall verpasst hast.«

Ein paar Wochen später ruft Daz an.

»Kumpel«, sagt er, »Gemma hat einen Neuen. Komm, wir lassen uns volllaufen.«

Ich weiß, dass Laura mich derzeit hassen würde, wenn ich verkatert wäre – mit ihrem Bauch und der anhaltenden Übelkeit –, und ich weiß, dass ich Daz deshalb absagen sollte, aber natürlich tue ich es nicht.

In der Stadt hat ein neues Lokal aufgemacht, und ich überrede ihn, es auszuprobieren. Es handelt sich um eine dieser hippen Bars, die hauptsächlich Studenten vom College mit günstigen Getränken und Sauerteigpizzas verköstigen.

Schon beim Reingehen weiß ich, dass das hier nicht nach Daz' Geschmack ist. Statt Fußball auf einem überdimensionierten Fernseher schlagen uns Drumbeats und Gitarre einer Liveband entgegen, und anstelle der Spielautomaten gibt es Türme von altmodischen Brettspielen. An den rustikalen Holztischen stehen verzinkte Stühle, darüber Industrielampen mit unverkleideten Leuchtröhren, und die Bedienungen tragen Karohemden und Jeansschürzen. Ihre zerzausten Haare sind zum perfekten Mir-doch-egal-Look gestylt. Solche Bars gibt es in London inzwischen zuhauf, und ich bin den Anblick gewöhnt, aber an Daz' Reaktion merke ich, dass all das neu für ihn ist.

»Was zur Hölle ist das auf dem Boden?«, fragt er, und wir sehen beide nach unten. »Sägespäne? Das sind verdammte Sägespäne?«

Ich gebe ihm einen Klaps auf die Schulter und bugsiere ihn in Richtung Tresen. »Komm«, sage ich, »drei fünfzig das Pint, da genießt man jeden Schluck.«

Wir setzen uns an den Tisch, der am weitesten von der Band weg steht. Neben uns befindet sich die offene Küche, in der ein Koch gerade Teig knetet und den Pizzaofen überwacht.

»Verdammt noch mal«, sagt Daz. »Wir hätten einfach ins Phoenix gehen sollen.«

»Zumindest können wir hier sicher sein, dass es keine Schlägerei gibt – und wir dürfen uns mal so richtig trendy fühlen.«

»Scheiß auf trendy.« Er schnaubt. »Haben die hier Speckchips auf der Karte?«

Ich lasse den Blick über die Nachbartische schweifen. »Sind wahrscheinlich gerade wieder in Mode. Zwischen uns und denen muss eine komplette Generation liegen.«

»Nächster Halt Halt: betreutes Wohnen«, sagt Daz und nimmt einen großen Schluck Bier.

»Dann hast du Gemma irgendwo gesehen, ja?«

Er seufzt. »Ehrlich gesagt will ich lieber nicht darüber reden.«

Wir leeren unsere Gläser, und er geht die zweite Runde holen.

Am Nachbartisch sitzen ein paar Jungs Anfang zwanzig – schlank, ernähren sich gut, fahren mit dem Rad statt mit dem Bus. Sie haben Sachen in Blau- und Grautönen an, und ein paar von ihnen tragen wahrscheinlich Fensterglasbrillen. Sie diskutieren über das Design eines neuen Gebäudes in der Stadt – ob es ein »sentimentales Stilpotpourri« oder ein »Gefüge modernistischer Empfindsamkeiten« sei. Einer bekritzelt seine Serviette. Ein anderer sagt »postmodern«. Architekturstudenten.

Sie erinnern mich an Anna.

Daz kommt mit vier Pints zurück. Er hat von jedem Glas einen Schluck getrunken, damit er zwei pro Hand am Rand halten kann. »Dann müssen wir da nicht noch mal hin.«

Das erste Pint lang reden wir über Fußball. Als wir das zweite anfangen, sagt Daz: »Also, Papilein – freust du dich schon auf den D-Day?«

Ich zuckte beiläufig mit den Schultern. »Klar.« Ich tippe gegen das Glas. »Mal ehrlich, weißt du was? Ich freue mich wirklich.«

»Schau uns nur an«, sagt Daz und schüttelt den Kopf. »Vor fünf Jahren saßen wir zu zehnt am Tisch. Und jetzt bin ich der letzte Mann.«

»Du hältst die Fahne hoch.«

»Ach was.« Er starrt in sein Bier. »In Wahrheit wollte Gem keine … Sie meinte, ich wäre ihr Kindskopf genug.«

Ich weiß nicht, was ich darauf erwidern soll. Sie hat irgendwie recht.

Daz nickt in Richtung des bärtigen Typen, der einen Nachbartisch sauber wischt. »Schau dir den Wichser an.«

Er hat ein weißes Unterhemd an, ein Hemd um die Hüften geknotet und ein Geschirrtuch über der Schulter. Ein Arm ist üppig mit ineinander verschlungenen Bergketten, Wölfen und unidentifizierbaren Gesichtern tätowiert, zwischendrin Blätter, Ranken und Zweige. Träge wischt er den Tisch ab, ein Mann, der es gewöhnt ist, dass man ihn ansieht.

»Der hat einen Indianerhäuptling auf dem Arm«, stellt Daz leise fest. »Der Typ ist so englisch, wie man nur sein kann. Was zur Hölle hat der mit Indianern zu schaffen?«

»Ein Knöcheltattoo von einer Reise, die du zweimal canceln musstest, ist natürlich viel origineller.«

»Na, immerhin hätte das eine Bedeutung gehabt. Genau das versteh ich nicht mehr an den Männern von heute. Sie wollen dermaßen verzweifelt *echt* sein, *authentisch*, dass es nur noch mehr wie Fake rüberkommt. Es wird über alles viel zu viel nachgedacht.« Er nippt an seinem Bier. »Guck dir die ganzen Holzfällerhemden doch an. Wetten, diese dürren Ärsche haben nicht einen Tag ihres Lebens geschuftet?«

Ich nehme noch einen Schluck von meinem letzten Bier. »Wenn ich vom Klo zurück bin, noch eine Runde im Phoenix, damit du endlich die Klappe hältst?«

Er reckt den Daumen hoch, und ich mache mich auf die Suche nach den Toiletten. Ich gehe auf den Tresen zu und will gerade fragen, als ich Anna allein an der Theke sitzen sehe. Sie sieht der Band zu und tippt mit den Fingern den Takt der Musik. Natürlich ist sie hier – in einem Laden, der das hippere Publikum Ashfords anspricht –, und ich frage mich, ob mein Unterbewusstsein das schon die ganze Zeit geahnt hat.

Seit ich ihr zum ersten Mal begegnet bin, sind sechzehn Jahre vergangen. Und jedes Mal fühlt sich wieder wie das erste an.

Sie hat ein kurzes schwarzes Kleid an und sich die Haare so zusammengesteckt, dass es ihr über den Rücken fällt. Sie trägt auffällige Ohrringe und ist viel zu gut gekleidet für eine Hipsterkneipe in Ashford.

Die Musik kann ich nicht übertönen, also berühre ich sie an der Schulter. Sie dreht sich um und strahlt übers ganze Gesicht.

»Nick, hey!«

Es ist das erste Mal, dass wir seit meinem Wochenende bei ihr miteinander reden. Was jetzt rund drei Monate her ist. In der Zwischenzeit hab ich mir vorgestellt, dass sie wütend sein dürfte, deshalb bin ich verunsichert, als sie von ihrem Hocker springt und mir ein freundschaftliches Küsschen auf die Wange drückt.

»Du siehst toll aus«, sage ich, ohne nachzudenken.

»Danke.« Sie sieht mich von Kopf bis Fuß an. »In so einer Kneipe hätte ich dich nicht erwartet.« Sie hat die Hände zu einem Trichter gelegt, um die jaulende Gitarre zu übertönen.

Ich beuge mich an ihr Ohr und entdecke neue Ohrstecker entlang der Muschel. »Erzähl mir nicht, dass du wegen der Musik hier bist.«

Sie hält sich theatralisch die Ohren zu und schüttelt den Kopf. Ihr Ringfinger ist immer noch unberingt. An allen anderen Fingern steckt etwas, nur nicht an dem einen.

»Was machst du dann hier?«, schreie ich.

Anna sieht erst mich und dann ihr Getränk an, als müsste sie erst überlegen, was sie sagen sollte. Ich frage mich immer noch, warum sie nicht sauer ist.

Sie beugt sich vor, und ich erhasche den Hauch ihres Duftes. »Ehrlich gesagt hab ich ein Date.« Dann lächelt sie jemanden hinter mir an, der in den Kulissen wartet.

Er ist groß, schlank, trägt eine Brille und sieht gut aus. Er lächelt mich höflich an und fragt tonlos: *Fertig?*, und Anna nickt und macht einen Schritt auf ihn zu. Ich sehe zu, wie er ihre Jacke nimmt und sie ihr hinhält. Das ist definitiv kein erstes Date.

Jetzt weiß ich, warum sie sich so gefreut hat, mich wiederzusehen, und ich halte nach einem Hinweis auf Selbstgefälligkeit in ihrem Gesicht Ausschau. Sie lächelt freundlich, sagt: »War schön, dich wiederzusehen, Nick«, dann legt er den Arm um sie, und sie gehen.

Ihr Timing hätte gar nicht besser sein können. Es fühlt sich an, wie im Pokalfinale in der letzten Minute der Nachspielzeit ein Gegentor zu kassieren, sodass man verdammt noch mal nichts mehr tun kann, als noch ein weiteres Bier zu trinken.

Ich kehre an unseren Tisch zurück. »Gehen wir«, sage ich und nehme meine Jacke.

»Ins Phoenix?«, fragt Daz und schiebt seinen Stuhl zurück.

»So sieht's aus.«

Einige Wochen später

Wir tapezieren gerade das künftige Kinderzimmer. Oder vielmehr versuche ich, es zu tapezieren, während Laura in der Tür steht und mir sagt, was ich zu tun habe.

»Ich glaube, das wird schief«, sagt sie, neigt den Kopf und kneift die Augen zusammen.

Ich stehe auf der Küchenleiter, habe die Arme in Richtung Wand ausgestreckt und lechze nach einem Bier. »Warum sagst du mir nicht einfach, wie ich es richtig mache? Ich tu, was du willst, aber entscheide dich endlich.«

»Links einen Millimeter nach oben, glaub ich.«

»Wie viel?« Meine Arme fühlen sich an, als würden sie jeden Moment abfallen.

»Einen Millimeter.«

»Ich hoffe, du meinst einen Zentimeter, denn wenn du mir das hier für die Breite einer Bleistiftspitze antust, dann werfe ich gleich diese gesamte Rolle aus dem Fenster.«

»Sorry, natürlich. Einen Zentimeter. Oder vielleicht einen halben?«

»Okay.« Ich beiße mir auf die Lippe und hebe die linke Ecke kaum merklich an.

»Perfekt!« Sie klatscht in die Hände. »Bier?«

Als wir das Haus gerade erst gekauft hatten, bin ich zum Baumarkt gefahren und habe eine Bohrmaschine und das eine oder andere Elektrowerkzeug gekauft, das mir der Verkäufer dringend empfohlen hat. Die Bohrmaschine erwies sich als überaus praktisch, als wir einzogen und das Haus in einen Ikea-Showroom verwandelten, aber seither lag sie mitsamt den anderen Gerätschaften in ihrem Karton im Regal im Schuppen. Inzwischen scheinen wir nur noch Bilder aufzustellen.

Ich bürste die Tapete an die Wand und bemühe mich, sämtliche Blasen rauszudrücken.

Dieser Teil macht sogar Spaß, wenn ich die Arme frei habe und mich schnell und methodisch vorarbeiten kann. Wenn niemand danebensteht, der mir sagt, dass ich es verkehrt mache.

Laura kommt mit einem Bier für mich zurück, und ich setze mich an die Wand auf den Boden und knacke die Dose. Es zischt befriedigend.

Als ich zu meiner Arbeit hochblicke, bin ich zufrieden. Eine Wand ist geschafft. Paul Mendoza wäre stolz. »Wo wolltest du noch Tapete haben?«

Laura zeigt auf den Erker. »Da. Den Rest streichen wir hellgrau. Ich schaue mir gerade die Farbkarten an.«

Ich nicke in Richtung der bunten Eulen und anderen Vögel auf dem Boden. »Du hast noch eine Rolle, oder?«

Laura legt den Daumen an die Lippen. »Nein, es war nur die eine.«

»Machst du Witze? Das reicht nie im Leben. Hast du nicht gesagt, du hättest alles ausgemessen?«

»Hab ich auch. Da sind zehn Meter drauf, und die komplette Wand sind knapp über neun.«

Ich bin fassungslos. »Man braucht auch was für den Verschnitt. Es sei denn, du willst den Erker mit den Resten tapezieren, die nicht mehr zusammenpassen.«

»Oh. Nein, dann … Das will ich natürlich nicht.« Sie zuckt

mit den Schultern. »Dann muss ich eben zurück und noch eine Rolle kaufen.«

»So funktioniert das nicht, Laura. Du musst sicherstellen, dass sie von derselben Charge stammt, sonst könnte es sein, dass das Muster nicht exakt aufeinandersitzt.«

Sie stemmt die Hand in die Hüfte, mit der anderen reibt sie sich über den Bauch. »Sieh an, ein YouTube-Video, und du bist Experte.«

Ich schiebe den Fuß in die sich aufrollenden Reste am Boden. »Du fährst besser gleich und kaufst noch eine Rolle. Schreib dir die Chargennummer auf. Nur für den Erker will ich das hier nicht noch mal aufbauen. Dafür würde wieder ein Samstag draufgehen.«

»Mir war nicht klar, dass es so eine Qual ist, das Zimmer deines Babys zu dekorieren.«

Ich atme tief durch. »Es ist keine Qual. Aber die Farbe muss auch noch an die Wand, und du hast gesagt, du willst, dass man nichts mehr riecht, bis das Baby zur Welt kommt. Wegen der Dämpfe. Außerdem müssen wir noch den Teppichboden bestellen. Ich arbeite unter der Woche, schon vergessen? Ich würde meine Zeit gern effizient einteilen.«

»Können wir nicht zusammen fahren? Zieh dich um, und dann machst du später hier weiter. Wir könnten doch in dem Café im Obergeschoss zu Mittag essen?«

Ich habe schon unzählige Stunden in der Babyabteilung von John Lewis zugebracht und mit den Händen in den Taschen dagestanden, während Laura auf Wiegen zeigte und unterschiedliche Formen von Babybadewannen erörterte. Vor dem Regal mit den Badezusätzen drehte sie jede einzelne Flasche auf und schnüffelte daran, ehe sie sie mir unter die Nase hielt. Ich murmelte dann entweder irgendetwas Zustimmendes oder verzog das Gesicht, woraufhin sie den Deckel wieder zuschraubte und die nächste Flasche zur Hand nahm, Inhaltsstoffe studierte, Fachtermini googelte und nachsah, ob irgendwas davon womöglich Palmöl bedeutete, was allem Anschein nach Teufelszeug war.

Ich trinke mein Bier aus und schüttele den Kopf. »Lieber nicht. Fahr du, ich räume unterdessen ein bisschen auf und bereite Runde zwei vor. Vielleicht kannst du uns ja was vom Imbiss mitbringen?«

Sie nickt bedächtig. »Wie du willst.« Ihr Handy piepst, als sie das Zimmer verlässt, und dann geht die Badezimmertür zu. Ich kann ihren Klingelton hören, und im nächsten Moment weht ihre Stimme durch den Spalt unter der Tür.

»Hey, Babe. Wie war der Trip? ... Das glaub ich ... Sah fantastisch aus! Bist du Gondel gefahren? ... Ha, super! ... Was ... Oh Gott, das ist ja großartig! ... die Knie? ... perfekt! ... Schick mir ein Bild von dem Felsen! ... Du musst übersprühen vor ... Nein, ich sprühe wirklich nicht über ... ständig übel ... Bauch wird riesig ... Macht doch nichts ... Hör mal, Süße, ich muss Schluss machen, aber schick mir das Foto, ja? ... freu mich so für dich! ... Ja, das feiern wir nächstes Wochenende mit den Mädels ... Okay, ich muss ... Byeeeee!«

Sie bleibt noch eine Weile im Bad, dann höre ich die Klospülung und den Wasserhahn.

Ich klaube die Schnipsel auf und stopfe sie in die Mülltüte. Als ich mich umdrehe, lehnt Laura am Türrahmen.

»Kate hat angerufen«, sagt sie. »Tom hat ihr in Italien einen Antrag gemacht. Sie heiraten!«

Ich tue überrascht. »Wie schön für sie!«

Sie sieht aus dem Fenster und nickt. Ich räume weiter auf. Ich weiß genau, was gleich kommt, und denke kurz darüber nach, in den Müllsack zu steigen und mich raus zur Tonne zu bringen.

»Schon komisch«, sagt sie und hält den Blick in die Ferne gerichtet. »Ich sollte doch überglücklich sein, wenn meine beste Freundin sich mit der Liebe ihres Lebens verlobt. Aber mein einziger Gedanke ist: Sie sind erst seit *zwei* Jahren zusammen, und er macht ihr den Antrag. Andererseits sind zwei Jahre halbwegs ausreichend, um jemanden gut genug kennenzulernen, oder?«

Ich nehme Kehrschaufel und Besen, die an der Wand lehnen, und fege unsichtbaren Staub zusammen. »So was hat für unterschiedliche Leute eine unterschiedliche Bedeutung.«

»Zwei Jahre sind aber doch normal? Also, nicht acht Jahre oder so. Acht Jahre sind eindeutig mehr als genug.«

Ich drücke den Rücken durch und seufze. »Ganz schön warm. Ich brauche noch ein Bier.«

Laura weicht zur Seite aus, als ich auf sie zugehe. Ich jogge nach unten in die Küche und nehme mir die nächste Dose aus dem Kühlschrank. Im Türfach steht schon ein Sixpack, trotzdem nehme ich noch ein paar Dosen aus der Kiste am Boden und stelle sie dazu.

Dann sehe ich hinaus in den Garten. Ich höre die Nachbarkinder Trampolin springen. Ganz hinten sehe ich die Zaunlatten mit dem Loch, das ich immer noch nicht repariert habe, auch wenn es mindestens einmal die Woche beiläufig erwähnt wird.

Laura taucht in der Tür auf.

»Reden wir eigentlich mal darüber, dass du gerade ein Alkoholproblem entwickelst?«, fragt sie, während ich einen großen Schluck nehme.

»Wir haben eine Hitzewelle, okay? Und ich bin am Heimwerkern. Ich würde sagen, da ist Trinken erlaubt.«

»Und wie erklärst du die anderen Abende? Oder dass du mit Bierfahne vom Bahnhof kommst?«

Ich seufze. Sie hat ja recht. Mir ist klar, dass sie recht hat. Ich lasse es schleifen. Aber ich weiß auch, dass es nicht das Trinken ist, das ihr Kopfzerbrechen bereitet.

»Du heiratest mich nie, oder?« Sie sagt es ganz leise. Sie kennt die Antwort ohnehin.

Sie mustert ihre Hände, und mir fällt wieder ein, dass ich die gleiche Frage schon mal gehört habe, von jemand anderem, in einem anderen Leben. Als ich mir einredete, dass ich mir sicher wäre.

»Heiraten bedeutet mir einfach nichts«, sage ich.

Sie verschränkt verspannt die Arme vor der Brust. »Und welchen Unterschied würde es da für dich machen, ein Blatt Papier zu unterschreiben? Wir haben dieses Haus zusammen gekauft, wir kriegen ein Baby. Das ist doch eine wechselseitige Verpflichtung, oder nicht?«

»Eben. Was spielt es da noch für eine Rolle, ob wir verheiratet sind?«

Sie zupft am Saum ihres Oberteils. »Irgendwie spielt es eben eine Rolle.«

Ich leere die Bierdose. »Ich erwarte nicht, dass du mich verstehst. Du hast mit deiner Zwei-Komma-vier-Kinder-Durchschnittsfamilie einfach Glück gehabt.«

»Mach dich jetzt nicht über meine Familie lustig.«

»Mach ich nicht«, entgegne ich. »Sie ist wunderbar und ein Bilderbuchbeispiel. Nur ist sie von meiner von Grund auf verschieden. Hör mal …« Ich mache einen Schritt auf sie zu und lege ihr die Hände an die Schultern. »Ich bin hier, ich tapeziere das Zimmer, wir zwei sind zusammen. Wozu das Ganze in Gesellschaft noch laut aussprechen?«

Mit einem Funken Hoffnung im Gesicht blickt sie zu mir

auf. »Geht's dir um die Hochzeitsfeier? Wir könnten einfach aufs Standesamt gehen, wenn dir das lieber ist. Ich brauche keine Feier.«

Als mir dämmert, dass ich ihr gleich erneut eine Abfuhr erteilen muss, macht sich mein schlechtes Gewissen bemerkbar. Aber ich bin es leid, mich zu wiederholen. Sie weiß, was ich will, und doch ist es fast, als wollte sie, dass ich sie ein ums andere Mal verletze. »Das ist es nicht nur.«

Laura reißt frustriert die Arme hoch.

»Okay«, sage ich. »Nehmen wir an, du hast mich überzeugt. Stell dir vor, nach all den Jahren, in denen du mich bedrängt hast, dir einen Antrag zu machen, hab ich es endlich getan. Aber wärst du da wirklich glücklich – obwohl du doch weißt, dass ich dich nur deshalb gefragt habe, damit du endlich aufhörst zu nerven? Und würdest du wirklich wollen, dass ich etwas tue, was ich in Wahrheit gar nicht will?«

Laura macht sich von mir los und sieht mir ins Gesicht. Diesen Blick kenne ich, von ihr und auch von anderen. Irgendwo in einem Nachbargarten kreischt ein glückliches Kind.

Wenige Wochen zuvor

Ich weiß nicht, was mich zu ihrer Tür geführt hat, aber fünf Pints und ein ganzes Fass voll verletztem Stolz können alles verändern.

Ich hatte Daz nach unserem Absacker im Phoenix nach Hause geschickt. Er hatte diesen heiklen Punkt erreicht, an dem er entweder emotional werden oder sich prügeln würde, und für beides wäre ich nicht der richtige Sparringspartner gewesen. Ich hatte ihn in ein Taxi gesetzt und dem Fahrer einen Zwanziger in die Hand gedrückt.

Jetzt stand ich vor ihrem Haus an der Ecke und sah hoch zur Kirchturmuhr. Es war schon nach Mitternacht, eine Dreiviertelstunde nachdem sie die Bar verlassen hatte. In den Fenstern brannte nirgends Licht, und es schien niemand zu Hause zu sein, aber vielleicht waren die Lichter ja auch aus gutem Grund gelöscht worden.

Ich kickte gegen einen losen Stein, fummelte meine E-Zigarette heraus und zog einmal flüchtig daran. Ich brauchte jetzt etwas, was mich beruhigte, und so ging es am schnellsten – die chemische Keule direkt in den Blutkreislauf.

Die E-Zigarette hatte ich erst seit ein paar Wochen, und an Zigaretten kam sie nicht ran. Nicht nur hinsichtlich des Rausches. Zigaretten haben wenigstens das Aussehen und den Appeal von Rebellentum und Freiheit. James Dean hätte nie mit E-Zigarette posiert. Es fühlte sich traurig und erbärmlich an, auf diesem Stück Plastik herumzulutschen.

Ich drehte ein paar Runden auf dem Kopfsteinpflaster und warf immer wieder Seitenblicke zu den Fenstern, für den Fall, dass ich eine Bewegung entdeckte.

Als ich die fünfte Runde halb hinter mir hatte, bog eine Gestalt aus der Querstraße ein, und ich wusste sofort, dass es Anna war.

Ich stolperte und machte ein paar schnelle Schritte. Sie schien zu zögern, warf einen flüchtigen Blick über die Schulter, ehe sie schneller ging, und mir dämmerte, wie das hier aussehen musste: als hätte ich ihr aufgelauert.

Mir war schlagartig angst und bange, und ich hörte ein betrunkenes *Hey* aus meinem Mund. Daraufhin verließ sie den Gehweg, schlüpfte durchs Kirchhoftor und fing an zu rennen. Das hier musste eine Abkürzung sein.

»Hey«, rief ich und rannte ihr nach, »hey, bleib stehen! Anna!«

Sobald sie ihren Namen hörte, blieb sie stehen, stemmte sich gegen die Kirchenmauer, schloss die Augen und kam erst mal wieder zu Atem.

»Mein Gott«, keuchte sie mit der Hand auf dem Herzen. »Du hast mich zu Tode erschreckt.«

»Ich bin's nur«, sagte ich.

Sie kniff die Augen zusammen. »Verschwinde.«

»Du bist also doch sauer auf mich.«

Sie lachte. »Du willst mich nicht, aber du willst auch nicht, dass jemand anderes mich kriegt.«

Ich schluckte. »Das ist nicht wahr.«

»Ach, nicht? Warum bist du dann hier?«

»Das verstehst du nicht.« Ich schob die Hände in die Taschen.

»Da täuschst du dich.« Sie drückte die Schultern durch und strich sich das Kleid glatt. »Du schläfst in meinem Bett, du erzählst mir, dass du mit mir zusammen sein willst, und dann überlegst du es dir einfach anders und bist zu feige, etwas zu sagen. Oder zu schreiben. Keine Sorge, das verstehe ich nur zu gut.«

»Das glaubst du vielleicht, aber das stimmt nicht.«

Verzweifelt riss sie die Hände hoch. »Du weißt schon, dass ich anderen nicht in den Kopf gucken kann? Genau deshalb hat der Mensch die Sprache erfunden. Um anderen zu sagen, was er denkt. Versuch das irgendwann mal!«

»Du weißt genau, was ich für dich empfinde.«

Sie lehnte sich seufzend an die Kirchenmauer. »Der Nick nach zwei Bieren ist zärtlich und schön und alles, was er je sein könnte, das weiß ich, ja. Der andere Nick ist ein Meister im Wegducken und Schweigen und der Grund dafür, warum das mit uns nie funktioniert hat.« Ihre Stimme verklang, und sie sah weg. »Ich hab immer gedacht, es hätte an der Religion gelegen. Aber das stimmt nicht.«

»Es tut mir leid«, sagte ich.

Sie holte tief Luft. »Weißt du, was mich wahnsinnig macht? Du bist nicht imstande, aus eigenem Antrieb zu handeln. Dein Leben passiert dir einfach so.«

»Laura ist schwanger.«

Irgendetwas huschte über ihr Gesicht – Schock, Schmerz oder vielleicht auch Abscheu –, und sie schlug den Blick nieder.

»Oh.«

»Ich wusste nicht, wie ich es dir sagen sollte, ohne wie ein Arschloch zu klingen. Obwohl du mich sowieso für eins hältst.«

»Gratuliere.« Anna sah lächelnd zur Kirche hoch. »Allmählich dämmert mir, dass ein Ende immer nur der Anfang von etwas anderem ist.«

»Du weißt, wir hätten einander verrückt gemacht.«

Sie sah mir ins Gesicht, sah mich von Kopf bis Fuß an, musterte meine Gesichtszüge. »Glaubst du das wirklich?«

Ich fuhr mir mit der Hand über den Kopf und verharrte so. »Du nicht?«

Sie dachte kurz darüber nach. »Ich glaube, deine Unterkühltheit hätte mein hitziges Temperament runtergekocht. Ich glaube, wir sind hinreichend verschieden, damit wir wir selbst geblieben, aber zusammen elektrisch gewesen wären.«

Über uns läutete die Kirchenglocke dumpf eine neue Stunde ein.

Anna sah mich an. »Ich glaube, wir wären fantastisch zusammen gewesen.«

Von: ANNA
An: NICK
Betreff:

Es tut mir leid, dass ich gesagt habe, du wärst nicht imstande zu handeln. Tut mir leid, dass ich gesagt habe, dass du keinen Mumm hättest.
Vergiss, was ich gesagt habe. Bleib so, wie du bist. Ignoriere, was ich Blödes gesagt habe.
Ich liebe deine Sanftheit. Ja, du verursachst Schmerzen wie jeder andere auch, aber das nur aus Unbeholfenheit. Weil du nicht weißt, wo du deine Hände hintun sollst.
Ich würde es dir gern zeigen.
Ich habe dir schon mal gesagt, dass ich mich bei dir sicher fühle.
Ich hab dir aber auch mal gesagt, dass zu meinen stärksten Erinnerungen zählt, wie ich dich einmal angerufen habe, nachdem ich vielleicht ein Jahr verheiratet war.
Ich saß in meinem Auto, in unserer Einfahrt. Ich hatte während eines Streits Angst vor ihm bekommen und war aus dem Haus geflüchtet, um dich anzurufen. Niemand sonst hätte mir in diesem Augenblick helfen können. Ich brauchte deine Stimme. Du hast immer wieder gefragt, was los ist, ob es mir gut geht, und ich hab nur ins Telefon geschwiegen, immer mal geschluchzt und mir die Faust vor den Mund gepresst, damit mir nicht irgendwas herausrutschte. Seit jener Nacht in deinem Bett, als du aufgehört hast, obwohl du nicht hättest aufhören müssen, warst du für mich derjenige, der mich nie verletzen würde. Ich hab dir auch nie erzählt, dass ich in meinen schlimmsten Nächten, wenn ich wach lag und wusste, dass mein komplettes Leben eine Lüge war, an dich gedacht habe

und an dein Gesicht und an deine Hände auf meiner Haut und an dein Keuchen, wenn ich meine Lippen auf deine gepresst habe. Du warst mein Beruhigungsmittel, all meine Ruhe warst du.
So ist das, wenn du dafür sorgst, dass ein Mädchen sich sicher fühlt.

Juni 2019

Ein paar Wochen nach unserem Streit sind Laura und ich bei Kate und Tom eingeladen, um ihre Verlobung zu feiern.

»Die verlieren keine Zeit, was?«, fragt Laura, als sie die Einladung aus dem Kuvert zieht und gegen den Toaster lehnt. »Aber wenn man sich sicher ist, ist man sich anscheinend sicher.«

Mit dem letzten Wort verlässt sie das Zimmer.

Die Feier findet im Pub von Kates Eltern draußen auf dem Land statt. Lauras Freunde haben beeindruckende Juristen-, Mediziner- und Verlagsjobs, Kate selbst ist Yogalehrerin und somit der bunte Hund. Sie ist blond, sieht gut aus, trägt lange Röcke und hat im Winter einen Ibiza-Teint. Einmal hat sie Laura zum Geburtstag einen Heilstein geschenkt – »Zitrin, meine Liebe, für Wohlstand und Überfluss« –, und ihre Lieblingsbeschäftigung besteht darin, für ihre Freunde die Kummerkastentante zu spielen. Ich kann ihr ansehen, dass sie mich nicht leiden kann.

Sobald wir den Pub betreten, eilt sie uns entgegen und fällt Laura um den Hals. »Oh, Lols, du Süße!«, sagt sie, nimmt unser Geschenk entgegen – keine Ahnung, was es ist – und lächelt mich strahlend an. »Nicky, hol dir was von der Bar. Die Jungs sind alle dort drüben.« Sie nickt zum rückwärtigen Teil des Raums.

Ich hole mir ein Lager und stelle mich zu den Männern. Als Laura und ich zusammenkamen, war ich ehrlich erstaunt über die Größe ihres Freundeskreises. Alles in allem besteht ihre Clique aus acht Frauen, jede mit einem Mann dazu, und über die Jahre sind es überwiegend dieselben geblieben. Als wir uns kennenlernten, hatten sich auch meine Freunde nach und nach verpartnert, waren häuslich geworden und hatten den Pub gegen den Park eingetauscht. Laura bescherte mir einen fertigen Freundeskreis, der die Lücke ausfüllte.

Die Jungs und ich unterhalten uns über Rugby. Sie sind alle drahtig und athletisch und arbeiten in der City und managen irgendwas in der Finanzbranche. An den Wochenenden spielen sie Squash, und mal abgesehen vom gelegentlichen Kommentar über die Performance ihrer Aktien sind sie völlig in Ordnung. Daz würde sie hassen.

»Und, Nick«, sagt Tom und legt mir die Hand auf die Schulter. »Hat Laura sich inzwischen in eine Furie verwandelt? Wie ich gehört habe, sind Hormone die Hölle.«

Ich lache. »Ja, irgendwie schon. Aber sie kommt halbwegs klar. Ich wünschte mir nur, ich könnte mehr beitragen.«

»Ich sehe nur einen Vorteil: dass auf absehbare Zeit klar ist, wer bei Partys der Fahrer ist und wer trinken kann«, sagt Christian, gibt mir einen Knuff und kleckert Weißwein auf seine Markenschuhe. »Und der Sex muss doch großartig sein! Sind Schwangere nicht ständig heiß?« Christian arbeitet für einen Pharmakonzern und schickt mir regelmäßig Pornos aufs Handy. Ich weiß nicht, wie ich ihn davon abbringen soll.

Lächelnd zucke ich mit den Schultern.

Wir reden weiter über Cricket, dann über Tennis und ganz kurz über Golf. Bei Letzterem hab ich ein paar Grundkenntnisse. Ich lasse ein, zwei Kommentare fallen, die den anderen ausreichen. Die meiste Zeit nippe ich bloß an meinem Bier.

Gegen zehn Uhr kommt Anna.

Ich verschlucke mich an meinem Bier, huste und spucke, und Christian schlägt mir auf den Rücken. Als ich mich hochrot im Gesicht wieder aufrichte, sieht sie mich direkt an. Ich winke ihr unbeholfen zu, und sie dreht sich weg.

Sie hat irgendeinen Kerl an der Hand. Einen neuen. Er sieht aus wie der Terminator – solche Muskeln hat man nur, um sie herzuzeigen. Er dirigiert Anna auf Kate zu, die ihn umarmt und ihm dann scherzhaft in den Bizeps kneift. Ich sehe zu, wie sie sich Anna zuwendet, die eindeutig erstmals in dieser Runde vorgestellt wird. Kate plaudert munter drauflos, Anna nickt höflich und wirft gelegentlich etwas ein. Dann geht Kate zu Laura und flüstert ihr etwas ins Ohr. Laura steht auf und sieht erst in Annas Richtung, dann zu mir und wieder zu Anna.

Ich entschuldige mich bei den Jungs und schlendere mit meinem Bier in den angrenzenden Saal, der für die Kinder und die ältere Verwandtschaft hergerichtet wurde. Hier stehen ein paar Sofas und Sessel – diese harten Lederdinger mit Knöpfen, die sich einem in den Rücken bohren –, die Musik ist deutlich leiser und scheint wie aus weiter Ferne zu kommen. Die ältesten Gäste sind schon gegangen, und die Kinder tummeln sich auf der Tanzfläche.

Ich lasse mich auf eins der Sofas fallen und atme tief aus. Das hier soll für einen Augenblick meine Zuflucht sein, ehe ich gleich mit meiner E-Zigarette nach draußen gehe.

Ich lehne den Kopf zurück und schließe die Augen. Gefühlt Sekunden später tippt mir jemand leicht auf den Kopf, ich schlage die Augen auf und sehe, wie mich kopfüber ein Kind anstarrt.

»Du bist eingeschlafen«, sagt das Mädchen vorwurfsvoll.

»Und wenn schon.«

»Auf einer Party darf man nicht schlafen, das ist gegen die Regeln.«

An ihrer Nasenspitze bildet sich ein Rotztröpfchen, und sie wischt es routiniert mit dem Handgelenk weg. Sie trägt ein rotes Kleid und Bänder im Haar. Ich kenne mich mit Kindern nicht sehr gut aus, aber schätze sie auf rund sechs Jahre.

Ich setze mich auf. Mein leeres Glas liegt neben mir auf dem Sofa, und ich beuge mich vor, um es auf den Tisch zu stellen. »Du gehst vielleicht besser zurück, bevor die Erwachsenen dich suchen.«

Sie schnaubt und setzt sich zu mir. »Ich will da nicht wieder hin. Erwachsene sind langweilig. Die stehen nur rum und reden und schütten Getränke über mein Kleid.« Sie streicht es sich auf dem Schoß glatt.

»Erwachsene sind wirklich langweilig«, sage ich und taste nach meiner E-Zigarette. »Sieh bloß zu, dass du nie eine wirst.«

Sie neigt den Kopf zur Seite. »Wie Peter Pan?«

»Genau.«

Darüber denkt sie kurz nach. »Aber du bist auch ein Erwachsener. Heißt das, du bist auch langweilig?«

Ich nicke bedächtig. »Und werde täglich langweiliger.«

Sie wirft sich das Haar über die Schulter. »Also, ich werde nie langweilig. Wenn ich groß bin, bleibe ich wach, solange ich will, esse mitten in der Nacht und erlebe Abenteuer.«

Ich überlege, was in meiner Abwesenheit draußen vor sich gegangen sein mag. Wenn sie hier drin nur eine Bar hätten.

»Spielst du mit mir?«, fragt sie und zaubert ein Täschchen mit Plastikfiguren hervor.

Ich werfe einen Blick auf mein Handy. »Du solltest wirklich wieder zurückgehen.«

»In einer Minute, versprochen.« Sie macht den Reißverschluss des Täschchens auf und nimmt eine Figur nach der anderen heraus. »Ich bin die hier«, sagt sie und hält eine Prinzessin mit roten Haaren hoch. »Die hat Zauberkräfte. Die kann Tote zum Leben erwecken.«

Keine Nachricht. »Ziemlich gute Superkraft«, sage ich und schiebe das Handy wieder in die Tasche.

»Jetzt brauchen wir noch jemanden für dich …« Sie wühlt durch ihre Sachen. »Willst du ein Mann sein?«

»Nicht unbedingt.«

»Doch, komm schon.« Sie drückt mir ein Plastikpüppchen in die Hand, einen Prinzen mit güldenem Haar. »Du bist ein Mann.«

Ich tippe mit der Figur mehrmals auf mein Knie. »Und was mache ich jetzt?«

Sie sieht mich verwirrt an. »Spielen?«

»Erzähl's nicht weiter, aber …« Ich beuge mich vor und flüstere ihr zu: »… ich hab vergessen, wie das geht.«

»Ist doch ganz leicht«, sagt sie, greift zu einer anderen Figur und stellt sie auf den Tisch. »Du redest für sie – so: ›Jetzt hör mal gut zu‹«, sagt sie mit amerikanischem Akzent und fuchtelt mit der Puppe in meine Richtung. ›Wir stürmen ins Schloss und retten den König vor der bösen Hexe. Bleib einfach ganz dicht hinter mir, dann gehen wir zusammen rein. Einfach hinter mir bleiben, okay?‹

»Und was machen wir, wenn wir drin sind?«, frage ich und fühle mich in meine Figur ein. »Wir legen uns lieber einen Plan zurecht. Nicht dass es dort Tretminen gibt.«

»Du meinst Hundehaufen?« Sie lacht.

Ich räuspere mich. »Ich meine, vielleicht hat die Hexe

Fallen aufgestellt. Und warte – was, wenn der König gar nicht gerettet werden will?«

Sie sieht mich beeindruckt an. »Ach, der will bestimmt gerettet werden. Er weiß es nur noch nicht. Aber das machen wir ihm schon klar.«

Ich ziehe die Augenbrauen hoch. »Aha. Na, dann legen wir besser gleich los.«

Eine Frau steckt den Kopf durch die Tür. Sie sieht angetrunken und genervt aus. »Da bist du. Wo hast du denn gesteckt?«

»Ich war hier und hab gespielt. Und einen Freund kennengelernt.«

Die Frau sieht mich misstrauisch an. »Tja, dann sammel jetzt deine Spielsachen ein und komm hier raus zu den anderen. Los, zack, zack.«

Das Mädchen schiebt die Püppchen zurück in die Tasche und zieht den Reißverschluss zu. »Ich muss gehen«, sagt sie und steht auf. »Das war meine Mummy. Sie wird echt sauer, wenn ich nicht tue, was sie sagt.«

»Mein Dad war genauso. Das ist der Vorteil am Erwachsenwerden. Du kannst machen, was du willst.«

»Hast du ein Glück. Das will ich am allermeisten.« Sie dreht sich um, lächelt mir zum Abschied zu, rennt zur Tür, und dann ist sie verschwunden.

Ich will gerade zu meinem Glas greifen, als mir klar wird, dass ich ihr meine Plastikfigur nicht zurückgegeben habe. Ich betrachte sie einen Moment lang, taste über die Wölbungen in ihrem Gesicht und die Gliedmaßen – diese Vorstellung eines Produktdesigners, wie ein Mann auszusehen hat.

Dann stelle ich die Figur auf den Tisch. Sie sieht traurig aus.

Ein elektronischer Bass wummert durch die Wand. Dann johlen Leute. Ich nehme mein Glas und gehe zurück zu den anderen.

Als ich nach draußen komme, wird die Musik ganz kurz leise, und ich höre, wie jemand *Anna* sagt.

Ich bleibe wie angewurzelt stehen.

Die Stimme spricht weiter. Es ist Laura. Sie steht mit Kate und mit einer von Kates Freundinnen zusammen, deren Namen ich nicht kenne, sie tuscheln und schütteln den Kopf, keine zwei Meter von mir entfernt. Ich kann sie durch die Wedel der Zimmerpalme sehen, hinter der ich verborgen bin. Es fühlt sich zugleich lächerlich und wie die sicherste Variante an.

Die Musik wird wieder lauter, und sie müssen ebenfalls lauter sprechen, um einander zu verstehen. Das erleichtert mir meinen zufälligen Lauschangriff.

»Wer soll das sein?«, will die Frau ohne Namen wissen.

»Nicks Ex«, schreit Kate. »Nick ist Lauras Freund.«

»Ex stimmt nicht ganz«, sagt Laura mit dem Rücken zu mir. Sie hat sich einen Arm um die Brust geschlungen, in der freien Hand hält sie ein Wasser. »Anscheinend hatten sie mal einen verrückt heißen Sommer, haben aber nicht mal miteinander geschlafen.«

Die Frau ohne Namen verdreht die Augen, aber was weiß sie schon.

»Ich hatte mal einen Ex, der mit so einer zusammen war«, sagt Kate. »Die haben diesen Mythos im Kopf – völlig realitätsfremd. Man wünscht sich am Ende, sie hätten Sex gehabt, nur damit …«

Den Rest kann ich nicht verstehen.

»Hilft jetzt auch nicht«, schreit Laura.

»So heiß kann es nicht gewesen sein, wenn sie nie Sex hatten«, kommentiert die Frau.

»Sie war in irgendeiner komischen Sekte«, sagt Kate. »Ihr kennt das – diese Leute, die an eurer Tür stehen und das Ende der Welt verkünden? Völlig durchgeknallt.«

»Was macht sie überhaupt hier?«, fragt die Frau. Ich freue mich insgeheim, als ich entdecke, dass sie Lippenstift auf den Zähnen hat.

»Sie ist mit Toms Cousin hier«, antwortet Kate und verzieht das Gesicht. »Ich wusste nicht, dass sie zusammen sind, ehrlich, Lols.« Sie nimmt Laura am Arm. »Sonst hätte sie niemals kommen dürfen!«

Für einen Augenblick schweigen sie und starren etwas auf der anderen Seite der Tanzfläche an, was ich nicht sehen kann. Möglicherweise Anna. Sie nippen an ihren Getränken.

»*So* gut sieht sie nun auch wieder nicht aus«, sagt Kate. »Sie sieht irgendwie merkwürdig aus. Das Gesicht ist schief. Die Stirn ist zu hoch. Männer sind dermaßen komisch – auf was für Frauen die stehen …«

Laura nimmt einen Schluck und fährt sich übers Haar. »Seid ihr zwei echt so blind, verdammt?«

Sie sehen sie an, und ich weiche ein Stück zurück.

»Holen wir uns noch was zu trinken«, schlägt Kate vor und legt den Arm um Laura.

Versprich mir, dass du es keinem erzählst, hat sie damals am See zu mir gesagt.

Ehrenwort.

Ich lehne mich in meiner Ecke an die Wand und warte darauf, dass mein Herz sich beruhigt. Ich weiß, was ich jetzt brauche, aber ich bringe es nicht fertig, den Raum zu durchqueren, also nehme ich die nächstbeste Tür. Dahinter liegt die Küche, die dunkel und still ist, und ich gehe zwischen den Edelstahltischen hindurch und nehme den Notausgang nach draußen.

Und dort steht Anna, auf dem gepflasterten Hof, und lehnt mit einem Glas Rotwein an der Fassade.

»He«, flüstert sie, als sie mich erkennt. Sie lächelt angestrengt und starrt in ihr Glas.

»Soll ich dich allein lassen?«, frage ich und drehe mich halb um.

Schulterzuckend nippt sie an ihrem Wein. Sie sieht mich nicht mal an. Stattdessen drückt sie den Absatz leicht in den Boden. »Wie du willst«, sagt sie in ihr Glas.

Ich zögere, dann drücke ich den Rücken durch und hebe die E-Zigarette an die Lippen.

»Schau einer an«, sagt sie, »der nächste Schritt.«

Ich nehme einen Zug und versuche, ihn zu genießen. »Tippelschrittchen.«

»Ja, tja, ich bin mir ziemlich sicher, dass Passivrauchen immer noch tödlich sein kann, wenn du also hier draußen stehen bleiben willst, dann geh ein Stück weg.«

Ich weiche zurück. »Dass ich bei dir Kette geraucht habe, scheint dich aber nicht gestört zu haben.«

»Leute verändern sich.«

»Apropos Veränderung. Dieser Höhlenmensch, mit dem du hier bist, ist ja eine Wucht. Nennt er dich Jane?«

Anna lacht, nach dem Tonfall zu urteilen allerdings nicht über meinen Witz. »Und diese schwangere Freundin?«

Ich blase Rauch aus und nicke langsam. »Immer noch schwanger.«

»Hab ich gesehen. Wenn Blicke töten könnten.«

Sie sagt es ganz nüchtern, ohne Blickkontakt. Diese Anna hab ich schon öfter getroffen, und ich weiß, wie schwer es ist, zu ihr durchzudringen. Diese Begegnung kam völlig unerwartet, aber es fühlt sich an, als könnte es die letzte sein. Ich will nicht, dass das mit uns in einem Misston endet.

»Es ist die Party ihrer besten Freundin«, sage ich. »Mit dir hat sie nicht gerechnet.«

»Nein, na ja, ich hab mit dir auch nicht gerechnet.« Sie starrt zu Boden und räuspert sich. »Aber ich bin es gewöhnt, dass Mädels mich nicht ausstehen können. Keine Ahnung, warum. Das passiert ziemlich oft. War immer schon so.«

»Sie sind eingeschüchtert.« Ich lehne mich an die Mauer.

Sie sieht mich an und lacht. »Ach komm.«

»Stimmt aber.«

»Inwiefern sollte ich bitte einschüchternd sein?«

Ich blase Rauch in ihre Richtung. »Sieh dich doch an.«

»Mich?« Sie steht einen guten Meter entfernt, fuchtelt aber demonstrativ den Rauch weg, von dem sie glaubt, dass er tödlich ist.

»Du siehst dich nicht so, wie ich dich sehe.«

Anna wendet sich ab. »Ich kann nur nicht nachvollziehen, warum Mädels mich einschüchternd finden sollten.« Sie zuckt mit den Schultern. »Mit fünfunddreißig muss ich vielleicht allmählich von Frauen sprechen.«

»Schau dir an, was du aus deinem Leben gemacht hast«, sage ich schließlich. »Du hast vor zig Jahren zu mir gesagt, du willst Malerin werden, und jetzt erhältst du Preise. Du lebst das Leben, das du immer wolltest. Du bist stark. Das ist einschüchternd.«

»Hilfe, was soll das denn werden?«

»Ich will dir was Gutes mit auf den Weg geben«, entgegne ich.

Anna holt tief Luft. »Dann gibst du mir jetzt also etwas

Gutes? Sechzehn Jahre und eine schwangere Freundin später.«

»Tarzan wartet.«

Sie kippt den Rest Wein in sich hinein und wischt sich mit dem Handgelenk über den Mund. »Ja, den Witz hast du schon mal gemacht«, sagt sie und stößt sich von der Wand ab. »War schon beim ersten Mal nicht lustig.«

»Ich bin nur beeindruckt, wie vielseitig dein Beuteschema ist. Vor ein paar Wochen war es ein dürrer Intellektueller mit Brille, und jetzt ist es ein Neandertaler. Wer ist nächsten Monat dran?« Ich bin gerade ein Arschloch, aber das hier fühlt sich nach verlorenem Posten an, und warum nicht unter vollem Beschuss sterben?

Ich denke kurz darüber nach, sie am Arm zu berühren und alles zurückzunehmen.

Sie sieht mich an, versucht, mich zu durchschauen, dann zucken ihre Schultern, und sie marschiert auf mich zu.

»Du glaubst, ich bin eine Schlampe, ja?«

Ich schüttele den Kopf.

»Ich habe mit zwanzig geheiratet, sei also nicht so streng mit mir.«

»Klar«, sage ich.

Anna lacht, wenn auch wenig überzeugend. »Wetten, du magst mich nicht, wenn ich so bin? Wütend. Wenn ich dich anfahre. Tja, du behauptest, dass du starke Frauen magst – aber du magst Stärke doch nur, solange sie dir in den Kram passt.«

»Spielt keine Rolle, ob ich dich gerade mag oder nicht, oder?«

Wir schweigen, beäugen uns wie zwei Revolverhelden, die nur darauf warten, dass die Hand des anderen zur Waffe zuckt. Dann kräuselt ein Lächeln ihre Mundwinkel.

»Ich hab mal gelesen, dass der schlimmste Teil von Folter der Anfang ist«, sagt sie. »Wenn man immer noch voll von den eigenen Vorstellungen und Ängsten ist, wenn noch alles schwarz oder weiß ist und man befürchtet, dass Schwarz gewinnt. Wenn die Folter dann voranschreitet, verändert sich die Einstellung zu einer Art betrunkener, masochistischer Kapitulation. Sich einfach dem Schicksal zu fügen wird zu etwas Beruhigendem.« Sie kommt so nah, dass ich den Wein in ihrem Atem riechen kann. »Es wird zu etwas, was fast angenehm ist, weil du es durchschauen kannst. Du hast keine Angst mehr davor, was passieren könnte.«

Ich spüre den Technobeat durch die Mauer.

Sie steht so nah vor mir, dass es sich anfühlt, als würde sie mich gleich küssen, doch dann streift sie nur meinen Arm und geht rein, in die Küche.

So gehen wir auseinander.

*

Rot / *von Anna*
Rot steht für Alarme, für Feuerwehren, für Unfall &
Rettung, für einen Warnschrei, für einen Stier
Rot steht für Wut
Rot ist eine Rose in Zellophan in einem Club, als ich siebzehn war
Rot ist die Zeit, die du im Zug bei mir standst und ich dir etwas nie gesagt habe
Rot ist dein Blick auf meinem Körper
das Verlassen eines Cafés, bevor wir uns auch nur gesetzt haben
Rot ist der Wein, den ich nicht trinken kann, weil er Flecken

auf meinen Lippen hinterlässt und weil ich ihn weggeküsst wissen will

Rot ist der Ketchup, den ich in deinem Bett gegessen habe

Rot ist das Kind, das wir nie bekamen
Das Leben, das verblutet ist
Monat um Monat
Die Zeit, in der ich mich ritzte und wollte, dass du mich heilst

Rot ist die Soße, die ich vom Löffel lecke, während ich auf der Arbeitsplatte sitze und dir beim Kochen zusehe
Rot sind meine Knie, während ich dich auf den Küchenboden drücke
Wir lassen die Soße anbrennen

Rot ist der Apfel im ABC
Die Frucht am Vorabend des Weltuntergangs
Fingernägel, die durch Adern schneiden
Die Offenbarung
Betrunken
Der goldene Becher Babylons
Die Wunde des wilden Tiers
Die Feuerwalze, die auf mich zurollt

Rot ist der Klang meines Namens, wenn du ihn sagst
zur Warnung
Verflucht sei mein vergeblicher Versuch, dich bluten zu lassen, nur um zu sehen, dass du menschlich bist
Rot ist die Farbe, die ich will

Rot ist die Transfusion, in die ich einwillige
Wenn du mein Handgelenk nimmst und mich aufreißt und dich in mich ergießt
Ich will dich in mir
Ohne dass du auf mein Ja wartest
Rot ist die Vergewaltigung / Ja, ich bin mir sicher
Der Fick an der Wand
Das Ich will, das du nie aussprechen wirst

Rot ist eine Farbe, die du nie trägst
Weil du mit Rot nicht umgehen kannst

Aber verdammt, ich blute

Drei Wochen später

Als ich nach Hause komme, ist Laura im Garten. Allem Anschein nach ist heute der letzte Tag der Hitzewelle, in der Nacht soll es stürmen, und ich bin froh, wenn die Hitze vorbei ist.

Sie steht mit den Händen in den Hüften auf der Terrasse und sieht in die Ferne, wo Nachbarhäuser den Horizont verstellen. Auf dem Tisch neben ihr stehen Blumentöpfe und ein halb leerer Sack Erde, ein wenig ist auf die Bodenplatten gerieselt. Der Griff einer Schaufel ragt aus der Erde.

»Was machst du denn?«, frage ich, und sie zuckt zusammen.

»Gott, schleich dich nicht so an!« Sie dreht sich zu mir um, sieht aber zu Boden. »Ich setze Blumenzwiebeln ein.«

»Du sollst doch liegen«, sage ich gespielt vorwurfsvoll. Laura hat sich wegen der starken Schwangerschaftsübelkeit krankschreiben lassen. Dass die über das erste Drittel hinaus anhält, ist zwar recht selten, aber sie sagt, der Arzt habe ihr bestätigt, dass das kein Hinweis auf Komplikationen sei.

»Die sind für den Herbst.« Sie streicht über ihren Bauch. Ihr gestreiftes Oberteil betont ihn zusätzlich. »Da kommen sie, wenn das Baby da ist. Ich hätte vielleicht bis zum Wochenende warten sollen, wenn es wieder geregnet hat. Da wäre die Erde leichter zu bearbeiten gewesen.« Ich entdecke Stellen mit frischer Blumenerde in den Beeten.

»Und warum hast du nicht gewartet?«

»Ach ...« Sie zuckt mit den Schultern. »Ich kann ja nicht ständig nur fernsehen. Ich musste was tun.«

»Die Anweisungen von Ärzten ignorierst du doch sonst nicht«, sage ich.

Immer noch schaut sie mir nicht in die Augen.

»Hm.« Sie wischt sich mit dem Handrücken über die Stirn. Dann streift sie die Handschuhe ab und wirft sie auf den Tisch. »Ich brauche ein Wasser. Warum nimmst du dir nicht das erste Bier?« Sie geht an mir vorbei.

Ich höre über ihren Unterton hinweg und folge ihr. »Danke, mach ich.« Als ich die Dose aufreiße, klingt es wie ein Schuss.

»Kate und Tom haben das Hochzeitsdatum festgesetzt.« Sie dreht den Wasserhahn auf. »Dreiundzwanzigster Dezember. Eine Weihnachtshochzeit.«

»Wie schön.« Ich nehme einen großen Schluck.

Laura lässt das Wasser eine Weile laufen und starrt aus dem Fenster. Ich weiß, das heißt, dass ich die Küche nicht verlassen darf, weil ich sonst nicht das Ende dessen höre, was sie noch zu sagen hat. Und das Ende ist genau, was ich will.

»Ich muss dich was fragen«, sagt sie wie abwesend.

Na also.

»Glaubst du, wir kriegen noch mehr? Kinder, meine ich.«

Ich nehme noch einen Schluck. Hebe zu meiner Verteidigung die Hände. »Du willst, dass ich mich jetzt entscheide, ob ich mehr Kinder will? Noch bevor das erste überhaupt auf der Welt ist? Du machst Witze.«

Laura füllt ihr Glas und dreht den Wasserhahn zu.

»Warum hast du mit mir ein Haus mit vier Zimmern

gekauft?«, fragt sie. »Womit wolltest du die denn sonst füllen? Mal abgesehen von den Geistern deiner Ex-Freundinnen.«

Ich werfe die leere Dose in den Recyclingmüll. »In Ordnung, Laura«, sage ich, »das reicht jetzt.«

»Dann streitest du es also nicht ab.«

»Es gibt nichts abzustreiten.«

Sie verschränkt die Arme und nickt. »Ich kriege nicht mal den betrunkenen Nick.«

»Was?« Mich beschleicht Panik.

Langsam dreht sie sich um. Ich taste über meine Taschen nach meinem Handy und lasse langsam den Atem entweichen, als ich das Rechteck an meinem Bein finde.

»Wenn Leute betrunken sind«, sagt sie, »dann fangen sie an zu reden. Dann schütten sie anderen ihr Herz aus. Sagen, was sie nüchtern nicht sagen können.« Sie schüttelt den Kopf. »Bei dir ist das anders. Nick Mendoza hat die Schotten dauerhaft dichtgemacht.«

»Ich weiß nicht, wovon du redest.«

Aber das ist gelogen, natürlich weiß ich, dass ein heißer Sommer 2003 und Dinge, die lange zuvor passiert sind – das Brüllen eines Gewehrschusses, in der Sonne schmelzendes Eis –, meine Gefühlswelt in Geiselhaft genommen haben. Parallel zu diesem hat es immer noch andere Leben gegeben, und die haben lange Schatten geworfen. Wie anders es hätte laufen können, wenn ich einen Weg gefunden hätte, sie alle hinter mir zu lassen.

»Ich hab manchmal darüber nachgedacht, dich komplett abzufüllen«, fährt Laura fort, »und dich dann zu fragen, ob du mich heiraten willst. Die Mädels haben mir dazu geraten.« Sie lächelt traurig vor sich hin.

»Mich reinzulegen, meinst du.«

»Keine Sorge. Das wird nicht passieren. Du willst mich ja nicht mal, wenn du betrunken bist.«

Ich weiß, dass dies hier nur eine weitere Aufforderung an mich ist zu tun, was ich nicht tun will.

Ich rühre mich nicht von der Stelle.

»Es ist ein Mädchen«, sagt sie, und ich laufe rot an.

Mein Kiefer fängt an wehzutun, und ich merke, dass ich die Zähne zusammenbeiße. Ich hebe die Hand an den Kiefer, knete Wangen und Kinn, versuche, irgendetwas zu fühlen. »Das hast du erfahren … wann?«

»Heute war Ultraschall. Aus eigener Tasche.«

Ich denke darüber nach, den Kühlschrank aufzumachen und mir das nächste Bier zu nehmen. »Dann hab ich beide Untersuchungen verpasst. Wenn du willst, dass ich Teil von alledem bin, solltest du zulassen, dass ich dabei bin. Es ist auch mein Baby.«

Laura greift nach ihrem Glas und nimmt einen großen Schluck Wasser. Sie holt tief Luft und klammert sich an die Tischkante.

»Um ehrlich zu sein«, sagt sie, »ist es nicht dein Baby.«

Die Kühlschranktür fühlt sich an meiner Stirn kühl und erfrischend an.

»Ich war mir bis heute nicht sicher«, sagt Laura. »Der Ultraschall hat bestätigt, dass ich erst in der sechzehnten Woche bin. Insofern gibt es keinen Zweifel mehr.«

»Wer ist der Vater?« Ich kann meine eigene Stimme kaum hören.

»Er heißt Matt«, sagt sie. »Er war in meiner Reisegruppe. Er ist Australier, und er ist Surflehrer – ausgerechnet. Er spielt Gitarre.« Sie zählt es auf, als würde sie jemanden verkuppeln wollen.

Ich ziehe den Kühlschrank ein wenig zu schnell auf, und

die Glasflaschen im Türfach klirren. Ich mache mir eine frische Bierdose auf, spüre die Flüssigkeit meine Kehle hinabrinnen. Sie kommentiert es nicht.

»Bist du in ihn verliebt?«

Laura sieht weg. Sie zupft an der Stromrechnung, die auf der Anrichte liegt. »Ich hab versucht, ihn zu vergessen. Glaub mir, ich hab es wirklich versucht.«

»Klar«, sage ich.

»Ich weiß nicht, wie das passieren konnte.« Sie schüttelt den Kopf. »Ich bin nicht darauf aus gewesen. Es war einfach eine intensive Erfahrung, auf engstem Raum Tag und Nacht mit jemandem zusammen zu sein – da lernt man den anderen im Zeitraffer kennen. Es hat sich so natürlich angefühlt, zusammen zu essen, zu reden, bevor wir ins Bett gegangen sind, und dann …« Sie stößt einen tiefen Seufzer aus. »Es tut mir so leid.«

»Hier«, sage ich und ziehe den Reißverschluss meiner Tasche auf, die ich auf den Tisch gelegt hatte, als ich heimgekommen war. Ich nehme ein leinengebundenes DIN-A5-Buch heraus, auf dessen Deckel in Goldbuchstaben MEMORIES eingeprägt ist. »Das hab ich heute gesehen und dachte, es könnte dir gefallen. Darin könntest du all die ›ersten Male‹ notieren – die lustigen Sachen, die Kinder sagen und tun. Ich dachte, wir könnten da gemeinsam Sachen reinschreiben.«

Sie nimmt das Buch und blättert darin.

»Ich wollte, meine Mum hätte so eins geführt«, sage ich.

Laura fängt an zu weinen. Sie presst sich das Buch an die Brust und schlägt sich die freie Hand vors Gesicht.

»Darauf hab ich gewartet«, schnieft sie. Sie kommt auf mich zu und will es mir zurückgeben, aber ich schüttele den Kopf, und sie behält es in der Hand. »Ich bin niemand, mit dem man sich zufriedengibt, Nick. Ich will jemandes Ein und Alles sein. Ich wollte dein Ein und Alles sein.«

Ziemlich seltsam, sich selbst zu hassen.

»Weiß er es?« Meine Stimme ist ruhig und fest. Zwei-Bier-Nick.

Laura holt tief Luft und nickt. »Er sagt, er will mich heiraten.«

Ich ziehe eine Augenbraue hoch. »Das ging ja schnell.«

»Tja«, sagt sie und sieht mich an. »Er weiß einfach, was er will.«

Ich lege den Kopf in den Nacken und leere die zweite Dose. »Das ist gut«, sage ich dann. »Das ist wirklich gut.«

TEIL SECHS

WEIHNACHTEN 2003

Stella räumte den Tisch ab. Das Truthahngerippe lag noch auf dem Tablett, das übrige Fleisch war für die kommenden Feiertage eingetuppert worden. Jetzt war nur noch dieses hohle Gebilde da, das einst ein lebendiges Wesen gewesen war.

Sal und ich halfen mit den letzten Handgriffen. Dad war vor dem leise murmelnden Fernseher eingeschlafen, der während des Abendessens die ganze Zeit gelaufen war, um über die Gesprächspausen bei Tisch hinwegzutäuschen. Dabei war es in diesem Jahr gar nicht mal schlimm gewesen. Arsenal war in dieser Saison bislang ungeschlagen. Dad hatte den Truthahn mit Verve aufgeschnitten. Er hatte sogar das Hütchen aus dem Weihnachtscracker aufgesetzt, den er mit Sal auseinandergezogen hatte.

Stella spülte, wir trockneten ab, und im Küchenradio liefen Weihnachtslieder. Sal war am Vorabend ausgegangen, und Stella kreischte vor Lachen, als er erzählte, wie er betrunken mit einer Straßenlaterne kollidiert war – in typischer Sal-Manier, inklusive Slapstickeinlagen und Soundeffekten, und sein Blondschopf quoll unter seiner Papierkrone hervor.

»Oh, Salvatore«, seufzte sie, als er fertig war, und tupfte sich die Augen am Schürzensaum trocken. »Du bist echt eine Nummer!« Sie streifte die Spülhandschuhe ab, mixte sich einen Snowball und nahm ihn mit ins Wohnzimmer, um sich die Weihnachtsrede der Queen anzusehen.

Sal nahm den nächsten Teller vom Tropfständer. »Gehst du diese Woche noch weg? Hätte gestern dort mit dir gerechnet.«

Ich nickte und hängte die Sauciere an einen Haken am Oberschrank. »Morgen, mit Daz. Seine neue Freundin ist verabredet, also müssen wir auch losziehen.«

Sal griff zum nächsten Teller, hielt dann aber inne, als wäre ihm gerade etwas eingefallen. »Hast du gehört, dass Anna sich verlobt hat? Hat Lisa mir gestern erzählt. Die Hochzeit ist im Juli.«

Ich sah, wie das Spülwasser vom Teller tropfte.

»Was ist denn da passiert? Ihr wart doch den ganzen Sommer zusammen, und dann – bumm. Aus.«

Ich streifte meine Papierkrone ab und sah sie nachdenklich an. »Ja. Weiß auch nicht.«

Sal war die Verwirrung deutlich anzusehen. »Aber ihr wart doch quasi an der Hüfte verwachsen. So was kann doch nicht ohne Grund einfach vorbei sein.«

»Aber so ist es im Leben, oder? Leute kommen und gehen. Und dann dieser Deal, den sie mit ihrer Religion hat. Sie darf nur mit jemandem zusammen sein, der das Gleiche glaubt wie sie. Deshalb auch die Verlobung.« Ich zerknüllte das Partyhütchen und warf es in hohem Bogen in den Papierkorb.

Sal verdrehte die Augen. »Jetzt mach mal halblang!«

»Ist doch wahr.«

»Ja, vielleicht nach den offiziellen Regeln. Aber wenn sie richtig bei der Sache gewesen wäre, hätte sie doch von vornherein keine Sekunde mit dir verbracht.« Er schob den abgetrockneten Teller auf den Stapel im Schrank. »Bist schon ein kleiner Trottel, was?«

»Schönen Dank auch.«

»Gern geschehen. Verdammt noch mal, Nick! Jeder Idiot konnte sehen, dass da was zwischen euch war.«

Ich warf das Geschirrtuch beiseite und zog einen Stuhl heran. »Wir haben nicht alle dein Redetalent, Sal.«

Er verschränkte die Arme. »Glaubst du, dir laufen im Leben noch mehr Annas über den Weg? Glaubst du, so eine Verbindung hast du noch mal? Ich hab euch zusammen gesehen. Weiß der Geier, was sie in deinem emotional verkümmerten Wesen erkannt hat, aber ich sag dir eins: Das war echt.«

»Ja, ich bin ein Trottel. Du hast deine Ansicht kundgetan, und ich bin ganz deiner Meinung. Hinterher ist man immer schlauer.« Ich beugte mich zum Kühlschrank und nahm mir noch ein Bier.

»Und was machst du jetzt?«

»Was soll ich denn machen? Die Kirche stürmen und die Hochzeit sprengen?«

»Wär ein Anfang.«

»Das Leben ist kein Kinofilm, Sal. Da gibt's Regeln, wie man sich wann verhält, und Konsequenzen, wenn man die Regeln missachtet.«

»Klar«, sagte er und rieb sich das Kinn. Der Gegensatz zwischen seiner roten Papierkrone und seinem ernsten Gesichtsausdruck war irgendwie zum Schießen. »Es gibt Regeln. Aber wir reden hier nicht von Abiprüfungen oder vom Börsenhandel. Das hier ist Liebe, du Vollidiot. Und wenn du dich da an Etikette hältst, dann … dann …« Er schüttelte den Kopf. »Dann ist dir nicht zu helfen.«

2019

Ein paar Wochen nachdem Laura ausgezogen ist, ruft Stella an. Ich weiß, dass sie mich im Auge behält. Früher war ich immer derjenige, der Dad und Sal im Blick hatte. Es ist nicht leicht, sich daran zu gewöhnen, jetzt der Gegenpart zu sein.

Ihre Stimme knistert, weil die Verbindung nicht gut ist, aber ich höre ein *Wie geht's dir, mein Lieber?* heraus.

Laura hatte einen Koffer gepackt, nichts weiter. *Mum holt den Rest*, hatte sie noch gesagt und in Richtung ihrer Sachen im Schlafzimmer genickt. Ich trug ihr den Koffer nach unten und legte ihn vorsichtig in den Kofferraum. Dann umarmte sie mich mitleidig und fuhr in unserem Wagen davon.

Jetzt stehe ich inmitten eines Meeres von Umzugskisten. Es hat zwei Wochen auf dem Sofa mit Serien und Bieren gedauert, bis ich schließlich gestern auf der Hälfte der zweiten Staffel auf Pause drückte, auf den Dachboden stieg und die Kisten runterschaffte, die wir noch von unserem Einzug hatten. Ich ging von Zimmer zu Zimmer und warf ihre Sachen hinein.

»Ist das Haus schon annonciert?«, will Stella wissen.

»Der Makler kommt nächste Woche. Ich muss nur erst ein bisschen aufräumen.«

»Hör mal … Der Vermieter deines Vaters hat angerufen. Irgendwas wegen des Grundstücks hinter dem Haus, das Paul gehört haben soll.«

Ich wische mir mehrmals über die Stirn und ziehe die Augenbrauen kraus. »Ich wüsste nicht, dass Dad irgendetwas gehört hätte. Stand da nichts im Testament?« Die Vollstreckerin war Stella persönlich gewesen.

»Er meinte, sie hätten es per Handschlag besiegelt. Du weißt ja, wie dein Vater war. Egal, er ist heute Nachmittag im Haus und lässt fragen, ob du gegen zwölf vorbeischauen willst.«

Ich brauche eine geschlagene Stunde, um die Kisten raus auf die leere Ausfahrt zu schaffen.

Dort stapele ich sie aufeinander, die schwerste unten, die leichteren oben, passe auf, dass das Gewicht gleichmäßig verteilt ist, und am Ende bilden die Kisten drei ordentliche, penible Neunerwürfel. Zwischen den Kanten nicht der kleinste Spalt.

Als ich fertig bin, schließe ich hinter mir ab und stehe noch kurz auf der Zufahrt, genieße im Sonnenschein meine E-Zigarette und begutachte mein Vormittagswerk. Das Bier gestern Abend hat mir ein kleines Hämmern zwischen den Schläfen beschert, aber der reinigende Aktionismus scheint den Schmerz vertrieben zu haben. Es fühlt sich an wie der erste Tag des neuen Jahres.

Ich nehme mein Handy heraus und tippe eine knappe Nachricht an Lauras Mutter: *Hi, Sally. Die Kisten stehen abholbereit in der Auffahrt. Laut Vorhersage soll es regnen. Viele Grüße.* Dann drücke ich auf Senden.

Als ich zuvor durchs Haus gezogen war, hatte ich erst »Lauras Sachen« auf jede volle Kiste geschrieben. Nach Kiste Nummer drei änderte ich die Taktik und schrieb stattdessen: »nicht meins«, peitschte den Edding über die Pappe und zog die Buchstaben über die komplette Breite, und als ich alles auf der Zufahrt stapelte, stellte ich sicher, dass die Aufschriften nach vorn zeigten.

Im Nachbarhaus zuckt ein Vorhang, und ich grinse.

Hallo, Nick, sage ich zu mir selbst. Schön, dich kennenzulernen.

Jemand steht an Sals Grab. Mathilde. Sie hat wieder dunkles Haar.

Ich hatte beschlossen, einen kleinen Umweg zu fahren. Dass ich Laura ausgeräumt, jede Spur jenes Lebens verpackt hatte – irgendwas an dieser rituellen Handlung hatte eine gierige Leere gerissen. Plötzlich hatte ich das unbändige Bedürfnis, nach Sal zu sehen.

Vorsichtig gehe ich näher, laufe übers Gras, statt mit meinen Schuhsohlen auf den Gehwegplatten ein Geräusch zu machen. Selbst hier, wo ich mit Fug und Recht sein darf, versuche ich, nicht zu stören.

Dann trete ich auf einen Zweig, und sie dreht sich um. Sie sieht nicht aus wie erwartet. Ihr Gesicht ist gerötet und tränennass, und sie wischt sich eilig den Beweis von den Wangen. Wie gut ich diese Frau verstehen kann.

Wir verzichten auf eine Begrüßung und auf Nettigkeiten, auf höfliche Plauderei und unbeholfene Umarmungen. Als ich das Grab erreiche, stehe ich einfach nur neben ihr, und wir betrachten das Grabmal, wir betrachten, was von dem Mann, den wir geliebt haben, noch übrig ist. Sie hat sich die Arme um den Leib geschlungen. Sie schnieft und reibt sich mit dem Handrücken über die Nase.

»Wie war die …« – sie schluckt – »… die Beerdigung? Bei solchen Sachen weiß ich nie, wie ich mich verhalten soll.«

»Scheiße. Sie war scheiße. Ich hätte sie am liebsten auch verpasst.«

Wir schweigen einen Moment und lauschen den jenseits der grauen Steinmauer vorbeirauschenden Autos.

Mathilde schiebt die Hand in die Tasche und nimmt eine viereckige Schatulle heraus. Darin steckt ein Spiegel mit gesplitterter Kante. Sie betrachtet ihr verzerrtes Spiegelbild und versucht, die schwarzen Schlieren auf ihren Wangen mit den Fingerkuppen wegzureiben.

»Als ich zwölf war«, sagt sie, »hab ich mal die Wohnungstür offen stehen lassen. Mach immer die Tür gut zu, hatte meine Mutter gesagt. Wenn du sie auflässt, schlüpft Pepé – unser kleiner Hund – raus und verläuft sich, und dann finden wir ihn nie wieder. Eines Tages kam ich von der Schule und vergaß, die Tür zuzumachen. Ich brauchte etwas zu trinken und machte mich dann auf die Suche nach Pepé. Ich konnte ihn nirgends finden. Plötzlich Schreie und das Quietschen von Reifen, und als ich auf den Balkon rannte, lag Pepé unten auf der Straße. Ein Mann sprang aus einem Transporter und nahm ihn hoch und hielt ihn wie ein Baby im Arm. Ich konnte nicht hin – ich hab das Hausmädchen geschickt. Ich konnte dort einfach nicht runter.« Sie schnappt den Spiegel zu.

»Ging es ihm gut?«

Sie sieht mich stirnrunzelnd an. »Er war unter die Räder des Transporters geraten. Ein kleiner Hund.«

Ich nicke und ziehe meine E-Zigarette aus der Tasche. Mathilde zündet sich eine fertige Selbstgedrehte an. Wie alte Freunde stehen wir an Sals Grab und rauchen.

»Ich bin nicht der Typ für Reue«, sagt sie nach einer Weile. »Aber manchmal wünschte ich mir, ich könnte weicher sein. Verstehst du, was ich meine? Das Leben hat sich für mich immer wie ein einziger Gewaltakt angefühlt. Irgendwer muss dominieren. Ob wir es wollen oder nicht – es fließt Blut. Du hast lediglich die Wahl, ob du derjenige sein willst, der blutet, oder der mit dem Messer. Bei deinem Bruder konnte ich beides sein. Allmählich frage ich mich, ob es nicht doch anders geht.«

Ich antworte nicht. Ich rauche und denke an Sal. Ich denke an die Momente in meinem Leben, in denen ich loderte und brannte, in denen ich meinen Gefühlen freien Lauf ließ, sie nicht hinterfragte, sondern Wärme auf meiner Haut spürte und wusste, wusste, wusste, dass es im Leben verdammt nun mal genau darum ging. Zeit zum Innehalten haben wir, wenn wir tot sind.

»Laura und ich haben uns getrennt.«

Ich spüre, wie Tilly mich ansieht. Ich spüre, wie sie vielsagend lächelt.

»Tja«, sagt sie. »Und was willst du jetzt machen?«

Als ich die Zufahrt hochlaufe und meine Schuhe auf dem frischen Kies knirschen, steht Dads alter Vermieter schon vor dem Haus. Er sieht immer noch aus wie damals.

Mein Handy piepst. Es ist eine Nachricht von Stella. *Nick, ich muss dich sprechen. Kann ich nachher vorbeikommen, wenn du wieder zu Hause bist? Ich warte so lange im Auto, wenn du noch unterwegs bist.*

Gern, tippe ich.

Er dreht sich nach mir um. »Aha«, sagt er, als hätte er mich aus einem Hut gezaubert. »Schön, dich mal wiederzusehen, Junge. Natürlich inzwischen erwachsen – und ganz der Vater!« Er hat die violette Nase und die warme, knarzige Stimme eines Alkoholikers.

Ich nicke ihm lächelnd zu. »Hör ich nicht zum ersten Mal.«

Im Flur steht ein Maler auf einem Podest und weißelt die

Zimmerdecke. Die Bodendielen sind abgeklebt. *Das richten sie für die nächsten Mieter erst mal hübsch her,* höre ich Dads Stimme in meinem Kopf.

»Nächste Woche zieht hier eine Familie ein«, sagt der Vermieter. »Zwei Jungs, genau wie du und dein Bruder. Salvatore, oder? Wie geht's ihm?«

Die Frage wirft mich für einen Moment aus der Bahn, und ich schiebe die Hände in die Taschen und räuspere mich. »Gut. Sal geht's gut«, antworte ich. »Meine Tante hat irgendwas von dem Feld hinter dem Haus erwähnt ...?«

Er winkt mich durch in die Küche, wo er Unterlagen und Pläne auf einem Tapeziertisch ausgebreitet hat.

Die Küche ist frisch gestrichen worden, und auch die Küchenschränke sind neu. Als wir hier einzogen, gab es keine richtige Küche. In der Ecke stand ein alter Range Cooker in Siebzigerbraun, an dem auch der Boiler und die Heizung für das gesamte Haus hingen. Dad zimmerte Unterschränke und legte eine Arbeitsplatte darauf, die er aus einem Bauschuttcontainer gezogen hatte, und Mum nähte Patchworkgardinen für die vorderen Fenster. Sie meinte, das verleihe dem Haus einen French-Cottage-Look, aber natürlich mussten sie entsprechend oft gewaschen werden und waren somit mehr Arbeit als Fensterläden. Was ihr aber nichts ausmachte, behauptete sie.

Die neuen Einbauten sind von der eher günstigen Sorte, aber zumindest haben sie Türen. Die Küche ist jetzt eine richtige Küche.

»Hier«, sagt er und tippt mit dem Finger auf einen großen Lageplan. »Das ist es.«

Ich beuge mich darüber, entdecke unser Haus und dahinter das Feld, das sich vielleicht eine Viertelmeile weit erstreckt. Sal und ich sind dort manchmal drübergelaufen, wenn wir in die Stadt abkürzen wollten. In meiner Erinnerung ist es etwa ein halbes Fußballfeld groß und wird von einem verfallenen Schlachthof und der Straße begrenzt.

»Dein Vater hat mir mal einen Gefallen getan«, sagt der Vermieter. »In meiner damaligen Lage hatte ich kein Geld, um ihn auszubezahlen. Stattdessen haben wir uns auf das Feld geeinigt.«

»Wie lange ist das her?«, frage ich und bin verwirrt, weil Dad es nie auch nur erwähnt hat.

»Das war, kurz nachdem ihr hier eingezogen seid. Wir haben es nie offiziell gemacht – Notare kosten Geld, wie du weißt –, trotzdem ist es natürlich seins. Verdammt feiner Kerl, dein Vater. Ehrliche Haut, genau wie ich. Aber ich nehme an, du willst das Ganze jetzt schriftlich haben. Hier.« Er zückt eine Visitenkarte. »Ruf mich nächste Woche an, und wir gehen's an. Oh, und du willst dir vielleicht einen Transporter leihen. Ich meine, dein Vater hat im alten Schlachthof noch alte Sachen aufbewahrt, Kisten und säckeweise Zeug.«

Ich erschaudere. »Vielleicht« – ich muss mich räuspern – »gehe ich einfach direkt mal nachsehen.«

Ich laufe durch den Garten auf das Feld zu. Der Geruch frischer Farbe wird schwächer, als ich an Mums altem, überwuchertem Gemüsebeet vorbeikomme und dann am Observatorium, das hinter Brombeerhecken kaum noch zu sehen ist. Ich gehe quer über den Rasen, auf dem Sal und ich Fußball gespielt, und an dem Gestrüpp vorbei, in dem wir Verstecke gebaut haben, unter den Baumkronen hindurch, in die wir geklettert sind. Ich sehe nicht ein einziges Mal zurück, selbst als ich das Tor aufschiebe und mich nach hinten drehen muss, um es zu schließen.

Ich will nicht zur Salzsäule werden.

Es sieht genauso aus wie in meiner Erinnerung.

Massive, alte Bäume ragen über der Grasfläche auf. Der Schlachthof – ein viktorianischer Ziegelbau – steht geknickt am rückwärtigen Ende: Das Dach ist über die Jahre eingesackt. Efeufinger tasten über die bröselnden Wände. Die Natur hat einfach den längeren Atem.

Als ich um das Gebäude herumgehe, höre ich ein Plätschern und drehe mich um. Direkt am Zaun sprudelt ein Bach hervor. Er windet sich wie ein Band durchs benachbarte Feld und schlängelt sich nur ein paar Meter diesseits des Zauns entlang, bevor er wieder zur anderen Seite kehrtmacht. Ich wundere mich kurz, warum man das Land auf diese Weise zerteilt hat. Aber unter Garantie hatte Paul Mendoza sich dieses Feld angesehen – die Straße, die einen Zugang bot, und das Wasser, das Leben bedeutete – und für sich beschlossen, dass dies ein gutes Grundstück wäre.

Der Eingang ist zugewachsen, und ich suche mir einen Stock, mit dem ich das Gestrüpp beiseiteschiebe. Dornen reißen mir die Haut auf. Ich lecke das Blut von den tieferen Schnitten.

Als ich den Zugang freibekommen habe, drücke ich gegen die splittrige Holztür, doch sie klemmt, wurde jahrelang nicht mehr geöffnet. Ich spüre, wie sie minimal nachgibt, weiche zurück, klammere mich in den Türrahmen und trete mit aller Kraft zu. Die Tür schlägt innen gegen die Wand, und ich gehe hinein.

Getrocknetes Blut klebt schwarz auf gefliesten Wänden.

In der Mitte des Raums türmen sich wie in Aladdins Höhle Kisten und Koffer, alte Taschen und Plastiktüten. Statt Berge aus Gold lagern hier Bücher, Kleidungsstücke und Kartons mit alten Schallplatten. In der Mitte wurde ein Weg freigelassen.

Ich wusste es.

Ich halte mir die Augen zu, sodass alles dunkel wird, sodass ich außer meinem Atem nichts mehr hören kann. Als ich die Finger leicht spreize, sind die Kisten immer noch da.

Sie war die ganze Zeit hier.

Die erste Tasche, die ich aufziehe, ist voll mit ihren Kleidern. Pünktchen, Blümchen, Pastellstreifen und Leopardenmuster – Stoffmuster, die ich tagtäglich vor Augen hatte. Ich ziehe ein Kleid heraus und halte es hoch. Es ist ein weißes Sommerkleid mit roten Punkten, die Falten und Knitter sind nach dreißig Jahren Feuchtigkeit gelb. Ich sehe regelrecht vor mir, wie ich mit Sal in ihrem Schrank saß und die Stoffbahnen irgendeines Rocks immer noch ihren Duft verströmten.

Auf halber Höhe des Durchgangs steht ein Lehnstuhl mit rosafarbenem, stockfleckigem Satinbezug. Darauf hat sie immer ihre Kleider geworfen. Neben dem Stuhl steht der tragbare Plattenspieler aus meiner Kindheit. Die Platte auf dem Plattenteller ist dick eingestaubt. *San Francisco (Be Sure to Wear Some Flowers In Your Hair)*. Ihr Lieblingslied.

Ebenfalls neben dem Stuhl liegen eine halb leere Flasche Whisky und Zigarettenstummel, die mit jahrzehntealtem Staub überzogen sind. Jene Nächte, in denen einer von uns beiden aufwachte und niemand da war, der uns hätte trösten können. Nächte, in denen Dads Bett leer blieb, das Auto aber in der Einfahrt stand, als wäre er durch die Wände gegangen und einfach verschwunden. Tags drauf war er wieder da, stellte uns Schüsseln mit Rice Krispies hin, und wir wechselten stumm einen Blick und nahmen unseren Löffel zur Hand.

Genau wie sie war auch er die ganze Zeit da gewesen.

Ich wische den Staub von der Platte, setze die Nadel auf und schalte den Apparat an. Nichts. Ich nehme mein Handy aus der Tasche, rufe den Song auf und drücke auf Play. Musik erfüllt den Raum.

Manche Kisten sind aufgeweicht. Im Dach sind Risse, durch die Wasser getropft ist und Sachen zerstört hat. Eine Kiste ist randvoll mit Schuhen, die früher aufgereiht in ihrem Zimmer standen, und ich sehe vor mir, wie Stella sie mit tränennassen Wangen verpackt.

Der Song ist zu Ende. Ich drücke auf Repeat.

In ein paar kaputten Kisten liegen Bücher. Dickens, Hemingway, Woolf. Sie hat wahnsinnig gern gelesen und auch mir zum Geburtstag immer ein Buch geschenkt. Ich versuche, ein paar Bücher herauszuziehen, aber sie sind mit Schimmel überzogen, und die Buchdeckel zerbröseln, sobald ich sie anfasse.

Ich suche weiter.

In einer Ledertasche finde ich zu guter Letzt ein Schmuckkästchen. Ein billiges Souvenir von jenem Urlaub auf der Isle of Wight, als Sal Elefant verloren hat. Der Deckel besteht aus falschem Schildpatt, und die Seiten sind mit kleinen rosa Muscheln beklebt.

Ich mache den Deckel auf und muss schlucken.

Das Kästchen ist voll mit billigem Modeschmuck. Ich will keinen echten, hat sie mal gesagt. Da macht man sich doch nur Sorgen. Was, wenn er verloren geht? Doch auf einer Seite befindet sich ein kleines Fach, für das Besondere, und darin liegt der Ring, den ich ihr zum dreißigsten Geburtstag geschenkt habe. Versilbert, mit einem aufgeklebten roten Rubin und Diamanten.

Ich drehe ihn hin und her, spüre die Glätte des Metalls auf meiner Haut. Inzwischen kann ich den Stil als Art déco identifizieren, aber als Neunjähriger fand ich ihn einfach nur schön. Ich war mit dem Geld, das ich den Sommer über mit Zeitungsaustragen verdient hatte, in die Argos-Filiale marschiert, hatte dem Verkäufer einen Zettel mit einer Bestellnummer hingeschoben und war so aufgeregt, als sie meine Nummer aufriefen und ich die kleine Schatulle entgegennahm. Anschließend nahm Stella mich noch mit zu Clinton's, wo ich ein Geschenkpapier mit kleinen roten Herzchen aussuchte.

Ich schiebe den Ring in meine Jackentasche. Ich weiß genau, was ich damit tun will.

Nachdem ich alle Kisten durchgesehen habe, stelle ich mich in die Mitte und lasse den Blick einmal rundherum schweifen. Die Kleidungsstücke und die Bücher sind zu beschädigt, um sie in einen Charity-Laden zu bringen, und die Möbel sind mit Schimmel überzogen. Die Fotoalben habe ich schon beiseitegelegt. Nirgends ein Hinweis auf andere Unterlagen oder ein Tagebuch, und ich bin mir auch sicher, die hätte Dad sicher verwahrt.

Dann weiß ich, was ich tun will. Eine Kiste nach der anderen ziehe ich raus ins Freie. Ich arbeite zügig und ohne darüber nachzudenken. Wann immer ich eine Kiste auf dem struppigen Boden absetze, wehen der Geruch und der Staub von dreißig Jahren Verfall zu mir auf.

Als der alte Schlachthof leer ist, drehe ich die halb leere Whiskyflasche auf und kippe den Rest über den Haufen mit Habseligkeiten meiner Mutter.

Oktober 1990

Als wir noch klein waren, nahm Dad Sal und mich mit auf einen Campingausflug hinters Haus. Statt eines Urlaubs. Er hatte sich von einem Golffreund ein Zelt geliehen und auch den Rest der Ausstattung zusammengeborgt: einen Campingkocher, eine Sturmlampe, einen Erste-Hilfe-Kasten, eine Blechkanne, Schlafsäcke und so weiter. Es war *die* Gelegenheit, uns Jungs ein paar Survival-Techniken beizubringen, und wir bekamen jeder einen Kompass und ein Taschenmesser und klare Anweisungen, was wir einpacken durften. Wir würden Wasser aus einem nahe gelegenen Bach schöpfen, und tagsüber würden wir im See, in den der Bach mündete, unser Abendessen angeln.

»Darf ich meinen Gameboy mitnehmen?«, fragte Sal, als wir unsere Rucksäcke packten. Stella hatte beim Toto ein bisschen was gewonnen und ihm einen zum Geburtstag geschenkt.

»Sei nicht albern«, sagte Dad, und die Emaillebecher, die er an seinen Rucksack gehängt hatte, klapperten.

»Ich spiele auch nicht die ganze Zeit«, versicherte Sal. »Nur wenn mir langweilig ist.«

»Hier, nimm das.« Dad drückte Sal die schwere Metalllampe in die dünnen Arme. »Wenn du die fallen lässt, gibt's Ärger.«

Mums Aufgabe bestand darin, uns morgens Würstchen

und Bacon vorbeizubringen und frische Milch für Dads Tee. Wir konnten sie immer schon hören, wenn sie summend durch den Hain kam, und dann tauchte sie hinter den Farnbüscheln auf und schlenkerte mit der Kühltasche. Sal rannte auf sie zu. Sie packte das Essen aus – Würstchen und Bacon steckten in einer Blechdose, damit Dad keinen blöden Spruch über grässliches Plastik machte –, und mit den leeren Sachen vom Vortag kehrte sie nach Hause zurück. »Kannst du nicht bleiben?«, bettelte Sal. »Nur zum Frühstück?« Sie sah zu Dad, der im Lagerfeuer stocherte oder eine Landkarte studierte, und küsste Sal auf den Kopf. »Ich muss zurück. Hab einiges zu erledigen. Habt auch ohne mich Spaß, Jungs!«

Dann war sie weg, und wir waren wieder nur zu dritt.

Bei jenem Ausflug brachte Dad uns bei, wie man Feuer machte.

Erst mussten wir dafür einen leicht gebogenen Ahornzweig suchen und Zwirn an beide Enden knoten, sodass ein Bogen entstand. Dann zeigte er uns, wie wir mit dem Taschenmesser Druckholz und Feuerbrett zuschnitzten, auf dem die Spindel gedreht würde. Sal hatte seine Spindel vielleicht fünf Minuten lang gedreht, als er zu maulen begann.

»Ein bisschen Geduld«, sagte Dad zu uns beiden. »Wenn du alles richtig zugeschnitzt hast, wenn da genügend Reibung entsteht, fängt es an zu brennen. Ursache und Wirkung, schon vergessen? Es braucht einfach ein bisschen Zeit.«

Sal gab auf. Er ging zum Bach, um den Fischen nachzusehen.

Nach fünfzehn Minuten fing mein Feuerbrett an zu rauchen. »Guckt mal! Guckt mal!«, kreischte ich.

»Siehst du«, sagte Dad, »was hab ich gesagt?« Er klopfte mir auf die Schulter.

Keine Ahnung, warum Sal sich dafür nicht mehr begeistern konnte. Damals waren wir beide große *Der-Schweizerische-Robinson*-Fans und fanden gerade die Stellen toll, wo sie Baumhäuser bauten und Piraten in die Flucht schlugen. Wir hatten nach der Schule im Garten ein Biwak aufgebaut und so getan, als müssten wir zum Abendessen Kaninchen erlegen. Sal war immer der Anführer gewesen.

Doch an jenem Wochenende seufzte und ächzte und jammerte er nur, dass ihm langweilig sei. Und als er vom Wasser aus dem Bach krank wurde, blieb uns nichts anderes übrig, als einzupacken und nach Hause zurückzugehen.

Dad und ich trugen die Ausrüstung. Mum kam uns entgegengerannt und nahm Sal hoch, als sie uns durch den Garten schlurfen sah, brachte ihn ins Bett und strich ihm übers Haar, während er in einen Eimer kotzte. Dad verstaute die Campingausrüstung in der Garage, verschwand nach drinnen und las die Wochenendausgabe der Zeitung.

An mein Feuer erinnerte sich keiner mehr.

Ich fädelte die Plastikperlen von einer der Modeschmuckketten und benutzte den Zwirn für den Bogen. So was hatte Madonna um die Handgelenke getragen. Dass ich die Kette vorsätzlich zerstörte, fühlte sich trotzdem okay an, weil ich Mum nie damit gesehen hatte.

Mit dem Taschenmesser, das an meinem Schlüsselbund hing, schnitzte ich alles zu, was ich brauchte. Dad hatte immer Schweizer Armeemesser dazu gesagt; ich nehme an, Taschenmesser klingt eher unbedeutend, während die Referenz ans Militär für ihn die Gelegenheit war, auf seine eigene Militärzeit zu sprechen zu kommen. Damals, als er noch einem höheren Zweck gedient hatte als uns.

Die Jungs lachten mich aus, weil ich das Taschenmesser immer bei mir hatte. Was glaubst du bitte, was das hier ist, witzelten sie, das verdammte Dschungelbuch? Als wir dann aber einmal an Daz' Geburtstag im Lake District rudern waren und zwar Bier, aber keinen Flaschenöffner dabeihatten, sah die Sache plötzlich anders aus. Da war das Taschenmesser gern gesehen.

Ich drehe die Spindel jetzt schon seit einer halben Stunde, und meine Arme fallen bald ab. Ich höre seine Stimme in meinem Kopf, dass ich den Schmerz überwinden muss – das Feuer ist da, ich sehe es nur noch nicht.

Aber allmählich gehen mir die Kräfte aus.

Fünfundzwanzig Jahre lang hab ich ein Feuerzeug in der Tasche gehabt, und heute hätte ich es gebraucht.

Raucherlunge, hat Anna an jenem Tag in Dungeness gesagt, als sie an mir vorbei die Treppe hochlief, während ich kaum noch Luft bekam. Geschieht dir recht.

Moment mal … Anna.

Ich ziehe sämtliche Plastikkarten aus meiner abgegriffenen Ledergeldbörse und suche alles ab, bis ich das Streichholzbriefchen finde. Blassgrau, mit einer aufgeprägten roten Spielzeugkatze auf dem Deckblatt. Ich tippe damit leicht auf mein Bein und schüttele den Kopf.

»Sorry, Dad«, sage ich laut. »Man muss auch wissen, wann es genug ist.«

Ich stehe vor dem Haufen Kisten, vor diesem kruden Mahnmal an meine Mutter, und nehme ein Streichholz.

Und aus heiterem Himmel weiß ich, was Leben ist. Was die mystische, verborgene, reine Schönheit all dessen ist. Sie blendet mich an einem Donnerstagmorgen, wenn ich einen alten Mann sehe, der die Straße überquert, oder Teenager, die an einer Bushaltestelle stehen und knutschen, oder eineiige Zwillinge. Es ist die Vergangenheit und die Zukunft, verschmolzen in einem Moment.

Sie ist nicht hier, in dem Schlachthof, in diesem Haufen toter Dinge, genauso wenig wie am Boden einer Flasche oder allein auf einem Friedhof. Die Antworten liegen nicht in der Vergangenheit, nicht mal in der Vergangenheit, wie ich sie mir zurechtlege. Das habe ich endlich begriffen.

Die Schallplatte und das Schmuckkästchen behalte ich, und der Ring steckt in meiner Tasche.

Ein Anreißen.

Eine Flamme.

Ein Wurf.

Bumm.

Datum: 15. 8. 2017
Von: ANNA
An: NICK

Betreff:
Kannst du dich noch an die Sonnenblumen vor eurem Haus erinnern? Von denen du meintest, sie würden für eure Mum gepflanzt? Als ich sie in jenem Juli zum ersten Mal sah, haben sie mich umgehauen. Drei gloriose Gesichter, die sich zur Sonne reckten. Du hast erzählt, dass deine Tante Stella sie in jedem Frühling aus den Samen des vergangenen Jahres aussät. Aus dem Tod entsteht Leben.
Du bist einfach vorbeigegangen, mit deinem Schlüssel in der Hand, auf dem Weg nach oben. Du hattest diese mannshohen Blumen schon so oft gesehen, dass du sie gar nicht mehr wahrnahmst. Ist das nicht bemerkenswert? Dass wir nicht mehr darauf achten, sobald wir tagaus, tagein mit Leben und Schönheit konfrontiert werden? Nein, bemerkenswert ist nicht das richtige Wort. Tragisch.
Ich bin diese Woche bei euch vorbeigefahren. Nirgends mehr Sonnenblumen. Und ich dachte mir, diese Tante Stella hat sie wohl in diesem Jahr nicht mehr ausgesät. Vielleicht hat Nicks Dad ihr gesagt, sie soll es bleiben lassen. Oder vielleicht wohnt Nicks Dad auch gar nicht mehr dort. Und ich war traurig, weil ich nicht mal mehr über die grundlegenden Dinge in deinem Leben Bescheid wusste.
Entschuldige die zusammenhanglose Mail. Aber ich musste an dich denken und daran, dass du diese Blumen nicht mehr siehst.

Wie angekündigt steht Stella vor der Tür. Die Umzugskisten sind weg.

»Wie geht's dir, mein Lieber?«, fragt sie, als ich auf sie zugehe. »Ist es gut gelaufen?«

Ich drücke ihren Arm. »Tee?«

»Warum nicht«, sagt sie, als ich die Tür aufschließe, macht dann aber keine Anstalten, die Jacke abzulegen. Wir gehen durch in die Küche, und sie sieht sich überrascht um. »Wo sind denn die ganzen Sachen?«

»Weg«, sage ich. »Alles weg.« Und dann sehe ich sie an und lächele.

Während ich Tee koche, erzähle ich ihr von dem Grundstück, von den Kisten und Taschen voller Sachen, ich erzähle ihr, wie ich am Feuer stand und alles in Flammen aufgehen sah und erst ging, als nur noch ein bisschen Rauch aufkräuselte. Sie sitzt stumm da und hört mir zu, und in ihren Augen stehen Tränen.

»Oh, Nick ...« Sie hält ihre Handtasche fest und trägt immer noch ihre Jacke.

Ich rühre zwei Löffel Zucker in ihren Tee und setze den Becher vor ihr ab. Sie streckt sich und nimmt einen dritten Löffel.

»Ich hab Briefe gefunden«, sagt sie, und ihr versagt die Stimme. »In einer Kiste unterm Bett, in der dein Vater Sachen aufbewahrt hat. Sie steckten in einem Buch deiner Mutter.« Sie macht ihre Handtasche auf, zieht zwei zerknitterte Umschläge heraus und legt sie auf den Tisch.

Auf einem steht »Nick«, auf dem anderen »Sal«. Erst sagt die Handschrift mir nichts, dann bin ich schlagartig wieder ein kleiner Junge. Es ist dieselbe Schrift wie auf den Krankmeldungen an den Lehrer und auf den adressierten Rückumschlägen, die durch den Briefschlitz segeln.

Die Zeit scheint stillzustehen, während ich die zwei Briefe anstarre, und in meinem Kopf rauscht das Blut, wie wenn man zu schnell aus der heißen Wanne steigt. Dann greife ich nach vorn und ziehe den Umschlag mit meinem Namen ein Stück näher.

»Ich hab sie nicht gelesen«, sagt Stella kurzatmig. »Aber ich frage mich, was drinsteht, und ich glaube, ich sollte dir allmählich erzählen, was ich weiß. Falls es darum gehen sollte. Und selbst wenn nicht, solltest du es erfahren.« Sie sieht auf ihre Hände hinab. »Vielleicht hilft es dir ja.«

»Was?« Ich will den Umschlag schon aufreißen.

»Nicht«, sagt sie, und ihre Hand schießt vor, um mich daran zu hindern. »Nicht, noch nicht gleich. Den musst du allein lesen, der ist nur für dich. Wie der andere nur für Sal ist.«

»Was weißt du?« Insgeheim will ich, dass sie geht.

Sie schlägt die Hände vors Gesicht und atmet tief durch. »Als du klein warst, bevor Sal zur Welt kam, hatten dein Dad und deine Mum immer wieder Streit – harte Auseinandersetzungen. Einmal war ich dabei.« Sie schüttelt den Kopf. »Dein Dad ist für eine Weile ausgezogen. Er kam nicht damit klar, dass er nicht mehr der Mittelpunkt im Leben deiner Mutter war. Mein Bruder war immer schon ein Egoist, das weißt du. Und eine Frau verändert sich, wenn sie Mutter wird. So muss es auch sein. Man gibt seinen Körper her, all seine Zeit … Männer erwarten, dass Frauen all das durchmachen und trotzdem gleich bleiben.«

Ich starre meinen Namen auf dem Umschlag an.

»Er ist damals für mehrere Monate zu einem Freund gezogen. Die beiden haben gehaust wie zwei Junggesellen, haben gesoffen und weiß der Teufel was. Deine Mum – die beiden hatten damals eine Wohnung in der Innenstadt – hat sich mit jemandem aus dem Haus angefreundet, mit einem Mann, der kürzlich eingezogen war. Geschieden, netter Kerl, der manchmal fragte, ob er ihr vom Einkaufen etwas mitbringen sollte, oder der mal einen tropfenden Wasserhahn repariert hat. Deine Mum und er … tja … haben sich wohl ineinander verliebt.«

Ich starre sie mit offenem Mund an.

Stella sieht, wie ich gucke, und sagt eilig: »Ich meine jetzt nicht Romeo und Julia, griechische Tragödie, zusammen in den Sonnenuntergang … Ich meine, deine Mum war einsam und saß mit einem Baby in der Wohnung fest. Sie wusste, dass es zu nichts führen und dass sie deinen Dad nie verlassen würde. Aber wir brauchen alle ein bisschen Liebe und Aufmerksamkeit. Das ist nur menschlich. Und eines Tages kommt dein Dad unangemeldet vorbei, und die beiden sehen gerade zusammen fern. Er ist ausgeflippt. Hat angefangen, alles zu Kleinholz zu schlagen. Hat gegen die Wände geboxt. Der Mann ist in der darauffolgenden Woche ausgezogen.«

»Und Mum?«, flüstere ich.

Sie schluckt trocken. »Dein Dad ist wieder eingezogen«, erzählt Stella, »und ein paar Wochen später hat deine Mutter erfahren, dass sie mit Sal schwanger war.«

»Du meinst jetzt aber nicht …« Ich schüttele den Kopf. »Nein.«

Sie sah aus dem Fenster. »Während dein Dad bei seinem Freund wohnte, waren er und deine Mum, na ja, weiter intim. Sie brachte es nicht übers Herz, ihn abzuweisen, immerhin hoffte sie, dass er zu ihr zurückkäme.«

Mir schnürt sich alles zusammen, und ich habe das Gefühl, als müsste ich mich übergeben. »Haben sie je einen Test gemacht?«

»Ich hab deine Mum mal danach gefragt, aber sie wollte nicht darüber reden. Ich hab mich immer gefragt, ob sie ihm deshalb einen italienischen Namen gegeben hat. Um über jeden Zweifel erhaben zu sein.« Sie nimmt einen Schluck Tee. »Wer weiß schon, warum wir gewisse Dinge tun.«

Szenen aus meiner Kindheit schießen mir durch den Kopf, und die Härchen, die an meinen Armen zu Berge stehen, sind ein Echo der Wut, die zwischen Sal und Dad herrschte. Ein Echo der Vorwürfe. Ich erinnere mich wieder daran, wie Sal, nachdem es passiert war, im Schlaf weinte und nach jemandem schluchzte, der nie kam.

Ich lege die Stirn in beide Hände.

Sie beugt sich zu mir vor. »Ich erzähle dir das nur, weil ich befürchte, dass genau das in den Briefen steht. Ich glaube aber, du kommst damit klar. Bei Sal wäre ich mir nicht sicher gewesen. Er war tief drin immer der Sensiblere.« Sie schiebt auch Sals Brief auf mich zu. »Wir erwarten immer, dass unsere Eltern diejenigen sind, die sie für uns sein müssen. Wir vergessen, dass auch sie nur Menschen sind.«

Ich nehme den anderen Brief in die Hand. »Sal hätte all das wissen müssen«, sage ich. »Vielleicht wäre dann irgendwas anders gewesen.«

»Vielleicht. Oder auch nicht. Wir tun immer das, was wir für das Beste halten.«

»Und ich?« Ich sehe zu ihr auf. »Was tue ich?«

Stella steht auf, hängt sich ihre Tasche über die Schulter und kommt um den Tisch herum. »Ich hab das jetzt fast vierzig Jahre mit mir herumgetragen«, sagt sie und gibt mir einen Kuss auf die Stirn. »Es ist an der Zeit, alles rauszulassen.«

Mein lieber Nick,

alles Gute zum dritten Geburtstag!
Ich habe beschlossen, dir von nun an jedes Jahr einen Brief zu schreiben. Wieder ein Jahr älter, ein Jahr weiser – sowohl du als auch ich. Ich fasse es nicht, dass du schon drei bist. Mir kommt es vor, als hätte ich dich gestern erst in meinen Armen gehalten, während Dad uns im Rollstuhl zur Nachsorge geschoben hat. Jede Unebenheit im Boden war die Hölle, aber es war mir egal, weil du deine kleine Hand um meinen Finger gekrallt hattest.
Das vergangene Jahr war eine Achterbahnfahrt. Du liebst deinen Bruder, und das macht mich überglücklich. Ich hoffe, dass ihr beste Freunde werdet. Mein kleiner Nick, versprich mir, dass du immer auf ihn aufpasst. Ich kann bereits jetzt sehen, dass du der Stärkere von euch beiden bist. Der Tüchtigere. Du gibst ihm die zartesten Küsse und nennst ihn »Wuwa«, was wohl »Bruder« bedeuten soll. Dass du dein eigenes Wort für ihn hast, finde ich wunderbar.
Mein Junge. Mir tut das Herz weh, so sehr liebe ich dich, und so sehr will ich dir das jeden Tag sagen. Ich hoffe, dass du in dem Gefühl aufwächst, geliebt und glücklich zu sein, und ich hoffe, dass du mal ein Mann wirst, der dies an andere weitergibt. Ich will mein Bestes geben, um dir zu zeigen, wie das geht.
Diesen Brief schreibe ich dir im Park, während du einen Fußball hin und her schießt und dein Bruder im Kinderwagen schläft. Er rührt sich langsam, und jetzt hast du Hunger. Also mache ich hier Schluss und schreibe im nächsten Jahr weiter.

Mein liebster Junge!
Deine Mama X

Mein kleiner Salvatore,

alles Liebe zum ersten Geburtstag!
Bei dir fange ich ganz am Anfang an. Der arme Nick bekommt für seine ersten zwei Lebensjahre keinen Brief, weil mir diese Idee erst jetzt gekommen ist, aber das macht bestimmt nichts. Ich hoffe, euch beiden einen ganzen Stapel Briefe überreichen zu können, wenn ihr erwachsen geworden seid. Die Zeit vergeht rasend schnell, und so können diese Briefe als eine Art Tagebuch für uns beide dienen.
Du bist mein Wildfang. Du bist gewitzt und schelmisch und immer gut gelaunt. Ich bin mir nicht sicher, ob ich dich je ohne ein Lächeln gesehen habe – selbst wenn du weinst, muss ich nur eine Grimasse ziehen, und du lachst durch die Tränen. Du liebst es, Dinge anzufassen, die du nicht anfassen sollst – Lampen, Pflanzen, alles, was du umwerfen kannst. Du drehst dich nach mir um und strahlst, wenn ich Nein sage, als wäre es umso lustiger, sobald etwas verboten ist. Ich fürchte mich davor, was das für Sal, den Erwachsenen, bedeuten könnte.
Oh, mein Sal! Du forderst mich heraus wie kein anderer. Wenn du auf die Sofalehne krabbelst oder Steine im Garten hochwirfst, will ich dich vor dir selbst retten, damit du dir nicht wehtust, aber ich weiß, dass ich dich auch mal hinfallen lassen muss. Nur so lernst du, wieder aufzustehen. Lass nie zu, dass du liegen bleibst!
Ich glaube fast, auf gewisse Weise liebst du diesen freien Fall.
Geh genau so durch dein Leben. Lass Gefühle zu. Diese Worte, die ich in schwarzer Tinte schreibe, könntest du ohne das weiße Papier darunter nicht lesen. Und genauso kannst du wahres Glück nie als solches erkennen, wenn du den

Schmerz nicht kennst. Man muss immer beides haben, mein Süßer. Finde einen Weg, beides zusammenzubringen.

Mein Sonnenschein!
Deine Mama X

Im Phoenix fange ich an. Es ist Sonntag und ruhig. Ich sitze am Tresen und bestelle einen Whisky, und der erste Schluck ist zu Beginn kalt, wird dann heiß und prickelt, als er mir über die Zunge rinnt. Im Bauch fühlt er sich heftig an. Ich will das Brennen.

Den nächsten Schluck behalte ich im Mund. Das Kribbeln fühlt sich wie Tanzen an, und mit einem Mal habe ich das Gefühl, ich müsste laut und unkontrolliert lachen.

Allein zu trinken ist erbärmlich. Ich denke kurz darüber nach, Daz anzurufen, aber als ich einen Blick auf die Handyuhr werfe, dürfte er sich nach seiner Nachtschicht wahrscheinlich schlafen gelegt haben. Außerdem hängt er immer noch Gemma nach, und ausnahmsweise will ich im Mittelpunkt stehen.

Vom Phoenix schlurfe ich um die Ecke in das Lokal mit den Sägespänen und dem Craftbier. Ich meine, unterwegs ein paar bekannte Gesichter zu sehen, aber genau könnte ich es nicht sagen. Ich schaffe es durch die Tür, und am Tresen bestelle ich mir einen Scotch und eine Pizza Margherita. Das Mädchen hinter der Theke sieht mich misstrauisch an, nimmt dann aber mein Geld entgegen.

Auf dem Heimweg kaufe ich mir im Spirituosenladen noch eine Flasche Whisky und klemme sie mir unter den Arm. Ich frage mich, was wohl passiert, wenn man die ganze Flasche auf einmal trinkt.

In der Küche kippe ich so viel Katzenfutter in den Napf, dass es überall hinkullert, und die Katze schmiegt sich an mein Bein und schnurrt verzückt. Ich schraube die Flasche auf und sehe zu, wie der Whisky ins Glas strömt. Im Kopf bin ich immer noch nüchtern genug, um verhindern zu wollen, dass die Nachbarn sehen, wie ich aus der Flasche trinke.

Als ich auf ein paar Züge an der E-Zigarette nach draußen auf die Terrasse gehe, trifft mich der Jasminduft wie ein Schlag.

Ich rufe ihre Nummer auf.

Ich wünschte mir, ich wäre besser für dich, tippe ich. *Ich bin den Schmerz so leid.*

Die frisch bepflanzten Töpfe stehen noch immer auf dem Gartentisch, genau wie der halb leere Sack Blumenerde. Ich ziehe einen Stuhl unter dem Tisch hervor und lasse mich darauffallen.

Ich höre ein Schnurren, und die Katze kommt durch die Tür, um mir Gesellschaft zu leisten. Ich streichle sie eine Weile, und sie ist glücklich, dann legt sie sich auf eine der sonnenwarmen Bodenplatten. Sie wälzt sich hin und her, streckt sich und sieht zu mir hoch, ob ich auch zuschaue. Dann hab ich wenigstens dich, denke ich. Du haust mir nicht ab. Und dann bemerke ich erstmals, dass ihr schwarzes Fell im hellen, gleißenden Tageslicht in Wahrheit dunkelbraun ist.

Ich hebe das Glas vors Gesicht und betrachte die Flüssigkeit, die darin hin- und herschwappt. Ich sehe hindurch, sehe durch den Boden, durch die spiegelverkehrte Gravur. Ich sehe das Leben als Labyrinth vor mir und wie wir immerzu versuchen, den richtigen Weg zu gehen, aber man weiß nicht, ob es der richtige ist, bis man irgendwo falsch abbiegt und sich zurücktasten muss. Man versucht es wieder und immer wieder. Nur was, wenn man weiß, dass man nie hinauskommt?

Solche Dinge gehen mir durch den Kopf, als ich durch den Boden eines Glases sehe.

Vielleicht hat sie ihm deshalb einen italienischen Namen gegeben. Um über jeden Zweifel erhaben zu sein.

Mein kleiner Nick, versprich mir, dass du immer auf ihn aufpasst.

Er hat die Schachtel nur meinetwegen geholt.

Ich war verantwortlich.

Und dann schreit jemand.

Sie schreien mir ins Ohr.

Irgendwas presst sich kalt an meine Wange, und ich drehe den Kopf. Ein langes, tiefes, gefräßiges Ächzen, der Laut des Monsters unter dem Bett. Es dauert einen Augenblick, bis mir dämmert, dass ich das bin. Genau so muss es sein, wenn man sich besinnungslos besäuft, da sind Körper und Geist plötzlich nicht mehr eins, oder zumindest ist die Verbindung annähernd gekappt. Wie wunderbar es ist, nichts zu fühlen.

Mein Körper schwebt nach oben, und einen seligen Moment lang glaube ich, dass ich zum Himmel auffahre. Ich versuche, die Augen aufzuschlagen, und alles ist weiß. Das ist es, rede ich mir ein.

Irgendwas kracht gegen meinen Ellbogen und gegen mein Kinn, dann mehr Stöhnen, mehr Schreie an meinem Ohr. Da ist ein komisches Echo, wie in einer Kapsel. Ich öffne die Augen, aber ich sehe nur Weiß.

Ich höre Wasser rauschen und erinnere mich vage daran, dass ich mal gelesen habe, wie die Wasser des Lebens sich bis in den Himmel ergießen, und es ist so real, dass ich die Tropfen auf meiner Haut spüre. Und dann ist das Wasser härter und kälter, es sickert durch meine Kleidung. Mein Instinkt schaltet sich ein, und ich schlage mit Armen und Beinen wild um mich, doch was immer mich gerade umgibt, ist zu rutschig, um Halt zu finden. An meiner Wange fühlt es sich angenehm an.

Die Stimme schreit immer noch. Sie klingt vertraut. Wach auf, schreit sie, und dann schlägt mir jemand ins Gesicht.

Sobald meine Sicht aufklart, begreife ich, dass ich in der Wanne liege und der Duschkopf direkt auf mein Gesicht gerichtet ist. Das Wasser fühlt sich kalt an. Eine ernüchternde Taufe.

Über mir steht eine Frau mit schwarzem Haar und einem verzerrten Gesicht. Sie hat Tränen in den Augen. Anna. Es ist Anna. So habe ich sie noch nie gesehen, auch nicht, dass sie sich so über mich beugt. Ich hebe die Hand, weil ich wissen will, ob meine Finger durch sie hindurchgleiten.

Sie schlägt meine Hand weg. »Wach auf!«

»Ich bin wach«, sage ich, und meine Wange brennt von ihrer Ohrfeige. Allmählich kehrt das Gefühl in meinen Kopf zurück, meine Synapsen tauchen aus dem Dämmerschlaf auf. Ich schlage die Hände vors Gesicht. »Kannst du das Wasser abdrehen?«

»Oh, entschuldige.« Sie stellt die Dusche ab.

Ich wische mir übers Gesicht und lehne den Kopf an den Wannenrand, als würde ich gerade ganz normal in der vollen Wanne liegen, nicht in der leeren und vollständig bekleidet. Ich sehe zu Anna hoch, die sich über mich beugt, die sich die Hand in die Hüfte stemmt und die andere an den Mund führt, um an ihrem Fingernagel zu kauen. Irgendwas in ihrem Gesicht kann ich nicht deuten.

»Was zur Hölle soll das?«, fragt sie und nickt auf mich herab.

»Gleichfalls hallo.«

Sie schüttelt den Kopf. »Versuch jetzt nicht, lustig zu sein. Schau dich an!«

Ich seufze. »Ich weiß.«

»Da steht eine halb leere Flasche Whisky auf dem Esstisch. Hattest du vor, dich totzusaufen?«

Ich versuche, den Tag zu rekonstruieren. »Wo hast du mich gefunden?«

»Hier, genau so.« Sie überkreuzt die Handgelenke über dem Wannenrand und schielt übertrieben. Ich muss lachen, doch dann sagt sie: »Ich dachte, du wärst tot, Nick! Tot! Herr im Himmel.« Sie hält sich die Augen zu.

Ich sehe hoch zu den Regalen. »War nicht mein bester Monat«, sage ich.

Anna nimmt die Hände wieder runter. »Ja, hab ich gehört.«

»Wie bist du reingekommen?«

»Du hast nicht aufgemacht, also bin ich nach hinten gerannt. Wusstest du, dass da ein Loch im Zaun ist? Ich hab ordentlich Haut eingebüßt ...« Sie zieht ihr Oberteil hoch und präsentiert eine breite blutige Schramme seitlich an der Hüfte.

Instinktiv strecke ich mich nach ihr aus und habe das unbändige Bedürfnis, die Wunde, das rohe Fleisch zu küssen. »Das hätte ich vor Jahren schon reparieren sollen.«

Anna presst meine Hand auf ihre Haut. Als sie einen Schritt zurück macht und das T-Shirt zurückfällt, kann ich einen roten Fleck sehen, wo das Blut durch die weiße Baumwolle gesickert ist.

»Woher wusstest du es?«, frage ich. »Meine Nachricht. Woher wusstest du, dass du kommen musstest?«

Sie sieht auf ihre Hände hinab. »Sal. Schon vergessen?«

Ich taste in meiner Tasche nach dem Ring aus dem Schmuckkästchen. Das glatte Metall gleitet über meinen Finger, als ich den Ring nehme und in der Hand hin und her wende. »Ich wollte das nicht«, sage ich und starre den

Ring an. »Ich wollte dich suchen und dir das hier geben. Der hat meiner Mutter gehört. Aber …«

Sie wartet ab.

»Du hast mich zuerst gefunden.«

Ich erzähle ihr, was Stella mir erzählt hat, und nicke in Richtung der Briefe am Boden. Sie nimmt sie hoch. Ihr Blick saugt die Worte jener ersten Frau auf, die ich je geliebt habe. Mums hastige tintige Schrift hat durch das Papier geblutet und auf der Rückseite ein Tropfmuster gebildet.

»Ich hatte ihre Stimme fast dreißig Jahre lang nicht mehr im Ohr«, sage ich und muss schlucken. »Ich hatte schon ganz vergessen, wie sie sich anhörte.«

Anna starrt die Briefe an. »Das hier würde mich auch fertigmachen.«

Ich ziehe die Knie an und schlinge mir die Arme um den Leib. Die Wärme des Whiskys hat sich verzogen, und schlagartig ist mir eiskalt. »Warum verlassen mich alle?«

Anna ist sehr still. Sie starrt meine Füße an. Ich weiß, dass sie darüber nachdenkt, was sie sagen soll, welche Worte ein Balsam sein könnten. Die Stille zwischen uns wird schwer, und ich will am liebsten die Augen zumachen, doch dann beugt sie sich herunter und küsst meine Stirn. »Das fühlt sich gerade sehr mütterlich an«, sagt sie und gibt mir noch einen Kuss neben den Mund. »Ex-Freunde kriegen die Wange.«

Unsere Blicke treffen sich, und kurz sehen wir einander unverwandt an. »Es war für uns nie die richtige Zeit«, sage ich und nehme ihr Handgelenk, als sie mir die Hand an die Wange legt.

Sie streicht mir übers Gesicht, lässt dabei aber meinen Mund nicht aus dem Blick. Draußen verebbt das Licht. Das Milchglas im Badezimmerfenster ist nur noch blasses Grau.

Sie klettert über den Badewannenrand, und ich nehme die Beine hoch, um ihr Platz zu machen. Wir sitzen uns gegenüber, jeder an seinem Ende, nur dass ich nass bin bis auf die Knochen.

»Ich weiß inzwischen, dass ich sterben muss«, sagt sie von ihrem Ende der Wanne. »Es fühlt sich an, als hätte ich eine zweite Chance bekommen, und ich will diese Jahre nicht vergeuden. Das hier ist meine Zeit.« Sie sieht mich an. »Unsere Zeit.«

»Ich weiß noch, wie ich dich vor all diesen Jahren mal dazu bringen wollte, deine Glaubenssätze infrage zu stellen, und endlich hast du die Kraft dazu. Das ist schön zu sehen.«

Sie lächelt. »Mir ist beigebracht worden, dass ich die wahre Liebe nur innerhalb meiner Gemeinschaft finden könnte, dass die Welt mich nur immer verletzen würde. Ist zwar nicht so, als wäre ich jetzt vom Gegenteil überzeugt. Aber ich bin bereit, es drauf ankommen zu lassen.«

Ich muss schlucken. »Aber was, wenn ich dich lieben würde? Was, wenn ich selbst in meinen dunkelsten Zeiten an dich denken würde, und in den hellsten Zeiten und im Rest der Zeit auch? Was, wenn der Grund, warum ich wegen meines Vaters und meines Bruders nicht eine Träne vergossen habe, in Wahrheit wäre, dass ich dann auch noch um etwas anderes weinen und ich mich dann nur umso mehr hassen würde? Was dann?«

Sie ist eine Weile still. Sie sieht zu der Stelle, an der sich unsere Beine berühren, wo unsere Körper gar nicht anders können, als miteinander zu verschmelzen – eingezwängt in einer schartigen Badewanne. »Du hast das Dunkelste kennengelernt«, sagt sie. »Vielleicht könnte das deine Superkraft sein. Was gäbe es denn noch, was du fürchten solltest?«

»Was, wenn ich nie wieder auf die Beine komme?«

Der Wasserhahn tropft. Anna legt den Finger an den Hahn, und das Wasser rinnt an ihrer Hand und ihrem Handgelenk hinab.

»Ich weiß, dass du gern auf Nummer sicher gehst, aber es heißt nicht umsonst, dass man sich *ver*liebt. Man verschenkt seine Liebe, man gibt sie weg, man gibt die Kontrolle ab. Man lässt sich fallen und sieht erst dann, wo man landet. Die Vergangenheit kann dir nichts mehr antun, Nick.«

Der unvermeidliche Druck mehrerer Fingerbreit Whisky fängt an, gegen meinen Schädel zu hämmern. »Du weißt, dass ich verdammt noch mal in dich verliebt bin.«

Anna lächelt. »Ich weiß. Ich hab nur darauf gewartet, dass du es sagst.« Sie nimmt den Ring. »Bevor ich den überstreife«, sagt sie, »muss ich nur wissen, ob wir uns hier einig sind.«

Ich strecke mich nach ihr aus und streife ihr den Ring über. Er passt. »Lassen wir uns gemeinsam fallen.«

Sie nimmt meine Hand.

Ich krieche zu ihr und schiebe die Hand in ihren Nacken, vergrabe die Finger in ihrem schwarzen Haar. Nach seiner Schwärze sehne ich mich. Wenn es mir ums Gesicht fällt.

»Warte«, sagt Anna und nimmt meine Hand. »Ich will dich nicht wieder ganz machen, Nick, ich will dich weder vervollständigen noch will ich, dass wir einander besitzen. Ich will dir und deinem Lunchpaket nicht hinterherwinken und deine Hemden nicht bügeln oder so tun, als würde ich deine Scheißmusik mögen. Ich will einfach aus freien Stücken in dich verliebt sein, so wie du bist, so wie ich bin. Und denk dran, dass du es nicht nur mit mir aufnimmst. Da ist auch noch ein Junge, der irgendwann erwachsen wird.« Sie berührt meine Lippen. »Wenn das nicht okay ist, dann los, gib mir ein Küsschen auf die Wange, und ich gehe.«

Anna ist mir gerade so nah.

Können Menschen wirklich noch mal neu anfangen?

Ich schiebe mich vor, ihre Lippen schmecken nach Kirsche.

Mitte der Achtziger

Es ist vielleicht mein vierter Sommer.

Die Luft ist warm und süß. Ich sitze in unserem Garten auf der Wiese. Sal strampelt auf seiner Decke mit den Beinen, die Wolle mit dem Schottenkaro juckt, wenn ich sie berühre. Vielleicht strampelt Sal deshalb so heftig.

Mum kommt durch die Terrassentür und hält das Tablett hoch, damit sie sehen kann, wo sie hintritt. Ich kann auf dem Tablett die Kante einer Eisschale sehen – die mit dem welligen Rand, die Mum »sehr kostbar« nennt. Sie sagt das bei fast allem, was wir kaputt machen könnten. Als sie das Tablett auf dem Boden absetzt, liegen in der Schale drei perfekte Eiskugeln: rosa, gelb und braun.

Napoletano, sagt sie dazu. Ich versuche, es zu wiederholen, sie lacht und sagt es noch mal ganz langsam.

Na-po-le-ta-no.

Als ich es noch einmal sage, lächelt sie. Hier – und sie drückt mir den Silberlöffel mit dem langen Griff in die Hand.

Das Gelbe probiere ich zuerst. Es schmeckt nach Sonnenschein, und ich lasse es auf meiner Zunge schmelzen, während Mum Sal kitzelt. Sie küsst einen Zeh nach dem anderen, dann arbeitet sie sich seine nackten Schenkel empor, bis sie bei der Windel ankommt und so tut, als würde sie seinen Bauch anknabbern wollen. Er kreischt glückselig.

Ich habe eine Gänseblümchenkette am Handgelenk, die Mum geflochten hat, während Sal drinnen geschlafen hat. Meine Aufgabe bestand darin, die schönsten Gänseblümchen zu zupfen, und dann lag sie neben mir im Gras und spaltete die Stängel mit ihrem Daumennagel, ehe sie den jeweils nächsten hindurchfädelte.

Als sie fertig war, nahm sie meine Hand und führte sie vorsichtig durch den Blumenring, und dann lief sie nach drinnen, um Sal zu holen. Wir sind nur noch selten zu zweit. Ich wartete und hielt die Hand ausgestreckt. Das behalte ich für immer, redete ich mir ein, während sie weg war. Das ist kostbar, und ich darf nicht zulassen, dass es reißt.

Während ich Eis esse, sitzt sie in einem leichten Sommerkleid im Schneidersitz neben mir und trinkt etwas, was nach Orangensaft aussieht. Eiswürfel klimpern gegen das Glas, und nach jedem Schluck schließt sie die Augen. Ich frage sie, ob ich einen Schluck haben darf, aber sie entgegnet, dass das nur für Erwachsene sei. Ich wusste nicht, dass sie Orangensaft nur für Erwachsene machen.

Iss auf, sagt sie. Gleich kommt Dad nach Hause.

Ich wische mir eilig mit dem Handgelenk über den Mund, um sämtliche Beweisspuren zu vernichten. Dann sehe ich an mir hinab, schaue nach, wie ich dasitze, falls da irgendwas ist, was er nicht mögen könnte.

Sollen wir Musik anmachen?

Ich nicke, und sie stemmt sich hoch und schubst dabei ihr Glas um. Sie murmelt etwas, wirbelt herum und droht mir mit dem Zeigefinger. Kein Wort darüber, sagt sie. Das war böse von mir. Und jetzt vergessen wir das. Und erzähl Dad um Himmels willen nichts.

Ich zucke mit den Schultern, und sie verschwindet mit dem leeren Glas nach drinnen.

Hilfe, schießt es mir durch den Kopf, jetzt kann ich das nie mehr vergessen.

Mum kommt mit einem vollen Glas und dem tragbaren Plattenspieler zurück. Sie schnappt den Verschluss auf und hebt den Deckel hoch, und einen Augenblick später erklingt ihr Lieblingslied.

Sie fängt an zu tanzen.

Schau sich das einer an! Meine wunderschöne Familie an diesem wunderschönen Tag!

Dad ist von der Seite durchs Tor gekommen, lehnt an der Mauer und sieht uns an. Er hat die Ärmel hochgekrempelt und die Kappe hoch in die Stirn geschoben, darunter kringeln sich schwarze Locken. Er ist glücklich. Er ist gut gelaunt.

Ich klatsche in die Hände.

Dad kommt im Laufschritt zu uns und gibt Mum einen Kuss auf die Wange. Dann wirft er seine Unterlagen beiseite und kniet sich vor Sal, der auf der Decke herumkrabbelt, weil er im Gras noch unsicher ist. Sal lacht, als er Dad sieht, und dann stemmt er sich auf die Füße, fällt gegen Dads Schulter und zieht ihn an den Haaren. Dad tut so, als täte es weh, und küsst Sal auf die Wange.

Soll ich dir einen Drink machen?, fragt Mum.

Das kann warten, sagt er und zieht sie an sich. Komm her!

Dad, rufe ich, spiel Dinosaurier!

Lächelnd richtet er sich auf. Er macht ein paar Schritte, dreht uns den Rücken zu, kickt seine Schuhe von den Füßen und bereitet sich vor. Er wirft die Kappe weg, zerzaust sich das Haar. Er bleibt ganz ruhig stehen, wiegt uns in falscher Sicherheit, doch dann springt er herum, hat die Hände zu Klauen gekrümmt und brüllt mit verzerrtem Gesicht ROOOOOAAAAARRRR wie ein T-Rex.

Ich kreische begeistert auf.

Sal kreischt einfach nur.

Dad nimmt ihn hoch, um ihn zu trösten, sieht aber, dass es das nur schlimmer macht.

Wir spielen noch mal das Lied, sagt Mum und setzt die Nadel zurück an den Anfang. Sie nimmt Sal aus Dads Armen, und er drückt sein Gesicht in ihr Haar.

Dad zupft ein paar Gänseblümchen und steckt sie den beiden hinter die Ohren. Man kann nicht tanzen, wenn man nicht Blumen im Haar hat, sagt er, und sie sieht lächelnd weg.

Tanz mit mir, Paul.

Dad lässt sich neben mich fallen und stützt sich auf die Ellbogen. Im nächsten Moment greift er zu meinem Handgelenk, zieht die Augenbraue hoch, lässt dann aber meine Hand los und sieht wieder Mum an.

Erst jetzt merke ich, dass die Gänseblümchenkette lose auf meiner Haut aufliegt. Ich muss sie in der Aufregung kaputt gemacht haben.

Schau dir deine Mutter an, sagt Dad laut genug, dass sie es hören kann. Ist sie nicht heiß? Dann pfeift er laut durch die Zähne.

Mum sagt nichts, aber sie errötet. Sie gibt Sal einen Kuss auf die Locken und setzt ihn sich auf die Hüfte, als sie zu tanzen beginnt. Barfuß tanzt sie über das Gras und verdreht die Hand in der Luft. Als das Lied auf das Crescendo zusteuert, fängt Mum an, Sal herumzuwirbeln, und ich schaue auf, will sehen, ob sie lacht, aber die Sonne steht genau hinter ihnen, sodass ich nichts mehr erkennen kann.

2020

Wir stehen mit der Sonne im Gesicht auf dem Feld.

In dieser Woche haben wir die Genehmigung bekommen, dass wir das alte Schlachthaus umbauen dürfen. Die Außenmauern müssen intakt bleiben, haben sie gesagt. *Gegen einen sensiblen Umbau mit architektonisch modernen Anbauelementen hätten wir nichts einzuwenden … eine Fusion aus Alt und Neu …* Aber wir hatten von Anfang an nicht vor, es abzureißen.

Anna steht neben dem Gebäude und versucht, es zu vermessen. Sie bittet mich, das Ende des Maßbands zu halten, während sie in unterschiedlichen Winkeln losläuft und Zahlen auf einen Block kritzelt. Ich lasse das Ende los, und es zischt zurück in sein Metallgehäuse.

Joe steht genau dort, wo das Feuer gebrannt hat. Am Boden ist ein grauer, ausgedörrter Fleck zurückgeblieben, der nach neuem Leben dürstet, und der Kleine springt auf der rissigen weißen Erde umher. Kann hier mein Zimmer hin?, fragt er seine Mutter, und sie lächelt mich an.

Da musst du Nick fragen, sagt sie. Es ist immerhin auch sein Haus.

Bitte, Nick?

Ich gehe zu ihm und gebe ihm ein High Five. Dein Zimmer kommt genau dorthin, wo du es hinhaben willst, antworte ich. Wir können den Rest des Hauses um dein

Zimmer herumbauen. Dein Zimmer entscheiden wir als Allererstes.

Sein Strahlen. Und ihres. Ich lege ihr meinen Arm um die Taille.

Das ist doch etwas: wenn man das Leben als größer empfindet, als man es sich je erhofft hat. Wenn die Liebe vorbeischaut.

Dieser Junge, der nicht mein Fleisch und Blut ist, und seine Mutter.

Nichts ist für die Ewigkeit. Und das hier ist keine Übung.

Anmerkungen der Autorin

Ich bin als Zeugin Jehovas aufgewachsen und habe mich bei den Schilderungen von Anna teils meiner eigenen Erfahrungen bedient. Auch wenn Angehörige der Glaubensgemeinschaft die eine oder andere Beschreibung wiedererkennen dürften, wird die Gemeinschaft selbst in diesem Roman nicht namentlich genannt, weil er nie von Glaubensfragen handeln sollte; die Religion steht lediglich für etwas, was zwei Menschen trennt, die sich ineinander verlieben.

Gleichwohl hat mich die Idee, eine Figur zu entwerfen, die einer Weltuntergangsreligion angehört, von Anfang an fasziniert. Die meisten dürften in Jehovas Zeugen eine eigentümliche, weltabgeschiedene Gruppierung sehen, die samstagvormittags unangemeldet bei ihnen klingelt, nicht Geburtstag feiert und die eigenen Kinder lieber sterben lässt, als bestimmte Behandlungen zuzulassen. Die Zeugen meinen tatsächlich, dass sie frohe Kunde predigen, dabei sind sie wohl hauptsächlich für die extremeren Aspekte ihres Glaubens bekannt. Wann immer ich *Weltmenschen* erzählt habe, dass ich früher Zeugin Jehovas war, war die Reaktion Ungläubigkeit, ihre Wahrnehmung von meiner Person konnten sie nicht mit ihren Vorstellungen übereinbringen, wie ein Sektenmitglied zu sein hat. Diese Unvereinbarkeit hat mich immer fasziniert. Mit Anna wollte ich eine Figur entwerfen, die kompliziert ist, die Fehler und gute Absichten in sich vereint – wie jeder andere Mensch auch. Wie tatsächlich auch Jehovas Zeugen. Ich wollte ihr die Fremdartigkeit nehmen. Denn wenn man den Firnis aus Erziehung, Weltanschauung und Lebensumständen herunterkratzt, sind wir darunter doch alle gleich.

Ich will damit nicht die Religion an sich oder meine Verwandten diskreditieren, die der Gemeinschaft immer noch angehören. Diese Lebensweise kann wunderbar, von einem starken Zusammengehörigkeitsgefühl und von Sinnhaftigkeit geprägt sein, allerdings hängt dies leider auch eng damit zusammen, dass die Anhänger jeden Zweifel gern ausblenden und billigen, dass die Liebe, die sie empfangen, an Bedingungen geknüpft ist und es sie nur innerhalb der eigenen Gemeinschaft gibt. Diesen Preis war ich nicht bereit zu zahlen. Die Vertuschung von Kindesmissbrauch innerhalb der Organisation – von dem ein Großteil der Mitglieder nicht einmal weiß, weil allem, was von außen an sie herangetragen wird, mit pauschalem Misstrauen begegnet wird –, die Unfähigkeit der Führung, diesbezüglich Fehler in der Aufarbeitung einzugestehen, ganz abgesehen von der sozialen Ächtung der Opfer, die weiter zusehen müssen, wie Missbrauchstäter ihrer Strafe entgehen – all das konnte ich nicht mehr mit meinem Gewissen vereinbaren. Nichtsdestoweniger respektiere ich die Gefühle und Erfahrungen meiner Angehörigen, die bis heute aktive Brüder und Schwestern sind, und hoffe, das beruht auf Gegenseitigkeit.

Dies ist die Geschichte von Nick und Anna geworden – und die von Sal. Oder wie meine Lektorin Jill bei unserem ersten Gespräch sagte: Es ist nicht nur eine Liebesgeschichte, sondern auch eine Geschichte über die Liebe.

Für Liebe ist immer Platz.

Danksagung

Es braucht ein ganzes Dorf, um ein Kind zu erziehen, heißt es, und das Gleiche gilt auch für das Büchermachen.

Meiner Agentin Madeleine Milburn, die diesen Roman aus dem Stapel gezogen und darin Potenzial gesehen hat: Ich bin dir und allen bei der MMLA unendlich dankbar – ganz besonders Liane-Louise Smith, Georgina Simmonds, Georgia McVeigh, Rachel Yeoh und Anna Hogarty. Ihr seid schuld daran, dass mir bei diversen Gelegenheiten das Telefon aus der Hand gefallen ist.

Jillian Taylor: Sobald ich deine ersten Gedanken zu meinem Manuskript gelesen hatte, wusste ich, du wärst die perfekte Lektorin. Und genau das warst du: klug und akkurat, ermutigend, immer fröhlich und beständige Anwältin von Nick, Anna und Sal, von mir als Autorin ganz zu schweigen. Danke! Ich bin ein wahrer Glückspilz, dass du meinen Worten den Feinschliff verpasst und sie zum Leben erweckt hast.

Danke an alle bei Penguin Michael Joseph, die dazu beigetragen haben, dass dieser Roman das Licht der Welt erblickt hat: Jill, Emma Henderson, Sarah Bance, Lauren Wakefield, Claire Bush, Grace Long, Ellie Hughes und Ella Watkins, um nur ein paar wenige zu nennen. Ihr habt mir mit Engelsgeduld all meine Fragen beantwortet.

Meinen ersten Leserinnen und Lesern – Sarah Barnett (Schwester der Extraklasse), Ella Berman, Clare McVey,

Katie Tether, Greg: Tausend Dank für die achtsame Lektüre! Ihr alle mochtet unterschiedliche Aspekte und seid auf (ein und dieselben) Stellen gestoßen, die umgearbeitet werden mussten. Dank euch ist dieses Buch besser geworden.

Danke an meinen Bruder John für seine Expertise zum Wohnungsmarkt in Manhattan und an Owen Nicholls für die Korrektur der Kino- und Filmbegriffe. Danke auch an meinen Bruder Dan fürs Korrekturlesen der Golfplatzszene. Man sollte meinen, die Golfübertragungen – Soundtrack meiner Kindheit – hätten sich in mein Gehirn eingeätzt, aber zum Glück ist davon nur unsere gemeinsame Begeisterung für Seve Ballesteros geblieben.

An Mum und Dad, die dieses Buch möglicherweise hassen werden: Danke, dass ihr in meiner Kindheit eine gewisse großzügige Gleichgültigkeit an den Tag gelegt habt, die es mir ermöglicht hat, in Filme und Bücher einzutauchen, Erzählstrukturen zu durchdringen und mich selbst zu beschäftigen: So hat meine Fantasie fliegen gelernt. Das hier ist das Ergebnis.

An Freunde und Familie, die zu mir gehalten haben, als ich nicht mehr anders konnte und mich meinen Zweifeln stellen musste, und an die neuen Freunde, die seither dazugekommen sind: Ihr habt ja keine Ahnung, wie froh ich bin, euch zu haben. (Und an diejenigen, die sich zurückgezogen haben: Obwohl die Folgen mich tagtäglich mehr darin bestätigen, dass ich die richtige Wahl getroffen habe, ist in meinem Herzen nur Liebe für euch. Meine Tür steht euch jederzeit offen.)

Danke an Mr. Smith und Mrs. Cowley, die mich an der Highworth in Englisch unterrichtet haben: Sie beide haben meine Aufsätze vor der Klasse vorgelesen, und ich war unendlich stolz. An meine übrigen Lehrer, deren Fächer ich langweilig fand, für die ich kaum je meine Hausaufgaben gemacht habe und die mir gelegentlich eine düstere Zukunft prophezeiten: Sorry, dass ich Sie enttäuscht habe. Ihre Lehrbücher waren die ersten, die im Papierkorb gelandet sind. Selbst mit fünfzehn war ich hinreichend altklug zu wissen, dass das Leben zu kurz ist, um es mit Dingen zu verbringen, die keinen Spaß machen.

Zu guter Letzt danke, Greg, für deine Liebe und Freundschaft, und danke, Roman, Remy und Val. Die bedingungslose Liebe, die ich für euch empfinde, hat es mir ermöglicht, mein Leben aufzudröseln und in ganz neuen, bunteren Farben zu vernähen. Das hier ist für euch, Jungs!

TRIGGERWARNUNG (Achtung Spoiler)

Dieses Buch enthält potenziell triggernde Inhalte zum Thema Suizid.